講談社文庫

明日の色

新野剛志

講談社

もくじ

明日の色

1

「こんちはー」

「こん」はほとんど聞こえない、おざなりな挨拶《あいさつ》だった。すぐに廊下を移動する足音が響いた。

「金が欲しいやつはいるか。住民票、一枚三千円だ。五人分しか買い取らない。早い者勝ちだぞ」

よく通る、若い声。部屋のドアをノックする音も聞こえた。

松橋吾郎《まつはしごろう》は椅子《いす》から腰を上げた。向かいに座るワンが、心配げな――しかし、どこか面白がるような目を向けた。吾郎は何も言わず、職員室をでた。声を張り上げる若者が、ドアをノックしながら廊下を進む。

「おい、お前、勝手にうろうろすんな。まずは俺のところに挨拶にこい。前に言っただろ」吾郎は怒鳴った。

青いダウンジャケットを着た若者が足を止める。すぐにこちらに駆けてきた。

「どうも、すいません」顎《あご》を突きだすようにして頭を下げた。

「でも、社長さんには話を通してあるんだから、そんな堅いこと言わなくても――」

「あのなあ、俺は礼儀の話をしてんじゃない」吾郎は苛立《いらだ》ちをそのまま声に表した。

「顔を見せなきゃ、木暮《こぐれ》に話を通している業者かどうかわかんないだろ。実際、わけのわかんないやつが入り込んで勧誘してたことがあんだよ」

「そうか、うちの商売敵を排除してくれてるんですね。ありがとうございます、吾郎さん」

「名前で呼ぶな」

「すいません、施設長さん」上目遣いで見ながら、頭を下げる。偉《えら》そうに、と言いたげだ。

偉そうにしているのが、ここでの俺の仕事さ。吾郎は口の端を曲げ、皮肉っぽい笑みを浮かべると、踵《きびす》を返した。

食堂からでてきた政田《まさだ》と安藤《あんどう》の年長コンビが、吾郎と視線を合わせると、照れたような笑みを見せた。ふたりは七十歳に近く、入所者のなかでは最高齢の部類。しかし、なかなかフットワークは軽かった。

「なんでもかんでも売るんじゃねえぞ」

ふたりは、ほいほいと軽い返事をして若者のほうへ向かった。吾郎は食堂の向かいにある職員室へ戻った。

「吾郎さん、朝から元気ね」席に戻ると、ワンがにやりとして言った。

「朝？　もうそろそろ昼飯の準備に入る時間だろ。その前に、さっさと夕飯の買い物にいってこい」吾郎は先ほどまで見ていた、新聞の折り込み広告をワンのほうに押しやった。

「ずるいね、吾郎さん。いつも買い物にいくのは私」

「ふざけんな。買い物にでもいかなきゃ、お前の仕事なんてほとんどないだろうが」

「だって、今日の東京はとっても冷え込むよ」

「寒いのがいやなら、故郷に帰れ」

広東省《カントン》だか福建省《ふっけん》だか、中国南部出身のワンは、口を尖《とが》らせ立ち上がった。

「温かいダウンジャケット、欲しいと思うよ」壁にかけていたダウンジャケットに袖《そで》を通して言った。

温かくないらしいそのジャケットは、中国製に違いない。

「寄り道すんなよ」

チラシを手にでていくワンは、驚いたように眉《まゆ》を上げた。

偉そうにするのが俺の仕事。吾郎はテーブルに足をのせ、砂糖がたっぷり入ったインスタントコーヒーをすすった。

吾郎が施設長を務める橘《たちばな》リバーサイドハウスは、第二種社会福祉事業に基づく施設で、ホームレスに低額で住居を提供する、無料低額宿泊所とも呼ばれるものだった。

宿泊所の設置は都道府県知事への届出制で認可はいらず、事業参入のハードルは低い。リバーサイドハウスの運営母体はNPO法人の形をとっているが、連絡先はアスカエステートという不動産会社のなかにあった。法人の代表は不動産会社の社長、木暮大介《だいすけ》の奥さんで、実質アスカエステートが運営していた。

ホームレスに生活保護を受けさせ、そこから宿泊料や食費などを徴収するため、取りっぱぐれがなくていい商売だった。生活保護費を施設側が預かって管理し、本人には小遣い程度の金しか渡していなかったという一部の施設を取り上げ、悪質な生活保護ビジネス、貧困ビジネスだと、マスコミが騒ぎ立てたのは記憶に新しい。いまでは、行政が指導に乗りだし、マスコミや人権保護団体などから監視を受けているから、そこまであくどいことはできない。それでも、怪《あや》しげな住民票や銀行口座の買い取り屋などを出入りさせ、いくらかの金をマージンとして受け取るくらいに、ここは質《たち》の悪い宿泊所だった。

二年前、宿泊所を四軒運営するアスカエステートが、新たな施設を吾郎の地元、墨《すみ》田《だ》区立花《たちばな》に開設することになり、施設長の話が舞い込んだ。福祉関係の仕事など経験はなかったが、失業中だった吾郎は迷わず引き受けた。社長の木暮とは高校の同級生だった。

橘リバーサイドハウスの定員は三十名。まだ寒さが厳しい現在は定員いっぱい収容しているが、温かくなれば、路上に戻る者もでてくる。欠員がでると、吾郎は街にでてホームレスに声をかけて回る。入所者を探すのも施設長の大事な仕事だ。日常業務としては、唯一の職員、ワンとともに入所者の食事を用意するのが主だった。あとは偉そうな態度でハウスの規律を守らせる。本来、入所者が自立した生活を送れるように指導するのが、施設長の大きな仕事であるが、吾郎はその役目を放棄していた。そんなノウハウがあったら、自分自身、こんなところで働いてはいなかった。

夕飯の後片付けを終え、吾郎は職員室で日誌をつけていた。住み込みのワンは、すでに自分の部屋に引っ込んでいる。

ノックの音がして振り返ると、ドアが開いた。政田のじいさんが皺《しわ》だらけの顔を覗《のぞ》かせた。「魁多《かいた》がまたおかしなことを始めたよ」と言うと、二本欠けた前歯を見せて笑った。

笑ってすませられることなのか――。吾郎は立ち上がり、部屋をでた。

玄関に小柄な若者がしゃがみ込んでいた。その前には大きなアンモナイト――目に入った瞬間、そう見えた。

スニーカーを横に倒した状態で、渦《うず》を巻くように隙間なく並べてあった。子供のいたずらと一緒だが、計算されたような精緻《せいち》な並べ方で、一瞬靴《くつ》には見えなかった。

「お前、何やってんだ！」

中心部に最後の靴を置いた魁多が、顔を上げた。目にかかりそうな前髪を手で払い、まじまじと吾郎の顔を見つめる。

「いい年して、子供みたいなまねすんじゃねえ。みんな迷惑するだろうが」

「ほんと、こんなに綺麗に並べられたら、崩せないものな」

「そういう問題じゃねえだろ」吾郎は政田を睨《にら》みつけ、魁多に目を戻した。「前にもやっただろ。こんなトラブル起こすんだったら、でてってもらうぞ」

以前は食堂の箸《はし》を積み重ねて、ムカデを作った。本物と見間違えるわけはないが、くねっとした姿が妙にリアルで気持ち悪かった。

「こんなかに、俺の靴も混ざってんだろ」

見たところ、左右ばらばらで、探すのは難しそうだった。

「俺が帰るまでに、ちゃんとふたつずつ並べ直しておけ。いいな」吾郎は魁多のスウェットシャツを摑《つか》み、顔を近づけた。

魁多の目に怯《おび》えの色が浮かんだ。小さく頷《うなず》く。

「わかったなら、ちゃんと返事をしろ！」

「わかったよ」囁《ささや》くような声に、特別な感情は表れていなかった。

尾花《おばな》魁多は入所者のなかでいちばん若い。それでも、二十七歳という年齢は立派な大人であるはずだが、接していると幼さを感じることが多かった。吾郎はスウェットシャツから手を離し、腰を伸ばした。見下ろしていると、魁多は並べた靴をばらし始めた。

「手伝ってやるよ」と、政田が魁多の横にしゃがんだ。

吾郎は職員室に向かって歩きだした。腹立たしさは残っているものの、ほっとしてもいた。政田の言葉どおり、見事に並べられた靴を自分の手で崩すのは、なんとなく気がひけたのだ。

2

「吾郎さん、大変だ。うちのハウスが襲《おそ》われたよ」

翌朝、携帯に電話をかけてきたワンは、興奮した声で言った。

ちょうどアパートをでるところだった吾郎は、何が起こったかあらかた理解すると、すぐにリバーサイドハウスに向かった。

怒りをぶつけるように、ペダルを漕《こ》いだ。二月の朝の空気が肌に突き刺さる。吾郎の住むアパートからリバーサイドハウスまでは自転車で五分ほどだが、普段より一分は時間短縮しそうな勢いだった。東京スカイツリーを背にして、東武《とうぶ》亀戸《かめいど》線東あずま駅横の踏切を渡る。幹線道路の丸八通りは歩行者信号が点滅していたが、突っ切った。歩道を北に向かい、百メートルも進むと路地にそれた。すぐにまた角を曲がる。

路上にひとの姿が見えた。

「吾郎さん、こっちよ」リバーサイドハウスの前でワンが手招きをした。

吾郎はブレーキをかけ自転車から降りた。他に入所者がふたり、寒そうに腕を組んで立っていた。

「ほんとに早かったですね」

「ママチャリだったら競輪選手にだって負けねえぜ」

自転車を引いて近づいていくと、ワンが電話で言っていたものがすぐ目に入った。

リバーサイドハウスはもともとどこかの会社の寮だった建物をそのまま転用している。宿泊所にするさい、外壁の傷みを隠すために白い塗料を塗っているが、外を囲むコンクリート塀は何も塗らずに元のままだった。その塀に大きな悪戯《いたずら》がきがされていた。百七十センチほどの塀の高さをいっぱいに使い、門の脇に縦長長方形の絵が描かれていた。

「夜中にやられたんですよ。もうすっかり乾《かわ》いてるから、落とすの大変ね」

ワンは首を突きだし、絵にぺっとつばを吐きかけた。

よく見かけるスプレー缶で吹きつけたものではなかった。油絵のように塗りが厚く、でこぼこになった部分もあった。触ってみると、確かに乾いて固くなっている。

「ふざけたことしやがって」吾郎は塀を蹴りつけた。

「まあ、怒ってもしょうがねえ。こういうのは、犯人、捕まらないからよ」

仲間から木《もく》さんと呼ばれている木田《きだ》が、サングラスを鼻の上にずりあげて言った。木田は入所時、気弱そうな男だったのに、何に目覚めたのか、最近になって悪ぶり始めた五十過ぎのおっさんだ。

「なかなか綺麗だから、いいじゃないか」

しっしっしと欠けた歯から空気を漏らして、政田のじいさんが笑った。

背景は上半分が黄色で下半分がオリーブ色。中央に描かれているのはペンギンだろうかウミガメだろうか。丸い大きな足ひれのようなものがついた物体が、黒いシルエットで描かれている。いったい何を描こうとしたのかわからないが、悪戯がきにしては悪くない。しかし、だからといって、いいじゃないかですまされるものではなかった。

悪戯がきされたことそのものより、絵を消すため、業者を雇《やと》わなければならないことに腹がたつ。ここの運営費から金を払うことになるが、あとでその分、自分たちのボーナスが削《けず》られる。そうならないためには、経費を削るしかなかった。

吾郎は絵を眺めるふたりの入所者を見た。のんきなものだ。自分たちのおかずが一品減らされるかもしれないのに。

「こんだけ描き込むってことは、ただの悪戯じゃなくて、恨《うら》みかもな。吾郎さん、誰かに恨まれることしたんじゃやねえのかい」木田が品のない笑みを浮かべて言った。

ありうるなと思った。ハウスをでていった人間の顔を頭に浮かべているうち、ふいに思いついた。「政田さん、今日、魁多はどうしてる」

「まだ寝てるんじゃないか。朝飯のときに起こしにいったら、いらないって――」

政田が言い終わる前に、吾郎は動いた。門を潜《くぐ》り、自転車のスタンドを立て、ハウスに入った。スニーカーを脱ぎ捨て、廊下に上がる。中央の階段を駆け上がった。

二階に上がり正面のドアを開けた。狭い三畳ほどの部屋は、一対の布団でいっぱいだった。入所時にもってきたデイパックや服が、わずかな隙間を埋めていた。

「おい魁多、起きろ！」部屋のなかに入り、怒鳴り声を上げた。

掛け布団がもぞもぞと動き、山のように盛り上がる。吾郎は手を伸ばし、布団を剝《は》いだ。

敷き布団に座り込んだ魁多の姿が現れた。右手で目をこすっている。その手を見ていた吾郎は、腰を屈《かが》め、魁多の腕を摑み取った。

「おいお前、これはなんだ」

魁多の爪に、黄色や黒の塗料が付着していた。

「それは、絵具だよ。アクリル絵具」魁多は眠そうに目を瞬《しばたた》かせた。

「塀に絵を描いたのは、お前だな」

「そうだよ」悪びれず、平然と答える。

「お前なあ」吾郎は魁多のスウェットシャツを摑み上げた。しかし、すぐに大きく息をつき、手を離した。

こいつに怒りを向けても無駄だ。犯人が見つかったことを喜ぶべきなのだろう。

「あの塀は元に戻さなければいけない。その費用はお前もちだ。わかったな」

「わかったよ」魁多は吾郎の言い方をまねたように、しかめ面をして頷いた。

「そのために、来月からお前の生活保護費は俺が管理する。いいな」

「いいぞ」何が面白いのか、言ったあと、くすりと笑った。

「よし、話は以上だ。寝たきゃ、寝てろ」

吾郎は魁多の頭から布団を被《かぶ》せた。富士山型に盛り上がった布団がすぐに萎《しぼ》んでいく。

「金を払い終わるまで、でていくなよ」

布団のなかで何かもごもご言っているのが聞こえた。

それにしても、あの絵はいったいなんだったんだろう。昨晩、靴を並べて怒られた腹いせに描いたのだろうと思ったが、先ほどの魁多の様子からは、そんな負の感情はまるで窺《うかが》えなかった。

「今日は早めにあがるからな」

夕飯の支度《したく》を終え職員室に戻ってきた吾郎は、煙草《たばこ》に火をつけて言った。

「ええー、後片付け、私ひとりですか」ワンが不満顔で吾郎に目を向ける。

「ひとりじゃねえだろ」

掃除と皿洗いは、当番制で入所者が手伝うことになっている。

「でも職員は私ひとりだけよ」

「あのなあ、俺は施設長なんだよ。普段皿洗いをやるのは、お前らがのろのろやって夜中までかかりそうだから、手伝ってやってるだけだ。そっちを感謝しろ」

ワンは、じとっと湿っぽい横目で睨む。まったく使えないやつだ。

煙草を吸い終えた吾郎は、ロッカーに向かい、キルティングのジャケットを取りだした。

「吾郎さん、今日はおめかししてる。女のひとと会うんでしょ」

「どこが、おめかしだ。いつもと変わんねえだろ」

セーターの下に襟《えり》のついたシャツを着ているのが珍しいぐらいのもの。元のカミさんに会うのに、おめかしなんてするわけがない。「お先」と手を振り職員室をでた。

ハウスの前の道を北に進み、突き当たりを左に折れた。細い路地に昔ながらの商店が並ぶ、立花いきいき商店街を抜けると、丸八通りにぶつかる。横断歩道を渡り、しばらく進むと東武亀戸線小村井《おむらい》駅の前にでた。

東武亀戸線は、亀戸から曳舟《ひきふね》まで全五駅しかない小規模なローカル線だった。東京に住んでいても、この周辺の住民を除けば、ほとんど知る者はないはずだ。当然、沿線に見るべきものなどなかったのだが、いまや東京スカイツリーが、見るべきも何も、いやでも目につく。完成から一年ほどがたったいまも、立ち止まって見上げることがある。けっして見とれているわけではなく、どちらかといえば恐れに近い感情からだ。あれだけの高さがあると、なかなか慣れるものではない。

曳舟で東武伊勢崎《いせさき》線に乗り換え、北千住《きたせんじゅ》で降りた。西口にある目当てのビルを見つけ、地階の店に入った。間接照明のシックな内装は、ダイニングバーといった類《たぐい》の店のようだ。自分からはまず入ろうとは思わない店——ひとみが指定した店だった。

吾郎が長峰《ながみね》ひとみと離婚したのは二年前。ひとみが別れようと言いだしてから口論はあったものの、それまで夫婦仲が悪かったことなどなく、悪い別れ方ではなかった。吾郎が事業に失敗し、借金を背負ったことに動揺《どうよう》して離れたくなっただけだと理解していた。だから、離婚後も縁《えん》は切れていない。子供を交えて時々会うし、夫婦だったときとかわりのない態度で互いに接していた。

今日は、ひとみが面白い友達がいるから紹介するというので会うことになった。寂《さび》しいバツイチ男に女を紹介するつもり、ととれなくもないが、たぶん違うだろう。まだ自分に未練のあるひとみが、女を紹介するとは考えにくい。

奥のボックス席に、ひとり座るひとみを見つけ、吾郎は足を向けた。

「悪い、待たせたな」

「あたしも、いまきたばっかり」メニューから顔を上げ、いつもと変わらず素っ気なく言った。「ねえ、このお店、かなりおいしそうよ」

すぐにメニューに顔を戻した。どうやらひとみも、初めてきたようだ。

吾郎はひとみの向かいに腰を下ろした。光沢《こうたく》のあるワンピース——ひとみの服装に目を留めた。ひとみも仕事帰りだ。どうなのだろう、普段よりおしゃれをしてきたのだろうか。

「大樹《だいき》は今日どうしてるんだ」

「お母さんに預けてきたから大丈夫よ」

ひとみも墨田区の出身で、実家の近くに住んでいる。吾郎のアパートからも自転車で十分ほどの距離だった。

「それで、紹介したい友達っていうのは、どういうひとなんだ」

「わりと最近知り合ったんだけど、面白いひとなの。それに、吾郎ちゃんと共通点があるから紹介しようと思って」

「共通点ってなんだ？」

「それは……」と言って顔を上げた。口元に笑みを浮かべた。

「すみません、遅くなりました」

吾郎は、えっと驚き、口を開いた。背後に聞こえたのは男の声だった。

テーブルの横に、ストライプのスーツを着た男が現れた。髪は長めで日焼けしている。ネクタイは締めていなかった。

「大丈夫よ、ふたりともいまきたところ」

男はごめんと拝《おが》むように顔の前に手をもってきた。すぐに吾郎のほうに体を向け、背筋を伸ばす。

「ちわっす、松橋先輩」

低く、気合いの入った声を発すると、一転、破顔した。やけに白い歯が目立った。

3

「なんだよ、そうか、白鳥カバ之介も知ってるのか」吾郎は懐《なつ》かしさのあまり、大きな声をだした。

「弟の虎之介《とらのすけ》とクラスが一緒だったんで、うちにも遊びにいったことがあります。もちろん、兄貴のほうをカバ之介とは呼べませんでしたけど」阪本《さかもと》は目尻に皺を寄せて言った。

「あいつはどう見ても龍之介《りゅうのすけ》じゃなくてカバ之介だ。顔も体型もカバ。だけど、妙にお洒落《しゃれ》で、いつもエナメルの靴を履いてたんだ」

「覚えてますよ。家にいくとぴかぴかのエナメルの靴が玄関にあって、怖かったな」

「あの体で、足のサイズは二十四半しかない。だから、歩いててよく転ぶんだ」

歩いているときだけじゃない。足の小ささとは関係ないが、高校を卒業してすぐ、カバ之介はバイクに乗っていて転んだ。その事故で帰らぬひととなってしまった。

「はいはい。墨田東工業高校、バンザイ」

話題に入れないひとみが、うんざりしたような声で言った。目を向けると、ビールのジョッキを手にしていた。観音菩薩《かんのんぼさつ》のような包容力のある笑みを浮かべた。

もともとひとみはちょっときつめの菩薩顔。化粧を落とすと般若《はんにゃ》の顔になるが。

「すまんすまん」と言って吾郎はジョッキに手を伸ばす。阪本もジョッキをもった。おあずけになっていた乾杯をした。

阪本篤《あつし》は吾郎がかつて通った墨田東工業高校の後輩だった。二学年下で面識はないが、阪本は吾郎のことを覚えていた。「松橋先輩はかなりワルっぽくて目立ってましたから」と心憎いことを言う男だった。ひとみとは仕事の関係で最近知り合ったらしい。

「阪本は、部活、何やってたんだ」

卒業しても先輩、後輩の関係は変わらない。阪本が二学年下だとわかってからは、呼び捨てだった。

「僕はプラモデル製作部です」

「なんだよ、お前もかなりのワルだな」

阪本は照れたように顔をうつむけた。

「なんでプラモデル製作部がワルなの」

森のきのこサラダを取り分けながら、ひとみは怪訝《けげん》な顔で訊《たず》ねた。

「プラモデルに塗装《とそう》するとき、シンナーを使うだろ。だからプラ作部の連中は教室に堂々とシンナーを持ち込み、部活中に吸ってんだ。みんなコーラの空き缶に入れてたよな」

「そうなの？」ひとみが咎《とが》めるような目を阪本に向けた。

「僕はそんな体に悪いことしませんって。こつこつプラモを作ってただけですよ」

阪本は日に焼けた精悍《せいかん》な顔に笑みを浮かべた。片端だけを上げた口元に、ワルの痕《こん》跡《せき》が覗いた。

「そういう先輩は、何部だったんですか」

「俺は美術部さ」

吾郎が答えると、阪本は大きく眉を上げた。

「やっぱ、そうですか」感に堪《た》えないというように、阪本は頭を振った。「もう、そっちこそ、本物のワルじゃないすか。美術部なんて、怖くて近づけなかったすよ」

「そんな怖くねえだろう」吾郎は笑みをかみ殺し、すました顔で言った。

「いったい美術部は何やってたのよ」

ひとみは眉間に皺を寄せ、ノーメイクの顔を窺わせる怖い表情を作った。先ほど阪本に向けた視線にくらべ、きつく、ぞんざいなのは、元夫婦の気安さからだろう。

「別に、たいしたことしちゃいないよ」

ごまかすわけでもなんでもなく、いま思い返すと本当にたいしたことをしていなかった。

「プラ作部は空いている教室を使って部活をやってたんだけど、美術部はうちの文化部には珍しく、部室があったんだ」阪本がかわりに説明を始めた。「美術部の部員はそこを溜まり場にして、煙草を吸ったり麻雀《マージャン》をしたり、好き放題やってた。不良ばかりのうちの高校のなかでも、気合いの入ったワルが集まる部だったんだ」

「不良が美術部に集まるなんて、変な話。なんでいままで話さなかったのよ」

「話すほどの思い出もないからさ。実際に部活動をしていたわけでもないからな」

元不良少年のイメージを守るため、言えないこともある。それは現役の不良少年だった当時も、仲間に話していないことだった。

「いずれにしても、本物のワルは部になんて入らなかったよ」

吾郎が言うと阪本が大きく頷いた。

「美術部の顧問《こもん》って、美術のクリちゃんでしたよね。僕らが悪さしても、何も言えないやつ。生徒とは関わりたくないって思ってるのが見え見えで、好かなかったな」

吾郎は無言で頷きながら、久し振りにクリちゃんこと栗木《くりき》明矢《あけや》のことを思いだした。

栗木はあの当時、まだ二十代の若い美術教師だった。阪本が言うように、生徒に積極的に関わろうとはしなかった。たぶん、もともと学校の教師になりたいとは思っていなかったのだろう。ただ、生徒のほうも美術に関わろうという気はなかった。生徒にその気があれば、授業の枠を越え、いくらでも美術について指導する熱意をもち合わせていることを吾郎は知っていた。

「ねえ阪本君、錦糸町《きんしちょう》のお店のほうはどう？　順調？」ひとみは隣《となり》に座る阪本に顔を向けた。

「まずまずかな。最初はけっこう混乱してね。オープン一週間でホールスタッフのオペレーションもだいぶスムーズになってきた。売り上げも上がってきたし」

ひとみは頬杖《ほおづえ》をついて頷いていた。視線は真っ直ぐ阪本の横顔に向かっている。

「阪本はどんな仕事してるんだ。飲食業とか言ってたけど」

最初に名刺《めいし》をもらっていたが、名前とカタカナの社名をちらっと見ただけだった。

「阪本君は、レストランやバーをいくつも経営してるの」なぜかひとみが自慢げに答えた。

「へえー、すげえな。あの高校をでて社長なんて、なかなかなれるもんじゃない」

「地元で小さな店をいくつか経営しているだけで、たいしたことないですよ」

阪本は伏し目がちで言った。謙遜《けんそん》という感じはしなかった。

「この店も阪本君の経営なのよ」

「そうなのか」と吾郎は素直に驚き、店内を見回した。

金のかかっていそうなシックな内装。五十席以上はあろうかという広い店内はほぼ満席で、繁盛《はんじょう》していそうだ。阪本が料理のオーダーをしたとき、なんだか偉そうで、最初の印象は悪かった。自分の店ならそんな態度もありかと、吾郎は納得した。

「松橋先輩も会社を経営していたって聞きましたけど」阪本が言った。

吾郎はちらっとひとみのほうを窺った。ひとみは表情を消して視線をそらした。

「それこそ小さな会社さ。エアコンの取り付けや洗浄をやっていたが、三年で潰《つぶ》した」

「いまの時代、難しいですよね会社の経営は。運にも左右されますし」

阪本は理解を示すように二度、三度頷いた。吾郎も一度、大きく頷いた。

確かにあれは運がなかったのだ。けっして自分の経営手腕に問題があったわけではない。

ひとみが手を伸ばし、野菜スティックを一本手に取った。吾郎の視線を意識したような無表情で、何もつけずにぼりぼりと音を立ててかじった。

「いまは立花で、ホームレスを収容する宿泊所の施設長をやってるよ」

吾郎は話題をかえようとそう言った。

「へえー、立花でですか。なんかおもしろそうな仕事ですね」

阪本は意外にも低額宿泊所に興味をもち、あれこれ訊ねてきた。

十時前にはお開きにし、店をでた。会計のとき、後輩におごられるわけにはいかねえと頑張ってみたが、自分の店ですからと阪本も譲《ゆず》らず、結局今度は俺がおごるということで、吾郎は財布をしまった。経営する他の店を回ると言う阪本とは北千住の駅前で別れ、ひとみとふたりで東武伊勢崎線に乗った。

「最近、仕事のほうはどうなんだ」曳舟の駅をでて、ひとけのない路地に入ると吾郎は訊ねた。

吾郎は曳舟で亀戸線に乗り換えだが、実家まで送っていくと言って、一緒に改札をでた。遅い時間じゃないからと断わられると思っていたので、ひとみが無言で頷いたときは意外に感じた。

「相変わらずうまくいってるのよ。意外でしょ」ひとみはからかうような目で吾郎を見た。

「うまくいってんなら、俺だってうれしいぜ」

ひとみは離婚してから、友人と一緒にアクセサリー雑貨の店を始めた。うまくいきっこないと吾郎は反対したが、離婚したばかりの元夫の助言など聞くわけもなく、親に借金して北千住に店を構えた。一年半前だ。

「そろそろ二店舗めを考えてるの」

あまり急ぐことはねえぞと、失敗した経営者としてのアドバイスを与えた。吾郎の会社がいきづまったのは、事業を広げた直後だった。

「アドバイス、ありがとうございます」そう言ってひとみは笑った。「でも、大丈夫。阪本君が色々助言してくれるから。彼、かなりやり手なの。話してるとすごく勉強になる」

先輩を立ててくれる阪本に悪い印象はなかった。けれど、ひとみが頼りにしているような話を聞くとおもしろくはない。あからさまに嫉妬《しっと》できる立場にないから、尚更だった。

「彼、なかなかいいやつでしょ」

「まあな」

吾郎はむっつりと言った。煙草を取りだそうとジャケットのポケットに手を入れた。

「あたし、阪本君と結婚するつもりなの」

「なんだって？」裏返った声が、静かな路地に響《ひび》いた。足が止まった。

「そんな驚くことないでしょ」ひとみも足を止め、吾郎に向き直る。

「なんでなんだ」

口を割って言葉がこぼれた。驚きというよりショック状態に近かった。

「なんでって、好きだからに決まってるでしょ。このひととなら互いに刺激し合って、人間的にも向上できそう、と思えたし」

街灯の真下にいるひとみは、まるで舞台に立つ女優のようで、その言葉が吾郎の耳には現実感をもって響かなかった。

「お前、俺に未練があったんじゃないのか」

「へっ」と、ひとみは小さく声を発した。「何言ってんの。未練があったら、そもそも離婚なんてしないわよ」

吾郎は顔をしかめた。半笑いのひとみの表情に、心を突き飛ばされた気がした。

「だってお前、離婚しても俺の近くから離れなかったじゃないか」

「それは、吾郎ちゃんの近くじゃなくて、実家の近くを選んだだけ。大樹の学校のこともあるし」

「嘘《うそ》だろ。それだけじゃないはずだ」

吾郎は何かに急《せ》かされているような感覚に囚《とら》われ、考えなしに口にした。

ひとみはコートのポケットに両の手を突っ込み、口を開かない。その姿を見つめるうち、吾郎は我に返ったように、はっと気づいた。

「大樹はどうなるんだ」

力が抜けるようにひとみの肩が下がった。

「大樹は阪本君になついているわ。それも、彼と結婚しようと思った理由のひとつ。

彼も大樹のことをかわいがってくれるし、きっと幸せにしてくれる。だから、安心して」

「大樹は俺の子だ」吾郎は痙攣《けいれん》したように、細かく首を横に振った。「離婚しようとなんだろうと、あいつの父親は俺なんだぞ」

「それはそうよ。だけど、阪本君とはこれから一緒に暮らすのよ。いつも近くにいて、遊んだり、旅行にいったりする。無理にお父さんと呼ばせようとは思わないけど、暮らしていくうちにそうなると思う。だから、吾郎ちゃんにも、そのへんは理解してもらいたいの。大樹の気持ちを混乱させないように、少し存在感を薄くしてもらえればと思う」

「大樹には会うなって言うのか」

「会うなとは言わない。ただ最初が肝心《かんじん》だから、しばらく落ちつくまでは、控《ひか》えて欲しいの」

ひとみは表情を和《やわ》らげ、にこっと微笑んだ。なだめすかすようなその表情に怒りが沸《わ》いた。

「ふざけんな。俺が父親だ。大樹だってそう思っている。あいつが会いたいと思うなら、俺はいつだって会いにいく」

どういう意味か、ひとみは目を伏せ、ゆっくりと首を横に振った。

「——金か。あいつと結婚するのは、いい暮らしができると思ったからなんだろ」

「なんでそんな話になるのよ」

こちらをじろじろ見ながら、千鳥足のおやじが横を通り過ぎていく。いつの間にか互いに声が大きくなっていた。

ひとみはふーっと溜息《ためいき》をつき、また首を振った。

「そうよ、彼と結婚しようと思ったのは、お金が理由よ」抑《おさ》えた声だったが、はっきりと口にした。「あたし、強い男のひとが好き。それは知ってるわよね」

ひとみと知り合ったのは二十三歳のとき。まだ不良少年の面影《おもかげ》が色濃く残っていた吾郎に、ひとみのほうから言い寄ってきた。「あたし強いひとが好き」というひとみに、吾郎はかつての武勇伝をよく話して聞かせた。

「もうこの年になったら、喧嘩《けんか》が強いかどうかなんてどうでもいい。仕事ができるひと、お金を稼《かせ》げるひとがあたしの思う強い男。だから阪本君が好きなの。いい暮らしができるとか、そういうのは関係ないから」

「金を稼げればそれでいいのか。事業に失敗した俺への当てつけだろ。ホームレス相手の仕事をばかにしてんだろ」

「いいかげんにして」ひとみは、かつて不良少女だったころの片鱗《へんりん》を見せ、どすのきいた声をだした。「自意識過剰。別れた旦那に当てつけるほどの関心なんてあるわけないでしょ。ほんと情けない。離婚のときだって、そこまで情けないひとだと思ってなかった」

「なんだと」と一歩前に踏みだしたら、もうとるべき行動は残っていなかった。返す言葉も見つからない。吾郎は拳を握り、顔が歪《ゆが》むくらいに力を込めて睨みつけた。

「ねえ、頭冷やして」ひとみは声のトーンを落とした。「あたしのことはどう思おうといいから、大樹のことを考えて。あの子にとって何が幸せなのか」

「んなことはわかってる」

ただ、自分と会わないことが大樹の幸せに繋《つな》がると言われても、到底認めることはできなかった。

「結婚はまだとうぶん先。阪本君、次のプロジェクトにのりだしたばかりだから、それが終わる秋以降だと思う」

「その間にフェードアウトしろってか」吾郎は自分で口にした言葉に寒気を感じた。

ひとみは顔から表情を消し、唇《くちびる》をすぼめた。答えはしないが、肯定の言葉を口にしたのと変わらない。吾郎は踏みだしたままだった足を引き、踵を返した。

「ありがとう、送ってくれて」

ひとみの声が追いかけてきた。足にからみついたのは一瞬で、吾郎は足を速め暗い路地を進んだ。

「それはまずいよ、吾郎ちゃん。別れた奥さんなんだから、結婚するのは自由でしょ。色んな思いはあるだろうけど、男ならぐっとがまんして、ひとまずおめでとうと言うべきだったんじゃないかな」

神戸《かんべ》は鼻にかかった声で、静かに言った。

「なんでお前に説教されなきゃなんないんだ」吾郎は酒をすすり、乱暴にグラスをカウンターに戻した。

神戸康行《やすゆき》は中学、高校の同級生だった。一緒に悪さをするというよりは、後ろからついてきて、吾郎が何かすれば横で眺《なが》めながら囃《はや》し立てる、そういうやつだった。会社を立ち上げたときも、神戸は一社員としてついてきた。

「まあ、大樹君に会うなっていうのは確かにショックだろうけど、それはさ、これから話し合っていけばいいと思うんだよ」

吾郎は神戸に目を向けた。笑みを浮かべた神戸は、小柄な体の割に大きな頭をこくりとやった。生え際が後退し始めている神戸の額《ひたい》を、ぺちっと指で弾《はじ》いた。

大樹に会うなというのが何より吾郎の心を軋《きし》ませたが、ひとみが結婚すること自体もショックだった。離婚しているのだから、確かにひとみは自由だ。しかし、かつては夫婦であったわけだし、大樹の父親でもあるし、自分はまだひとみにとって特別な男であると思い込んでいた。ひとみがひとのものになってしまうような事態を想像したこともなく、どう心を収めたらいいのかわからなかった。

ひとみが選んだ相手も悪かった。店をいくつももつ成功者というだけでなく、同じ高校を卒業した元ワルという過去が、自分との比較を容易にし、さらに心を締めつける。

あいつが意識していようといまいと、これはうらぶれた生活を送る俺への当てつけなのだ。吾郎はグラスの酒をいっきに喉《のど》に流した。

神戸が横で、注《つ》いでやってと店のおやじに声をかけた。吾郎のグラスになみなみと酒が注がれた。

銘柄を訊いても意味のない酒。近所のディスカウントショップで、その時々、底値になっているものを仕入れただけの安酒。そんな酒がグラスの縁《ふち》からこぼれるのを阻止しようと、反射的にグラスに口を近づけてしまう自分が、吾郎は悲しくて腹立たしかった。

「ちょちょっ、待って」吾郎の口がグラスに届く前に、神戸が吾郎の肩を押さえた。

「なんだよ」吾郎は丸まった背中を伸ばし、神戸を睨みつけた。みっともないまねをするな、と口にしたら首を絞めてやる。こいつにまで見下されたら、今日という夜を乗り越えられない気がした。

「乾杯しようよ、吾郎ちゃん」

神戸は、もう二十年のキャリアを誇《ほこ》る欠けた前歯を見せて笑った。

「はあ？」と吾郎は首を前に突きだした。「ひとみの結婚を祝えって言うのかよ」

「違う、違う。吾郎ちゃんの誕生日だよ。四日遅れだけどさ、乾杯しようよ」

喉に言葉がつかえて、吾郎はぽかんと口を開けた。「……そんなの、別にいらねえよ。誕生日を祝う年でもねえだろ」

「何言ってんのさ。三十代最後の年だよ。祝っておかないと。――吾郎ちゃんから誘いの電話があったとき、てっきりそういうことだと思ったんだ」

「ふざけんなよ。お前に誕生日を祝ってもらおうなんて、考えるわけねえだろ」

神戸は気にせず笑っている。自分のグラスに手を伸ばすと、顔の高さまで掲《かか》げた。さあ、と促《うなが》すように、ぱちぱちと目を瞬かせて。吾郎は仏頂面を維持したまま、グラスを摑んだ。

離婚して最初の誕生日は、ひとみと大樹と三人で食事をした。去年は大樹がバースデーカードを送ってくれて、そのあとひとみに会ったらおめでとうと言ってくれた。そして今年、誕生日から四日しかたっていない今日、ひとみは吾郎の誕生日についてひとことも触れなかった。

三十九歳になった。もう若くないと自覚はしているが、若さの残りかすが何かを期待させる。来年になればそれもすっかり消えてしまうのでは、と考えると、どうしようもなく焦《あせ》りだす。そういう年だ。

カンとグラスを合わせた音が響いた。繊細《せんさい》さのかけらもない、糞《くそ》みたいな音だった。

4

頭のなかで打上げ花火が炸裂《さくれつ》した。

そう思えるくらい頭痛がひどかった。胃のむかつきもあるが、頭痛ほどは苦にならない。

昨晩はハウスに自転車を置いてでたので、今朝の通勤は徒歩。二日酔いに耐えながら、どうにか橘リバーサイドハウスの前まできた。

塀の落がきが目に入った。黄色とオリーブのコントラストが鮮《あざ》やかすぎて、めまいがした。頭の痛みもいくらか増した気がする。

早くこんなものは消してしまおう。この二日酔いも、降って湧いたひとみの結婚話さえも、すべて魁多の落がきがもたらした災《わざわ》いのような気がした。絵の中心にある黒い物体が、ひどく不吉なものに感じられて、ぶるっと震えた。

自転車のブレーキの音が聞こえたが、吾郎は気に留めなかった。さあて、仕事をするかと足を踏みだしたとき、声が聞こえた。

「いい絵だな」

低い男の声に吾郎は振り返った。ママチャリに跨《またが》る、ごつい印象の男が背後にいた。口の周りに白髪混じりの髭《ひげ》をたくわえた初老の男。ワックスがけしたような光沢のあるスキンヘッドが、朝陽《あさひ》を受けて、てらてらと輝いていた。

「ユーモアがあっていい。好きだな」

青いナイロンのトレーニングウエアに真っ赤なマフラーを合わせるセンスもユーモアなのだろうか。鮮やかな男の襟元に目を向けながら吾郎は思った。

「気に入ったなら、もって帰っていいぜ」

吾郎が言うと、スキンヘッドの男は薄い眉をひそめた。すぐに冗談だと気づいたようで、広い額に皺を寄せ、笑みを浮かべた。

「あなたは、ここのひと？」

「ああそうだ。俺が施設長をやってる」

「じゃあ、この絵の作者と連絡は取れるのかい」

「まあ、取れないことはないだろうけど」男の意図がわからず、曖昧《あいまい》に答えた。

「これって、制作期間はどれくらい？」

「一晩に決まってるだろ」吾郎はばかにするように、ふんっと鼻を鳴らした。何日もかけてする落がきなどあるわけがない。

「一晩でか」驚いたように、大きく目を開いた。

「一晩というか、誰にも気づかれないくらい、あっという間だ」

「何か見ながら描いたのかね」

「見るわけないだろ」描いているところを見てはいないが、こんな単純な絵を描くのに何かを参考にするとは思えなかった。

スキンヘッドの男は自転車を降り、吾郎の隣にやってきた。腕組みをして、じっと落がきを見つめる。いつまでも男の相手をしてはいられなかった。立ち去るつもりでちょこっと頭を下げたら、男の口が開いた。

「すまないけど、この絵の作者に連絡を取ってもらえないかな。これと同じような絵を描いてもらいたいと思ってね」

「この絵を描いて欲しいだって？」吾郎は男の意外な頼みに、声を裏返した。

「私はバーをやっていてね、店の壁に描いてもらいたいんだ。これより一回りくらい大きいサイズだとバランスがいいかな。お願いできるかい」

「店の壁に描いてどうするんだよ」吾郎は咎めるように言った。

「別に……どうするってものでもない。まあ、店のインテリアみたいなものだよ」

なるほど、この男はこれを立派な絵画と勘違いしているようだ。そう納得してみると、こいつは自分にとっても悪い話じゃない、と吾郎はことの本質を急速に理解し始めた。

「俺が言えば、たぶん描くと思う」吾郎は声を落とした。「だが、それには金が必要だ」

「もちろん画料は払うよ。あなたにも多少の謝礼は払いますので」

「謝礼なんていらない。ただあいつはがめついからな。安い仕事ならやらんだろう」

「いくらぐらい必要なのかね」男は眉間に皺を寄せ、窺うような目をして訊ねた。

ふっかけようにも、吾郎には相場がわからなかった。まずは自分の感覚であり得ないくらい高い額を要求し、無理なら落としていけばいい、と素早く考えをまとめた。

「二十万ならやるだろうな」

「二十万か」男は驚いたように目を丸くした。

やっぱり無理かと思ったとき、男は口を開いた。

「そんなもんでいいなら、ぜひお願いしたい」

――しまった。吾郎は顔をしかめた。

もっとふっかければよかったと思ってもあとのまつりで、いまさらつり上げるわけにもいかない。

「いっとくが、材料費なんかは別にもらうからな」

「ああ、かまわないよ」男は余裕の表情で言った。

「交通費もだ」

「もちろん」

いったいこの男は、魁多の落がきにいくらまでなら払う気でいたのだろう。

男の名は高盛久繁《たかもりひさしげ》といった。自宅はこの近所だが、森下《もりした》で「ファタール」というバーを経営している。そうは見えないが、金持ちの道楽者なのだろう。名刺をもらった吾郎は、必ず連絡すると約束して別れた。いつの間にか、頭痛は苦にならなくなっていた。

ハウスに上がり、食堂に入った。パンにかじりつく入所者をざっと見渡した。仕事にでかける者もいるため、朝食の時間はばらばらだった。毎朝決まった献立《こんだて》――トーストとチーズとゆで卵とコーヒーが六時から八時半の間、食堂に用意されている。いまは終わりの時間帯で、食事をとる者は疎《まば》ら。魁多の姿は見えなかった。

二階に上がり、魁多の部屋のドアをノックした。「はーい」と間延びした声がなかから響いた。

ドアを開けると、魁多は壁にもたれかかり、ぼろぼろのまんが雑誌を読んでいた。

「お楽しみのところ悪いな。ちょっと話があるんだ」

すっきりと片づけられた部屋のなかに入っていった。魁多は雑誌から目を離さず、にやにや笑っている。

「いい話をもってきたんだ。仕事の話だ」吾郎は魁多の正面に腰を下ろした。「実はな、塀の落がきを見て、お前に絵を描いて欲しいというひとが現れたんだ。あれと同じような絵を壁にひとつ描けば、十万円が手に入る。なっ、いい話だろ」

魁多は顔を上げた。長い前髪の下の小さな目からは、なんの感情も読み取れない。

「画材にかかった金も請求できる。ちょっとぐらい上乗せして請求したってたぶん大丈夫だ。なっ、最高だろ、やるよな」

まさか十万円という報酬《ほうしゅう》を少なく感じているのではないかと思い、焦ってつけ足した。

魁多は首を傾け、顔をしかめた。目と比べてあまりに大きい口をへの字に曲げているのは、悩んでいるというより、おどけているように見えた。

「おいお前、落がきを消す金が必要なのを忘れるなよ。少ない生活保護費から引かれるのはいやだろ。絵を描きゃ、それを払ってもいくらかつりがくるくらいに稼げるんだ。やるよな」

魁多の腕を摑んだ。

「描くよ、もちろん」いやいやという感じはなく、高めの声ではっきりと言った。

「よっしゃ、わかればいいんだ」吾郎は腕から手を離した。「おんなじ絵だけど、描けるよな。あれより少し大きめがいいそうだ」

「大丈夫、描ける描ける」

ひとごとのような、軽い返事でかえって心配になった。が、これ以上念押しする意味はないだろう。吾郎は立ち上がった。

「画材とかいろいろ準備がいるだろうから、これ使え」財布から一万円札を抜き取り、差しだした。魁多はそれをじっと見つめていたが、大きな口をにんまり広げると手をだした。

昨年末の入所以来、ずっと切っていないと思われるむさ苦しい髪も切りにいってこいと言おうとしたが、やめにした。目にまでかかりそうな前髪。耳がすっかり隠れてしまうくらい長くてぼさぼさの頭は、芸術家風といえないこともない。ぼーっとした雰囲気は、見ようによっては天才の趣《おもむき》もある。絵を描いていれば、元ホームレスとはバレないだろう。

この男に才能があるとは思えないが、うまくすれば、高盛からもう一枚くらい絵の依頼がくるかもしれない。そのときこそ思い切り高くふっかけてやろう。

さっそく高盛に連絡をとると、バーの定休日である三日後の日曜日にきてくれと、せっかちさ丸だしで言った。落がきに毛が生えた程度の絵だから、準備期間は二日もあれば充分だろう。昼食のあと、画材を仕入れてこいと魁多を外に送りだした。

三時。そろそろ夕飯の準備を始める時間、吾郎は思い立ってでかけることにした。

「でかけてくる」上着を摑んで吾郎は言った。

「吾郎さん、また今日も早く帰っちゃうの」

熟読《じゅくどく》していた家電量販店の広告から顔を上げ、ワンは鼻の穴を膨《ふく》らませた。

「ちょっと、抜けるだけだ。戻ってくる」

「夕飯の支度、どうするの」

「たまにはカレー以外も、ひとりで作ってみろ」

ワンは目を剝《む》き、大きく開けた口からひゅっと息を吸い込んだ。大袈裟《おおげさ》なやつだ。

「今日の献立は中華丼だから、お前でもできるだろ」

「なんなんですか、中華丼って。まるで中国を代表するどんぶりみたいじゃないですか。私は、そんなもの認めません」

高い声を張り上げ、威勢のいい言葉だったが、ワンは目を合わせようとはしない。

「中華丼に文句つけんな。お前に全部やらせようなんて思ってねえよ。材料の仕込みだけやっておけ。あとは俺が仕上げるから」

「はい、はい」とふて腐《くさ》れたように返したが、内心はほっとしているはずだ。

元々ワンを雇ったのは、住み込みの料理人としてだった。食材の仕入れから三度の食事の調理までをひとりで任せるつもりで、中華料理店で調理経験があるというワンを雇ったのだが、これがまったくのくわせものだった。手際は悪くてもなんとか下ごしらえくらいはできたものの、味付けはまるででたらめ。食えたものではなかった。

日本人には本場中国の味は合わないですねとワンは嘯《うそぶ》いたが、そういう問題ではなかった。その証拠に、自分の作った料理にワン自身が手をつけない。

仕方なく、ワンの休日だけ調理を担当するつもりだった吾郎が、朝食以外の食事を作ることになった。給料は安く、休みも少ないここの仕事に、応募してくる料理人などなかなかいない。調理補佐と雑用全般でこき使うことで吾郎はどうにか折り合いをつけていた。

サボるんじゃねえぞと、不満顔のワンに追い討ちをかけ、ハウスをでた。

ママチャリに跨り、住宅街を突っ走った。丸八通り、明治通りを横切り、北十間川《きたじっけんがわ》を渡ってしばらく進むと、住宅と古ぼけたオフィスビルが混在する地域にでた。そのなかに吾郎が目指す東業平《ひがしなりひら》小学校はあった。

自転車から降り、校門から少し離れた歩道に佇《たたず》んだ。すでに下校は始まっていて、校門から子供たちが飛びだしてくる。吾郎は警戒されないよう、大袈裟な笑みを浮かべた。十分ほど居心地悪く立っていると、見覚えのある黄緑のキルティングジャンパーを着た男の子が、校門からでてきた。うつむき加減で吾郎のほうに進んでくる。その進路を塞《ふさ》ぐように、自転車を引いて歩道の真ん中に立った。

男の子の足が止まった。顔を上げて吾郎を見ると、驚いたように目を丸くした。

「男が背中を丸めて歩いてんじゃねえぞ、大樹」

大樹は目を丸くしたまま、ぽかんと口を開けた。吾郎は手を伸ばし、息子の顎の下をくすぐる。顎を引いた大樹の顔に、ようやくはにかんだ笑みが現れた。

「アイスでも食いにいくか。しゃきっとするぜ」

大樹は怯えたように表情を強ばらせ、ぶるっと震えた。

歩いてすぐのところにある、古ぼけた喫茶店に入った。コーヒーフロートはあるくせに、メニューにアイスクリームはなく、頼んでも値段を設定してないからダメと、チェーン店でもないのに融通がきかない。仕方なく、吾郎はコーヒーフロート、大樹にはシフォンケーキのアイスクリーム添えを注文した。

「学校はどうだ。勉強のほうはちゃんとついていけてんのか」

吾郎はグラスに浮かぶバニラアイスを、柄の長いスプーンで沈めながら訊ねた。

大樹は「まあね」と答えて、フォークでアイスをちょこっとすくった。口にふくむと、すっぱいものでも食べたように唇をすぼめてぎゅっと目をつむる。大樹は冷たいものが苦手だ。歯にしみるし、頭が痛くなると、とくに冬場は敬遠しがちだった。

「適当に受け流してんのか、謙遜してんのか、まあねじゃわかんねえだろ」

「大丈夫。ついていけてる」大樹は薄い笑みを浮かべ、余裕のある表情で言った。

「サッカーのほうはどうだ。もう試合とかでてんのか」

皿に向かっていた大樹の顔がさっと上がった。母親似の、切れ長の目を丸くし、えっと口を開く。すりつぶされたシフォンケーキが赤い舌に張りついていた。

「サッカーはやめたよ。……もう半年も前だけど」

「そんなの聞いてないぞ」

「言ったよ。お母さんと三人で会ったとき」

「んなの……、覚えてねえよ」

大樹は咎めるように口をとがらせた。吾郎はふんと鼻を鳴らして目をそらした。

「なんでやめたんだ」

「あんまり面白くないっていうか、元々そんなに好きじゃなかったから」

「いったんやり始めたものを、簡単にやめんじゃねえよ」

吾郎の声が客の少ない喫茶店内に響き渡った。

確かにサッカーは大樹が進んで始めたものではなかった。外で友達と遊ぶより、家でゲームをすることが多い大樹が、少しでも活発になればと思い吾郎が勧《すす》めた。とはいえ、無理矢理やらせたわけでもなく、クラブに入った当初は本人もやる気を見せていた。それを簡単にやめるのは教育的観点から許せなくもあるが、それ以上に、自分との絆《きずな》を断ち切られた気がして、ショックだった。

大樹は何も答えず、フォークでちょこっとだけすくったアイスを口に運ぶ。吾郎は、コーヒーのなかに沈んだアイスをざっくりすくい取り、スプーンごとかぶりついた。二日酔いがぶり返したように、ずきんと額に痛みが走った。

「サッカーやめて、なんか他にやることあんのか」

大樹が顔を上げた。ぼーっとしたいつもの顔だったが、ふいに笑みが咲いた。

「ホーミー。いまね、ホーミーの練習してるんだ」弾んだ声で言った。

「なんだって。お前、何を……」吾郎は目を剥き、声を裏返して言った。「子供がそんなものに関心もつんじゃない」

こんなところで、なんてことを言いだすんだ。吾郎は顔が火照《ほて》りだすのを意識した。

悪ガキだった中学時代、仲間と女性のあそこを地方ではなんて呼ぶかを調べては、無闇にそれを口にしてげらげら笑い合ったものだ。ホーミーもそのとき知った方言。沖縄《おきなわ》では女性器や性行為を指す言葉だった。

「なんで子供はだめなの」大樹は眉をひそめ、傷ついたような表情を見せた。

「あのなあ、もう三年生なんだから言われなくても――」と口にしながら吾郎はふと思った。小学生なら言われなくてもわかる。だから、なんでだめなのと真顔で訊くはずはない。そもそも大樹は、そんなことを親に向かって堂々と発表するタイプではなかった。

勘違いだ。ホーミーは別のもの——きっとゲームソフトや何かの名前なのだろう。

「とにかくだ、いまはスポーツをしたり外で駆け回るのが大事だということだ。わかったな」吾郎は自分の勘違いにまた顔を火照らせながら、しかつめらしく言った。

大樹は叱《しか》られた犬のように哀《あわ》れな表情を浮かべて、小さく頷いた。

吾郎はふーっと息を吐きだし、首を振った。何やってんだ。俺は説教をするためにきたんじゃない。吾郎は手を伸ばし、フォークでアイスをつつく大樹の腕に置いた。

「大樹、何か欲しいものはないか」

「えっ」と大樹は怪訝な目を向けた。

「だから、欲しいものがあれば買ってやるって言ってるんだ。なんでもいい。高くてもいいぞ。お父さん、一生懸命働いたから、今度特別のボーナスが入ることになったんだ」

十万円のボーナス。魁多の壁画制作で懐《ふところ》に転がり込む金だ。

「べつに欲しいものなんてないからいい」

「なんか、あるだろう。ホーミーだっていいぞ」

「ホーミーは買えるものじゃないよ」と大樹は大きい前歯を見せて笑った。じゃあなんなんだよと蒸《む》し返す気はなく、「だったら旅行なんてどうだ」と吾郎は水を向けてみた。

大樹は唇をすぼめ、眉間に皺を寄せた。力の入った顔は何か考えているようでもあり、心を閉ざしてしまったようにも見えた。黙って見守ることなどできない吾郎は、答えを促そうと口を開いた。

「なあ」と声をかけると、大樹は目を向けた。その視線を受けて、思わず口を閉じた。

強い視線だった。切れ長とはいってもちょっと垂《た》れ気味の大樹の目が、母親の目のように吊《つ》り上がって見えた。

「ねえお父さん、何も買ってくれなくていいから、喧嘩の仕方、教えて」

「なんだお前、急に」面食らった吾郎は半笑いで言った。すぐに顔を引き締め訊ねた。「まさか、お前、いじめられてんのか」

「そんなんじゃないよ」大樹は大きく首を横に振った。「ただ強くなりたいんだ。大人と戦っても勝てるくらいに」

強い男が好き、が信条の母親とふたりで暮らしていれば、特別な理由がなくてもそんな気になるものかもしれない。

阪本だって喧嘩の仕方ぐらい教えられる。それでも大樹が頼ってきたのは父親だ。ひとみは大樹が阪本になついていると言ったが、それほどでもないのだろう。父親と息子。男と男。気弱な息子に喧嘩を教える父親、という構図は、なにより美しい父子関係に思える。そこに阪本が入る余地などない。

「よしわかった。お前に喧嘩の仕方を教えてやろう」

力強く響いた自分の声に吾郎は満足した。

「だけどな、ひとつだけ条件がある」

ほっとしたような顔を見せていた大樹は、表情を引き締め「何？」と訊ねた。

「家に帰ったらな、お母さんにこう言うんだ。自分にとって父親はお父さんだけだ。他に父親なんていらない、ってな。——どういうことだか、わかるだろ」

大樹は一瞬の間をおき頷いた。

「約束するな。ちゃんと言えたら教えてやるよ」

男と男の約束だ、といわんばかりに、顔を近づけ目を覗き込む。大樹は喉に何かを詰まらせたような顔をしながらも、目をそらさなかった。

「うん約束する」

大樹は約束を守った。それはすぐその日の晩、はっきりと最悪の形で吾郎に伝えられた。

「あなた最低よ、子供を使ってそんなこと言わせるなんて」

「それはさ、あいつの気持ちを思って――」

「言い訳なんてしないでよ」

そう言ってもらって助かる。言い訳の言葉など思いつかなかった。

仕事から帰ってきてすぐ、ひとみから怒りの電話がかかってきた。

大樹はしっかり約束の言葉を伝えた。しかし、ひとみになんでそんなことを言うのか問い詰められ、お父さんに言えと言われたと、あっさりばらしてしまったようだ。

そこを口止めしなかった自分のミスだ、と吾郎はがっくりきた。

「あたしにどんだけ未練があるか知らないけど、もう情けないことやめてよね」

「未練なんか、あるか。さっさと結婚しちまえ」

売り言葉に買い言葉。それにしても、本心とはほど遠い吾郎の言葉だった。

5

「それじゃあ、よろしく。またあとで見にくるから」

高盛はバーのドアを開け、子供に向けるような笑みを浮かべてでていった。

魁多は床に敷いたビニールシートに座り込んだまま、軽く手を振り、高盛を見送った。

「魁多、頼んだぜ。期待に応えて最高の絵を描いてやろうな」

吾郎は魁多を見下ろして言った。

顔を上げた魁多が、にやりと笑う。普段と変わらぬ間抜け顔だが、なんとなく頼もしくも感じた。

バー「ファタール」の定休日である日曜日、朝の九時に高盛もやってきて、作業前の簡単な打ち合わせをした。

ファタールはカウンター八席だけのこぢんまりとしたバーだった。コンクリート打ち放しの壁がクールで、それが店の雰囲気を決定づけている。カウンターに平行する壁には、三枚の絵がかけられていた。どれも何を描いているかわからない抽象絵画で、これもなかなかにクール。店の雰囲気に合っていた。

壁画は、ドアを入って正面に見える、奥の壁に描いて欲しいとのことだった。そんな目立つところに落がきはまずくないかと心配になるが、オーナーに迷いはない。

高盛は壁のこのあたりにこのくらいの大きさの絵を描いて欲しいと手で指し示した。先日、塀の絵よりも少し大きなものを、と言っていたが、吾郎が見る限り、示した大きさはオリジナルとあまり変わらないようだった。ただ、塀の落がきより高いところに位置した。

魁多は高盛の指示を受けると、なんの躊躇《ためら》いもなく、さっさとマスキングテープを貼りつけ、コンクリートのキャンバスを囲った。それは高盛が手で指し示した枠と、寸分違《たが》わぬ大きさに見えたものだから、吾郎を驚かせ、高盛を満足させた。

高盛は最初に紹介したときから、魁多のことを気に入っている様子だった。よろしくと高盛が挨拶しても、魁多はぶつぶつとよく聞き取れない言葉を呟《つぶや》くだけ。吾郎からしたら、もう少し愛想《あいそ》を見せろよと言いたいところだったが、高盛の目には、それがアーティストっぽく映ったのか、いかつい顔を綻《ほころ》ばせ、満足げな顔で頷いていた。

もともと魁多は、高年齢者からの受けがいい。昨年の冬、リバーサイドハウスに入所する際は、政田のじいさんに連れられてやってきた。それまで魁多は墨田区内の公園で、政田の他、ベテランホームレスグループに面倒をみてもらっていた。経験も浅く、とくにひとよりサバイバル能力の低そうな魁多が外で冬を越すのは難しいだろうとみて、施設の門を潜った。政田はホームレス歴十年を超す強者だが、寄る年波には勝てなかったのだろう。入所した魁多の様子を見にくるうち、自分も入所させてくれと言ってきたのだ。

ともかく、高盛は魁多と直に接しても、まだ真っ当な絵描きと思っているようだ。問題なく、塀の落がきと同じレベルの壁画を完成させれば、次の依頼も期待できそうだ。

床にしゃがみ込んでいる魁多は、容器から調理用のステンレスバットに白い塗料を注いだ。それを少量の水で薄めて刷毛《はけ》でかき混ぜる。たぶん地塗り用のジェッソだろう。コンクリートのでこぼこを埋め、絵具の定着をよくするための下地作りをちゃんと行うようだ。

マスキングをする手際のよさからいっても、魁多は落がき好きな、ただの素人《しろうと》ではなさそうだ。ビールケースをひっくり返しただけの台にのり、腕を伸ばして壁に塗料を塗り始めた。迷いのない筆運びで、壁を白いキャンバスに変えていく。少なくとも、壁画を完成させるために自分が何をすべきか、ちゃんと心得ているようだ。

「とくに手伝いはいらないだろ」

吾郎が背後から声をかけると、魁多は左から右へ刷毛を滑らせながら頷いた。

「二時ごろまたくるから、それまでしっかり描いておけよ」

下地は一時間もあれば乾くはずで、そのころには、絵も描き進められているだろう。

魁多はまたコクリと頷き、バイバイと軽い口調で言った。以前ならアホっぽいと感じただろうそんなノリも、いまはちょっとだけアーティストっぽいと思える。吾郎はなんの心配もなく、魁多をひとり残してバーをでた。

亀戸まで戻り時間を潰した。昼飯を食べ、森下に戻ってきたときには、二時を三十分ほど過ぎていた。清澄《きよすみ》通りを森下の交差点から両国《りょうごく》方向に少し進むと、ファタールが入るビルがある。一階が洋菓子店で二階には美容室が入り、三階にファタールがあった。四階から七階までは賃貸住宅で、そのビル全体を高盛が所有しているそうだ。

洋菓子店の前を通り過ぎたとき、背後から呼び止められた。

「松橋さん」と声をかけてきたのは、ちょうど洋菓子店からでてきた高盛だった。「ちょっと差し入れを、と思ってね」高盛は、洋菓子店の紙袋を掲げて見せた。

「あいつ、甘いものが好きなんで喜びますよ」吾郎は眉尻を下げて言った。

ビルのエントランスを潜り、エレベーターで三階に上がった。「どれだけ進んでるか楽しみだ」と廊下を進みながら高盛は言った。

「魁多は描き始めたら早いですから」と、吾郎は適当なことを言って、依頼主を喜ばせる。

高盛がバーのドアを引いた。背後にいた吾郎は、開いたドアから覗く店内の風景に、はっと息を呑《の》む。足がすくんだ。高盛も一瞬動きを止めたが、バーのなかに入っていった。

魁多はビニールシートにしゃがみ込んでいた。吾郎たちが入ってきたのに気づいていないのか、うつむいて自分の膝《ひざ》を叩《たた》いている。鼻歌のようなものがかすかに耳に届いた。

魁多の前、マスキングテープに囲われた壁は真っ白だった。下地作りが終わっただけで、それから先はまったく進んでいなかった。

「おい魁多、どうしたんだ」

固まったような表情の高盛を横目で見ながら、吾郎は声をかけた。

魁多が顔を向けた。えへへへと大きく口を開いて笑った。「なんか、描けないみたい」

「描けないって、あれから五時間もたってんだぞ」吾郎は大きな声をだした。アーティストであれば、筆が乗らないこともあるだろう。しかし、まったく描けないなんてあるのか。しかも、一度描いたことのある絵なのに。

床にはパレット代わりに使う、調理用のバットが並んでいる。下地作りに使ったジェッソが残っているだけで、絵の具は一色もだしていなかった。

「まだ時間があるからいいが」高盛が険《けわ》しい顔で言った。「万が一、描くのが遅れて、明日の営業時間までに作品が乾かなかったら、店を休まなきゃならない。そのときは休業補償として、報酬の二十万円から、いくらか引かしてもらうからな」

魁多を気に入っているように見えた高盛も、そこは商売人。甘い顔をしてはくれない。

「大丈夫。さっきも言ったでしょ。描き始めれば早いんです」吾郎は焦って言った。

魁多に目を向けると、眉根を寄せて吾郎を見ていた。

「二十万円って何？」魁多が訊ねる。

魁多には絵を描けば十万円がもらえるとしか話していなかった。

「……そんなの、どうだっていいんだ。それより、描けるな。いまからすぐに描き始めるんだ」

「なんか気分が乗らない」

「いっぱしの芸術家みたいなこと言うんじゃねえ」吾郎はぴしゃりと言うと、魁多の腕を摑んだ。「すみません、ちょっと外でよく言い聞かせますから」

高盛に断りを入れると、魁多の腕を引いて廊下にでた。

「お前わかってんだろうな。塀の落がきを消す金を払わなきゃならないし、俺が貸した金も返さなきゃならない。絵を描かなけりゃ、お前、金なんてねえだろ」

「生活保護費があるから、なんとか――」

「来月になんなきゃ、入らねえだろうが。待てないんだよ。即刻払えと言ってんだ」

じゃあどうしましょと、魁多はひとごとのように言うと、頰を膨らませて白目を剝いた。

「ふざけんなよ。お前ばかにしてんのか」

吾郎の激した声が、コンクリートの廊下に響き渡った。

魁多の胸ぐらを掴み、体を壁に押しつけた。「描け。なんでもいいから、描くんだ。気分が乗らないなんて甘えたこと言ってたら、ぶっとばすぞ」

吾郎は本気で腹を立てていた。十万円の報酬でも気分が乗らないと言ってのける元ホームレスの小僧に、ばかにされている気分になった。

ふと気づくと、魁多の視線が真っ直ぐ自分に向かってきている。口を半開きにした顔は、怯えているようだった。

「いいか、わかったな」吾郎は声を落とし、手を離した。半歩後ろにさがる。

魁多は怯えた表情のまま、なんの反応も見せない。ふいに顔をうつむけると、バーのドアのほうに歩きだした。店内に戻った魁多は、そのまま壁の前に進む。床に置いてあったデイパックを取り上げると、なかから絵の具の容器を取りだし、ステンレスバットに中身をぶちまけた。黄色の絵の具だ。

壁の前に立ち、しばらく呼吸を整える、なんてことはしない。筆を掴んだ魁多は、いきなりビールケースの上にのった。左手にのせたバットに筆を突っ込むと、壁に向かって筆を走らせ始めた。躊躇いはない。とはいえ、自棄《やけ》になって描いている風でもなかった。左から右に滑らせる筆の運びは一定のスピードを保ち、自分なりの作画スタイルに従って進めているように見えた。

それでも、さっきまで描けないと言っていたはずの魁多の豹変《ひょうへん》ぶりが気になり、吾郎は訊ねた。「おい、大丈夫か」

魁多は相変わらずなんの反応も見せず、一定のスピードで筆を滑らす。もうずっとそうしているような集中ぶりだ。

「しばらく、ひとりにしておこう」高盛が小声で言った。

吾郎は高盛に向き直った。

「芸術家というのは、気難しいものだよ」高盛はさっきとは打って変わって、満足そうな笑みを浮かべた。「甘いものを置いておくから、よかったら食べてくれ」

手にしていた紙袋をカウンターの上に置いた。

こちらを振り返り、あめ玉でももらった子供のような笑顔を見せるのでは、と吾郎は予想したが、はずれた。

魁多は一心不乱に、壁のキャンバスを黄色く染めていた。


時折吾郎は覗きにいったが、魁多は休憩《きゅうけい》を取る様子もなく描き続けていた。着実にオリジナルに近づきつつあるが、塀の落がきとは質感が違って見えた。色が鮮やかなのは、絵の具が乾いていないからなのだとしても、ドアの隙間から見える完成途上の絵は、どこかオリジナルにはない、目に迫《せま》るような発色のよさがあった。

描き始めたら魁多は本当に早かった。七時前には完成した。さすがに疲れた様子ではあったが、描き始めたときのわだかまりは残っておらず、カウンターの上の紙袋に焼き菓子を見つけると、無邪気《むじゃき》に喜びの声を上げ、貪《むさぼ》るように口に押し込んだ。

高盛には早速《さっそく》、完成した旨《むね》、連絡を入れた。使用した画材を片付け終わったころ、いそいそとバーに駆けつけた。まだ貼ってあったマスキングテープを魁多が引き剝がすと、高盛は「うーむ」と声を漏らして完成した壁画に見入った。

「同じものを描けと頼んだのに、これは全然違うぞ」

高盛が最初に口にした感想がそれだ。文句を言っているのではと吾郎をひやりとさせた。しかし、高盛は続けて言った。

「これに比べたら、塀の絵は落がきに見える」

落がきなんですけど、と言いたくなるのを抑えて、吾郎はにやにやと笑った。

とはいえ、高盛がそう言いたくなる気持ちも理解できた。確かに、この壁の絵は、あっちに比べて、しっかり、作品と呼べるような仕上がりに見えた。

元の絵との歴然とした違いは、下半分のオリーブ色の部分がグラデーションになっていることだ。下にいくに従い、オリーブ色は明るさを増していく。また、上半分の黄色の部分でも、オリーブ色と境をなすあたりは重ね塗りをしたようで、黄色の下にもやもやとオリーブグリーンが透けて見えていた。塀の絵がイラスト風であるのに対して、こちらは絵画と呼べる質感に仕上がっている。もっとも、それがどれほどのレベルのものか判断する目を吾郎はもち合わせていなかった。

疲れて見える魁多を先に帰し、吾郎は高盛につき合い、店の酒で壁画の完成を祝った。

「私はね、ここで絵を見ながら酒を飲むのが好きなんだ。そのためにこのバーを開いたようなものだ」高盛は壁画に目を向け言った。

このビルのテナント料が入るから、本当は働く必要もないのだろう。

「それにしても、この絵に二十万円の価値が本当にあるんですかね」

吾郎はそう口にして、しまったと思った。酒をやりながらのリラックスしたムードで思わず本音《ほんね》を漏らしたが、そもそも二十万という値段を言いだしたのは自分なのだ。

吾郎はグラスをカウンターに置き、絵のほうに体を向ける高盛の横顔を窺った。高盛はとくに気にした風もなく、壁画を眺め続けていた。

「一般的な相場、という意味なら私にはわからない。考えても意味はないしな。これは壁画で、売り買いできないんだから。この絵は私の店の壁にある。私の価値観でしか測れない。そういう意味では充分に価値があると私には断言できる」

高盛は壁画に挨拶でもするように頷いた。

いかつい男の横顔に頼りなげな笑みが浮かんでいた。自分の所有物に対して、まるで自分のほうが僕《しもべ》であるかのような表情だった。

「金銭的価値はともかく、この絵が芸術作品であることは間違いない。解釈しやすくはあるが、作者の制作意図がちゃんと伝わってくるから」

「この絵に意味なんてあるんですか」

黄色とオリーブグリーンの背景に、中央のペンギンだかウミガメだかの黒いシルエット。描いた本人には何か意図があるのかもしれないが、それは他人が解釈しうるようなものだとは思えなかった。少なくとも吾郎には、この絵から何かを読み取ることはできなかった。

「オリーブドラブ」高盛がぽつんと言葉を発した。

「はい？　なんですって」

「オリーブドラブ。色だよ。ちょうどセンターのあたり、黄色と境を接する濃いオリーブ色がオリーブドラブと呼ばれる色だ。黄色と黒を一対一で混ぜて作ったもので、自衛隊の装備品の標準カラーさ。この絵はそれが基調となっているはずだ。全体に黄色と黒しか使われていないし、それを一対一で混ぜた色がセンターにあるのだから、そう読み取れる」

「ちょっと待って。これって黄色と黒だけ？　緑とか青とかも使われてるでしょ」

黄色の下に透けて見えるオリーブ色は、部分によっては鮮やかな黄緑色になっていた。

「黄色の分量が多いだけで黒と黄色のミックスだよ。光のように明るい黄色と暗黒の黒だけで描かれていることから、ひとの心の明と暗を表わしていると推察できる。とくに作者の心模様。明るいものを求めながらも、闇を引きずってしまうような暗い気持ち。暗に主眼が置かれているのは、本来明るいはずのディズニーが黒で描かれていることでわかる」

「ディズニーだって？」

いったいこの絵のどこにディズニーが？

吾郎は絵を見つめた。すぐに焦点は中心の黒いシルエットに絞られる。大きな足ひれのようなものがついた物体。ペンギン、ウミガメ、そんなキャラクターがあっただろうか。

「おおう！」吾郎は思わず声を発した。

それは突然の閃《ひらめ》きだった。ディズニーといえば——と考えたとたん、中心の黒い物体が頭のなかで反転した。

「これは、ミッキーマウスだ」

「なんだ気づいていなかったのか」高盛は、ふふーんとばかにしたような笑い声を添えた。

　こんなもの、わからなくたって、どうということもない。黒いシルエットはミッキーマウスの顔を上下逆さに描いたものだった。足ひれと思ったものは、ミッキーの大きな耳。ペンギンのくちばしのように見えたのは鼻だ。美術鑑賞なれした高盛は塀の絵を見たとき、頭のなかで反転させてみたのだろう。

　最初に会ったとき、高盛は、作者はこの絵を何か見ながら描いたのかと訊ねた。それは、この逆さのミッキーを念頭においての質問だったに違いない。

「ミッキーマウスが逆さになっているのも、何か暗い気持ちの表れなのかな」

　壁画に向けた高盛の視線はブレがなかった。高盛はあくまで絵に解釈を加えているのであって、作者のなかにある暗いものに思いを馳せている様子はない。それは吾郎も同じだ。

「もしかしたら、ミッキーが逆さに描いてあるから、絵ではなく壁画を依頼したのかい」

「なかなか鋭いことを言うな。ちゃんと頭があるんだな」

「おい、おっさん――」と言いたいところをがまんして、吾郎は笑い飛ばしてやった。

「逆さに描くのはそれほど難しいことではないが、それでもキャンバスだと普通に描いてひっくり返して飾っているだけ、と思われかねない。だから確実に逆さに描いたとわかる壁画のほうがよかった、というのは確かだよ。将来の値上がりを考えれば、キャンバスに描いてもらったほうが転売できていいのだろうがね」

「将来、魁多の絵が値上がりすると考えてるのかい？」

「ははっ、松橋さんは、お金の話のほうが好きなようだね」

「金が嫌いな人間なんていないだろ」吾郎はむきになって言った。

「あの真ん中の絵、いくらぐらいするか、わかるかい」

突然、くるりとスツールを回転させ、高盛は壁に飾られた絵に体を向けた。

吾郎も体を横向きにし、背後の壁を見た。

三つ飾ってあるうちの真ん中の絵は、白く塗られたキャンバスに、青い線が二本クロスするように描かれているだけ。ひといきに引かれたと思《おぼ》しき線は、毛筆のように端がかすれていた。自分でも描けそうな気がするが、実際にやってみると、こういう質感にならないだろうことは想像がつく。シンプルなものこそ難しい、ということを教えてくれるような作品だった。それは、値段を当てる上でも一緒だ。

「わかんねえな」吾郎はあっさり兜《かぶと》を脱いだ。

「これは三十年ほど前に買ったもので、四十万円した。その値段でも当時は買おうかどうか迷ったもんだが、いまこれをオークションにだせば数百万の値がつくのは間違いない」

「四十万が数百万だって」

　吾郎はまたばかにされるのだろうと思いつつ、気持ちよく声を裏返しにした。

「これはサイズが六号で、小さいほうだ。三十号とか大きいサイズになれば、一千万は軽く越すよ」

「一千万？」

　もう完全に高盛の思惑《おもわく》どおりに操《あやつ》られているとわかっていたが、声を裏返さずにはいられなかった。高盛は吾郎に目を向け、満足げに頷いた。

「別に値上がりを期待して買ったわけではないが、いい作品を選べばそういうこともある。情報化のいまの時代、なんでも早くなっていて、評価が定まるのも早い。何十年とかからず、そのくらい値上がりすることは珍しくないだろうな」

　吾郎はカウンターに向き直り、グラスに手を伸ばした。ウイスキーを喉に流し込み、少しばかり気を落ちつかせた。

「それで、魁多の絵も、それぐらい値上がりすると思うんですか」

「そんなことわかるわけがない」高盛は怒ったような声で言った。「ただ、絶対にないとは言いきれない。そのくらいの才能はあると思うよ、彼には」

　どれくらいの才能だと言っているのか、吾郎にはよくわからなかった。

「それは、あいつがかなりいい線いってるってことですか」

「彼は美大をでてんのかい」

「いや、大学はでてないはずですよ」

入所のときに学歴くらいは聞いていた。

「それでも、ある程度の美術の教育は受けているはずだ。空間の使い方や、マチエール——絵肌の質感なんかを見ても、しっかり計算されていてそれがわかる。まあこれまで、どれだけ絵に打ち込んできたかわからないが、まだ伸びしろが残っているのなら、いい線いくかもしれない」

「本当にそういうこと、わかるんですかね」疑うというより、何か確証が欲しくて訊ねた。

「私には絵を描く才能はないけどね、ひとの才能を見抜く力はけっこう確かなんだよ」

怒ったように顔を歪めた高盛は、くるっとスツールを回転させた。

「右の絵を見てみろ。あれがいくらぐらいすると思う?」

高盛も、金の話は嫌いではないようだ。

6

翌朝、リバーサイドハウスに出勤した吾郎は、塀にぺたぺたと張り紙をした。塀の前でそれを満足げに眺めていると、背後から声をかけられた。

「ちわーす、吾郎さん」

振り返って見ると、先日の住民票の買い取り屋だった。

「気安く名前で呼ぶな」

「すみません、施設長さん」と言うと、若造は菓子折を差しだした。「これつまんないものですが、食べてください」

「おう、気が利くな」

緑の菓子折は言問団子《こととい だんご》。長命寺《ちょうめいじ》の桜餅《さくらもち》のほうが好みだが、こいつも悪くはない。

「なんなんすか、この絵。サンプルってことですか」若造は塀の張り紙を見ながら言った。

「まあ、そんなところだ」

張り紙にはこう書いてある。あなたのおうちの塀や壁を、こんな素敵な壁画で飾りませんか。お店なども可。キャンバスにかくこともできます。興味のあるかたは気軽にお電話ください。そして吾郎の携帯電話の番号が書かれている。

「これを見て、描いて欲しいと思うひとなんているんすかね」

「お前、商売のセンスねえよ。もうすでに一件仕事をしてんだ。見てみろ、ほら」

吾郎は膨らんだ財布をポケットから取りだし、中身を見せてやった。

「嘘っ、すごくないすか。全部一万円札っすよね」

「たった一日作業しただけで、これだ」

昨夜、高盛から制作料を払ってもらった。経費も含めて丸々入っていた。

「俺、仕事、考えなおそうかな」

「その前に、商売のセンスを磨《みが》けよ」

吾郎は高笑いを響かせながら、ハウスの門を潜った。

職員室に入ると、ワンがぐったり椅子にもたれかかっていた。「おはようございます」と、二日酔いの山羊《やぎ》かと思うくらいに覇気のない声で言う。

「風邪《かぜ》でもひいたか」と訊くと、別に大丈夫よ、と返ってきた。またいつものアピールかと、吾郎は鼻で笑った。

吾郎が休みの翌日、ワンはぐったり疲れた姿を見せる。自分がどれだけ吾郎の分まで働いたか、恩着せがましくアピールするのだ。

団子をやったら、ワンは機嫌《きげん》を直した。吾郎は職員室をでた。

「昨日の報酬だ」魁多の部屋にいき、十万円を差しだした。

「二十万円」と魁多はにやにやしながら口にした。

「あれは、俺への報酬を含めての話だ。色々な、あのひととの交渉には苦労したからよ」

にこりともせず受け取った魁多は、ゆっくりと札をかぞえだした。吾郎はさらに二枚札を抜き取り、魁多に差しだす。

「仕上がりが思った以上によかったから、高盛さんからボーナスだ」

実際は、経費として一万三千円を請求したら、釣りはいいと二万円くれたのだ。魁多に材料費として一万円を渡しているから、吾郎の取り分は実質九万円になるが、仕方がない。働いたのは魁多だ。

「これだけ金払いがいいのはなかなかないと思うが、また次もよろしくな。やるだろ？」

金をかぞえていた魁多は、吾郎を見上げた。何も答えない。

「お前、絵を描くの好きだろ」

魁多は薄く口を開いたが、言葉を発することなく、顔をしかめた。ひどい腹痛にでも襲われたような顔だった。

「どうかしたか」と訊ねたら、魁多は首を横に振り、ぼんやりした表情に戻した。

「好きだよ」とはっきりした声で言った。

「そうか、そうだろ。またやろう。俺たち、いいコンビになりそうだな」

自分でも恥ずかしくなるくらい、はしゃいだ声だった。それに対して魁多が、大きな欠伸《あくび》で返したものだから、いたたまれない。ははは と空笑いするよりなかった。

数日後、吾郎は仕事上がりで、旧友の田門《たもん》と錦糸町に飲みにでかけた。中学三年のときにクラスが一緒だった田門と飲むのは、四年前のクラス会以来だった。

中学校の教師をしている田門は、短く整えられた髪を綺麗に七三に分け、黒縁の眼鏡《めがね》をかけていた。いかにも教師っぽいが、本人はそう言われると少なからず心が痛むそうだ。本当は彫刻家になりたかったのに食べていけそうにないから美術教師になった男は、見た目まですっかり教師になってしまった自分を、いまだに受け容れられずにいるらしい。

「へー、そんな才能があるやつがいるんだ。まあ、才人なんてどこに潜《ひそ》んでいるかわからないもんだもんね。ちょっと会ってみたいな」

「会ったって別にどうってことない。見かけはぼーっとしていて、あほみたいだぞ」

吾郎は、さきいかを嚙《か》みしめながら言った。

「才能のある人間は、だいたいそんなもんだよ」才能のない美術教師は、寂しそうに言った。「で、その才能ある青年を、どうにか売りだしたいっていうんだよね。でも、どういう感じで世にだしたいの。公募の美術展に出品しようとか考えてる?」

「だからそいつをお前に訊ねてんだよ。どうしたらいいか、何が効果的か」吾郎は田門のグラスにビールを注いだ。「俺がいちばん知りたいのは、魁多を売りだすことができたとしてだ、その才能をいち早く発見した俺にも継続的に金が入ってくるような仕組みっていうのかね、そういう方法があるかってことだ。なあ、難しいかもしれないが、何か考えだしてくれよ」

張り紙をして壁画の仕事を請け負っても、たかがしれている。高盛のようなもの好きが巷《ちまた》に溢《あふ》れているはずもない。実際、壁画についての問い合わせは、いまだに一件もなかった。

自分が目指すべきは、魁多の絵に一千万円の高値がつくようになったとき、その何割かが自分の懐に入ってくるようなシステムを構築することだった。

グラスをぐいっと空けた田門が口を開いた。

「そんなの簡単だよ」

吾郎は枝豆に伸ばした手を止めた。「本当かよ。いったい、どういう方法なんだ」

「意気込むほどのことじゃないよ。美術界では当たり前のこと」田門は背筋を伸ばして言った。「ギャラリストになればいいんだ。絵が売れたら普通にお金が入ってくる」

「なんなんだ、ギャラリストって」

「ギャラリストは、ギャラリーのオーナーだよ。ギャラリーはわかるでしょ。アーティストの個展を開くところ。個展で作品が売れれば、ギャラリーにお金が入ってくる」

「つまり、場所を提供して、売り上げのいくらかが入ってくるっていうことか」

確かに、意気込むほどのものじゃない。それでは、どこにでもある商売と一緒だ。

「たぶん松橋君は、ファッションビルのテナント商売みたいなイメージで考えているんだろうけど、全然違う。アーティストは場所を貸してもらうんじゃなくて、ギャラリーに所属するんだ。だから、ギャラリーとアーティストの関係は、芸能事務所とタレントの関係に似ている。ギャラリーはマネージャーであり営業マンであり広報担当でありアドバイザーでもある。もちろん個展の企画も考える。大きいギャラリーは何人かのスタッフがいるけど、小さいところは、本当にそれらをオーナーひとりでやってたりするんだ」

当初考えていたイメージとは違うと、吾郎は落胆《らくたん》した。高盛に口利きをしただけで十万円が転がり込んできたような、もっと手軽に金を得る方法を教えてもらいたかったのだ。

「金のやりとりはどうなってるんだ」

「さっき言ったとおり、作品が売れればギャラリーにもお金が入ってくる。ギャラリーの取り分は、業界の通例で売り上げの五〇パーセント」

田門は驚かせようという感じもなく、グラスを口に運びながらさらりと言った。

「折半《せっぱん》てことか。制作した本人と同じだけギャラリーがぶんどるのはあこぎじゃないか」

吾郎は別に義憤《ぎふん》を感じたわけではないが、感覚的にいって、何も作っていないギャラリーが半分もっていくのは理不尽に思えた。もっとも自分も魁多から半分ぶんどろうとした。あこぎといえばあこぎ。だから後ろめたさを感じて経費分を魁多に渡したのだが、それが業界の通例だと知ると損した気分になる。

「あこぎでもないんだよ。ギャラリーはアーティストが無名のころから関わり、育てていくことも多いんだ。アドバイスをするだけでなく、作品の制作費用を貸したりもする。美術館とかいろんなところにでかけていって売り込んだりもするし、個展のオープニングにはパーティーも開く。あと、最近は海外のアートフェアに、所属するアーティストの作品をもっていって、出展するギャラリーも増えている。そうやって海外のマーケットにまで売り込みをかけてくれるんだから、半分もっていったって誰も文句は言わない」

「俺だって文句を言っているわけじゃねえよ」

売り上げの半分が懐に入ってくる。一千万円で売れれば、五百万が自分のものに。年に二、三枚も売れれば充分やっていけそうだ。しかし、海外のフェアだかなんだかに出展したりとか、めんどくさそうではある。

「なんかもっと簡単に金が入ってくる方法、ないのかよ」

「そんなのあるわけないでしょ。あればみんなやってる」

それは違う、と吾郎は思った。みんなが前途有望な才能に出会えるわけではない。たまたま見つけることができた自分になら、何かしらそれをいかす方法が残されているような気がするのだが。

「ギャラリーをやるしかないよ。松橋君、案外むいているかも。絵の才能だって、僕よりありそうだもんね。中学のときのあの絵、いま思いだしても興奮するかも」

「才能のないお前と比べても意味はないだろ」

吾郎はそう言い捨てたが、嬉しくないこともない。ただ、吾郎が中学のとき描いていたのは女の裸の絵だ。まだ直《じか》に見たこともない裸の女に、セクシーなポーズをとらせた妄想落がき。休み時間、描いてくれよと童貞野郎どもによくせがまれたものだ。

「本当に俺にギャラリストができると思うか」

答えはわかりきっていたが、念のため訊いてみた。田門は予想を裏切ることなく、生真面目《きまじめ》な顔をして首を横に振った。

7

午後二時。吾郎は調理室で鍋《なべ》に水をはり、火にかけた。職員室に戻り、湯が沸くのを待つ間、煙草をふかした。今日はワンが休みで、夕飯のしたくはひとりでやらなければならなかった。猫の手ほどの手伝いしかできないワンだから、いなくてもどうということはない。

吾郎の父親は、かつて立花いきいき商店街で定食屋を営《いとな》んでいた。小学生のころから店の手伝いをしていた吾郎は、元々料理をするのは億劫《おっくう》ではなかった。

十七年前に亡くなった父親は、ただの定食屋の親父だったが、職人肌の厳しいひとだった。小遣い目当てで手伝っていた吾郎を、よく厨房《ちゅうぼう》で怒鳴り倒した。とはいえ父親は吾郎に店を継がせようとは考えていなかった。ただ、職人肌らしく、自分と同じように手に職をつけて地道に働いて欲しいと考えていたようだ。高校卒業前、進路を決めるとき、そんな父親に反発し、よく口論となった。結局、父親の思うような道にも進まなかったし、反対を押し切り自分のいきたい道へ進むこともなかった。あのとき自分の思いを通していたらどうなっていただろう。漂《ただよ》う煙を見つめながら吾郎はふと考えた。

いまとたいして違いはないんだろうなと本気で思えて、ほっとした。

煙草を灰皿でもみ消しているとき、廊下を移動する振動を感じた。毎度のことだが、いつもよりはいくらか激しい。そう思い身構えていると、足音は職員室の前で止まった。

「おい吾郎、いるか」

ドアが開くと同時に声がした。頭を低くして入ってくるのは、身長百八十センチを超える大男。この施設を運営する不動産会社の社長、木暮大介だった。

木暮は高校の同級生でもある。図体ばかりでかく、喧嘩はからきし弱かったが、父親のあとを継いだいまは、なかなか押しだしのいい経営者に見えた。

吾郎が「おう」と返事をすると、「ひとりか」と訊いてきた。

「ワンは今日、休日だよ」

吾郎の返答に頷くと、木暮はテーブルの上に紙を一枚投げてよこした。

「なんなんだ、これはよ」眉根を寄せて、睨みつけてきた。

「ああ、これか」

それは塀の落がきに添えた張り紙だった。吾郎は一度手に取り、木暮が仁王立ちするテーブルの向こう側へ投げだした。

「見てのとおり、壁画を描いて欲しいひとを募る張り紙だ。なんか問題あんのか」

「あるに決まってんだろ。ここは俺の会社の施設だ。勝手に商売をすんじゃねえよ」

「悪かったな。もう貼らねえよ。全然、仕事の依頼はきてないから、安心しろ」

「嘘つくな。うなるほどの現金、もってるそうじゃねえかよ」

なるほどと吾郎は思った。住民票買い取り屋の若造が、木暮に話したようだ。

「大袈裟だぜ。俺の懐には、十万も入ってない」

「描いたやつはどんだけもらったんだ」

「たいしてかわんない。十万ちょいだよ」

「仕事はどれくらいかかったんだ」

「まる一日だな」

木暮は、うーんと喉の奥を鳴らした。「勝手に俺の財産を使って、金もうけすんじゃねえ」

へっ、と吾郎はばかにするような笑みを浮かべた。

「ここの入所者は、別にお前のもんじゃねえだろ。どうしようと俺の勝手だ」

「部外者ならそうも言えるが、お前は、ここの職員だ。勝手が許されるわけないだろ」

一理あるなと思いはしたが、それで口をつぐむ吾郎ではなかった。

「本人しだいだろ。向こうが俺と組みたいというなら、しかたないんじゃねえか」

「じゃあ、描いたやつに会わせろよ。尾花とかいういちばん若いやつだそうだな。絵の仕事をするときは俺を通す。さもないと、ここから追いだすと脅《おど》してやるぜ」

木暮は、見せかけだけの悪党面を作って言った。

「本気で絵の仕事に関わる気か。お前、絵のことなんてなんにもわかんねえだろ」

「そんなのお前だって一緒だろ」

「俺は知ってる。絵を売るには、ギャラリーっていうのに所属しなきゃなんないんだ。いいか、数十万の絵が一千万になることもあんだぜ」吾郎は自慢げに言った。

「そんなことぐらい知ってるぜ。ああいう絵は現代アートっていうんだろ。一千万どころか、億って金になることだってあるんだ。もし尾花にそこそこ才能があるなら、俺はギャラリーを開いたっていいと思ってる」

「おい、本気かよ」

木暮は表情を引き締め、静かに頷いた。

「スカイツリーができて、この界隈《かいわい》もいっきに注目を集めてる。カフェとか洒落たもんもでき始めてるし、ちょっと調べてみたらな、有名なギャラリーもけっこうあんだよ。もしかしたら、こいつは商売になるかもしれないと、いま本気で考えている」

木暮は金になりそうだと思えばなんにでも手をだすやつだった。ほとんどは失敗するが、生来の気の小ささが幸いし、うまくいかないかもしれないと思うとさっさと手を引き、痛手はこうむらない。たまたまうまくいった商売だけが残っていき、全体でみれば利益はだしているようだ。低額宿泊所のビジネスも数少ない成功例のひとつだった。

こいつは資金もあるし、知識のある人間を雇うこともできる。本気でやろうと思えば、ギャラリーを開くことは可能だろう。

「おい木暮、勝手なまねするんじゃねえぞ。魁多は俺が見つけたんだ。あとからきて、横からちょっかいだすな」

「お前、誰に向かって口きいてんだよ」木暮は口を半開きにして、吾郎を睨《ね》めつけた。「俺は社長だぞ。お前みたいな下っ端は、俺と目を合わせるのも失礼なんだぞ」

「しょうがねえだろ、同級生なんだから。それがわかってて俺を雇ったんじゃねえのか」

「お前の常識のなさがわからなかったんだよ。いくら同級生だって、社長と従業員の関係になれば、多少は社長を敬《うやま》うもんだろ。俺はずっとむかついていたんだ」

いまさら言うなと吾郎は思う。バン、と木暮が叩いたテーブルの音が、吾郎の頭のなかで弾けるように響いた。

「敬えるような社長じゃねえだろ。ホームレスから金を巻き上げるような商売してるやつに敬意を払えるか。住民票とか通帳の買い取り屋から、いったいいくらもらってるんだ。そんな薄汚い商売してると知ったら、智香《ちか》ちゃんが悲しむぜ」

木暮の切れ長の細い目が、手でこじあけたように大きく見開かれた。顎が外れたように、口もあんぐりと開いた。

「てめえに言われたくないぜ」木暮は激しく二回、テーブルを叩いた。「ここにくる前、どこで働いていたんだ。じいさん、ばあさんを騙《だま》して、老後の蓄《たくわ》えを巻き上げていたのはどこのどいつだ。リフォーム詐欺《さぎ》みたいなことをやってたお前を雇ってやって――」

「言うな！」

吾郎はそう叫んで立ち上がった。腕を伸ばし、テーブル越しに木暮の胸ぐらを摑んだ。

「なんだ、この手は。社長に手を上げるのか。やれるもんなら、やってみろ。クビにしてやる。ここを辞《や》めたら、もうどこも雇ってくれるところなんてないからな」

セーターから手を離し、木暮の胸を強く突いた。自分の足でめったに歩かない大男は、あっけなく後ろに倒れた。

「クビだあ！　とっとでていけ」尻餅をついたまま、木暮は叫んだ。「お前のかわりなんて、いくらでもいる。いますぐ、でてけ」

「ああ、辞めてやるよ、こんなところ。くっだらねえ」吾郎はテーブルの脚を蹴りつけた。

ほんとにくだらねえ。こんなところにしがみついていた自分がくだらねえ。施設長の肩書きに気をよくしていた自分がくだらねえ。もう一度テーブルの脚を蹴りつけた。

「早くワンを呼び戻せ。もう夕飯を作り始めなきゃ間に合わないぞ。夕飯がないとなったら、いつもは大人しい入所者たちも、暴動を起こすだろう」

吾郎はハンガーからキルティングジャケットを取り、ドアに向かった。

「何言ったって、引き止めないぞ」

「そういうつもりで言ったんじゃない」

じゃあ、どういうつもりなのか、自分でもよくわからない。

「尾花のことは心配するな。俺がちゃんと絵を描かせて、金を吸い上げてやるから」

ドアの前に立った吾郎に、木暮は言った。

床に体育座りした木暮は、吾郎と目が合うと、にやりと笑う。すぐに吾郎もにやりと返した。怪訝な表情を浮かべる木暮に背を向け、ドアを開けた。

政田を先頭に、老人三人がドアの前に立っていた。みな、心配げな顔をしている。

吾郎は押しのけるようにして、職員室をでた。挨拶代わりに手を高く上げ、肩にジャケットをかけた。

「吾郎さん、俺たちの夕飯、どうなるんだ」政田の声が背後から追いすがった。

心配していたのは飯のことか。吾郎は顔を歪めてふっと息をついた。

「そこにいる社長に訊いてくれ」

廊下を進んだ。玄関までできた吾郎は、下駄箱には向かわず、中央階段を上がった。

ノックもせず魁多の部屋のドアを開いた。薬でも盛られたように、大口を開けてぐったり横たわる魁多の姿が目に入る。

「おい魁多、起きろ」

びくっと体が震え、魁多は飛び起きた。何かを探すように左右に首を振ってから、ふぁーっと欠伸をした。

「さあ、荷物をまとめろ。ここをでていくぞ」

「なんで」魁多は当然の質問をした。

「俺はここを辞めることにした。だから相棒のお前もついてくる必要がある。わかるか」

「ううん。たぶんその説明、誰にもわかんないと思うよ」

寝ぼけたような顔をしているが、しっかりひとの話を聞いていたようだ。

「俺はお前が絵で食べていけるようにしたいんだ。そのために、ここを辞めて、お前の作品を発表するギャラリーを作ろうと思っている。こんなところじゃ絵も描けないだろ。当面、俺のアパートで共同生活になるが、すぐアトリエにも使える部屋を借りてやるから」

木暮に横取りはさせない。意地でもギャラリーを開いてやろうと吾郎は強く心に決めていた。魁多の才能を見つけたのは、自分なのだ。

「なんだかまだ理由が抜けている気がするけど。それに、ギャラリーって、そんなに簡単に開けるものなの」

魁多は関心がなさそうに訊く。しかし、拒絶するわけでもない。

「簡単じゃないが、俺にはできる。お前、俺を金もうけしか考えていない、美術には縁のない人間だと思ってるだろ。俺はこう見えても、墨工美術部出身なんだ。そのへんの素人とは、全然スタートラインが違うんだ」

「スミコウ美術部？」小さな目を丸くし、驚いたような顔で訊ねた。

「墨田東工業高校の美術部だ。このへんじゃ最強の美術部だぞ」

「ほんと？」魁多はまたびっくり顔で言った。

「ああ、ほんとだ。だから安心してついてこい」

それでついてきたらあほうだと思う。

魁多は思案顔で、腕組みをした。どうしようか迷うくらいにアホだということか。

「俺、ドーナツが食べたいんだけど」ようやく口を開いたと思ったら、そんなことだった。

「いくのかいかないのか。ついてくるなら、ドーナツをいっぱい買ってやるぞ」

魁多は天井を見上げた。誰かがそこにいるように笑いかける。なんだか怖い、と見ていたら、手でぽんと膝を打ち、勢いよく立ち上がった。

仕事を失った上に居候《いそうろう》までできた。

コンビニで一個百五円のドーナツを三つ買ってやったら、魁多は大人しくついてきた。いまどき子供でも釣られそうにないものだが、魁多はデイパックと紙袋ふたつに所持品を詰めて、本当に吾郎のアパートに越してきた。

部屋に戻ってきて、六畳一間がこんなに狭かったかと、いまさらながら愕然《がくぜん》とした。まあ、なんとかなるさと、頭のなかで繰り返していた。

成りゆきでこうなってしまったが、動きだせば案外楽しめるものだと知っていた。かつて会社を立ち上げたときも、やる気に満ちていて、何ひとつ苦にならなかった。自分は金のなる木を見つけたのだと思っていた。まだ苗《なえ》の状態だから、金がなるまで手間も時間もかかるが、大事に育てれば、きっといつかは黙っていても実をつけるようになる。それを思えば、どんな面倒なことにも立ち向かえる、——はずだ。

吾郎は我知らず、溜息をついた。

魁多が三つめのドーナツの袋を開けた。食べ終わったら、帰るとか言いださないだろうかと不安を覚えたとき、吾郎の携帯電話が鳴った。着信表示を見ると大樹からだった。

どうかしたかと訊ねると、「この間の約束」と大樹は言った。

「悪いけどな、いまそれどこじゃないんだ」

大樹はしばらくの沈黙のあと言った。「約束は守ってくれる？」

「ああ、守るさ」

吾郎に言えと言われたとひとみにばらしてしまったが、伝えることは伝えたのだから、約束どおり喧嘩の仕方を教えてやろうとは思う。しかし、いまはそんな気分ではなかった。

「いつ？」と強い調子で問う大樹に、そのうち連絡するからと言って電話を切った。

男は仕事が優先だ。ひとみだってそういう男が好きなはずだ。

翌日から新規事業に向けて、精力的に動きだした。まずはギャラリー巡《めぐ》り。ギャラリーを始めるという男が、いったこともなければ見たこともないんじゃ話にならない。

本屋で下町歩きのガイドブックをぱらぱら立ち読みすると、なるほど、隅田川を挟んだ両岸にぽつぽつとギャラリーが散在していた。ほとんどが現代アートを扱うギャラリーで、吾郎の地元、墨田区にも二軒ほどあるようだった。

吾郎がまず向かったのは清澄にある倉庫ビルだ。ビルのなかには六軒のギャラリーが入居していて、まとめていっきに見られる。しかも、どれも有名ギャラリーだというのだから、ギャラリー初体験の吾郎にはうってつけだった。ギャラリーは美術館のように作品を見せるだけの空間ではない。作品を売る場でもある。だから、「いかがですかこの作品」などと言って、売り込みをかけてくるものだと思い、緊張していた。しかし、実際に回ってみると、声をかけてくるどころか、スタッフの姿すら見えないところもあった。

美術作品を観ていていちばん気になるのは、やはりその値段だ。最初、値札がついていないから、訊かなければ教えてくれないのだと思っていた。訊けばきっと売りつけられると警戒した吾郎は、気になりながらも、価格を知らずに観て歩いた。しかし、なんだかんだいって、ギャラリーも商売をしているわけで、受付のカウンターなどに価格表が用意されていると、ギャラリーをはしごするうち気づいた。それを知ってからは、ギャラリー巡りの楽しさがいっきに増した。ええっ、こんなものがこんなにするのか、と価格表と作品を照らし合わせては、驚いたり納得したり。作品もそれまで以上にじっくり観るようになった。

やはり百万円を超える価格を見つけると、気持ちが上がる。とはいえ、吾郎が魁多の絵に期待するのはそんなはした金ではない。いずれは最低でも五百万円の値がつけばと夢想しているが、この日はそんな高額な作品を目にすることはなかった。

その週の土曜日も馬喰町《ばくろちょう》、八丁堀《はっちょうぼり》と、ギャラリー巡りをした。さすがに週末で、客が自分ひとりということはなかった。やはりスタッフは声をかけてこないが、客のほうからスタッフに話しかけ、作品を前に、何やら話し込んでいる姿を目にした。そんな光景にぶつかると、客が興味をそそられた作品がいくらぐらいするものなのか、価格表で調べて自分の興味を満足させた。

二回のギャラリー巡りで、吾郎はギャラリーという器がどんなものであるかだいたい理解した。すべてのギャラリーが白い壁をもち、明るいライトで照らされ、どこか華やかさやスタイリッシュな佇まいを備えている。それらを見るうち、たいした根拠もなく、いいギャラリーを作れそうな気がしてきた。それは、吾郎が回ったのが、すべて下町にあるギャラリーだったことと関係している。どのギャラリーもその雰囲気作りにうまく下町という立地を利用していた。下町で生まれ育った自分ならば、より効果的に下町の空気をギャラリーに取り込めると、やはりほとんど根拠もなく考えていた。

自分がまっとうなギャラリストになれるかどうかはまた別の話で自信もないが、魁多の才能があれば——魁多に才能さえあれば、あとは、いい器が用意できたなら、きっとこの事業はうまくいく、と吾郎は楽観的に考えていた。

ただし、開業資金を集められたならばの話だ。蓄えなどまるでない吾郎にとって、それがまず最初に乗り越えなければならない難問だった。

8

「なあ、おやじさん、長い付き合いじゃないか。頼みますよ」

吾郎はすり切れた革のソファーの上で居住まいをただし、頭を下げた。

「長い付き合いだから、信用できないんだよ。ともかく、いま貸せる店舗はない」

森若千太郎《もりわかせんたろう》は腕組みをし、ぎろっと吾郎を睨んだ。

「貸せる店舗なんていくらでもあるだろ。半分も店が閉まってんだから」

「常陸屋《ひたちや》の悪ガキに貸す店舗はない、ってことだ。しかも、できるだけ安くしろなんてやつにはな」

「俺、なんか根にもたれるようなことしましたっけ？」

確かにいい子供ではなかったが、やっていたことは、子供のいたずらの範囲を越えることはなかった。やんちゃをした高校時代だって、警察の厄介になるほどではなかったし。

「とにかく、早く開業したいんだよ」口を開かない森若に、吾郎は言った。「しかも資金不足だから、できるだけ安く借りたい。もちろんそんなのはこっちの都合だけどさ、ギャラリーができれば商店街にだってメリットはあるんだ。いま下町は、東京イーストとか呼ばれて、俄然《がぜん》注目を浴びてるだろ。ギャラリーとかカフェとかができて、これまで足を向けることもなかった連中が押し寄せている。俺のギャラリーができれば、寂れた商店街に足を踏み入れさせるきっかけになるんじゃないか」

立花いきいき商店会の会長、森若は、「東京イーストねえ」と呟き、疑わしげな目を向けた。

「スカイツリーだけじゃどうにもなんないよ。あんなの、どっからだって見えるんだから。商店街にひとを呼び込むには、何かちょっと変わったものでもないとな。だから安い家賃で俺に店を貸しても、商店街全体のことを考えれば、けっして損はないと思うんだ」

何が気に障《さわ》ったのか、森若は突然顔を真っ赤にし、「勝手にほざいていろ！」と吾郎を怒鳴りつけた。昔と全然変わってない。吾郎は皺の寄った森若の顔を見つめながら思った。

酒屋を営む森若千太郎は土地もちで、吾郎の父親が営んでいた店の大家であったし、息子の森若幸太《こうた》とは小学校の同級生で、昔から顔なじみだった。小柄で痩《や》せ形の体型であるのに、ビールケースをトラックの荷台にいくつも積み上げる腕力は、子供の目には不気味に映った。気性も激しく、友達の父親のなかでは誰よりも怖かった。

「お父さん、大きい声ださないで」居間に入ってきた森若康恵《やすえ》が、朗《ほが》らかな声で言った。

「声が大きいのは生まれつきだ」

「そのくらいの声ならいいわよ」

もうひとこと言い返すかと思ったが、森若は鼻をならしただけで口を閉じた。康恵はなかなかの猛獣使いだ。亡くなったお母さんに似てきたなと吾郎は思った。

幸太の妹、康恵は吾郎より三つ年下だった。何か商売をやっている家に嫁いでいたが、二年ほど前に離婚して実家に戻ってきた。その前年、母親が亡くなっており、ちょうど男やもめとなった父親の世話をしたり、店の手伝いをしたりしている。

「お父さん、君原《きみはら》さんのところなんて、ギャラリーにちょうどいいんじゃないの。表通りから入ってすぐだし」

コーヒーの入ったカップをテーブルに置くと、康恵が言った。

「何言ってんだ。あそこはとびきりの立地だ。こいつに貸すにはもったいない」

「お父さんこそ、何こだわってるの。あの古い店を借りようなんてひと、まずいないわよ。実際、もう二年も空き家でしょ」

「君原さんって、畳《たたみ》屋だろ。おばあちゃん、亡くなったのかい」吾郎は訊ねた。

畳屋の主人はずいぶん前に亡くなり、奥の住居で奥さんがひとりで暮らしていたはずだ。

「はーあ」と森若がこれ見よがしの溜息を響かせた。「君原のばあさんは、二年前の夏に亡くなったよ。そんなことも知らないやつに、あの店を貸したかないね」

「吾郎さんは商店街の人間じゃないんだから、しょうがないでしょ」

康恵のきつい声が響いた。森若は「だけど近くで働いているんだからよー」と小さな声でぶつぶつと言い訳する。

「お父さん、森若酒店の専務として言います。空き店舗を放置していても、何もいいことはありません。固定資産税はとられるわけだし。借りたいってひとがいるなら、たとえわずかな賃料でも貸したほうが会社の利益になるんです。――社長、決断願います」

康恵は声を一段低くして父親に迫る。森若は拗《す》ねた子供のような顔で娘を見上げた。


「やっちゃん、ありがとう。助かったよ」

玄関まで見送りにきた康恵に、吾郎は礼を言った。

康恵は「ううん」と首を振った。「ごめんなさいね。うちの父、年を取るにつれて、ますます頑固《がんこ》になったというか、もうほとんど偏屈《へんくつ》の域にまでいってる」

「いや、俺が信用ないだけなんだろうな。情けないと思ってるよ」

面と向かって信用できないと言われると、反論もしたくなるが、素直な言葉を吐くなら、昔から取り立てて褒《ほ》められるようなことをした覚えもないし、自業自得《じごうじとく》だと思っている。

「そんなことない。父は案外、吾郎さんのこと、高く買っているはず。中学のとき、お兄ちゃんがいじめられていたのを、吾郎さん、体を張って助けてくれたでしょ。あの話、あとあとになっても父はしてたのよ。あいつは悪ガキだけど、芯《しん》があるって」

吾郎はふんっと鼻で笑った。結局悪ガキ扱いは変わらない。

幸太は父親に似ず、気弱なガリ勉タイプだった。中学二年のとき、ある三年生から金を搾《しぼ》り取られているのを吾郎は助けてやったことがあった。そんな幸太もいまでは立派な医者になっている。森若酒店も他の店同様、跡取り息子に逃げられた口だ。

「そんな父の話を聞いていたからか、あたしも吾郎さんには一目置いてたんですよ。もしかしたら、あたしの初恋のひとになるのかなあ」

「えっ」と声を漏らし、吾郎は康恵に目を向けた。視線がまともにからんだ。

「やだあ、もう何年も前の話ですよ」

康恵は屈託《くったく》のない笑みを見せて視線をそらす。吾郎は、ははっと空笑いを響かせた。確かに二十年以上も前の話。一瞬どきっとした自分がばかみたいだ。

「とにかく、父が貸すのを渋《しぶ》ったのは吾郎さんのせいじゃないと思う。何か新しいことをするのに臆病になってるだけなんです。ああ見えてけっこう繊細なところがあって、ここのところ落ち込み気味なんですよ。スカイツリーのことで」

「スカイツリーがどうかしたのか」

「さっき吾郎さんが言ったこと、そのまんまです」康恵は薄い笑みを浮かべた。「東京スカイツリーができても、商店街にお客さんを呼び込むことはできない。いま考えると当たり前のことなんですけど、開業前はすごい盛り上がっていて期待してしまったんですよね」

「期待外れだったぐらいで、落ち込むこともないだろ。実害はないんだから」

「ああ、覚えてないですよね、開業前に商店会でポスターやステッカーを作ったの。盛り上げようとしたんですけど、蓋《ふた》を開けてみたら、全然お客さんは増えなくて、商店会費が底をついただけ。音頭をとった父への風当たりも強いみたいで、かなりしょげてます」

康恵はふーっと深い息を吐きだした。つられたように、吾郎も溜息をついた。

「なんだよおやじさん、またやっちゃったのか」

康恵は眉間に深い皺を寄せ、こくりと頷いた。

八年前、なんとか商店街を活性化しようと、会長の森若が中心となってリニューアルを試みた。長年慣れ親しんだ立花地蔵小路商店街という名を捨て、立花いきいき商店街に改めた。商店会会員から金を集め、洒落た街灯を何本か立てた。それだけで買い物客が増えるわけはないとわかりそうなものだが、商店会のみんなはけっこう期待したらしい。リニューアル後、客足が増えたのは記念セールを行った最初の数日だけで、それ以降は以前となんら変わりない、寂れた商店街に戻ってしまった。

「うちの父、思い立ったらすぐに行動するタイプで、それがあだになっちゃうんですよ。なんの下調べもせずに、思い込みだけで突っ走っちゃう」

「だけど、このへんの商店街はどこも同じだろ。開業前後はどこもはしゃいでたよ」

スカイツリーのペナントを街灯にぶらさげたり、ポスターを貼ったり、開業の盛り上がりに便乗しようとしていた。

「でも、うちはとくにね——。どこからでも見えるはずのツリーが見えないから、複雑なものがあるんですよ」

「あれっ、商店街から見えないんだっけ」

「入り口のところに、のっぽビルがあるでしょ。あれにすっぽり隠れてる」

毎日のように通っているのに、まったく気づいていなかった。

「見えもしないのに、便乗するのは最初から無理だったんだと言うひともいるし、ツリーさえ見えれば客がやってくるとまだ信じているひともいるし、いまだにもやもやしてる」康恵はまた溜息をついた。「そんなことだから、父は新しいことをするのに及び腰なんです。ギャラリーなんて呼び込んで、何かまずいことでも起きたらって、心配になったんだと思う」

「ギャラリーができても、何も悪いことは起きないぜ」

「もちろんわかってます。何ができたって、うちの商店街がこれ以上悪くなるはずはないんですから」康恵は硬い声でそう言った。

「わかってねえよ」吾郎は諭《さと》すような目を康恵に向けた。「ギャラリーができたら、きっといいことあるんだよ。絶対に」

なんの根拠もなく断言するのは森若と一緒だなと思いながら、吾郎はにやりと笑った。康恵も控えめな笑みを見せた。

「そう思ったから、吾郎さんに店舗を貸すよう、父に進言したんです。商店街に新しい風が吹くと信じてますから」

風ぐらい、いくらでも吹かせてみせるぜ、と吾郎は強気で思った。けれど、それはギャラリーを開業できたらの話だ。まだいちばん肝心なところ、資金を借りる目処《めど》がついていないのを、康恵にも話していなかった。

以前事業をしていたころにつき合いのあった信用金庫に相談にいったら、ものわかりのよさそうな丸顔の融資係に、経験もないのに無理でしょうと朗らかに笑われた。年いちばん当てにしていたのは母親だったが、これも色よい返事はくれなかった。

金暮らしでそんなギャンブルはできない、と首を縦には振ってくれない。百万単位の資金をお願いしたかったのだが、さんざん頭を下げて、どうにか二十万円だけ借りることはできた。しかしそんなものでは到底開業は覚束《おぼつか》ない。

金を貸す余裕のある友人など、百遍見回したところでいやしない。吾郎は最後の手段にでるしかないかと腹を括《くく》った。いちばん借りたくない相手にお願いをする。リバーサイドハウスを辞めてから十日たった木曜日の夕方、北千住の喫茶店でひとみに会った。

「頼む、百万円でいいんだ。それでなんとか事業をスタートできる」

吾郎はテーブルに手をつき、頭を下げた。

「ねえ、ちょっと、みっともないからやめて。周りが見てる」

「ばかやろう、俺はみっともないまねをしにきてるんだ」頭を下げたまま、抑えた声で怒鳴った。

「とにかく、顔を上げて。じゃなきゃ、あたし、帰るから」

「頼むよ」吾郎は顔を上げて言った。

ひとみは腕を組み、咎めるような眼差しでこちらを見ていた。

「べつに、吾郎ちゃんが仕事を辞めたことを、とやかく言うつもりはない」

そうは言うものの、さきほどリバーサイドハウスを辞めた経緯を聞かせたときは、あきれた顔をして盛大に溜息を響かせた。

「懲《こ》りずにまた事業を始めるというのもいいわよ。あたしと吾郎ちゃんはもう関係がないんだから、好きにして。だから、お金を貸してくれなんて頼まないで。たとえ少額でも、あたしは貸したくない。吾郎ちゃんの事業には関わりたくないの」

「なんでだよ。前に会社を潰しているからか。アメリカじゃなあ、初めて事業を興《おこ》す人間より、会社を潰した経験のある人間のほうが信用されるっていうのは――」

「それはもう前に、何度も聞きました」ひとみは吾郎の言葉を遮《さえぎ》って言った。「信用できないとかじゃなくて、吾郎ちゃんの事業に手を貸したくないということ。関わりたくないの。松橋テクノサービスが倒産して、それから借金を返すために、どれだけ無理をしたか。あたし、そのわだかまりを、まだ解消できていない」

「無理をしたというのは、俺が豊富《とよとみ》リフォームで働いて金を返した話か」

ひとみは頷いた。吾郎は膝に置いた拳を握りしめた。

「店舗は安く借りられそうだし、従業員もいらないから、今度の事業ではたいして金を注ぎ込む必要はないんだ。だから、万が一だめになっても、前みたいに何千万円も借金を作ることはあり得ない」

ひとみは首を横に振った。「そういうことじゃない。気持ちの問題」

「なんだ、俺が事業を再び始めるのは、犯罪と同じだとでもいうのか」

「ちょっと。大きい声ださないでよ」

ここは、ひとみの雑貨店と同じビルに入居する喫茶店だった。

まだ三月に入ったばかりだがひとみは半袖のニットを着ていた。袖から伸びた腕を抱きしめるように組み、じっとこちらに視線を向ける。その顔は、あなたに再び事業を始める資格はありません、と告げているようだった。

かつて吾郎が事業を立ち上げたのは、三十二歳のとき、七年前だ。それまでは、エアコンの取り付けやアンテナ工事をする、大手家電販売店の子会社で現場仕事をしており、その技術をいかした独立、起業だった。

松橋テクノサービスはただエアコンを取り付けるだけでなく、エアコンの分解洗浄を行うサービスをウリにしていた。この技術は前職とは関係なく独自に身につけたものだ。

エアコンは分解洗浄をすることを前提に作られておらず、たとえメーカーの設計者であっても、完全に分解してそれを組み立てる技術はもっていない。吾郎は中古で様々なタイプのエアコンを買い込み、それをひとつひとつ分解し組み立てることによって、その技術を習得したのだった。新品とかわらないくらいに汚れを落とすサービスは、口コミで評判を呼び、売り上げは順調に伸びていった。従業員もじょじょに増やした。

会社を立ち上げて三年目、吾郎は勝負にでた。従業員をいっきに二十人雇い入れ、神奈川と埼玉に支店を置いた。ここでも売り上げは順調に伸びていったが、とんでもない落とし穴が待っていた。信頼するスタッフに、売上金を持ち逃げされてしまったのだ。その分の穴埋めをしなければ、給料や店舗の賃料、車のリース料など、経費を払えなくなる。吾郎は金融機関に融資を頼みにいったが、金を持ち逃げされるような金銭管理の杜撰《ずさん》さは心証が悪く、断られてしまった。それからふた月ももたずに会社は倒産に追い込まれた。残された負債は三千万円ほどで、吾郎の個人資産から、まず一千万円近くを返済した。

吾郎はリフォーム会社で営業の仕事を始めた。年寄りに重点的に営業をかける悪質なリフォーム会社だったが、営業の歩合給がべらぼうによかった。吾郎はとにかく早く借金を返したかった。大樹に金で苦労させたくなかったし、借金のある、どこか荒《すさ》んだ空気の漂う家庭で育てたくなかった。それに吾郎自身、肩の荷を早く下ろし、次の道に向かってスタートを切りたかった。

吾郎も年寄りを重点的に回って営業をしたが、無理な売り込みはしなかったと言い切れる。必要もないリフォームを勧めたことはないし、長いこと居座って無理矢理契約書に判を押させるようなこともしていない。そのかわり、土日も休まず、誰よりも多くの家を回った。少額でも数多くの契約を取ることで、トップの営業成績をあげることができた。

吾郎の契約者のところに他のセールスマンが必要もないリフォームを売りつけにいっても、自分のせいではない。自分が契約をとったリフォームが杜撰な工事であっても、それは施工部門の問題だ。吾郎は自分にそう言い訳しながら、働いた。ひとみがパートで働き、必要最低限の生活費は稼いでいたから、吾郎の給料のほとんどは、借金返済に充てることができた。極力、生活費を切り詰め、わずか二年ですべての借金を返し終えた。

会社を辞めた翌日、ひとみから離婚を切りだされた。夫がリフォーム会社で働くことを快く思っていないことに気づいてはいた。それがすべての原因ではないが、別れたい理由のひとつだとひとみは言った。家族のために働いていたのはわかるし、よくない会社だと気づいたときに、辞めるよう説得しなかった自分にも責任がある。ただ、詐欺まがいのセールスにあったお年寄りの犠牲の上に家庭を築くことはできないから別れましょうと、ひどく冷静にひとみは言ったのだ。

自分だって、働きたくてあんな会社で働いたのではなかった。きっと、借金の重みに圧倒され、何かを間違えてしまったのだろう。たぶんそれは、ひとみも同じだ。早く借金のある生活から抜けだしたくて、吾郎がリフォーム会社で働くことに目をつぶってしまった。夫も許せないが、そんな自分自身も許せなかったのだと思う。

「俺にチャンスをくれ」テーブルに手をつき言った。「大樹の父親に、かつてお前が惚《ほ》れたことのある男に、もう一度チャンスを与えてくれ」

吾郎は深く頭を下げた。やめてと言われる前に顔を上げた。「俺がダメな男であることは認めるよ。事業に失敗したし、詐欺師だし、その後は大した稼ぎはないし、お前がいまだに俺に未練があると勘違いするあほだし。そのへんはすべて認める」

ひとみは口を歪め、視線をテーブルに落とした。

「今度のギャラリーの話も、実をいえば、最初はめんどくさそうだから、やるつもりはなかった。仕事をクビになって、成り行きで始めることにしたなんて聞くと、いいかげんだと思うだろうけど、俺は本気なんだ。いったんやると決めたら、全力で向かっていく。なんとしてでも、開業に漕《こ》ぎ着けるつもりだし、成功させようと思ってる。ダメ人間だけど、俺がそういうところもあると、お前ならわかるだろ。それだけは認めてくれ」

ひとみは口を歪めたまま、小さく頷いた。

「俺を男にしてくれ。大樹には新しい父親ができるんだろ。阪本はなかなか立派な男だよ。あれじゃあ、実の父親はかすんじまうよな。大樹にさ、少しばかりかっこいいところを見せたいんだ。せめて、ダメな父親も、やればできるってところを見せたい。だから頼む」

阪本は立派な男。いちばん認めたくないことを認めてやったのだ。何か答えてくれ。吾郎は三たび、頭を下げた。

「吾郎ちゃんはそんなダメ男じゃないよ」

憐《あわ》れみはいらない。金を貸してくれ。頭を下げ続ける。

ふーっとひとみの溜息が聞こえた。

「わかった。考えてみる。あたしもお金に余裕があるわけじゃないから、吾郎ちゃんが望むとおりにはいかないかもしれないけど、なんとか前向きに検討します」

「本当か、ありがとう、助かるよ」

「まだ、貸すと決めたわけじゃないから」

それでもありがとうと、軽い頭を重々しく下げた。

希望どおりとはいかなくても、ここまで言ったなら、ひとみはいくらかの金をきっと用意してくれると確信していた。

しかし、その確信は外れた。結局ひとみは、吾郎に一銭も貸すことはなかった。

9

「おう、お帰り」

夕飯を作っているところに魁多が帰ってきた。魁多は照れ笑いのように、へへへと声を上げながら部屋に上がった。

「レバニラ炒め丼だけど、食べるだろ」

魁多は、うへっと顔をしかめて、曖昧に首を振る。

「レバーは体にいいんだ。しっかり食えよ」

施設にいるときは気づかなかったが、魁多は偏食だった。食べられないものが多い。ほうっておけば、カレーライスかハンバーグばかり食べるだろう。あとはドーナツ。

「どこへいってたんだ」

「ちょっと散歩」畳に腰を下ろして答えた。

「散歩のわりには、長かったな」

二時ごろでかけたから、五時間もほっつき歩いていたことになる。狭い部屋で顔を突き合わせていたら息が詰まるのか、魁多はよくでかける。金もないから、そのへんをうろうろしているだけだとは思うが。

「リバーサイドハウスにも寄ってきたから」

「なんだまたか」

二日前にもいったはずだ。吾郎は辞めてから、一度も顔をだしていなかった。

「今日、叱られた」魁多がテレビのほうに顔を向け、独り言のように言った。

「誰にだ」

「施設長」

「新しい施設長がきたのか」

「うん。昨日からきてるって」

これまでは木暮の不動産会社の人間が時々見にくるだけで、基本的にはワンがひとりで切り盛りしていたらしい。いままで以上にぐったりした顔で、不平をこぼしながら食事の用意から雑用までをこなしていると魁多から聞いていた。

「もうくるなって、言われた。なんかデブで、吾郎さんよりも感じが悪いひと」

吾郎はむっとして魁多を睨みつけたが、魁多はテレビを見ていて気づいていない。

「俺より感じのいい施設長なんて世の中にいるかよ」

思わずそう口にしたが、最後のほうは声が萎んだ。魁多は完全に無視をした。

「さあ、できた。飯にしよう」

魁多はレバニラ丼と格闘した。最初に口に入れたものがなくなるまで、五分かかった。どうにか半分は食べたので、レフリーストップをかけてやろうとしたとき、携帯電話が鳴った。着信表示を見るとひとみからだ。吾郎は勇んで通話ボタンを押した。

「おう、俺だ」努めて普段と変わらない調子ででた。

「ああ、吾郎ちゃん、昨日のお金の件なんだけど」

ひとみの声は明るかった。いいしらせだと確信した。

「ごめんね、あたしは貸せないんだけど、阪本君が貸してくれるって。きっと吾郎ちゃんが希望するだけの額を貸してくれると思う。よかったね」

これで開業できる。いいしらせのはずなのに、吾郎の心に喜びは湧かなかった。


北千住の駅から歩いて五分、第二カニタビルは日光街道沿いにあった。

階数表示がＬＥＤのエレベーターは、メタルよりプラスチックの質感が強く、いかにも最新のオフィスビルといった感じだった。五階で降りると、目の前にモト・クリエイティブフード・インクというプレートが見えた。阪本の会社だ。

受付の女の子に案内され、吾郎はなかに入った。ついたて越しにデスクが並んだオフィスが見えた。二十人ぐらいの社員が立ち働いていた。若い社員が多い。通路を曲がり、奥へと進んでいく。受付の子が突き当たりにあるドアをノックした。

「松橋様がお見えです」

「どうぞ」とドア越しに声が聞こえた。なかへ入るとデスクに腰かけた阪本が片手を上げて迎えた。

「どうも、先輩」

阪本の前には、ひょろっと背の高い男が立っていた。

「どうぞ、おかけになって——。ちょっと、待っててくださいね」阪本は応接セットを手で指し示して言った。

さほど広い部屋ではなかった。デスクと応接セットを詰め込んだらいっぱいで、社長室としては案外質素なものだった。

「お前がそんなやる気なくて、どうすんだよ」

吾郎がソファーに腰を下ろすと、阪本の険のある声が飛んだ。

「いえ、やる気はあります」

背を向ける男の、小さな声が聞こえた。

「そんな声が小さくて、どこにやる気があるってんだよ」阪本が怒鳴った。

「やる気ありまーす！」男のひび割れた声は、ほとんど絶叫だった。

吾郎はもぞもぞと足を組み替え、視線を漂わせた。居心地の悪い光景だ。

「店長がそんな情けない顔して、誰がついてくんだ。お前、もう四十五だろ、泣きべそなんてかくな」

吾郎は、はっとした。阪本がデスクに腰かけたまま、片足を振り上げたのだ。

男の膝のあたりに蹴りが入った。男は一瞬よろけたが、手で押さえることもせず、すぐに直立不動の体勢に戻した。

「お前、もうあとがないからな。それを頭に刻《きざ》みつけて、どうしたらみんながついてくるのか考えろ。――もういい、いけ」

「ありがとうございました」

男は頭を下げると、こちらに体を向けた。ドアのほうへせかせか足を進める。

七三に髪を分けた、まじめそうな中年男だった。頬がこけ、痩せているのはもともとなのかもしれないが、阪本に絞られてそうなったのではないかと疑いたくなる。

「失礼します」ドア口に立った男は腰を折り、軍隊調ともいえるほどの大声で言った。

「すみません。お見苦しいものを見せてしまって」

ドアが閉まると阪本は言った。吾郎のほうにやってくると、向かいのソファーに腰を下ろした。

「うちの会社では、あんなのしょっちゅうです。まだ若い会社なんで、体育会系のノリで厳しくいかないと、ひとは動かない。人材が豊富なわけでもないし、やる気をださせて高いパフォーマンスを維持するには、あの方法がいちばんなんです」

しかし蹴りを入れるのは、阪本の性質の問題だろう。ひとを動かすために、そこまでやる必要があるはずはなかった。

「……今日は、ありがとう。忙しいなか、時間を作ってもらって。それにお金のほうも——」

「いいんですよ。彼女から、話を聞きましてね。先輩が事業を始めるっていうんだから、できるだけ力を貸したいと思ったんですよ」

ソファーに深く腰かけると阪本は足を組んだ。

「事業資金はいくらぐらい必要なんですか」

「百万ほど貸してもらえればと思ってる」

「そんなものでいいんですか」

「店舗の改装費と当面の家賃が払えるだけの資金があればなんとかなるんだ」

自分は失業手当がでるし、魁多には生活保護費があるから、しばらくは食べていける。

「じゃあ、百五十万円貸しましょう。開業資金は余裕があったほうがいいですから」

「ありがとう。助かるよ」吾郎は目をつむり、頭を下げた。

「今日は事業計画書とか、もってきましたか」

「あ、いや、もってきてない。今度もってくる」

「いいですよ。考えてみたら、墨工の先輩ですもんね」阪本は口の端を上げ、ワルっぽい笑みを見せた。

先輩だから、事業計画書なんてなくても信用する、と言っているのだろうか。それとも、どうせ墨工出身だから、事業計画書なんてまともに書けやしないと言っているのだろうか。阪本の表情から後者であるような気がしたが、だとしてもどうということはない。むっとするはずもない。今日は頭を下げるためにきたのだ。

「先輩にお貸しするのは、会社の金ではなく、僕個人の金です。だから、融資条件とかつける必要はないんです。利子もいらないですし、返済期限もとくに決めなくていい。返せるときに少しずつでも返済してください。正直、このくらいのお金なら、さしあげてもいいと思ってるんですが」

「それは、困る。ちゃんと返すよ」

ひとみが結婚する男から、金などもらえるわけがない。

「さすが、先輩っす」阪本は今日、初めて後輩っぽさを見せて、笑った。「一般的な融資条件は何もないです。ただひとつ、個人的な条件をつけさせてください」

阪本は顔を引き締めた。口を真っ直ぐ横に引いて目を細める。それは、後輩の顔ではなかったし、ビジネスマンの顔でもない気がした。

「大樹にしばらく会わないでください。その条件を飲むなら、お金を貸します」

吾郎は目を見開いたまま、表情が固まった。

「そんなの汚《きたな》くねえか」今日やってきた趣旨も忘れ、身を乗りだして言った。

「確かに、汚いのかもしれない。ただ、先輩に対して、悪意があってこんなことを言うんじゃない。僕はあくまで、大樹のことを考えてお願いをするんです。大樹の心がふたりの父親の間で揺れたりしないよう、しばらくでいいから、会わないで欲しいんです」

「しょうがないだろ、父親がふたりになるんだから」

お前がひとみと結婚しようなんて考えるからそういうことになるんだ。

「本当にそう、しょうがないんです。大樹はもし僕のことがいやでも、一緒に暮らさなきゃならない。お母さんと僕が結婚するから、しょうがないんです。でもそんなのかわいそうでしょ。だから、できるだけ、大樹といい関係を築きたい。僕も子供のころ母親が再婚したんです。新しい父親に馴染《なじ》めなくて苦労した。だから――」

だからワルになったのかもしれない。あの高校には、そんな家庭環境のやつが多くいた。

「松橋先輩、お金が必要なんじゃないんですか。事業を絶対に成功させる意気込みだったんじゃないんですか。しばらく子供に会えないぐらいで、そのチャンスをふいにするなんて、僕から見たら、覚悟がなさすぎますよ」

「冗談じゃねえ。俺は、やり始めたら絶対に最後までやりとげる。事業を成功させる」

「じゃあ、約束してください。それで事業が始められますよ。これは男と男の約束です。もし先輩が約束を破っても、即刻金を返せと迫ったりはしません。ただ、男の約束を破ったやつだと見下すだけです。返済が終わるまで、大樹と会わないと約束してください」

ささっさと借金を返してしまえばいいのだ。そうすれば、大樹とすぐに会える。しかし、これでは、息子を金で売ったことにならないか。それで親といえるのか。

「さあ、先輩、返事をしてくださいよ。どうすんですか」

「吾郎ちゃん、かっこいい」神戸は口に手を当て、囃し立てるように言った。

「俺をおだてたって、何もでないぞ」

「何言ってんのさ。もう充分でてる。こうして高い酒が飲めるんだから」

神戸は両手でグラスをもち、シングルモルトを舐《な》めるように飲んだ。

神戸とふたりで、錦糸町にある正統派のカウンターバーにやってきた。神戸と飲むなら、いつもの安酒場で充分なのだが、今日は安い酒で酔いたくなかった。

「それにさ、おだててるわけじゃないよ。ほんとにかっこいいと思ったのさ」

吾郎はグラスを傾けながら、神戸の言葉を聞き流していた。

「仕事を辞めたと思ったら、すぐに次の事業に乗りだしてさあ。それもギャラリストだなんて、かっこよすぎ。――で、ギャラリストってなんだっけ」

「ギャラリーの経営者だよ」その説明はもう三度目か。吾郎はぶっきらぼうに答える。

「そうそう。ギャラリーっていっても、陶器を売ったり、近所のおばちゃんが描いた絵手紙とかを飾ったりしないんだよね。コーヒーやケーキも、もちろんださない」

神戸はそう言うと、欠けた歯を見せ、にかっと笑った。

最初ギャラリーと聞いたとき神戸は、街でよく見かける貸しギャラリーや、カフェに併設されたギャラリースペースのようなものを想像したようだ。吾郎が立ち上げようとしているのは、あくまで現代アートを扱う画廊としてのギャラリーだった。将来有望な魁多が所属するのに相応《ふさわ》しい本格的なものを目指していたので、多くの有名ギャラリー同様、個展を行っていない期間は、貸しギャラリーとして活用せず、休廊するつもりでいた。

しかし、現実問題を考えると、魁多の絵がいきなり飛ぶように売れるはずはないし、高値がつくのは何年も先の話だ。おいおい所属アーティストを増やしていくにしても、まずは最初の一年を乗りきらなければならない。そう考えていくと、本格的なギャラリーという体裁《ていさい》も大事だが、ここは事業として成り立たせることを重視し、貸しギャラリーとして活用することも視野に入れるべきでは、と迷いがでてきた。

もともと、魁多の才能にのっかり、濡れ手で粟《あわ》——で金が手に入ればと夢想していたぐらいだから、なんとかなるさ、きっとがんがん売れる、と甘いことばかり考えていた。しかし、今日から、そうはいかない。金を借り、本格的に事業を始動させる。自分が食べていくばかりではなく、借金も返していかなければならないのだ。

結局吾郎は、阪本に頭を下げて百五十万円を借りた。

阪本の言うとおり、自分にはなりふりかまっている余裕などないのだ。子供を売ることになろうが、貸してくれるひとがいるなら金を借りる。いや逆に、それぐらいの犠牲を払ってまでやる覚悟がなければ、とうてい事業を軌道に乗せることはできない。

早く借金を返そうと意気込んではいるが、それも甘い期待をしてはいなかった。ある程度の期間は覚悟している。その間は大樹に会うことはできない。

阪本はもうひとつだけ条件をつけた。借金の返済がすむまで大樹に会えないことは、ひとみにも大樹にも内緒にしておくようにと言われた。どうやら阪本は、ひとみに言われて大樹に会わないようにと条件をだしたわけではないようだった。

「ねえ、吾郎ちゃん、今度の仕事も、俺に手伝わせてくれるんでしょ」

「はあっ」と驚きの声を上げ、吾郎は目を剝いた。

「もう今度は、絶対にへましないから。吾郎ちゃんの片腕になって、死ぬ気で働くよ。なんかさ、俺、美術とかアートに向いている気がするんだよね」

神戸はどこかあさっての方向を向き、夢見るような笑みを浮かべた。

背が低く、ぼーっとした感じは魁多に似ていなくもない。欠けた前歯も含めてアーティストの雰囲気はあるものの、吾郎が知るかぎり、芸術方面の素養はまるでなかった。

「残念だけど、今度の仕事は俺ひとりでやるんだ。ひとを雇う余裕もないしな」

「なんだ。吾郎ちゃんと働きたかったのに」

神戸は現在失業中だった。水商売で働くかみさんに食わせてもらっている。

男から見て、この男の魅力はよくわからないが、神戸は案外女にもてた。とくに水商売の女には。たぶん、まめで、美人でも不美人でも関係なく優しいところがよかったりするのだろう。仕事がなく、結果的に女に貢《みつ》いでもらって生活することが昔からよくあった。逆に、優しいものだから、女に貢がされることもある。

「じゃあ、時間があるとき、スカウトマンみたいなことをやってみるか？　将来有望なアーティストを見つけてきて、うちの所属になったら、紹介料ぐらいは払うよ」

「ほんとに？」神戸は目を丸くし、言った。「実はさ、ちょっとアートっぽいひとに心当たりがあって、吾郎ちゃんのところにいいんじゃないかって、さっきから考えてたんだ。旧中川の土手にいつもいて、自分で作った凧《たこ》を飛ばして、カラスと戦わせてるんだ。なんかアートっぽいでしょ」

「土手にいるって、ホームレスか」

「たぶんそうだと思う」

ホームレスや元ホームレスのアーティストばかりを集めたギャラリーにするつもりはない。吾郎は大きく首を横に振った。

神戸はしょげた顔で、溜息をついた。

「とにかく、お祝いしよっか。吾郎ちゃんの門出に」

祝うことはまだ何もないと思ったが、門出の儀式として、吾郎は神戸が掲げたグラスに自分のグラスを当てた。

すんだガラスの音は弱々しくも、凜《りん》とした余韻《よいん》が胸に響いた。

10

鍵を開け、ガラスがはめ込まれた木製の引き戸を大きく開いた。なかに入り、内側のカーテンも開けた。

何度かここを開けっ放しにして、空気の入れ換えをしているが、まだすえた臭いが漂っている。床はコンクリートで、外と変わらないくらい冷えた。夕暮れの自然光だけに照らされ、なかは薄暗いが、木の内壁の汚れと傷みぐあいはよくわかる。元畳屋の工房は、そこに立っているだけで気が沈むくらいに、ぼろぼろだった。最初にこれを見たときはがっかりした。やっちゃんにとんでもない物件を押しつけられてしまったのではないかと頭を抱えた。しかし何度か通ううち、頭にイメージが湧いてきた。これをうまく改装すれば、かっこいいギャラリーになる。下町ギャラリーの見本となるような、雰囲気のあるいいものができそうな予感がした。

吾郎は、ふーっと溜息をついた。買ってきたほうきで、コンクリートの床を掃き始めた。

阪本に会った翌日、吾郎の銀行口座に百五十万円が振り込まれた。母親から借りた金と合わせて百七十万円。阪本に頭を下げたときはずいぶんな額を借りた気がしたが、自分の口座に入ってしまうと、あっという間に消えてしまいそうな、頼りない開業資金だった。

翌週には、店舗の賃貸契約を結んだ。二階の住居部分も込みで八万円の家賃は格安だ。敷金や仲介手数料をいれて三十万円ちょっとが開業資金から消えた。契約期間は二年。四月一日からの契約で、それ以前は営業できないが、改装工事を始めることはできる。

その時点で改装を請け負ってくれる業者の当たりはつけていた。両国にある小さなギャラリーの女性オーナーに声をかけ、そこの改装を行った業者を紹介してもらったのだ。ギャラリーもいくつか手がけているという、店舗設計・施工の専門業者に元畳屋を見てもらった。見積もり額を聞いて驚いた。――いや、血の気が引いて、本当に卒倒しかけた。

奥の住居部分も改装してスペースを広げるなら、七百万円以上。現在の店舗部分のみの改装なら三百万円だというのだ。まったく話にならなかった。壁と天井を白くし、照明を取り付けるだけだから、五十万もあればできるだろうと高を括っていた。訊くと、業者は床をフローリングにするつもりで見積もりをだしていた。床は現在のコンクリートのままでいいと言うと、業者は電卓を打ち直した。二百四十万まで下がった。それでも手が届かないことにかわりはない。

森若に頼み、地元で信頼できる内装工事を請け負う業者を紹介してもらった。いかにも親方といった感じの男は、電卓も叩かず店舗を見回し、二百万と言った。いっきに四十万円下がったが、それでもまだ予算を大きくオーバーしている。吾郎は電気工事士の資格をもっているので、照明設備の工事は自分でやると提案すると、百八十万まで下がった。もうひと声と迫ったら、百七十五万と返ってきたが、それ以上はもう無理だった。

たぶん二百万円あたりが相場なのだろう。他の業者に再度見積もりをしてもらったところで、違いはないはずだ。無理に下げさせれば、安っぽいものにしかならないだろうし。

ただ白い壁を作ればいいだけなら自分でもできる。しかし、ギャラリーの壁はそうはいかない。高額なアートを飾る壁は、うまくいっても味があると褒められる程度の、素人の手には負えない。作品を輝かせる、華やかでスタイリッシュな空間にするには、プロの技が必要だった。魁多の作品を飾る壁なのだから、そこは妥協できないところ。しかし、金が足りない。

日が落ち、ちりひとつ見えなくなって、吾郎はほうきを止めた。腰に手を当て背筋を伸ばした。ふいに、開いた戸から、こちらを覗き込む顔があるのに気づいた。

「今晩は」若い女の声が言った。

吾郎は目を瞬き、三角形の黒いシルエットを見た。

「あのー、ここでお店とか始めるんですか」

頂点にぼんぼんのついたニット帽を被った女の子だった。つり目がちで、少年のような顔立ちをしている。

「まあな」と吾郎は答えた。少し戸口のほうへ近寄った。

「もしかして、カフェとか」

戸の陰からでて姿を現わした。青いダウンベストにジーンズ姿。やはり少年みたいな格好だった。

「違うよ、ギャラリーだ。現代アートを扱う、本格的なギャラリーをやるんだ」

「うそっ、かっこいい」なぜそんなに驚くのか、目を丸くして言った。「あたしもこの物件、狙ってたんだ。ここか、この先にある、似たような木造の空き店舗」

「ああ、あれは元米屋だ」

この商店街のなかでも、早々に店を閉めたほうだ。確かにその建物はここと似ているが、あっちは戸がアルミで、こっちのほうが趣があった。

「お金があったら、カフェでもやりたいなあと、夢想してた。まだ学生だから、実際は難しいけど」

「高校生かい」

「大学生です。いまは三年で、四月からは四年に進めるはずなんですが」

少年ぽいから幼く感じたが、言われてみれば、高校生にしてはひと慣れしている。

「ここでギャラリーやるなんて、センスいいですね」

「まあな。アートの世界で生きていこうと思うぐらいだから、多少のセンスはな——」

吾郎は顎に手をやり、無精髭《ぶしょうひげ》をさすった。

「どういう、美術家が好きなんですか」

勝手に戸口からなかに入ってきた。暗い店舗のなかをぐるりと見回す。

「俺はもともと油絵をやっていたから、そういう巨匠の作品が好きだな。マネとかいいね。知ってるだろ、睡蓮《すいれん》の作品とか描いた」

「あのー、それはマネではなく、モネだと思うんですけど」下から舐め上げるような口調だった。

「ばっかだな。まじめに指摘すんなよ。いまのは、大人のジョークだ。子供にはわかんないかね」吾郎は照れ隠しに、もっていたほうきをラケットのように振った。

「わかりません。大人になりたくないな、と思いました」彼女はひどく生まじめに言った。

もう少し、繊細な大人に気を遣って欲しい、と吾郎は思う。

「モネ好きのオーナーさん。ここはどんな風に改装するんですか」

「決まってない。まだ見積もりをだしただけだ」

「いくらぐらいですか。二百万くらい？」

吾郎はまじまじと、少年っぽい女子大生の顔を見た。「なんでわかんだよ」

「そりゃあ、この広さで、白い壁を作って照明をつけて、って考えればわかりますよ」

「そうなのか」

女子大生でもわかるものか。吾郎は見当外れにも、五十万円と見積もった自分を恥じた。

「でも高いですよね」

「そうなんだ。高いんだよ」思わず泣きつくような声で言った。

「だったら、あたしに作らせてください。まだ見積もりだけなんですよね。一度ギャラリーを手がけてみたいと思ってたんです。お安くしておきますから」

「冗談じゃねえぜ。なんで素人の女子大生に作らせんだ。これはお遊びじゃないんだ」

腹を立てた吾郎は大きな声をだした。

「あたし、素人でもないんですよ。大学で建築を学んでいまして。もちろんプロでもないですけど」

「じゃあ、建築家の卵ってことか」

「そんなところです。アートが好きでギャラリー巡りもするので、ギャラリーがどういうものかよくわかってます。施工のほうは、プロはだしの友人が何人かいますので、そのへんを巻き込めば、問題ないです。ただ、電気関係はちょっと無理かも」

「俺が電気工事士の資格をもってるからそれは大丈夫だ」

建築家の卵が「わおっ」と声を上げた。

「はっきり言って、あたし素敵なギャラリーを作れます。もう頭にプランが浮かんでるんです。ぜひやらせてください」

「プランも大事だけど、金のほうはどうなんだよ」

「それはもう、ほとんど実費でいいですから、かなり安くできます。工事って人件費がかなりの割合をしめるから、それがなければずいぶん落とせます」

「で、いくらぐらいなんだよ」

「えーと、ほんとに概算ですけど」彼女は三百六十度、ぐるりと体を回転させた。

「五十万円くらいです」

「よし、決まった。きみに任せよう」

この女子大生に任せていいのか、よく考えたわけではなかった。ただ、その額に吾郎は運命を感じた。

11

私立大学の理工学部建築学科に通う音崎美緒《おとさきみお》は、ちょうど学年末の試験が終わり、暇《ひま》をもてあましていたところだったようだ。翌日にはスケッチブックにギャラリーの外観と内部のイラストをいくつか描いて、見せにきた。

「へー、絵も描けるんだな。なかなかうまいもんだ」

水彩絵の具で着色された絵は、プロのイラストと比べても遜色《そんしょく》なく見えた。

「入試のときにデッサンの試験もあるから、これくらいはみんな描けますよ」

「図面を引くばっかりじゃないんだな」

スケッチブックを手にもった吾郎は、感心しながら絵を眺めた。ふと美緒のほうに目をやると、眉をひそめてこちらを見ていた。

「描かれている完成予想図がいいか悪いかが問題であって、絵を描く能力に注目がいってしまうのは、建築家として失敗を意味するのですが」

「悪い悪い。ほんとに、うまかったからさ」吾郎は笑って言った。「外観も内装もどれもいいよ」

建築家の卵だから、気負ってとんでもなく大胆なデザインをしそうで心配だったが、描かれているのは吾郎がイメージするものと大差なく、シンプルでスタイリッシュだった。

「外観は、どちらがいいですか」

外観は二案あって、木の引き戸を黒く塗ったものと、現在の茶色っぽさを残したものだった。

「茶系のほうも、古さを残しながらも綺麗に塗り直すつもりですけど」

「黒いほうも捨てがたいが、この商店街のなかに作るのなら、いまのイメージに近い、茶系のほうがいいように思う」

「あたしもそう思います」美緒は笑みを浮かべて頷いた。「茶系でいきましょう」

吾郎はクイズで正解を言い当てたような、得意げな気分になった。

「内装はどうですかね。完成予想図は原形を生かしていちばんシンプルなプランにしていますけど、奥の部屋の引き戸を潰してしまうことも可能ですし、正面の引き戸を半分潰して新たに壁を作り、展示スペースを増やすこともできます」

森若酒店から借りてきたビールのケースに座る美緒は、スケッチブックから目を離し、開け放たれた正面の引き戸に顔を向けた。

元畳屋の正面は、畳の出し入れがしやすいように、全面が四枚の引き戸で構成され、壁がなかった。また奥の壁には住居に出入りする引き戸があって、完成予想図では、その前に白い壁を衝立《ついたて》のように立てて目隠しをし、住居への出入りを可能にしていた。その戸を塞いで、出っ張りのない一面の壁にすることも可能だと美緒は言っている。

元からの壁は外壁と同じく板張りで、美緒のプランでは、そこにクロスを貼ったり、いったん壁を壊して新たな壁を作る予定はなかった。奥の引き戸を目隠しする衝立と同じく、大きな板に白いクロスを張った、巨大なキャンバス状のものを作り、それを元の壁の上に被せて固定する方法を推奨《すいしょう》していた。そうすれば汚れたときに簡単に張り替えることができるし、何より安上がりだそうだ。

「いまのプランのままでいいよ。奥へ出入りできたほうが便利だろうし、正面に壁を作るのは見た目に問題がでそうだし」

壁を正面の戸の前に置くと、壁の裏側が外から見えてしまう。展示する壁が多いにこしたことはないが、それで、ギャラリーの美観を損ねるのであれば問題外だ。

「あたしもそれがベストだと思います。吾郎さんとは気が合いそう」

美緒は笑顔で言ったが、ほっとしているようにも見えた。

「なんだい。このプラン、自信がなかったのかよ」

「そんなことはないんですけど、素敵なギャラリーを作る自信があると大きなことを言ったわりには、シンプルすぎてがっかりされないか、心配だったんです。昨日、帰ってからじっくり考えてみたんですけど、あまり手を加えないほうが、この商店街にとけ込める気がしたんです。浮きすぎるのは、どちらにとってもマイナスに思えて」

まったくそのとおりだと吾郎も思う。美緒は静岡県出身でこの街には二年ほどしか暮らしていないらしいが、下町に向ける眼差しは自分とあまり違いがない気がした。

「お前さんとは、ほんとに気が合いそうだぜ」

よろしくなと、吾郎は手を差しだした。美緒はその手を思いの外、力強く握った。

照明は天井にレールを設置し、可動式のライトを取り付ける予定で、レールの設置から配線の工事まで、吾郎は自分でできると請け合った。

それから一週間後、資材を調達して、工事が始まった。まずは天井からだった。天井はあまり全体の質感に影響を与えないということで、白いペンキを元からの板材に塗るだけだ。美緒と吾郎のふたりで、二日かけて丁寧に仕上げた。それが終わると、メインの壁作りが始まる。

美緒は同じ学科の男子学生をふたり連れてきた。元畳屋の工房で金槌《かなづち》を打ち鳴らして大きな木枠を作っていく。吾郎はしょっちゅう作業を見にいった。どんなに完成予想図が素晴らしくても、仕上がりが素人の手による半端なものであったら意味がない。しかし、作業をする若者に吾郎が注文をつけることはなかった。頭に手拭いを巻き、ますます少年ぽく見える美緒が、口うるさく指示をだすものだから、割り込む余地などなかった。

結局、ボランティアの学生を労《ねぎら》うため、昼食や夕食を用意するのが、現場に通う主な目的となった。いちどカレーを作ったら、美緒にひどく怒られた。カレーの臭いが染みついたギャラリーなんてあるわけないでしょ、と。怒鳴られるとつい反論したくなる吾郎だったが、このときばかりはしゅんとなった。資金節約のため、吾郎は四月からギャラリーの二階で暮らすが、臭いが残る料理は作らないと心に誓った。

懸案だった魁多のアトリエ兼住居も決まった。母親の友人が経営する錦荘《にしきそう》は、カップルでも充分暮らせる、広めの1DKだった。古い物件で、もともと賃料は安いが、生活保護の給付限度内まで下げてもらうことができた。隅田川の桜が少しほころび始めたころ、引っ越しをした。家具など何もないから簡単なものだった。寝具と少しの洋服と何も描いていないキャンバスひとつ。あとは、テレビが欲しいと魁多が言うので、吾郎が使っていたテレビを引っ越し祝いにもたせてやった。ギャラリーから徒歩十分ほどの距離で、吾郎はとくに用事がなければ、夕飯を作りに通うつもりでいた。

アパートの一階には母親の友人である大家のおばちゃんが住んでいた。生活力のない魁多が面倒をかけるかもしれないと、菓子折をもってしっかり挨拶をした。何かあったときのために、吾郎は自分の携帯番号をおばちゃんに教えておいた。

ギャラリー作りは順調に進んでいる。美緒たちも大学の授業が始まる前には終わらせるつもりのようで、四月の初めには完成しそうだった。開廊はそれから間をあけずに四月の中旬と見込んでいる。いくらなんでもそれまでには間に合わないだろうが、できるだけ早く個展を開けるよう、アトリエに移った魁多に、はっぱをかけた。じょじょにできあがっていくギャラリーにも何度か連れていった。

最初に連れていったとき、魁多が「ほんとに作ってる」と驚いた顔をしたのが、吾郎には心外だった。見るまではホラでも吹いていると思っていたようだ。

「お前のために作るんだからな」とプレッシャーを与えておいた。

美緒と出会い、ギャラリー作りが本格的に始動してからは、そちらにばかり意識がいき、開廊してからのことまで頭が回っていなかった。言ってみればギャラリーはただの器。そこにいれるもののことを、そろそろ真剣に考えなければならない。

四月に入り、芸術家になりそこねた美術教師、田門に再び会った。

「えーっ、ほんとにギャラリーを始めるの」

森下にある桜鍋の店で、田門は限界いっぱいまで目を見開き、驚きを表わした。

「まあ、色々あってな。仕事をやめてギャラリー一本に集中することにした。もちろん、この間話した魁多を売りだすのが第一の目的だ」

吾郎は田門のグラスにビールを注ぎながら言った。

「松橋君って、行動力あるね。ほんとすごい」

「よせよ。ひとをほめながら、落ち込んだ顔するな」

田門は口にグラスを運び、ごくごくとビールを飲んだ。「僕にはとてもマネできないな。そういう風に、あと先考えずに行動できたら、きっと楽しいんだろうな」

「べつに、あと先考えてないわけじゃないぜ。弾みでこうなっただけで」

「その違いが、僕にはよくわかりませんけど」

馬刺しをくちゃくちゃ噛みながら、田門は冷めた目で見る。

「少なくとも俺は先を見据えているよ。ギャラリーを成功させるのは大変だとわかっている。だけど将来、魁多の絵に何千万円という値がつく可能性もあるんだ。それを考えたら、大変ではあるけれど、挑戦してみる価値は充分にあると思っている」

田門は馬刺しでも喉に詰まらせたのか、大きく目を見開いた。「ねえ、松橋君がギャラリーをやるのは、いつか絵が値上がりして、たくさんお金が入ってくると思ったから？」

「まあ、そうだけど、金だけが目的というわけでもないぞ。男として、事業を立派に成功させたいって欲求もある」吾郎はきりっと口を結び、胸を張った。

「別にお金だけが目的でも、全然かまわない。ただ、松橋君は勘違いしてると思うんだ」

「何がだよ」

眉間に皺をよせた田門を、吾郎は睨みつけた。胸には急速に不安が広がり始める。

「松橋君、プライマリー・プライスとセカンダリー・プライスの違いってわかる？」

「なんだ、それ。聞いたこともないぜ」

田門は「やっぱり」と言って、広い額に手を当てた。

「ギャラリーが個展を開いて売る作品は、そのアーティストの新作だよね。初めてアート市場に出回る作品で、その値段をプライマリー・プライスというんだ。その作品を買ったひとが、今度は他のコレクターに転売したりオークションに出品したりする。そのときにつく値段がセカンダリー・プライスなんだ。よくニュースで、誰それの絵が数十億円で落札されたとか報じられるけど、あれは全部、セカンダリー・プライス。アーティスト本人にもギャラリーにも、一銭もお金は入ってこないんだ」

「何十億で売れてもまったく――？」

吾郎は自分の財産をかすめ取られたような衝撃を感じて、声を詰まらせた。

「そりゃあそうだよ。いったん、ひとに売ってしまったものなんだから」田門は吾郎の反応に満足したのか、大きな笑みを見せた。「たぶん松橋君が考える、作品に何千万円もの値がつくようになったとき、というのは、セカンダリー・プライスの話だと思う。たとえオークションで何千万円という値がつくようになっても、プライマリー・プライスにはそんな値段はつけられないんだ」

「なんでだよ」吾郎は責めるように言った。

「プライマリー・プライスには規則がある。例えば絵画でいうと、ひとりのアーティストの作品で、同じ大きさのキャンバスに描かれた油絵ならば、すべて同じ値段になるんだ」

「そんなのは知ってるぜ」ギャラリー巡りをしているときに、自然に気づいたことだ。

田門は頷いて再び口を開いた。「つまり傑作でも駄作でも、すべて同じ値段になる。だから、競っていって高値がついたセカンダリーみたいな値段を、一律にプライマリーでつけることはできないんだ。もちろん、セカンダリーが上がれば、プライマリーも上がることは上がる。ただ、売れなくなってきたから、プライマリーの値段を下げるっていうんじゃ、市場の信用をなくすから、上げるときは慎重にならざるを得ない。そんなわけで、オークションで一千万円を超えるようなアーティストでも、個展で売るときは、それよりかなり低めになってしまうんだ」

「なんでその話を、この間会ったときにしなかったんだよ」

「いや……、まさか松橋君が、本当にギャラリーを開くとは思わなかったから——」

ははは、と田門は乾いた笑いを響かせる。吾郎は、ばんとテーブルを叩いた。

鍋をつついていた隣のサラリーマンが、驚いてこちらに目を向けた。

「ギャラリー経営で一攫千金《いっかくせんきん》を目指すのは、ちょっと無理があるかもしれないけど、地道に何人かアーティストを育てていけば、それなりにお金は稼げると思うよ。大変な仕事だけど、覚悟はできているって言うし、きっと松橋君なら大丈夫だよ」

背中を丸め、煙草に火をつけた吾郎に田門は優しく声をかけた。

「適当な慰《なぐさ》め言うな」吾郎は田門に向かって煙を吐きだした。

大変でもやり遂げる覚悟があったのは、その先に、大金が待っていると信じていたからだ。そもそもこの事業を始めようと思ったのは、たまたま魁多という才能に出会うことができたからで、自分にはそんなアーティストを何人も発掘する能力はないし、ましてや、育てることなどできるわけがなかった。

吾郎はべつに金持ちになりたいとは思っていなかった。それでも、男なら、事業を始めるなら、大金を稼ぐことを目標にしなければ、動きだすことはできない。少なくとも吾郎にとって事業とはそういうものだった。ギャラリーの仕事にそれほどうまみはないとわかってしまった。いったいこれから、何を目標に頑張ればいいのだ。すっかり泡が消えたグラスのビールをぐいっと空けた。

店員が鍋を用意しにやってきた。吾郎は日本酒を注文した。

「なあ、田門先生よ、お前が教えた生徒のなかで、いちばん才能があるやつを紹介しろよ。十何年も教師をやってれば、才能のある生徒も何人かはいただろう」

まるで脅しつけるような言い方になったのは、空元気のだし方を間違えただけ。吾郎は、まだうまく気持ちを切り替えられないでいた。

「えーっ、才能のある生徒ねえ……。確かに、何人かアーティストを育てていけば、とは言ったけど、僕の生徒でいいのかなあ」

吾郎が田門に紹介して欲しいと頼んだのは、先ほどそう言われたからではない。今日はそれを頼むつもりで、田門に鍋をご馳走することにしたのだった。

「正直、才能のある生徒なんていないかも」

「まあ、お前の生徒だからな」

嫌味のつもりはなく、心をすっぽり覆う諦念《ていねん》が言わせたことだ。

「ねえ、松橋君、どうせ才能が期待できないなら、僕をアーティストとして所属させてみないか。意外に時代が追いついてきて、いまなら僕の作品も売れるかもよ」

「貸しギャラリーもやるから、個展をやりたいなら金を払ってくれ。いくらでも貸してやるよ」冗談につき合う気はなく、吾郎は冷たく言った。「それより、どうなんだ。ひとりぐらいはいるだろ。将来有望とかじゃなくてもいいんだ。個展を開けばそこそこ売れそうな作品を制作できれば充分なんだから」

まずは、魁多の個展までのつなぎに、もうひとりアーティストが欲しかった。

「そこそこでいいなら、ひとりいるかな。ちょうど美大を今月卒業だけど、何も進路が決まっていないというから、ちょうどいいかも。ただね、松橋君と気が合うかな」

作品はおもしろいんだけどね、と言った田門はなぜかからかうような目をして笑った。

12

田門に会った二日後、ギャラリーの壁ができあがった。

四枚の大きなキャンバスは、隙間なく床と天井の間にはまった。天井のライトもすでに取り付けられていて、あとは正面の引き戸を塗り直せば完成だった。

「本当にギャラリーみたい」

「みたいじゃなくて、ギャラリーなんだよ」

魁多が漏らした言葉を、吾郎はすかさず訂正した。

「でも、どう見てもギャラリーにしか見えないのが、ほんと不思議」

「設計者が、何、頼りないこと言ってんだ」吾郎は美緒のほうを向いて言った。

「まだ絵もかかっていないのに、ここはギャラリーだって確実にわかる気がする」

首にかけた手拭いの両端をもち、美緒は真っ直ぐギャラリーのほうを見ていた。吾郎も開け放たれた戸から、ギャラリーの内部に目をやった。

確かに、白い壁があるのはギャラリーばかりではない。どんな店であっても不思議ではないのに、ここはギャラリーだと壁全体が主張しているような気がした。

「早くお前の絵をここにかけたいな」吾郎は魁多に言った。

魁多は口を横に大きく開き、歯を見せて笑った。ふざけた表情ではあるが、喜んでいるようにも見えた。

「さあ、ビールを開けようぜ。上村君も原嶋君も、ほんとお疲れ。完成まであとちょっと、よろしく頼むよ」

吾郎はレジ袋から缶ビールを取りだし、二人の男子学生に渡した。お祝いはすべて完成してからでいいじゃないのと美緒は言ったが、白い壁はギャラリーの命とも言える。その落成を祝ってビールを一本くらい開けておくべきだと、吾郎は譲《ゆず》らなかった。ギャラリーのなかで飲むのはオープニングのレセプションまでおあずけで、外にビールケースを置いての小さな落成式だった。

田門から話を聞いて以来、この事業に対するモチベーションは揺らぎ続けている。しかし、ギャラリーが完成に近づいたことは、やる気とは別に、単純にうれしいものだ。

「吾郎さん、名前のほうは決まりました？」乾杯が終わると美緒が訊いてきた。

「まだいいのが浮かばない」

「浮かばないんだったら、やっぱり、単純に吾郎さんの名前でいいと思うんだけど」

ギャラリーの名前が決まっていなかった。美緒によれば、ギャラリストのフルネームを廊名にするのが一般的だという。吾郎が回ったギャラリーにも、そんな名前が多かった。

「ゴローマツハシギャラリーなんて、悪くない響きだと思うんだけど」

「フルネームはなんだか恥ずかしくて、やなんだよ」

「松橋ギャラリーだとインパクト弱いし、ゴローズギャラリーだと軽薄な感じがする。だけど、名前以外のところから引っぱってくるとなると、すごく難しいですよ。

ギャラリーのセンスを問われるわけだから」

「わかってるよ」吾郎はぶっきらぼうに言うと、ビールを喉に流し込んだ。

変な名前をつけると、それすらも展示する作品の邪魔になってしまう。だから多くのギャラリーは、無難にギャラリストの名を冠した廊名にするのだろう。

「ロゴの発注をしなければならないから、早めにお願いしますね」

「はいはい」口やかましい現場監督に、頷きかけた。

建築学科というのは、どうやら便利な学科らしい。設計や施工ができる学生がいるのは当然として、ギャラリーのロゴのデザインを請け負ってくれる者もいて、お願いした。他にウェブデザインが得意な学生には、ギャラリーのホームページ作成を依頼している。そのためにも廊名は早く必要だった。

向かいの豆腐屋のおやじが、外にでてきて煙草を吸った。じょじょに近づいてきて、何をしているのかと訊くから、壁の落成式だと教えてやった。「そいつは祝わなきゃならねえな」と大げさに言うおやじに、吾郎は察しよく、ビールを差しだした。一本でやめるつもりでいたのに、おやじが冷や奴《やっこ》など店からもってくるものだから、二本目を開けることになった。時間はまだ三時で、店のほうは大丈夫なのかと心配になるが、今日は今年初の春めいたぽかぽか陽気。昼間から飲みたくなる気持ちはよくわかる。隅田川の桜もこの陽気でずいぶん開いただろうな、と考えていたら、自分の名を呼ぶ声が聞こえた。

「あーっ、吾郎さん」

声に目をやると、両手に大きなレジ袋を提《さ》げた、ひょろっとした男が立っている。

「おお、ワンじゃないか」

わさわさと袋の音を立て、小走りでワンが向かってきた。

「この裏切り者。ようやく見つけました」

「裏切り者って、俺がか？　俺はクビにされたんだぞ」

吾郎の前まできて、ワンは仁王立ちになった。唇を尖らせ、頭をぐらぐら揺らした。

「裏切り者でしょ。だからどこかに隠れてたんでしょ」

「隠れてなんかない。しょっちゅう、ここにきてた。お前のほうが避けてたんだろ」

リバーサイドハウスを辞めてからひと月近くがたつ。ワンとは最後の挨拶もできないままだった。

「私、もう死にそうよ。吾郎さんいなくなって、ほんと大変な目に遭《あ》ったよ」

「飲むか？」吾郎は缶ビールを袋から取りだし、差しだした。

ワンは辛《つら》そうな顔をして首を振った。「飲みたいけど、飲んだらクビよ」

「まあ、そうだろうな。じゃあ、仕事が終わったら飲めよ」

吾郎はレジ袋のなかに缶を押し込んだ。

「吾郎さん、一緒に働いているときは偉そうでやなひと思ってましたけど、辞めてわかりました。まだ、ましだったって」

「まし、か」吾郎はそう言って苦笑した。

なんのことか事情がわからないだろう美緒たちも笑った。

「今度の施設長ひどいんですよ。買い物にいく前、吾郎さんみたいに、スーパーのチラシの買い得品に印をつけて、渡してくれないんです」

それは施設長が必ずやらなきゃならない仕事ではない。

「料理も手伝ってくれないんですよ。毎晩ひとりで料理してます。カレーだけじゃみんないやがりますから、中華丼も作ってます。中国人の私がですよ」ワンは胸に手を当て、訴えかけるように言った。「吾郎さん、戻ってこないですか。いまなら、入所者のみんなも、吾郎さんはましだと尊敬してます。私なんてみんなから目の敵よ。食事のことで」

「戻れない。新しい仕事を始めたんだ。ここで、絵を売るギャラリーをやる」

「本当に近くじゃないですか。だったら、夕飯だけでも、手伝いにきてください」

「新しい施設長が、俺が手伝いにいくのを許可してくれるのか」

そう訊ねると、ワンはしゅんとしてうつむいた。

「ここにいるから、時々遊びにこい。献立ぐらいは、考えてやるから」

「それ、私に作れるものなんですか？」逆ギレぎみに大声で言った。

どんと足で地面を踏み鳴らすと、ワンはすたすたと歩き始めた。勢いは最初だけで、やがて背を丸めて、ゆっくりと遠ざかる。なんだか哀れに思えてきたが、してやれることは何もない。

日の高いうちから酒を飲み、いい気分になった。陽気もいいし、このまま少し早い花見にでも繰りだしたいところだったが、吾郎には用事があった。


亀戸まででて、ＪＲ総武線に乗り、小岩《こいわ》駅で降りた。

江戸川に向かって住宅街を進むと、吾郎の地元と同じで、小さなメッキ工場やプレス工場がぽつぽつと見られた。なかを覗けば、たいてい、じいさんと呼んで差し支えのない年齢の男たちが立ち働いているはずだ。

江戸川の土手から一本入った路地にある、一軒の民家の前で足を止めた。その家も小さな工場を併設していた。シャッターが閉まっていて、ひっそりとしている。

インターホンに応えて顔を見せたのは、五十代前半と思しき女性だった。明るい感じのふくよかな女性は、吾郎が浜地恭平《はまじきようへい》さんに会いにきたと告げると、二階に上がってくださいと言った。「階段の正面にあるドアが、あの子の部屋だから」

ずいぶん鷹揚《おうよう》な応対に吾郎は驚いた。考えてみれば、子供のころ、商店や工場をやっている友達の家にいくとこんな感じだった。

靴を脱ぎ、玄関正面の急な階段を上がった。

吾郎はドアをノックした。初めて会うのに、なんか変な感じだなと、今更ながら思う。泣いたり、笑ったり、いろんな表情のドクロのマークが描かれたドアも変な感じだった。

「田門先生から紹介された松橋です」

吾郎が言うと、「ああ、入ってー」と低く、かったるそうな声が聞こえた。

ドアを開けると汗臭かった。薄暗い部屋。ベッドの上に裸の大将がいた。

ランニングシャツを着た太めの男が、寝そべり、ノートパソコンをいじっていた。

「こんちは。松橋です」吾郎は部屋に入り、言った。

「モンちゃんから聞いたよ。俺をスカウトしたいんだって」

ごろっと寝返りをうつようにして、男はこちらを向いた。サイドを短く刈り上げ、頭の上のほうにだけハンチング帽をのっけたみたいに髪がふさふさ残っていた。無精髭で、かわいげはないが、目が大きく、キューピーを思わせる容貌《ようぼう》だった。

「なんでカーテンを閉め切ってるんだ。天気がいいから、窓も開けたほうがよくないか」

汗臭いのだ。

「確かに、暑くってかなわないよ。開けといて」

浜地はまたごろっとやって、パソコンに向かった。画面には美少女アニメのキャラクターのようなものが見えた。銀色の甲冑《かっちゅう》を身につけているから、美少女戦士といったところか。浜地はそれを見て、へたくそと毒づいている。

吾郎は床に散乱するコミックや雑誌を踏みつけながら、奥に進んだ。カーテンを引き、窓を大きく開いた。ついでに、網戸も開けた。

「起き上がって話をしないか。せっかく、お互い、時間を作って会ってるんだからさ」

吾郎は新鮮な空気を貪りながら言った。

「あんた、俺の作品に興味があるんだろ。机の上にポートフォリオを置いておいたから、見ててくれよ」

「あんたじゃなくて、松橋さんだ。さっき名乗っただろ」

「はあ？」浜地は驚いた顔をし、吾郎に視線を向けた。「松橋さん、おたく、新しくギャラリーを始めるらしいけど、その前は、どこかの有名ギャラリーに勤めてたの」

「どこのギャラリーにも勤めたことなんてないが、それがどうかしたか」

「それで、俺をスカウトしようなんてね――」

太めの、かわいげがないキューピーは、ひとをばかにしたような笑みを浮かべた。

吾郎は開けたばかりの窓をぴしゃりと閉めた。ドアに向かい、半開きのそれも閉めた。

「浜地君、きみは何様なんだ」

床の雑誌を拾い上げ、背表紙で浜地の頭をこつっと叩いた。

「痛っ。何すんだよ」

「何様か、聞かせてくれよ」

「俺は、アーティストだよ」

吾郎はまた、浜地の頭をこつっとやった。

「笑わせるな。お前は美大を卒業しただけの、ただのぷー太郎だ。どうせ目が覚めてから、一歩もベッドから動いていないんだろ。そんな怠惰《たいだ》なやつは、今後もアーティストになんか絶対になれない」

「作品も見ないで何がわかんだよ。どうせあんたなんか、作品を見る目もないだろうけど――わっ」

体を起こそうとした浜地の肩を、吾郎は突き飛ばした。ベッドに横になった浜地の顔を上から押しつぶす。膝で体を押さえつけた。

「確かに俺は、作品を見る目なんてもっちゃいない。だけどな、世の中のことなら少しはわかる」

顔を押さえつけられた浜地は、口のなかで何かもごもご言った。

「アーティストは、作品を作って終わりじゃないだろ。それを売って、世の中に作品と名前を流通させて、初めてアーティストと呼ばれるんだ。ビジネスマンとは言わないが、アーティストも仕事をしている立派な社会人なんだよ。たとえ相手が無名のギャラリーでも、最低限のビジネスマナーを守って接するのが当たり前だ。寝そべって応対するお前は、自分自身でアマチュアだと認めてるようなもんだ。仕事をする気がまえのないお前なんて、どこのギャラリーも相手にするわけがない」

「わかったから、手を離してくれよ」

吾郎は手を離し、膝をどけた。浜地はのろのろと起き上がる。ベッドから足を下ろして座った。膝に手を置き、窺うような目で吾郎を見ている。

「ポートフォリオを見せてもらってもいいかな、浜地君」

「ああ、見ろよ」

「見てください、だろ」

吾郎は回転椅子に腰を下ろし、デスクから分厚いクリアファイルを取り上げた。

「はい、見てください」キューピーのように素直な顔をして浜地は言った。

アーティストの過去の作品を紹介するファイルを、ポートフォリオと呼ぶのだと田門に聞いて知った。現物はギャラリーの個展でも見たことがあった。

浜地のポートフォリオをめくっていった。作品はアクリル絵の具で描いた絵が中心だが、紙や鉄を使った立体作品もあった。全体的に、ユーモラスというか、ふざけた作品が多い。リアルな乳首がついたミルク瓶の絵とか、濃いめのすね毛を剃る女性を描いた作品とか。

ただ、田門が推薦するだけあって、素人目にではあるが、絵自体はうまく感じた。

「これって、もしかしてトム・クルーズか?」吾郎はめくる手を止めて言った。

フレームいっぱいに外国人の顔が描かれていた。トム・クルーズに見える。

「そうだよ。似てるなんて、ほめないでくれ。似せて描いてるんだから」

アーティストのプライドなのだろうが、そんなことにこだわることこそ、アマチュア臭いと吾郎は感じた。次のページをめくると、爽《さわ》やかな笑顔のブラッド・ピットだ。これもよく似ている。そして、両方ともなぜか禿頭《はげあたま》だった。

「なんで髪の毛がないんだ」

「これは『ボールド』、つまり禿頭っていう、そのものずばりのシリーズタイトルなんだ」

さらにめくるとディカプリオ。もちろんつるつるの禿頭だ。

「禿げてることに、なんか意味があるのか」

「あるぜ」浜地はぶっきらぼうに言った。「かっこいい人間は禿げてもかっこいいことを、この絵が証明している。人間には、埋めがたい、生まれもった容姿や才能の差が存在することをこの絵は突きつけているんだ」

「なるほどね。ふざけてるようでも、ちゃんと意味があるんだな」

「当たり前だ。何もなかったら、ただのお絵かきと同じだ」

浜地は肉のついた頬をさらに膨らませた。

「とにかく、その意味も含めてなかなかおもしろいよ、このシリーズ」

禿げているのはともかく、有名人の肖像画というのはいいかもしれない。とくにアートに関心のない人間の興味も引きやすく、そこそこ売れそうな気がした。

「このシリーズをあと四、五点描いて、個展をやらないか」

「これで個展をやるの？　松橋さん、いい度胸してるね」浜地は鼻の下を伸ばし、わざとらしい笑みを浮かべた。「これを、壁にかけて売ったら、ハリウッドから訴えられるかもしれないぜ。肖像権とかパブリシティー権を侵害してるって、莫大な賠償金を請求されるかもよ。——べつに俺はいいけどね。ハリウッドから訴えられるなんて、かっこいいぜ。新聞とかに載るかな？」

吾郎は首を強く振った。「俺はよくない。このシリーズでの個展の話は撤回する」

売れないものなんて描くな。やはりこいつはアマチュアだ。

吾郎はポートフォリオをめくっていった。肖像画以降、とくに目を引くものもないまま、最後のほうにきて、繰る手を止めた。そこに掲載されていた作品も、目を引くようなものではなかった。食卓の上にのった山盛りのサラダの絵。これまでのように、おかしなモチーフでもなく、あまりに普通の絵だから不思議に思った。

「それは卒業制作で描いたやつだ」浜地が言った。

田門は、美大の卒業制作展に出品した浜地の作品を観たと言っていた。おもしろい絵を描くと推薦《すいせん》したのは、これを観たからなのだろうが、どこがおもしろいのかわからない。

「これはサラダの絵だよな」

「違うよ」浜地はふんと鼻で笑って言った。「別にサラダを描きたかったわけじゃない。それもシリーズになってるんだ」

ページをめくると、花瓶に生けられた花の絵が現れた。次はデスクの上に鎮座するパソコン。その次は本が並んだ本棚。どれも、普通の家庭にあるようなものが描かれている。

「写真だから小さくてわかりにくいけど、どれも同じものを描いてるんだ」

吾郎はポートフォリオの写真を再度じっくりと見ていった。サラダ、花瓶、パソコン、本棚。そこに何か共通するものを見つけようとしたが、よくわからない。ただ、色調が暗いわけでもないのに、どれも寂しげな印象があるなとは思った。

「おおっ！」サラダの絵に戻ってきたとき、吾郎は声を上げた。

サラダボールから離れた画面の端に、白いイモムシのようなものを見つけた。

「こいつか」と吾郎が指をさすと、見つけるのが遅いと浜地は嫌味っぽく言った。

花瓶の絵では、葉っぱの上にいた。パソコンの絵では、キーボードの上。本棚では、まるで文字のように、本の背表紙に張りついていた。

「これは、『ウォッチ・ミー』っていうシリーズだ。主人公、大事なものが、周囲に埋もれて見落とされてしまうことがある。世の中にありがちなことを、イモムシで表わしてみたのさ」

「それだけじゃないだろ」

吾郎が言うと、浜地は片方の眉を上げ、睨んだ。

「ウォッチ・ミー――私を見て、というのは、作者自身の叫びなんだろ。このイモムシはお前さん自身だ。俺はここにいる。誰か見つけてくれって、叫んでいるのが聞こえるよ」

「勝手な解釈するな」

「解釈なんてしてないぜ。観てたらわかったんだ」

『ボールド』に込めた思いも考え合わせると、さらによくわかる。小さなイモムシは、自分の才能の小ささも表わしているのだろう。

「ふくれっ面、するな。わかりやすい絵を描いたお前が悪い」

「顔がふくれているのは元からだ」浜地は頰を大きくふくらませた。

「そんなことはいい。このシリーズの実物を見せてくれ。うちに置いてあるのか」

「見せてください、だろ」

浜地はそう言って、のろのろと立ち上がった。


浜地のアトリエは家に併設された工場跡にあった。浜地の祖父がメッキ工場を経営していたが、三年前に亡くなってからは、アトリエとして使っているのだそうだ。浜地の作品のストックもここに置いてあった。

『ウォッチ・ミー』のシリーズは意外に大きな作品だった。キャンバスの長辺が一メートルほどもある。四十号くらいだろうか。だから写真に比べると、イモムシの姿はわかりやすい。それでも、ひと目見て、その存在がわかるひとはまずいないだろう。

ポートフォリオの写真で見たときと同じく、寂しげな気配が、画面から伝わってきた。自分の才能のなさに気づいている男の絵。それでも自分を見てくれと叫ぶ声が、盛んに聞こえてくるのは、タイトルのせいばかりではないだろう。

「誰に振り向いてもらいたいんだ」

浜地は眉を上げ下げし、視線を泳がせた。吾郎は浜地の肩に手を置いた。

「明日にでも、うちのギャラリーに遊びにこいよ。まだ未完成だが、内装はほとんど終わってるんだ。見てみて、ここでやってもいいと思えるようだったら、このシリーズで個展を開こう。これより一回り小さな新作も、四、五点描いてもらう必要があるけどな」

「いいよ、べつに見にいかなくても。松橋さんのところで、個展やるよ」

浜地は素直というか、これまでになく力のない声で言った。

「簡単に決めるなよ。俺はきみの絵を売りたいと思った。きみも俺のところでいいのかしっかり吟味《ぎんみ》してくれ。ギャラリーとアーティストっていうのは、対等な関係なんだから」

最新の『美術手帖』に掲載された記事のなかで、有名ギャラリストがそんなことを言っていたのを読んだばかりだった。

「見にいってもいいけど、とにかく、松橋さんのところでやらせてもらう。なんか、松橋さんに、ケツの穴まで見られたような気がして、妙に力がぬけちゃって、もうお願いしますって感じだから」

「アーティストなんて、いつもケツの穴を見せまくっているようなもんだろ。そんなことでいちいち力が抜けてて、どうすんだよ」

「俺みたいにあからさまに見せると、みんな無視するんだ。俺のケツの穴を見たとはっきり言ってくれたのは、松橋さんが初めてのような気がする」

「そんなものなのか」

そんなものかもしれない。絵を観るひとの多くは、アーティストの怨念《おんねん》を感じたいわけではないだろうから。

それでも吾郎は、自分のギャラリーにこの絵を飾りたいと思った。

13

四月の初め、ちょうど桜が満開を迎えたころギャラリーは完成した。

綺麗に塗り直された正面の引き戸には、新しいガラスがはめ込まれている。そして、そのガラスには、ギャラリーのロゴが控えめにあしらわれていた。

上から押し潰されたようなデザインの畳という漢字の下に、ギャラリータタミとアルファベットで綴られたロゴ。決まったのは四日前だった。

せっつかれてもギャラリー名はなかなか浮かばず、吾郎はやけになって、元は畳屋だからギャラリータタミでいいじゃねえかと提案したら、美緒は、それいただきと冗談のようにあっさり採用した。翌日には、ロゴの案をいくつかもってきた。

畳は店を畳むに通じて縁起が悪くないかと躊躇《ちゅうちょ》する吾郎に、時代の先端をいく現代アートを扱うギャラリストが縁起なんて気にしてどうすんのと、美緒はぴしゃりと言った。そのくせ、この建物の来歴も伝わるし、下町らしいし、商店街のなかにあっても違和感がなく、いい廊名だと、美緒は保守的なことも言う。そんな矛盾を包み込むのが現代アートなのかもな、と吾郎は無理矢理自分を納得させつつ、頭のなかで何度も繰り返すうち、ギャラリータタミが唯一無二、このギャラリーに相応しい名前に思えてきた。

ギャラリーは完成しても、まだ開廊の日はきまらなかった。オープニングの個展がきまらないのだから、どうしようもなかった。

引っ越しをして魁多もようやくキャンバスに向かい始めたが、塀の落がきのように一日でさっさと描き上げることはできないようだ。少なくとも十点は欲しいところで、まだまだ時間はかかりそうだ。浜地も工場跡のアトリエでせっせと新作に取り組んでいるが、五点が完成するのは五月のなかばだと本人は見込んでいる。他に個展を開くアーティストのあてがあるわけもなく、最悪は五月の浜地の個展をオープニングとするしかない。

完成の翌日、吾郎はギャラリーの二階に引っ越しをした。知り合いから軽トラックを借りて一往復半で荷物を運んだ。まだギャラリーでは金槌《かなづち》の音が響いていた。学生たちがオブジェ作品などを展示するための展示台を作ってくれていた。

午後五時、作業の音はやんだ。下におりてみると、大中小、三つの展示台が完成していた。真っ白い箱形の台は組み立て式で、普段はばらしてしまっておけるものだ。夕飯でも食べていくかと誘ったが、男子学生は用事があるとすぐに帰っていった。美緒から組み立てかたの説明を受けているとき、神戸がひょっこり顔を覗かせた。

「吾郎ちゃん、完成おめでとう。すっかり本格的ギャラリーだね」

「ありがとよ。だけどお前、本格的なギャラリーなんて見たこともないだろ」

「ひどいな。これでも吾郎ちゃんの影響で、何軒か見て回ったんだ。俺、ギャラリーって好きかも。なんてったって、ただで時間を潰せるのが俺に向いてる」

神戸は綺麗に塗り直された引き戸を手でさすりながら言った。

吾郎も時間があるときはギャラリー巡りを続けていた。最近はさすがに慣れてきて、スタッフが近づいてきてもびびったりはしない。それどころか、できるだけこちらから声をかけるようにしていた。見栄《みえ》をはらずに美術のことはよくわからないとカミングアウトしてしまえば、案外気楽に話せる。素人なりの感想を言い、作品について訊ねると、スタッフは丁寧に創作意図や作品の美点、技法などについて教えてくれる。現代アートを見る目が養《やしな》われたとまでは言えないが、有名な美術家の名前と作風ぐらいはだいぶわかるようになった。

「神戸さんも、展示台の組み立て方法聞いていってくださいよ。どうせ吾郎さんに手伝わされることになると思いますから」

美緒が神戸に手招きをした。

神戸は改装中も時々見にきていたから、美緒とも顔なじみだった。

「ほんとにギャラリーって、なんでも白いんだな」

入ってきた神戸は展示台を手でなでた。吾郎は、無闇に触るなと注意した。

「展示台の組み立てもいいけどさ、ちょっとこれ見てよ。実はさ、前に吾郎ちゃんに頼まれていたアーティスト、見つけたんだよ」

神戸は小脇に抱えていたA４サイズの茶封筒をもち直し、なかに手を入れた。

「近所に住んでるじいさんなんだけど、いつもカメラを首からぶら下げて、パシャパシャ撮ってるんだ。それで、写真を見せてもらったら、これがすごくいいんだよ。デジタルじゃなくてフィルムを使っててさ」

取りだしたのは、封筒よりひと回りほど小さい、大判のモノクロ写真だった。二枚を展示台の上に並べたが、ピンぼけで何が写っているかよくわからない。

「なんなんだ、これ」

「なんだかわからないのが、幻想的でいいでしょ」

全体的に白っぽく、船のようなものが見えるから、真冬の凍りついた港、といったイメージが湧く。ぱっと見た感じは、確かに悪くない。

「これ、橋の上から屋形船を撮ったものなんだけど、じいさんのカメラは古いもので、重たいんだって。だから手は震えるし、目もよくないから、ピントもうまく合わなくて、こんな感じになっちゃうんだって。でも、アートっぽいでしょ」

「アートっぽいんじゃやだめだ。作者が何か意図してそういう写真を撮ったならいいけど、たまたまそうなったというんじゃ、作品にはならない。うちでは扱えないね」

「だめかな。売れるか売れないか、まず置いてみるだけ置いてみてもいいんじゃない」

吾郎はきっぱり首を横に振った。たとえ売れるのだとしても、ようやくできた自分のギャラリーに、アートでないものを飾りたくはない。

神戸はしょげた顔で溜息をついた。

「俺のギャラリーで溜息なんてつくな。——そんなにアーティストを見つけたいんだったら、いっそ、自分がアーティストになればいいんだ」

「俺には、アートとかそういうものは無理だよ」目を丸くし、神戸は手を振った。

「アートなんて、そんな難しいもんじゃない。テーマを決めてこじつけちまえば、アートになるんだよ。お前、そのじいさんからカメラを貸してもらえ。それで、そのへんを歩いてるじいさんや婆さんを捕まえて、写真を撮ってもらうんだ。そうすれば、同じような写真が撮れるだろ。その写真を三、四枚選んでひとつの額に飾れば、お前の作品になるんだ」

「それでテーマはなんなの」

「そんなもん、年寄りが撮った写真なんだから、決まってんだろ。テーマは『老い』だよ。体力が衰えて手ブレするし、視力も低下してピンぼけする。操作方法もなかなか理解できないだろうしな。年寄りの衰えた肉体を写真が可視化してるんだ。同時に、老人の豊かな心の目が、目には見えない風景を映しだす、とでもすればりっぱなアートだ」

考えもなしに話しだしたのに、アイデアが口から溢れ、綺麗に話がまとまった。

「それって、ほんとにアート？　詐欺とかじゃなくて」

神戸は封筒で目から下を隠し、上目づかいで吾郎を見た。

「ばっか野郎。んなわけねえだろ」詐欺という言葉にうろたえた吾郎は、目を剝き唾《つば》を飛ばす。助けを求めるように美緒に目を向けた。

「吾郎さん、天才」美緒は遠くに呼びかけるように、口元に手を添《そ》えて言った。「いい作品になるかどうかはわからないけど、充分にアートだと思う。無理矢理こじつけたものだろうと、そのやりかたで作品を作れば、吾郎さんの言った社会性のあるテーマを確実に帯びることになる。それをアートではないと否定することは誰にもできない。作者の経歴を詐称したりしない限り、詐欺なんて話にはならないから大丈夫」

「経歴不詳の謎のアーティスト、カンベリア作、とかにしたらかっこいいかもね」

神戸は封筒から顔を覗かせ、ちょっと嬉しそうな顔をした。

「経歴不詳でもいいと思いますけど、吾郎さんがアイデアをだし、神戸さんが実行する、ふたりのアートユニットのほうが実態にあってていいんじゃないかな」

アートユニットという馴染みのない言葉が、吾郎の耳には新鮮でかっこよく響いた。なんだか本気でやってみようかという気になってきた。

「なあ、オープニング展だけど、これでいけるかなあ」

「決めるのは吾郎さんよ」美緒は腰に手を当てて言った。「でも、いいかもしれない。近所のひとに撮ってもらった写真を使って作るのは、地域密着型の作品ともいえるから、下町の商店街にあるギャラリーのオープニングに相応しい気がする」

「そうだよな」

勢いで話を進めてきたが、改めて考えると、ビジネスとしても悪くない。

「神戸、写真を撮ってもらったら、名前と住所を訊くのを忘れるなよ。そのひとたちに、オープニング展の案内状を送れば、近所なんだからきっときてくれると思うんだ。自分の撮った写真が作品に使われているんだから、懐に余裕があれば買ってくれるはずだ。――しかも、これ写真なんだよな」

吾郎は話しながら、さらに商売上のメリットに気がついた。

「ひとつの作品に三人分の写真を使えば、三人が買ってくれる可能性があるんだよな。写真だから、そういうことが可能だよな」美緒のほうを向いて訊ねた。

「なんだか、話が詐欺師っぽくなってきた」美緒は眉をひそめて言った。

「詐欺じゃない。ただ、これ写真だからさ、プリントすればさ――」

「嘘よ。全然詐欺じゃない。ただ、吾郎さんが意外に商売上手で驚いた。もっと、思い込みだけで突っ走るひとなのかと思ってた」

けなされているのか、ほめられているのか、よくわからなかった。

「写真は版画と同じで、複数枚プリントするのが普通よ。プリントした枚数をエディションナンバーといって、ギャラリーではプライスリストのなかに明記している。基本的に、エディションナンバーが多くなると作品の価値は下がっていく。欲張っていっぱいプリントしないほうがいいですよ」

「わかってるぜ。そんな売れるもんじゃないだろうし」

一作品に三人の買い手がつけば充分だ。それだけで、ぼろもうけのような気がする。アートに、ぼろもうけなんて言葉はそぐわず、気が咎めないこともない。が、たまたま思いついたものが、そういうものだったのだからしかたがない。

「あの、この話って、俺にもお金は入ってくるのかな」

しばらく蚊帳《かや》の外に置かれていた神戸が、口をはさんだ。

「もちろん、アートユニットの片割れなんだから、作品が売れれば金が入る。半分がギャラリーにいき、残りの半分を俺とお前で山分けだ」

「なんか吾郎ちゃんに大部分が入るような気がするんだけど」

「しょうがないだろ。ギャラリストとアーティストを兼任しているんだから」

べつに意図してそうしたわけではない。しかし、やはりぼろもうけだ。

「とにかく、なんとかそのカメラを貸してもらって、すぐに始めてくれ。時間がないんだ。モノクロのフィルムを買ってきて、バチバチと好きなだけ撮ってもらうんだ。最低でも三十人は撮ってもらう必要があるな。——ああ、誰がどの写真を撮ったか、わかるようにしろよ。ピンぼけ写真なんだから、あとで本人に確認したってわかるわけないんだから」

神戸は目を白黒させて聞いていた。

翌日からは、立ち止まって考える時間はなくなった。将来的にどかんともうける目論見が崩れ、モチベーションを見失っていた吾郎だが、そんなことを気に病む余裕すらない。動き始めたら、とにかく突き進むだけ。目標などあとからついてくるような気がした。

やらなきゃならないことは目白押しだ。まずは、オープニング展の案内状を発注しなければならないため、個展のタイトルとユニット名を早急に決める必要があった。

ユニット名は適当だ。ふたりとも墨田東工業高校出身だから、墨COにした。個展のタイトルは作品がまだないから、イメージするのが難しい。若い時期を人生の春にたとえるなら、老齢期は冬だろうということで、『冬景色』とした。モノクロのピンぼけ写真なら、そんなイメージになるだろうし。意味的にははまるが、オープニング展にしては地味なタイトルだった。しかし迷っている時間はない。決まるとすぐに案内状を発注した。開廊は三週間後の四月二十八日と決まった。

神戸は近所の老人からうまくカメラを借り受けることに成功した。さっそく、街に立ち、老人たちに頭を下げて、カメラのシャッターを押してもらった。

フィルムは、撮影が終わったものから順次、プロも使うような写真ラボに現像を頼んだ。できあがったものを見て、吾郎は満足した。いい具合にボケてブレたモノクロ写真は、味わいがあった。これなら作品になると安心した。しかし金はかかる。現像・プリント代はばかにならないし、額装の費用も必要だ。もし作品が売れなかったら、と考え、何度も震えた。他に案内状とオープニングレセプションの費用もかかるわけで、手持ち資金の半分が消える。これは博打《ばくち》なのだと吾郎は気づいた。

神戸は五日間で四十人に撮影してもらい、仕事を終えた。そこからは吾郎の仕事だった。

撮影された数百枚の写真のなかから、共通点のあるものを三枚見つけだし、ひとつの作品としてタイトルをつける。なんの覚悟もなく思いつきで始めたことだったが、やってみると恐ろしく困難な作業だった。最初は、ハレーションを起こして光が爆発したように見える三枚を『冬の花火』としてみたり、動いているひとを捉えきれず、ひとが透けて見える三枚を『透明人間』としてみたり、見たまんまで選びやすく、タイトルも簡単に決まったが、そんなものがいく通りもあるわけがなく、どんどん難しくなる。最後のほうでは、適当にタイトルを作り、それに当てはまりそうな三枚を無理矢理選んだりもした。案内状書きを並行してやりながら、十点の作品が完成したのは、開廊日の五日前だった。

夜中、吾郎はギャラリーに下り、明りを灯《とも》した。焦げ茶のフレームに収められた作品を、ひとつひとつ壁にかけた。ギャラリーの中央に立ち、壁を見回す。何度も見回してみた。

これはアートだぜ。間違いなくアートだ。

美緒がそれはアートですと太鼓判を押してくれたが、自分が作ったものが本当にアートなんだろうかと、ずっと心に引っかかっていた。しかし、初めてギャラリーの壁を飾った作品は、しっかりアートに映った。壁を汚すことなく、オープンを待つギャラリーに息吹《いぶ》きを与えた。

吾郎は外にでた。暗くうち沈んだ商店街のなかで、ギャラリータタミの明りだけがぽっかり浮かんでいた。壁のなかほどに、十点の作品が乱れなく並んでいる。

それを見て、足を止める。しばらくその場でガラス越しになかを覗き込む。ついに引き戸を開け、なかに入っていく客の姿が吾郎の目に浮かんだ。

14

「日本酒はないのかい」

禿頭のてっぺんまで赤く染め上げたじいさんが、咎めるように言った。

「ここにあるのはシャンパンだけだ。日本酒が飲みたかったら、表通りにでて左に進んだところにいい居酒屋がある」吾郎はプラスチックのカクテルグラスにシャンパンを注ぎながら言った。

じいさんは一瞬考える素振りを見せたが、ただ酒よりうまい酒はないと判断したようだ。さっと展示台の上からグラスを取ると、人混みに姿を消した。

「吾郎さん、追加もってきたわよ」

康恵が人混みをかきわけ、やってきた。両手にシャンパンのボトルをもっていた。

「お父さんも、やっときた」

小柄な森若が大柄な娘の先導で、姿を見せた。

「おお吾郎、開店おめでとう。お前がこんな洒落たもんつくるとはな」

「いいギャラリーだろ。おやじさんのおかげだよ。開廊祝いの花もありがとう」

「なんだ、そんなもの贈ったのか」

森若は驚いたように康恵のほうを見た。もったいないと言いたげな顔だ。

「それにしても、すごいひとだな」

「まさかこんなに集まるとは、俺も思ってなかったよ」

六時から始まったオープニングレセプションだったが、当初はそんなにひとはいなかった。康恵に美緒に魁多に浜地など、関係者ばかり。他に、案内状を送っていたファタールの高盛が仕事前に寄ってくれたぐらいだった。そのうち、向かいの豆腐屋の主人や周りの店のひとがやってきて飲み始めると、会社帰りのサラリーマンなど、通りすがりのひとが何をやっているのだろうと、足を止めるようになった。すかさず美緒と康恵がなかに呼び込み、ひとが増えていった。表の引き戸は開けっ放し。どなた様も出入りご自由に。

レセプションが始まって一時間半。広くもないギャラリーのなかに、三十人ほどがひしめいていた。案内状を見てきたひとよりも、通りすがりの酒目当てが多そうだ。

用意していたシャンパンが底を突きかけ、康恵に店からもってきてもらったところだ。

とはいえ、もちろん酒目当てばかりではない。先ほど、夕飯が終わってやってきたらしい、孫を連れたおばあちゃんを見かけた。写真撮影に協力してくれたおばあちゃんは、自分が撮ったものだと、作品の前で孫に自慢していた。

すでに作品は二点売れている。やはり買ってくれたのは、写真を撮ったお年寄りだ。これだけひとがいて、その程度の売り上げかと思わないでもないが、墨COの個展は十日間続くから焦ることはない。壁に作品がかかり、ひとが埋め尽くすギャラリータタミの晴れ姿だけで、今日はひとまず満足だった。

「吾郎ちゃん」

康恵たちが離れていき、新しいボトルを抜栓したとき、後ろから声をかけられた。振り向くと、ひとみが立っていた。

「おめでとう。ひともいっぱいだし、ギャラリーは素敵だし、驚いちゃった」

「俺もこんなにくるとは思わなくて驚いてるよ。――ありがとう、きてくれて」

吾郎はカクテルグラスにシャンパンを注いで、ひとみに渡した。

「阪本君もくるつもりだったんだけど、急に用事が入ったみたいで――。立派なギャラリーができたって、報告しておく」

「花を贈ってくれたんだ。その礼も言っておいてくれ」

ひとみは頷き、グラスに口をつけた。

「こんなに早く開業できるとは思わなかった。正直、これまで縁のなかったギャラリーなんて始められるのか半信半疑だったけど、すごいね吾郎ちゃん。センスもいい」

ほれなおしたか、と軽口が喉まででかかったが、吾郎は呑み込んだ。

「ひとみには感謝してるよ。もちろん阪本にも」

ひとみは吾郎から視線を外し、ちょっと強ばった表情をした。もしかしたら、阪本がだした条件を知っているのかもしれない。

「大樹は――」

吾郎とひとみの言葉が重なった。ふたりで顔を見合わせ、苦笑した。

「大樹はとくに変わりないから。元気に学校に通っている」

「そうか、だったらいい。俺もそれが聞きたかっただけだ」

時間ができたらこちらから電話すると言ってあったからか、その後、大樹のほうから電話をかけてくることはなかった。きっと頼りにならない親父だとあきれているだろう。

「いま、作品も見てきたけど、すごくよかった。何を撮ったものかわからないけど、タイトルを見るとイメージが湧いてくる」

アートコレクターの高盛には、作品は普通だがタイトルセンスがないと批評された。吾郎の創作だとは話しておらず、さすが目利きだった。

「どれか一点購入しようと思ってる」

「ありがとうございます」吾郎は思わず深く頭を下げた。「じっくり選んでってくれよ」

またあとで声をかけると、ひとみは離れていった。入れ替わるように美緒が声をかけてきた。

「ほんとにすごいひと。外でも、飲み会始まっちゃった」

「ほんとかよ」

吾郎は目を向けたが、人混みでよく見えない。ギャラリーの前で酒盛りをされると、雰囲気が悪くなる。やめさせようと考えたが、今日はいいかと思い直した。

「魁多君や浜地君が、外で近所のひとたちとわいわいやってる。楽しそうよ」

「なんだ、あいつら。洗いもの、サボってんのか」

「まあまあ。グラスが足りなくなったら、あたしも手伝いますから」美緒はなだめるように言った。

作品の説明や、貸しギャラリーの案内など、美緒はすっかりスタッフの一員として働いていた。内装設計者として、ある意味、吾郎と同じような感覚で今日のオープニングに立ち会っているようだ。

「東京アートステーションから開廊祝いの花が届いてたけど、吾郎さん、知り合い？」

「いいや。さっき、忙しくなってから届いて、とりあえず受け取ったけど、そのアートなんとかが、何者なのかもよくわかんなかった」

「東京アートステーションは、インターネットでアート関係の情報を発信しているサイトでは老舗で、けっこう有名なんですよ。展覧会や個展の情報を網羅《もうら》したフリーペーパーも発行してる。あたし、今回のオープニング展の告知をそれに掲載してもらおうと、ここの住所や個展の内容をメールしたんです。他のサイトや新聞の美術欄にもお願いしたんですけど、間際の申込みだったから、どこも掲載してくれなかった」

「そんなことまでやってくれてたのか」初耳の吾郎は、ありがとうなと頭を下げた。

「それじゃあ、そのメールで開廊を知って、花を贈ってくれたのかもな」

「まさか、それはないでしょ。アート系の情報サイトなんてそんなに広告料を稼げるとは思えないし、ギャラリーがオープンしたからっていちいち花を贈っていたら、潰れちゃう。うーん、だから不思議なんですよね」

確かに不思議ではあるが、どうでもいい気もする。祝ってくれているのは間違いないのだから。

美緒は案内係として壁の作品の前に戻っていった。吾郎が再びシャンパンを注ぎ始めると、ぬっと手が伸びてきてグラスを摑んだ。

「松橋君、おめでとう」

グラスに口をつけながら言った。すでに顔を真っ赤に染めた田門だった。

「おお、きてくれたのか」

「うん、作品も見せてもらったけど、味わいがあっていいよ。近所のひとが撮るってコンセプトが僕は好きだな。ギャラリー自体もこんな本格的なものだとは思わなかった。……松橋君、センスいいんだね」

褒めるというより、なんだか羨《うらや》ましそうだった。吾郎は得意になった。

浜地たちがいる表に田門を連れていった。入り口の脇で、ビールケースを椅子がわりにして飲んでいた。浜地と魁多の他に神戸もいた。賑《にぎ》やかに笑い声を響かせていたのは、リバーサイドハウスの政田と安藤の高齢者コンビだった。

「吾郎さん、こういうのを毎日やって欲しいな」祝いの言葉を省き、政田が言った。

「毎日は無理だ。個展の初日だけだが、できるだけ頻繁《ひんぱん》にやりたいとは思ってるよ」

浜地の個展、魁多の個展、それ以降はいまのところ予定がない。

「その後、達者でやってたか」と吾郎が訊ねると、うっしっしと抜けた歯の間から笑い声を漏らし、政田は言った。「俺たち年寄りは、粗末なもんでも食えればいいから、不満もなくやってたよ。若い連中は、そうはいかねえな。カップ麺《めん》なんて、自分で買えるもんが昼にでてくると、金返せと文句も言いたくなるわな」

「そんなもん食わせてるのか」

吾郎が施設長のときも、昼食は丼や麺類の一品だけで経費を抑えていたが、野菜や肉類をバランスよく取り入れるよう工夫はしていた。

「ワンちゃんの作る食事にみんなが文句を言うもんだから、新しい施設長がキレちゃって、三日前からカップ麺だ。吾郎さん、なんか言ってやったら」安藤が言った。

「俺は辞めた人間だ。いまさら、何も言う筋合いはねえよ」

吾郎は、こちらを見上げる老人たちから目をそらした。そりゃそうだなと呟く政田の声が聞こえた。

「いいギャラリーだな。お前の個展が楽しみになったよ」田門が浜地に声をかけた。

「どんなギャラリーだってかわんないよ。俺は俺の作品を作るだけだ」

生意気なことを言う浜地だが、恩師に席を譲る気遣いを見せた。

「そろそろお前の絵を一枚買いたいな。だけど、本当にいいと思ったものじゃないとな」

「節穴のモンちゃんの目にも、はっきりいいとわかる作品を、今度は描いてやるぜ」

浜地はふんと鼻を鳴らして息巻いた。田門は「頼むよ」と浜地の肩を叩く。なんだか田門が普段より立派な教師に見えた。

ふと気づくと、田門の隣りに座る魁多が、つまみのポッキーをくわえて、ふたりの様子をじっと見ていた。魁多にしては珍しく、寂しげな表情なのが不思議だった。

レセプションは九時まで続いた。外ではいつの間にか、シャンパン以外の酒を飲み始めていたが、それも今日はまあいい。普段だったら、店が閉まると人通りが絶える立花いきいき商店街に、表通りからひとを呼び込んでいた。ギャラリーのなかも、最後までひとでいっぱいだった。

15

作品作りに協力してくれた老人たちの半分も、レセプションにはきていなかった。しかし、翌日からの通常営業には大半の老人が足を運んでくれた。そして吾郎は、かって優秀だったセールスマンの片鱗を覗かせた。多くの老人が自分の写真が使われた作品を買っていってくれた。その他、森若をはじめとした商店街関係者がご祝儀で買ってくれたのも含め、十日間の会期中、三十一点の作品が売れた。

一点三万八千円の値付けだったので、百二十万円ほどの売り上げ。四分の一を神戸に渡し、かかった経費を引くと、利益は約四十万円。改装にかかった費用の大半を穴埋めできるくらいの利益で、まずまずと言えた。オープニングということで買ってくれたひとも多いから、次からはそううまくはいかないだろうと覚悟はしている。

五月の後半に浜地の個展があり、六月の半ばがいよいよ魁多の個展だ。

ギャラリーの改装が終わり、個展の準備が始まって以来、ずっと魁多はほったらかしだった。魁多のアパートに夕飯を作りにいくのもやめていた。

個展が終わった翌日、吾郎は食材を買いそろえ、魁多のアパートを訪ねた。

「もう今日は、描かなくていいのか」

キッチンに食材の入った袋を置きながら、吾郎は訊いた。

魁多はダイニングに寝転がり、テレビを観ていた。

「もういっぱい描いたからいいんだ」

寝室兼アトリエがある奥の部屋のドアは閉まっている。鶴の恩返しのように、絵を描いているときは開けないでくれと魁多に言われていた。引っ越してすぐ、真っ白なキャンバスに向かう魁多を見ていたら、気が散って描けないと追いだされた。それ以来、キャンバスに向かう魁多の姿を見ていなかった。覗いてみたら鶴のように魁多が去っていく、とは思わないが、吾郎は約束を守っていた。

時々開いているドアの隙間から、裏に返されて置かれた、何枚かのキャンバスが見える。一枚でいいから見せてくれと頼んだこともあるが、それもだめだと拒否された。現在描いているのは十点の作品からなる一連のシリーズで、すべてを並べてひとつの作品となるようなものだから、十点描き終わってから見せると魁多は言った。

「今晩は鍋にするからな」

どうせひとりでは野菜など食べないだろうから、たくさん摂《と》れるように鍋にした。

「鍋より、ホットケーキがいいな」

比べるものが全然違う気がする。だからこそ、今日は鍋だ。

「ビールも買ってきた」

「ビール？」と魁多は渋い顔を見せた。

「他に飲み物は買ってないぞ」

冷蔵庫を開けてみたが、清涼飲料などはストックしていなかった。

「どうしようかな。今日はコーラが飲みたい気分だな」魁多は体を起こし、あぐらをかいてぶつぶつ言った。

「飲みたきゃ、自分で買ってこい」

吾郎は鍋のしたくにとりかかった。

それから五分ほどたって、魁多は何も言わずに玄関からでていった。白菜をざく切りにしていた吾郎は、半分ほど切り終えたところで、包丁を止めた。玄関のドアを窺う。振り返って、奥の部屋のドアに目を向けた。

包丁を置いて、キッチンを離れた。ダイニングを横切り、ドアノブに手をかける。吾郎はゆっくりとドアを開いた。

雑然とした部屋を想像したが、アトリエはすっきりと片づいていた。イーゼルの傍らにパレットがわりのステンレスバットが置かれているぐらいで、絵の具のチューブが散乱しているようなことはなかった。吾郎はなかに入った。イーゼルに立てかけられたキャンバスを見て、ふんと鼻で笑った。

キャンバスは十号ほどの小さなもの。ほとんど白地のままで、真ん中に黄色い線がバッテンマーク状に引かれているだけだった。このバッテンから発展し、立派な絵が完成する、なんてことはないはずだ。何も描けず、ただ苛立ちをキャンバスにぶつけただけだろう。

毎日描いていれば、そういう日もある。「今日はコーラが飲みたい気分」と言ったのは、そんな気分も含めてのことなのだろう。今日一日の進捗より、これまで描いた絵がどんなものか気になる。吾郎は壁に立てかけられたキャンバスに目を向けた。

五枚あるキャンバスは裏返しにして重ねられていた。作品はもうちょっと丁寧に保管してもらいたいな、と思いながら、吾郎は足を向ける。いちばん上のキャンバスを手に取った。期待に自然と笑みが浮かぶ。キャンバスを、表に返した。

「なんだよ、これ」思わず声がでた。

まったく一緒だった。イーゼルに立てかけられたキャンバスと同じで、真ん中に黄色いバッテンが描かれているだけ。

手にしたキャンバスを床に置き、次のキャンバスを取り上げ、表を見た。

吾郎は目を剝き、慌《あわ》てて残りも見ていく。キャンバスのサイズは違うし、黒やオリーブドラブが使われているものもある。しかし、結局描かれているのはどれも同じ。真ん中にバッテンがひとつだけだった。

十点の連作を制作していると魁多は言っていたが、これがそうなのか。吾郎はなんとかいい方向に考えようとしたものの、だめだった。こんな殴り書きのバッテンが、作品になるとはどうやっても信じられない。

魁多を信用し、言われるまま、作品の完成を待とうと考えた自分が甘かったのだ。なんと言われようと、無理矢理にでも見るべきだったのだろう。アーティストの管理も、ギャラリストの大事な仕事のひとつだ。吾郎は手にしていたキャンバスを床に置き、壁に立てかけた。

魁多の個展はホームページで告知しているだけだから、延期にしたところでたいした混乱はない。いまとなっては、延期ですむのなら御の字だ。

魁多は本当に絵が描けるのだろうか。高盛の評価を信じてギャラリーまで作ってしまったが、あれはたまたま描けただけで、本当はまともな絵など描けやしないのではないか。そんな疑念が心に広がっていく。吾郎は震えるほど恐ろしかった。ギャラリータタミが存続していくために頼りになるのは、魁多の才能しかないのに。

玄関のほうでもの音がした。振り返って見ると、三和土《たたき》に立つ魁多の姿があった。コーラの缶をもった魁多は、きょとんとした顔で、アトリエにいる吾郎を見つめた。

「おい魁多、これはなんだ」キャンバスを取り上げ、魁多のほうに向けた。

「なんで、勝手に入るんだよ」

魁多は珍しく不満の声を上げた。その場から動こうとはしない。

「こっちこいよ」

魁多は動かない。

「こっちへこいって、言ってんだよ！」感情を爆発させて大声を発した。

靴を脱ぎ、叱られた子供のように魁多はとぼとぼと歩いてきた。

吾郎はキャンバスを床に置き、魁多の腕を乱暴に掴んだ。「お前、なんにも描いてないじゃないか。いったい、どういうつもりだ。ほんとに絵なんて描けんのかよ」

魁多は口笛を吹くように唇をすぼめ、明後日《あさって》の方向に目をやる。

「ふざけんな。俺はお前のために借金してまでギャラリーを作ったんだ。描けないじゃすまないんだよ。こんなんじゃ、個展に間に合わねえし、いったいどうするつもりなんだ」

吾郎は魁多の体を揺すった。いったいどうするつもりだ、と自分にも問いかける。ギャラリーの行く末が恐ろしくなって、思わず魁多の額を手で突いた。

魁多は体をのけ反らせ、ゴム人形のような復元力ですぐに背筋を戻した。

ふざけてんのかと思ったが、魁多の顔は怒っているようでもあり、怯えているようでもあった。肩を落としてアトリエからでていこうとする。

「おい待てよ」吾郎は声のトーンを落として言った。

魁多はキッチンに向かい、バケツに水を入れてすぐに戻ってきた。無言で吾郎の前を通り過ぎると、イーゼルの前にバケツを置いた。

「描くのか」

魁多はバットに黄色のアクリル絵の具をだした。口を開かず黙々と準備を続ける。

「ほんとに描けるのかなんて言って、悪かったな」

吾郎は優しく声をかけた。やはり返事はない。

筆をとった魁多はキャンバスの前に立った。黄色いバッテンを塗りつぶすように、筆を走らせた。

鍋ができたと呼びかけても、魁多は部屋からでてこなかった。アトリエを覗いてみると、一心不乱にキャンバスに向かっていた。

「コーラ飲んじゃうけどいいか」と脅しをかけてみたが、振り向きもしない。吾郎は諦《あきら》め、ひとりで鍋をつついた。絵に向かう魁多に気兼ねし、ビールは開けなかった。

さあ帰ろうかと腰を上げたのは九時。魁多は一度もアトリエからでてきていない。

「もう帰るけど、ちゃんと鍋、食えよ。温めれば食べられるようにしてあるから」

戸口から、魁多の背中に呼びかけた。魁多は頷いただけ。

「もしかして、怒ってんのか」

魁多は首を横に振った。

実際、絵を描く様子を見ていても怒っている感じではない。突然描きだしたが、やけになってキャンバスに色を塗りたくっているわけではなく、しっかり地塗りが乾くのを待ってから次の色を入れているし、次の筆運びを迷っているような姿も見られた。いったん筆を動かし始めると、何かに憑《つ》かれているようにも見えるが、一定の冷静さは残していた。

怒ったのは俺のほうだ。吾郎はアトリエのドアを閉めながら思った。

壁画のときもそうだった。描こうとしない魁多を怒鳴り倒して描かせた。同じことの繰り返しだなと、考えたら溜息がでた。やる気ねえのかな、あいつ。吾郎は玄関に向かった。

ひもを結んだままのスニーカーに足を押し込め、部屋をでた。ゆっくり足を進めながら、閉まりゆくドアを振り返って見た。

そうだ、と思いだした。自分が魁多を怒ったのは二回だけじゃない。その前にも一度怒っている。あのときだ。

橘リバーサイドハウスの玄関で、魁多が靴を渦巻状に並べてアンモナイトみたいなものを作ったときも、激しく怒った。二ヵ月以上前のできごとを、吾郎は正確に思いだそうとした。記憶がぼやけてきているが、たぶん間違いない。あれはその翌日だ。

吾郎は足を止めた。ドアのほうに向き直った。

魁多は靴の件で怒られたときも、絵を描いている。塀の落がきが見つかったのは翌日の朝のことだ。三回とも一緒だ。魁多は怒られたあとに絵を描いた。

どういうことだ。偶然なのか。

しかし逆に、自分が怒ったとき以外に、魁多が筆をとるのを見たことがないのだ。

吾郎は二階の外廊下を戻り、ドアを開けた。部屋に上がり、ダイニングを進む。アトリエのドアを開けた。

魁多は休まず筆をとっていた。黄色い地の上にオリーブドラブで木の葉のような模様を丁寧《ていねい》に描いていた。

「おい、魁多」

なんの反応もない。

吾郎はなかに入っていった。後ろから、魁多の肩に手をのせた。魁多はびくっと肩を震わせ、振り向いた。ぼーっとした顔でこちらを見つめる。

「魁多、お前、もしかしたら、怒られると絵を描きたくなるんじゃないのか」

視線を揺らしただけで口を開かない。吾郎は肩を揺すり、「答えてくれ」と頼んだ。

「そう言われれば、そうかも」魁多はようやく答えた。

「――まさか、怒られないと、描けないわけじゃないよな」

うんと頷く魁多を見て、吾郎はほっとした。ここのところ描けなかったのは、気分が乗らなかっただけなのだろう。

「普通にいつでも描けるよ、本当はね。前はそうだったんだから。でも、いまは怒られたときだけかな、描けるの」

「なんで、どうして――」

ぬか喜びした心がポッキリ折れた。吾郎は荒い息をつきながら、魁多を見つめた。

「わかんないよ」魁多はゆっくりと首を振った。「なんか、筆をもって描こうとすると怖くなる。何が怖いんだかわからないけど、腕が動かない。マルバツサンカクぐらいなら描けるけどね」

16

翌日は土曜日、貸しギャラリーの客が搬入作業を朝から行うので、八時にはギャラリーを開けた。テーブルが必要だと言うので、美緒たちが作ってくれた展示台をセットしてやった。

それが終わり、もう一度寝ようと二階に上がったが、階下がうるさくて寝られない。吾郎は魁多のアパートにいってみることにした。

錦荘の前に引っ越し業者のトラックが停まっていた。荷台から子供の学習机を降ろしているから、誰かが引っ越してきたところのようだ。吾郎は二階に上がった。ドアの鍵はかかっておらず、一度ノックをして開いた。ダイニングに姿はなく、呼んでも返事はない。部屋に上がり、アトリエのドアをそっと開いた。

「おい、どうした」

イーゼルの前に魁多が倒れていた。バンザイするように腕を上げ、白目を剝いて仰《あお》向《む》けになっていた。まるで刑事ドラマで見かける死体だった。

「大丈夫か」吾郎は傍《かたわ》らにひざまずき、魁多の胸のあたりを揺すった。

ううーと呻《うめ》き声が上がった。ぎゅっと目をつむり白目が消えた。いったん伸びをし、横に寝返りをうって丸くなった。

「まだ、眠いよ」寝ぼけた声で訴える。

「なんだよ、寝てるだけかよ」吾郎は安心して、立ち上がった。

キャンバスは上から四分の一ほどが細かい柄で埋まっていた。黄色地の上に濃淡様々なオリーブドラブで描かれた葉っぱのような模様は、カモフラージュ柄にも見えた。

キッチンにいってみると、昨日の鍋に手をつけた形跡はなかった。食事もとらずに根を詰めて描いていたのだろう。アトリエに戻り、押し入れからタオルケットを取りだし、魁多にかけてやった。寝返りを打った魁多は、また白目を剝いた。

夕方、再び魁多の部屋を訪れた。ダイニングで寝そべり、子供向けのアニメを見て笑っていた。

夕飯はホットケーキに鶏《とり》の唐揚。夕飯としては珍妙なメニューだが、魁多は昨晩のコーラを飲みながら旺盛《おうせい》な食欲を見せ、ホットケーキを二回おかわりした。

キャンバスは朝見たときと変わらず、まったく進んでいなかった。夕飯後も描きだす気配は見られなかったが、吾郎は小言を口にすることもなく、十時には部屋をあとにした。

翌日から毎日魁多の部屋を訪ね、怒られた影響がどれほど続くのか実験してみた。

結局のところ、毎日怒らなければならないことがすぐに判明した。一度寝てしまうと、そこで効果は切れ、また怒られるまでは筆をもつことさえないようだ。

実験で魁多が夜型であることもわかった。朝怒っても、昼怒っても、筆が滑りだすのは夜になってからで、翌日の朝方近くまで描き続けてしまう。少しでも早く絵を仕上げてほしいものの、体を壊しては元も子もない。怒るのは昼飯のあとと決めた。

どちらかといえば怒りっぽい、という自覚はある。それでも、理由もなく怒るのは難しかった。毎日だと、怒るネタにも困ってくる。絵を描かないから、と怒るのが手っ取り早いが、魁多がそういう体質だとわかっているのでなかなか本気にはなれない。

魁多のほうも、ふりだとわかる中途半端な怒り方だと、ふざけた顔で無視したり、ふくれっ面を返すぐらいで筆を取ることもなかった。とにかく、何かしら理由をつけて、本気に見えるほどの怒りを示す。なかなかしんどい作業だった。だから時々、怒らない日も作った。描き始めると根を詰めてしまう魁多を休ませるためでもある。
四、五日あれば魁多は一枚の作品を完成させられるとわかった。六月の半ばまでになんとか十点の作品が揃《そろ》いそうだ。ただ、そのペースが持続する保証はなかった。浜地のほうも、気合が入っている分遅れがちで、浜地の個展を六月の初めにし、魁多の個展を七月の初めに延期することに決定した。

毎日、錦荘に通っているうち、どこかの部屋からへんな声が聞こえてくるのに気づいた。うーあー、うーあーと、お経《きょう》でも唱《とな》えるような声が、夕方ごろになると階下から聞こえてくる。一時間も続くと、吾郎は苛立ってくるが、絵に集中している魁多は気にならないようだ。それでも、最近になって聞こえるようになった、としっかり認識はしていた。

魁多の部屋に通うようになって二週間ほどがすぎた日曜の昼前、吾郎が訪ねると、先客がいた。

「魁多君、こんなところに角なんて生えてないよ」

アトリエのほうから声が聞こえた。

「そんなこと言うなら、こうじ君描いて見せてよ」

開いたドアから覗くと、魁多は小学二、三年生くらいの男の子と額をつきあわせ、床にしゃがみ込んで何かをしていた。

「よお、こんちは」とふたりの傍らに立って声をかけた。

魁多が顔を上げた。少年は床に置かれたスケッチブックにサインペンで何か描いている。「オレ、あまりうまくないんだよ」と魁多よりも甲高い声で言い訳した。

「誰？」吾郎は目が合った魁多に訊ねた。

魁多は、「友達」と情報不足も気にせず大きな声で言った。

「このアパートに住んでる子か」

少年がやっと顔を上げた。警戒するような表情をして頷いた。ちょっと太めの子で、優しげな細い目をしていた。

「木下《きのした》こうじ君」魁多が取りなすように、明るい声をだした。

少年はスケッチブックに向かい、またペンを走らせた。戦隊もののヒーローか何かを描いているようだ。その横にしっかりとしたお手本が描かれていた。実物に似ているのかどうか、吾郎には判断がつかないものの、絵としてはかなりうまい。魁多の手によるものだろう。さすがにこのくらいの絵は、何も見なくても描けてしまうんだなと感心した。

「昼飯作るけど、こうじ君も食べてくか」

休日だから親と一緒に食べるだろうと思いながらも、一応訊いてみた。

こうじは顔を上げてこちらを見るだけで、口を開かない。

「食べてけば。まずくないよ」魁多が言った。

「味は悪くないよ、ぐらい言えないのかよ」吾郎は睨みつけた。「じゃあ三人前作るからな。肉と野菜がたっぷりの焼きそばだ」

絵を描き始めると、魁多はまともに食事をとらない。制作を始める前の昼食時に、しっかり栄養になるものを食べさせるようにしていた。

キッチンに向かおうとした吾郎は、ドアのところまできて足を止めた。

今日はまだ怒っていない。なのに魁多は絵を描いている。吾郎は振り返り、スケッチブックに向かうふたりを見た。

いや、驚くほどのことではないのか。サインペンで描く、悪戯がき程度のものなら、いつでも描けるのだろうと解釈した。

昼飯を食べ終わっても、魁多はこうじとテレビを見ていた。

子供の前で怒るのは気が引けた。怒ったとしても、魁多を絵に向かわせるほど真剣には怒れないだろう。吾郎はひとまず退散することにした。


ギャラリーに向かって丸八通り沿いを進んだ。

何気なく視線を上げると、ビルの上に東京スカイツリーが覗いていた。見慣れたツリーに感動などしないが、ほんとにどこからでもよく見えるなと、あらためて感心した。とはいえ、歩いていてスカイツリーが見えなくなることも珍しくはなかった。

東京スカイツリーが望めない商店街、と自らレッテルをはり、悶々《もんもん》としている立花いきいき商店街のことを考えると、なんだかなあと思ってしまう。

先日のオープニングレセプションのあと、商店街が一晩だけでも華《はな》やかになったのは嬉しかったよと近隣の商店の主から声をかけてもらった。普段は口の悪い八百屋のばあさんも、通りかかったら、「もってけ」と大根を一本くれた。学習能力はあるはずだから、ギャラリーができて商店街に活気が戻るかも、と期待しているわけではないだろう。たとえ一晩でも、商店街の一角でも、賑やかになったのが嬉しかったに違いない。その気持ちを考えると、なんだか切なかった。かといって、商店街のために一肌脱ぐ気はない。できることがあるとも思えなかった。

商店街の入り口に近づいたとき、前から〝殺し屋〟が歩いてくるのが見えた。ティアドロップ型のサングラスをかけ、肩を怒らせて歩くのは、リバーサイドハウスの木田だった。

「よう、木田、久しぶりだな」吾郎は声をかけた。

木田は顔を正面に向けたまま通りすぎようとする。

「おい、俺だよ。元気にやってたかよ」

小柄な木田はようやく足を止め、吾郎を見上げた。

「偉そうに声かけんな。もう施設長じゃないんだから、呼び捨てにすんなよ」

「そいつは悪かったな、木さんよ。偉そうなのはもともとでな」

確かに言われたとおりだなと思いながらも、吾郎はむっとした。

周りから木さんと呼ばれる木田は、入所当初は、気弱な感じの男だった。ある日、黒いレンズのサングラスをかけたと思ったら、急に悪ぶりだした。

木田はただ悪ぶった口をきくだけで、ひとに喧嘩をふっかけたりはしなかった。施設長に楯突《たてつ》くようなこともなく、突っかかってこられたのは今回が初めてだった。

「施設長だったころから、あんたの偉そうな態度には腹が立ってたんだ」

それは悪かったなと言いながら吾郎は手を伸ばす。木田のサングラスを顔から剝ぎ取ってやった。

「やめてくれよ」

木田は顔を伏せ、サングラスを取り返そうと、闇雲に手を伸ばしてくる。吾郎はその手にサングラスを握らせた。

「ちきしょう、ちきしょう」サングラスをかけた木田は、激しく地団駄を踏んだ。

「あんたなんてな、どんなに偉そうにしようと、俺たちとなんにもかわんないんだよ」

「どこがだ？」吾郎はとくに考えもせず、そう訊ねた。

「あんたはたまたま地元にいたから普通に生きてこられたんだ。地元の縁がなかったら、きっと俺たちの側にいた。ホームレスになってたっておかしくない。その程度の人間に偉そうにされるのが俺はむかつくんだ」

「うるせえんだよ」

吾郎は思わず手を伸ばし、肩をついた。木田は後ろに大きくよろけた。

「そんなこと、わかってんだよ」と吐き捨て、吾郎は足早に木田から離れた。

本当にわかっていた。事業をだめにし、ひとみに去られたあと、自分には何も残っていなかった。もしこの地元と離れたところにいたら、どうなっていたかわからない。元同級生の木暮から仕事に誘ってもらえただけではない。この町に残る縁が、最後の段に踏み留まらせてくれた気がしていた。

施設を辞めたあとも、同じだ。この町でなければ、とうていギャラリーをもつことはできなかった。新しい施設長のもとで、日々の暮らしに喘《あえ》いでいるあいつらだって、この町で暮らしている。ほとんど自分と違いなどないのに、どうして――。

ギャラリーでは、近所のおばちゃんたちが、趣味のサークルの合同展示会をやっていた。刺繍《ししゅう》やら陶器やらキルトやら、色々なものがごてごて飾られていた。

吾郎はいったん住居のほうに上がったが、すぐに洗面道具と下着をもって近所の銭湯にでかけた。

でたり入ったり、たっぷり一時間半、銭湯で過ごした。帰りがけ、持ち帰り専門の焼鳥屋の前で、缶ビールを片手に焼き鳥を四本食べた。

いい気分でギャラリーに戻った。おばちゃんたちの撤収を手伝い、ギャラリーの鍵を閉めた。二階に上がったときには八時近くになっていた。

――しまった。時計を見ていた吾郎は思いだした。まだ魁多を叱り飛ばしていなかった。風呂に入ってビールも飲んだ。いまさら怒りにいくのは億劫だった。しかし、魁多の筆が乗るのはこれからの時間だし、一昨日休んだばかりだ。吾郎はいつになく重い腰を上げた。

のんびり、夜風に吹かれてアパートに向かった。

魁多の部屋のドアを開けると、子供の声が聞こえた。もう夕食の時間だろうに、まだいるようだ。声は奥のほうからだった。部屋に上がった吾郎は、まっすぐアトリエに向かう。

開いたドアからはこうじの姿が見えた。床にしゃがみ込み、漫画本を見ている。

入り口に立った吾郎は、なかを覗く。魁多の後ろ姿を見つけて、目を疑った。

魁多は二十号キャンバスの前に立っていた。筆で、キャンバスに色を重ねている。

怒られてもいないのに、魁多が絵を描いていた。

自発的に魁多がキャンバスに向かったのは、その日のことだけではなかった。翌日以降も、吾郎に怒られなくても筆をとり、作品制作に取り組んだ。

どうして突然描けるようになったのか、魁多に訊いても、首を捻《ひね》るばかりではっきりしない。たぶん、子供と遊ぶことによって気持ちがほぐれ、普通に筆をもつことができるようになったのだろう、と推測した。ともあれ、理由もなく怒るのはしんどいことで、それから解放されたのは喜ばしかった。

ただ自発的に描くといっても、自分が描きたいときにキャンバスに向かっている感じでもなかった。描き始めると、やはり何かに取り憑かれたように休まず描いてしまう。怒られて描いていたときにくらべれば、食事もそこそことるし、こうじが訪ねてきたら、話しながら描くこともある。一心不乱というほどでもないからまだいいが、睡眠時間や食事時間を考え、コントロールしながら描かせることはできなくなった。五月の終わり。魁多は五作目の作品に取り組んでいた。

これまでどおり、絵の具は黒と黄の二色しか使っていない。今回の個展に出品する作品はその二色で統一することを、吾郎と魁多はあらかじめ決めていた。描かれるのはどれも抽象画だが、色遣い以外、見た目には、あまり共通点はない。

一作目はカモフラージュ柄の地に、黒い輪が画面の中心から二方向に徐々に大きくなりながら飛びだしていく感じの作品だった。なんだか電波が飛びだしているように見えると魁多に感想を伝えたら、『僕に届く声』というタイトルだと教えてくれた。

他は、黄色い地にオリーブドラブや黒のリボンが何本も舞っているものや、濃淡の違うオリーブドラブの四角形が重なり合いながらいくつも画面に並んでいるものなど、モチーフに一貫性はない。ただ、見た目ではまずわからない共通点に吾郎は気づいていた。

ひとつの作品に使う、黒と黄色の絵の具の分量がほぼ均等だった。一見すると、どれも黄色を多く使っているように感じるが、たぶん黄色は混ぜる水の量が多く、薄くのばして使っているからだろう。作品が完成してみると、黄色と黒の絵の具の減り具合は、ぴったりいつも一緒だった。魁多にそのことを指摘すると、本人はとくに意識していないという。にわかには信じがたいが、魁多が天才であるなら、そういうこともありえるかもしれない。

以前高盛は、黄色と黒はひとの心の明と暗を表しているのだと解説した。もしかしたら、いまの魁多の心のなかは、明と暗が均等に分かれている状態なのかもしれない。だとしたら、半分を占める暗いものとはなんだろう。それが、絵が描けなかったことに関係しているような気もした。

浜地の個展が迫っていた。最初吾郎は、絵を数枚描いて、既存のシリーズと併せて個展をやろうと誘い、浜地もそれにのったはずだったが、途中から浜地は立体作品も展示したいと言いだした。ギャラリーの中心に、巨大な蝶《ちょう》を飾りたいのだと言う。あれもこれもやりたがるアーティストに、コンセプトを絞るよう諫《いさ》めるのがギャラリストの仕事なのだろうが、今回は浜地の初めての個展なのだから、好きにやらせてみようと決めた。ただ絵は完成しているが、立体作品は三点同時に制作していて、遅れていた。

工場跡にある浜地のアトリエを訪ねたら、大物の蝶はだいぶ完成に近づいていた。

なんとか一週間後のオープニングに間に合いそうで、吾郎はひと安心した。個展のタイトルは、最初、シリーズ作品のタイトルそのままに、『ウォッチ・ミー』としていたが、立体作品も出展することが決まり、急遽《きゅうきょ》『百貨展』として案内状も発送した。

浜地のアトリエからの帰り、亀戸駅でJRから東武亀戸線に乗り換えようとしていたとき、携帯電話が鳴った。ポケットから取りだし、着信表示を見た。大樹からだ。

しばらく着信音を響かせたまま、画面を見ていた。もしかしたら、緊急の用件かもしれない。吾郎は言い訳するようにそう考え、通話ボタンを押した。

「おお大樹、久しぶりだな。何かあったか」ひとも疎らな改札前で、そう言った。

「お父さん、ちょっと会いたいんだ。相談したいことがあって」

「相談？」てっきり喧嘩の仕方はいつ教えてくれるんだと文句を言われるものだと思っていた。「忙しくて、会えないよ。相談なら電話でもいいだろ。なんだ？　話してみろ」

「だめ。会って話したい。お父さんに会ってもらいたい子もいるし」

「会ってもらいたい子って、女の子か。なんだ、好きな子ができたのか」

そういう相談か。奥手そうに見えて、このませガキが。吾郎はにやりとした。

「違うよ、そんなんじゃない」大樹は声を裏返し、怒りを表した。

「怒るなよ。とにかく、いまは個展の準備が忙しくて無理だ。お母さんから聞いてるだろ。父さん、いまギャラリーを経営してるんだ。その個展がもうすぐ始まる。それが終わったら、相談にのってもいいぞ」

「いつ終わるの」

期待が声に窺えた。

「三週間後だ。それまで待てるか」

「待てるわけないだろ。バカ」大樹は吐き捨てるように言うと、電話を切った。

繋がっていない携帯を見つめた。待てないことはわかっていた。ただ、話を聞く姿勢を見せた上で、大樹に諦めてもらおうと思ったのだが——。吾郎は溜息をつき、きっぷを買って改札を通った。

穏やかに電話を切れないくらい、大樹はせっぱ詰まっていたのかもしれない。ホームで立ち止まった吾郎は急にそう思った。

子供の相談が、いつも子供の世界の、取るに足らない小さなできごとばかりだとは限らない。人生を左右するようなことだってあり得るはずだ。

吾郎は苛立ちを吐きだすように、大きく息をついた。ポケットに手を突っ込み、カウントでもとるように、ぱたぱた足を鳴らす。携帯を摑み、ポケットから手を引き抜いた。

東あずま駅で降りた。

丸八通りを北へ進み、立花いきいき商店街に入った。ギャラリーを通りすぎて、奥へと進む。商店街を抜け、住宅街に入って五分ほど進むと、旧中川の土手にぶつかる。吾郎は土手に続く階段を上っていった。

土手の上は広々としていて見晴らしがいい。昔と違って、工場の廃液が混ざった嫌な臭いもせず、吹きつける風が気持ちよかった。

大樹の姿はすぐに見つかった。土手の一段下で川に向かい、ワーワーと変な声をだしている。「大樹」と呼びかけると、振り向き、こちらへ駆け上ってきた。

「待たせたな。亀戸からだったから、ちょっと時間がかかった」

「ごめんなさい」大樹はそう言って視線をそらした。

「いいんだ。お前のためなら忙しくたってくるさ」

「そうじゃなくて、友達がこれなくなった。だから、きても、相談できない」

「じゃあ、相談っていうのは、その友達の悩みなのか」

大樹は逡巡《しゅんじゅん》するような間をあけてから、うんと頷いた。

友達が抱える悩み事。それをなんで自分に相談するのかと吾郎は訝《いぶか》しんだ。

「また今度相談する」大樹はそう言って、窺うような視線を向けた。

「ああ、また今度相談にのるよ」

吾郎は大樹の肩に手をのせた。大樹は安心したように、笑みを浮かべた。早く借金を返さなきゃ。吾郎は焦りと後ろめたさに小突かれ、そう考えた。

「さっきは何やってたんだ」土手に腰を下ろすと吾郎は訊ねた。

「あれはホーミーの練習だよ」

「ワーワーって声を上げるのがホーミーなのか」

「ワーワーなんて言ってないよ」大樹は心外だというように、口を尖らせた。「ホーミーっていうのは、モンゴルに古くから伝わる歌い方で、ふたつの音を同時に喉からだして歌うんだ」

「いっぺんにふたつの音をだすのか？」

「そうだよ」

「そんなこと、人間にできないだろ」

「普通はできないよ」

大樹はなぜか嬉しそうに笑った。

「だから、できたら超人になれるんだ」

「超人になりたいのかよ、お前」

吾郎は、大樹が喧嘩が強くなりたがっていたのを思いだした。それについて、大樹は何も言わない。もうどうでもいいのだろうか。ホーミーで超人になる道を選んだというなら、それでもかまわないが——。大樹は何も答えず、土手の芝をぶちっと引っこ抜いた。

「よくわかんないから、そのホーミーっていうのを聞かせてくれよ」

「だめだよ、まだ練習中。ふたつの音なんてでないから」

「じゃあその練習を聞かせてくれ。せっかくここまできたんだから、いいだろ」

　こちらに顔を向けた大樹は、本当に聞きたいのかと問いかけるような目を向けた。吾郎は「頼むよ」と言って、肩をぶつけた。

　正面を向いた大樹は、背筋を伸ばして大きく息を吸った。唇をすぼめると、ウーと静かに声を発した。

　それはただの「ウー」という声にしか聞こえない。ホーミーがどんなものか、知る手がかりにはならなかった。おかしなものに凝《こ》っているんだなと、父親としては、つい批判的に考えてしまう。もっとスポーツとか楽しいものがあるだろうにと。しかし、自分も父親にそんな風に思われていたのかと気づき、複雑な気持ちになった。

　高校三年生のとき、美大にいって絵の勉強をしたいと父親に頼み、大反対されたことがある。父親にしてみたら絵の勉強など、将来の役にも立たない、おかしなものにしか思えなかっただろう。あの当時、子供の気持ちがわからないひどい親だと思ったが、親なんてそんなものだと、いまなら実感としてわかる。子供のやりたいことをなんでもやらせる、ものわかりのいい親になど、なかなかなれるものではなかった。なりたいとも思わない。ホーミーぐらいならやらせてもいいかとは思うけれど。

おかしなものではあっても、大樹の真剣な横顔は父親にとって好ましくはあった。

「ウー」というただの声も、どこか浮世離れした、神秘的なものに聞こえ始めた。

吾郎はふと気づいた。この声は、魁多のアパートで耳にした、うーあーと聞こえるあの声に似ていると。そういえば最近、あの声を聞かなくなった。

浜地の個展の準備はぎりぎりまでかかった。

前日の夜、搬入のために頼んだ業者を待たせ、浜地は巨大な蝶のオブジェを完成させた。

トラックに積み込むとき、浜地は作品が自分の手から離れるのを惜しむように、硬い表情をしていた。浜地にとって初めての個展だ。期待ばかりでなく、不安もあるだろうし、何かやり残したような焦りもあっただろう。吾郎にとっても同じだ。オープニングの墨COの個展は素人の、しかも自分の作品で、何があっても自分に返ってくるだけだった。しかし今回は、若いこれからのアーティストの初個展。やり残したことはないか、ミスはないか、珍しく吾郎は神経質になっていた。

いちばん頭を悩ませたのは、値付けだった。ひとの作品の価値を決めなければならない。それはギャラリーの専権事項だった。アートの絶対的な価値を見極められる者など、この世にいるわけがない。そういう意味では値段も水もので、だったら高いに越したことはない。しかし、そうすると今度は客が手をだしにくくなる。結局のところ、いくらなら客が買うかがポイントになる気がした。

実際、現代アートの市場ではそうやって値段が決まっているようだ。とくに、初個展の浜地の場合、売れる値段を考えることは大切だと思った。一点も売れなければどんな値をつけようと、浜地というアーティストの市場価値は決まらないのだから。

卒業展のために制作した『ウォッチ・ミー』シリーズ。吾郎が個人的にも気に入っている作品だし、サイズも大きいから、何も考えなければ四十万円の値段をつけるだろう。売れる値段をと悩みぬいて吾郎がつけたのは、十六万円だった。その他、小さいサイズの新作は五万円。

そのかわり、絵の値段ほど整合性が必要ないオブジェの値段は、どんと三十八万円にした。ギャラリーの専権事項とはいえ、浜地にこの値でいいかと確認はとった。

「吾郎さんが決めたならいいよ」と浜地は何かを堪《こら》えるような顔で頷いた。

個展当日、準備が完了した昼過ぎ、吾郎は三日ぶりに魁多のアパートを訪ねた。

魁多はポテトチップスを食べながら、ぼんやりとテレビを見ていた。

「今日は描かないのか」

「今日は描かねんだよー」

魁多から返ってきたのは、これまで聞いたこともないドスのきいた声。どうかしちゃったのかと心配になって、吾郎は魁多の傍らにしゃがんだ。

「ふざけんじゃねーよ」

耳に飛び込んできたのは、テレビの音声。再放送の刑事ドラマで、犯人らしき男が、なぜかギターを背負って、刑事に襲いかかる。

なるほど、魁多の口調は、ドラマに影響されただけのようだ。吾郎は魁多のそばを離れて、アトリエに向かった。

イーゼルには、オリーブドラブシリーズの七作目がかかっていた。三日前に見たときより、確実に進んでいる。魁多の作品制作は順調だった。いまのところ、ペースダウンすることもなく、来月の個展に間に合いそうだった。

「今日は、六時から浜地のレセプションだ。用がないなら手伝いにこいよ」

帰り際に吾郎は言った。

魁多からの返事は、「いくんだよー」だった。

部屋をでて外階段を下りていった。最後の段に足をおろしたとき、アパートの敷地に魁多の友達、木下こうじが入ってきた。ランドセルを背負っているから、学校帰りいた。

だろう。隣に背の高い男がいた。父親と思しき男は、大きく膨らんだレジ袋を提げていた。

「よお」と吾郎は声をかけた。

こうじも「よお」と返した。大樹と同じ小学三年生。最初は警戒している感じがあったが、いまではほぼため口だった。

「あれっ」と男の声がした。

吾郎は隣のひょろっと背の高い父親に視線を移した。

「あの、以前に――」

「ああっ」吾郎は驚き、男の言葉を遮るように声を発した。

頬のこけた顔。以前見たときよりさらにやせたのではないか。社長室で阪本に怒鳴られていたあの店長だった。

「阪本さんのところでお会いしましたね。こうじ君のお父さんだったんですね」

「こちらにお住まいなんですか」

口元に薄い笑みを浮かべ、窺うような目で見る。ちょっと不思議な感じがした。

「アートギャラリーをやってるんですけど、うちの所属アーティストがここに住んでて、時々そいつの部屋にきてるんです。こうじ君とそいつが友達なもんで俺も、――なっ」

吾郎はこうじの頭をぐしゃぐしゃっとなでた。こうじは「おう」と応えた。

「ああ、絵描きさんの――。こうじから話は少し聞いてました。お仕事の邪魔をしていなければいいんですが」

「大丈夫ですよ。あいつは描き始めたら、泥棒が入ってきても気づかないタイプだから」

父親はこうじに目を向け、吾郎に視線を戻した。

「男手ひとつで育てていますし、仕事で家にいないことも多いので、迷惑をおかけすることもあるかもしれませんが、よろしくお願いします」

こうじの母親は二年前に病気で亡くなったと聞いていた。

「――気にしないで。何か手伝えることがあったら言ってくれ。俺は結婚に失敗して、いまはひとりだけど、同い年の男の子がいるから子供の扱いには慣れているし」

「ありがとうございます。でも大丈夫です。職場の近くに越してきたので、前よりは時間が取れるようになったんで」

それでも、以前に会ったときよりやせたような気がするのは気のせいだろうか。

「今日はお休みですか」

「ええ。たまには夕飯をしっかり作ろうと思って、買い出しにいってきました」

父親はそう言って、重そうな袋をもち上げた。たくさん缶ビールが入っているのが透けて見えた。

「今晩は何作ってもらうんだ」

「ハンバーグ」今日、いちばん元気のいい声で言った。

それじゃあ、と父親が頭を下げ、歩きだした。こうじもあとに続いた。

道路にでると、吾郎は後ろを振り返って見た。

片方のもち手をこうじが摑み、ひとつの袋を父と子で運んでいた。

17

個展オープニングのレセプションは大賑わいだった。外までひとが溢れたのは、ギャラリーの中央に大きなオブジェがあるため、客が入りきらなかったからだ。

客層も前回とは違った。悪魔のようなマントを羽織った男や、眉毛のあたりにピアスをしたパンク風や、ロリータファッションに身を包んだやたらに背の高い女など、奇抜なかっこうの若者が近所のじいさんばあさんの度肝《どぎも》を抜いた。みんな浜地の友人たちだった。

今回、向かいにある豆腐屋のおやじはやってこなかった。夜まで店を開け、豆腐や油揚げで作った酒肴を、パーティーにきたひとに向けて販売した。商売のチャンスなんだから、飲んだくれてないで働きなさいと奥さんに尻を叩かれたようだ。レセプションが、商店街の店に恩恵をもたらすのであれば嬉しいが、そのうちギャラリーの前に、出店でも現れるのではないかとちょっと心配になった。

いい個展になったと思う。段ボールを何枚も貼り合わせて厚みを作り、それを綺麗に蝶の形にくり抜いたオブジェは、ギャラリーの前を通るひとの足を止めさせるだけの迫力があった。会期中は閉廊後も、蝶に向けたライトを点灯させ、歩行者の目を楽しませた。

そんなことだから、会期中、コンスタントに来場者はあった。しかし、営業には結びつかなかった。小さい絵は三枚売れた。大きい絵、『ウォッチ・ミー』シリーズは二枚。そのうち一枚は浜地の親戚、もう一枚は吾郎が買った。恩師田門は今回も購入を見送った。

そのかわりというわけでもないが、大物が売れた。店に飾るのだといって、錦糸町にあるキャバクラのオーナーが蝶のオブジェを購入した。遊びにきてくれよと渡されたショップカードによると、店名は「ナイト・バタフライ」。ベタな店名にベタな買い物だった。

成功とは言い難かったが、意外にも浜地はへこたれていなかった。「また次があるさ」と、『ウォッチ・ミー』が理解されなかったことを悔しがる吾郎を逆に慰めた。

今回はひねくれ足りなかった。次はもっと、わけのわからない作品を描いてやると力強く宣言した。

　吾郎にとってはいい目標ができた。次の浜地の個展までは、ギャラリーを潰せない。事業を推し進めるモチベーションはまだ模索中だが、短期の目標ならそれくらいがちょうどいい。

　今回の売り上げは八十五万円で、そのうちギャラリーに入ってくるのは四十二万五千円。浜地の絵を買ったから、ほとんどもうけはなかった。

　浜地の個展が終わると、魁多の個展がもうすぐそこまで迫っていた。

　少し制作のペースが落ち、六月の半ばの時点で完成したのは九点だった。あと二週間あるから、目標の十点は余裕だと思っていた。

　四日後、梅雨《つゆ》入り前の蒸し暑い夜に、握り飯をもって魁多の部屋を訪ねた。

　魁多はアトリエで制作中だった。部屋にはこうじもきていた。

「おっす。久しぶりだな」ダイニングでクイズ番組を観ていたこうじに言った。

　テレビに夢中のこうじは、こちらを見もせず、もごもごと口のなかで何か言う。

「おい、挨拶はちゃんと相手の目を見てするもんだ。顔ぐらい向けろ」

　こうじがびくんと肩を震わせ、こちらを見上げた。わずかに唇をすぼめただけで、能面のように無表情だった。突然怒鳴りつけると、大樹もこんな顔をする。それにしても——。

「別に、怒ってねえぞ。ただ、挨拶は大事だからな。ちゃんとしないとな」

そう言っても、こうじの顔つきは変わらない。吾郎は少年の傍らにしゃがんだ。

「お前のお父さん優しそうだから、怒られなれてないんだろ」

そう言っておでこをつつくと、こうじははにかんだような笑みを見せた。

「今日はお父さん遅いのか」

こうじの父親が店長をしているのは、押上《おしあげ》にあるベーカリーカフェで、飲食店にしては早く帰ってこられるようだった。

「今日は店長会議だから遅くなるって」

こんな時間に店長会議なんてやるなよ。吾郎は心のなかで悪態をついた。

「夕飯はどうすんだ。おにぎりあるけど、食べるか。どうせ魁多はあまり食べないから」

「お弁当、買って食べたから大丈夫。麻婆《マーボー》チャーハン。うんまかった」

「うんまそうだな」

「そんなの中華じゃない」とワンが怒りだしそうだなと苦笑いし、吾郎は立ち上がった。

アトリエに入っていくと、魁多はキャンバスの前に立っていた。文字通り立っていた。

るだけ。筆を口の端でくわえ、腕組みをしてキャンバスを眺めている。最近こんな姿をよく見かける。制作ペースはがたっと落ちていた。キャンバスを見ると、昨日からあまり進んでいない。

「おい魁多、大丈夫なのか。あと十日しかないんだぞ」

ギャラリータタミが頼るべきものは魁多の才能しかない。浜地のときのように、次があるさ、などと気楽なことは言っていられなかった。初個展が試金石となる。ギャラリーの未来も、吾郎の未来も今回の個展にかかっていた。

魁多は大丈夫だと頷く。だからといって、すぐに描き始めるわけでもなかった。

たたましい笑い声が聞こえてきた。テレビの音声だ。吾郎はアトリエをで

「こうじ、悪いけど、今日はもう帰ってくれるか。もうすぐ魁多の大事な絵の展覧会があるから、集中して絵を描かなきゃならないんだ」

「だめ！　帰れなんて言っちゃだめ」

魁多の大声に吾郎は驚いて振り返った。魁多がこちらにやってくる。

「俺の友達に、帰れなんて言うな」

まったく迫力はないが、怒りの目を向ける。魁多が怒りを露わにするのを初めて見た。

「こうじがいたら、集中できないだろ」

「できるよ。描くよ」

魁多はぷいっと顔をそむけるように踵を返した。キャンバスの前に立った魁多は、筆の先をステンレスバットにつけ、かまえた。けれど、そのまま固まったように動かない。

「もういいよ」

吾郎はそう言ってアトリエに入った。そのとき、魁多の筆が動き始めた。ゆっくりとだが、迷いなど見られない筆運びで、色を重ねる。

吾郎はふーっと溜息をついて、アトリエをでた。こうじの視線が追ってくる。

「いま、追い込みでたいへんな時期なんだ。それでちょっと、おじさんたちは気が立っている。お前さんが悪いわけじゃないからな」

吾郎はこうじの頭に手をのせた。けっこう汗ばんでいるなと思い、あらためて見ると、こうじは長袖のスウェットシャツを着ていた。

「暑くないのか」と訊いたら、「全然」と返ってきた。袖ぐらいまくればいいのにと思うが、本当に暑ければ自分で勝手にまくるだろう。

「魁多、握り飯おいておくから、食べろよ」

ゆっくり筆を運ぶ魁多に声をかけ、アパートをあとにした。

夜道を進んだ。なんだか自分が悪者みたいに思えて、むしゃくしゃした。べつに魁多の小さな友人を邪険《じゃけん》にしようと思ったわけではない。大事ないまの時期だけ、ベストな環境で絵に専念してほしいだけだった。ギャラリーの未来、自分の未来がかかっているのだ。自分本位だけれど、それで何が悪いと開き直って考えた。

ギャラリーに戻る途中、丸八通り沿いにある飲み屋に入った。

夕飯がすんでいる吾郎は、煮込みと冷や奴をつまみに、ビールの大瓶を空けた。

ほろ酔い気分でギャラリーに戻ってきたときは、まだ十一時前だった。裏の勝手口に回り、鍵を取りだそうとしているところに、電話がかかってきた。

携帯を取りだしてみると、知らない番号が着信表示されている。こんな時間に番号登録をしていない者からかかってくるのは珍しく、不安を覚えた。

「はい、もしもし」吾郎は窺うようにでた。

「あたしだよ、錦荘の足立《あだち》だけど」

そう早口に言ったのは、魁多のアパートの大家のおばちゃん。

「どうもどうも、お世話になってます」

「挨拶なんて、どうでもいいんだよ。二階の尾花さんが、おかしいんだよ。わめきちらして暴れてる。どうにも手がつけられないんだ。早くきてやって」

「なんで魁多が暴れてるんです」あの魁多が暴れるなんて想像もできなかった。

「そんなのわかんないよ。吾郎ちゃんがこないなら、警察呼ぶよ」

おばちゃんの声の向こうで、ウシガエルの鳴き声を思わせる、太い叫び声が聞こえた。

「わかった。すぐいく」

そう言ったときには、もう駆けだしていた。

階段を駆け上がった。二階の外廊下に、大家のおばちゃんとアパートの住人らしき老人の姿があった。魁多の部屋の前で、半分開いたドアから、なかを覗いていた。

「ああ吾郎ちゃん」おばちゃんが気づいて、こちらを向いた。

「どんな様子？」

訊くまでもなかった。近づいていく吾郎の耳に、言葉にならない魁多の叫び声が聞こえていた。何かを叩きつけるような音も。ふたりが脇にどき、吾郎は開いたドア口に立った。

「やめろ」

吾郎は思わず叫んだ。スニーカーを脱ごうと足をこすり合わせる。

アトリエにいる魁多が、キャンバスを頭の上に振り上げていた。

靴を脱ぎ、部屋に上がった。魁多が振り下ろしたキャンバスが、激しい音をたてて床に叩きつけられた。真ん中から折れ曲がった。

「おい、なんてことを——」吾郎は言いながら駆けよる。

魁多がキャンバスを振り回す。手が離れて、吾郎めがけて飛んできた。吾郎は足を止めて、身をすくめる。キャンバスはドアの横の壁にぶつかり、床に落ちた。

あーっと喉の奥から振り絞るような叫び声を上げて、魁多は首を振る。突然、何かに気づいたように、動きを止めた。壁に立てかけてあるキャンバスに向かって足を踏みだした。

「だめだー」

吾郎は駆けより、後ろから飛びついた。暴れる魁多を羽交い締めにする。

「おい、いったいどうしたんだよ」

部屋のなかはめちゃくちゃだった。イーゼルは倒れ、床は水浸し。床に、壁に、絵の具が飛び散っていた。

「落ち着け。落ち着いてくれ」魁多の叫び声を上回る大声で叫んでいた。

吾郎は怖かった。自分が魁多を壊してしまったのではないか、無理矢理絵を描かせたのが悪かったのではないかと。

魁多の肩を摑んで、こちらに向かせた。落ち着けと体を揺する。魁多の目は吾郎に向けられている。しかし、何も見ていない気がした。

「魁多、俺だ。わかるか、吾郎だよ」

吾郎は呼びかけ続けた。魁多の叫びが小さくなってきた。吾郎は魁多の頬に手を当てた。

「大丈夫だ。もう大丈夫だから」

魁多の体から力が抜けてきた。吾郎は魁多の小さな体を抱きしめた。「あ、あ、あ

ー」と小さく発する声が、途切れ途切れになった。

「もういいよ。描きたくなかったら、もう絵も描かなくていい。充分描いたもんな」

「あー、うん」と聞こえて、声が途絶えた。はあはあと息をつく音だけが残った。

「なあ、座ろう」

足下は濡れていた。壁のほうに移動し、床に腰を下ろした。叩き壊したキャンバスは、描きかけだったもののようだ。壁に立てかけられたキャンバスは、九枚あった。吾郎は何も言わなかった。放心したように顔をうつむける魁多を、ただ見つめていた。呼吸も正常に戻っていき、部屋のなかは静まり返った。

いや、声がした。くぐもったひとの声。猫の声にも聞こえたが、やはりひとの声だ。子供の泣き声のようだった。

怒鳴り声が聞こえた。大人の男の太い声。がたんがたんと何か硬いものがぶつかるような音も。階下から聞こえた気がする。魁多が顔を上げ、落ち着きなく視線を漂わせていた。吾郎は床にはいつくばって、耳を当てた。

「何度言ったらわかるんだ、お前は」

　はっきりと聞こえた。自制心を失った、感情むきだしの声に、吾郎は顔を歪めた。

　続いて聞こえてきた声に胸を締めつけられた。

　ごめんなさい、ごめんなさい、もうやらないから、許して、お父さん、ごめんなさい、ごめんなさい。

　パシンパシンと直接肌を打つような音を耳が捉えた。

　吾郎は床から耳を離した。魁多がこちらを見ていた。

「これか。お前をおかしくさせたのは、この声なのか」

　魁多は何かが入ってくるのを防ごうとするように口をすぼめ、目をぎゅっと閉じた。

　吾郎はドアを強くノックした。

　それまで聞こえていた怒声が消えた。子供の泣き声は、――かすかに聞こえる。

　でてくる気配はなく、吾郎はもう一度ノックした。

　子供の声も聞こえなくなった。部屋自体が息を潜めているような感じ。ドアは開きそうもない。

「夜分にすいません。この間お会いした松橋です」

　吾郎は大きな声で、明るく言った。

耳をすますと、なかでひとの動く気配がした。ドアのすぐ向こうでがたがたと何か音がし、しばらく時間をおいて、すっとドアが開いた。

「はい」

わずかに開いたドアの隙間から、木下の顔が見えた。ドアチェーンがかけてある。窺うような目が、じっとこちらを見つめた。

「こんな時間にすいません。こうじ君は大丈夫ですか、なんか泣き声が聞こえたから」

吾郎は笑みを浮かべ、隙間からなかを覗こうとした。

「大丈夫です。もう布団に入りました」

木下はひどく冷たい声で言った。吐く息にアルコールの臭いが混じっていた。

「そうか、ひと目みておきたかったんだけどな。――まあ、いいや。ちょっと外にでてきませんか。木下さんと話がしたいんですよ。ねっ、でてきてくださいよ」

吾郎は笑みを絶やさなかった。ドアを手で摑んでいる。

木下は冷たい顔に戸惑いの色を加え、吾郎を見つめた。

「ねっ」と吾郎は促し、父親を見つめる視線を強めた。

何か考えを巡らせるような目をしてから、「わかりました」と木下は言った。いったんドアを閉め、ドアチェーンを外して木下はでてきた。

「お仕事から帰ってきたばかりですか」アパートの前の道路にでて、吾郎は訊ねた。

「ええ、ちょっと前に」

どこかで軽く一杯ひっかけてきたのだろう。

吾郎は煙草を取りだし、一本くわえて火をつけた。「吸いますか」

吸わないタイプだと思ったが、木下は手を伸ばした。吾郎は火をつけてやった。

「大変だよな、男手ひとつで子供を育てるのは。ひとりで抱えこまないほうがいい。色々、相談するところがあると思うんだ」

木下がこちらに目を向けた。よけいなお世話だと言わんばかりの、尖った視線だった。

「誰もあなたを責めていないよ。責めているのは自分だろ」

先ほどの声だけでは、木下が継続的に虐待《ぎゃくたい》をしているかどうかは判然としない。しかし、吾郎にはわかっていた。この父親が毎日のようにこうじを叱り飛ばしていることを。

怒られないと絵を描かなかった魁多が、ある日を境に怒られなくても描けるようになった。あれは、ちょうど木下親子が引っ越してきたあとだ。魁多は木下の怒鳴り声を聞いて、どういうわけか自分が怒られたような気分になり、絵に向かったのだ。

今日こうじに会ったとき、汗をかくほど暑いはずなのに、長袖のスウェットシャツを着ていた。あれは、腕にある痣《あざ》を隠すためだったような気がする。

「あなたには情けない姿ばかり見られている」

木下は鼻の頭に皺を寄せ、自嘲《じちよう》するような笑みを浮かべた。

「誰だってかっこよくなんて生きられないよ。俺なんて、情けない姿を見せすぎて、カミさんに愛想を尽かされた」

木下は煙草の煙を上に向かって吐きだした。聞いている素振りは見えない。

「阪本の下で働くのは、きっとストレスが溜まるんだろうな」

「どこで働いてもストレスは溜まります」木下は横を向いたまま言った。「こうじは何をやらせてもだめな子でね、宿題はやらないわ、遅くまでゲームをやってるわ、何度注意してもだめなんですよ。ほんとに困ったもんだ。私の子供のころにそっくりなんですよ」

この父親は、二重の意味で自分を責めているのだろうな、と吾郎は察した。

「さっきも言ったけど、相談する気があるならどこかNPOとか紹介するよ。子供と離れて暮らしてもいいというなら、明日にでも児童相談所にしらせるけど」

木下はこちらを向いて、咎めるような表情を見せた。

「べつに脅しや、嫌味で言っているんじゃない。木下さんが、しばらく離れたほうがいいと思うならそれもひとつの選択肢だよ。そうしたくないなら、相談の窓口にいってほしい。カウンセリングとかグループセラピーとかを紹介してくれる。何もしないという選択肢はない。相談にのってくれるところにいくつか心当たりがあるんだ」

離婚をする前、大樹が通っていた保育園でも、虐待を受けている子供がいた。保育園から児童相談所に連絡がいき、子供は相談所に一時預かりになった。

母親は離婚したばかりで、仕事をしながらひとりで子育てをするストレスで虐待をしてしまったようだ。それまでは普通の母親だったから、子供は母親と離れることを心底悲しんでいた。その状況に心を痛めたある園児の父親が、みんなでその母親をサポートしようと呼びかけた。母親を支援するから子供を早く親元に戻すよう児童相談所にもかけあった。子供が戻ってきてからは、親たちが交代で家を訪ねて家事の手伝いをしたり、子育ての相談にのったりした。その後、卒園まで母親が虐待をすることはなく、子供が児童相談所預かりになることもなかった。

その際、虐待をしてしまう親をケアする民間の団体にも相談にのってもらった。吾郎も他の父兄と一緒に、いくつかの団体に話を聞きにいった。

「このことを、社長に話しますか」

「話さないよ。俺は阪本とあまり仲がよくない。金は借りているけどな」

木下が部屋からでてきて話をしようと思ったのは、このことが阪本の耳に入りはしないか気がかりだったからなのだろう。

「自分でもよくないとわかってました。あとになると、自己嫌悪で落ち込んだりもする。なのに、こうじが、言ったことをちゃんとやっていないとわかると、かーっとなってしまって、怒りが抑えられなくなるんです」

「相談してみよう。きっと感情を抑える方法を教えてくれる」

木下はこくりと頷いた。

「しばらく、俺も魁多の部屋でこうじ君をみるようにするよ。宿題があるなら、やらせるようにする。勉強は教えられないけどな」

「すみません、ありがとうございます」

しばらくは、魁多の部屋に寝泊まりして、様子を窺うつもりだ。うまく木下が感情をコントロールできるようになればいいが、だめならすぐに児童相談所に通報する。ためらいはないものの、こうじの気持ちを思うと複雑だ。きっとこうじは、父親と離れたくないと思っている。吾郎はそう信じていた。

実際にこうじがそう思っていることは、部屋に戻り、魁多から話を聞いてはっきりした。

「こうじ君の体に痣を見つけてさ、そうしたら誰にも言わないでって、泣きだして……。お父さんのことが他のひとに知られると、僕はどこか別のところに連れていかれちゃうって怯えてたんだ。だから俺、誰にも言わなかった」

そして、毎晩のように聞こえる父親の怒鳴り声とこうじの泣き叫ぶ声に魁多はじっと耐えていたのだろう。

その心の痛みを癒《いや》すために絵を描いていたのならいいが、食事もまともにとらずにキャンバスに集中する姿を思うと、絵を描くこと自体も、心の負担になっていたような気がする。そしてそれが積もり積もって爆発したのが先ほどの姿なのだろう。

「魁多、もう絵は描かなくていいぞ」吾郎はぽつりと言った。「完成している九点で個展はなんとかなる。個展が終わったあとも、怒って描かせるようなことはしないから」

いったいどうしたらいいんだ。吾郎は、鼻から長々と息を漏らした。

怒られなければ絵を描かない魁多。しかし、あんな錯乱した姿を見たら、もう怒ることはできない。魁多が描かなければ、ギャラリーの未来も、自分の未来もないのだけれど。

その晩、吾郎は魁多の部屋に泊まった。天井を見つめながら、眠気が訪れるのを待った。魁多は描かなくていいと言われても止めることはできず、朝方まで新しいキャンバスに色を重ねていた。そんなことだから、吾郎もなかなか寝つけなかった。

時折、筆が止まった魁多が、うーんとトイレでふんばっているような声をあげるくらいで、アパートは静かだった。階下から声が聞こえるようなこともなかった。

18

翌日、学校が終わって遊びにきたこうじに、宿題をもってこさせた。終わるまで遊びはなしだと言って、机に向かわせた。

父親が帰ってきて、一緒に部屋にいった。宿題を全部終えたと伝えたら、木下はよくやったと笑顔でこうじの頭に手をのせた。

吾郎は以前に相談しにいったことがある、虐待防止に力を入れているＮＰＯと社会福祉法人ふたつを木下に紹介した。その時間でもまだ相談を受けつけているいっぽうの団体に、吾郎は電話をかけさせた。

その晩も吾郎は魁多の部屋に泊まった。前日に引き続き、静かな夜だった。

いよいよ魁多の個展が近づいてきた。個展のタイトルはなかなか決まらず、最初に完成した作品名からとって『僕に届く声』とした。いってみれば魁多の絵は、天から降ってきた声に従い色を重ねていったものだから、個展のタイトルとしても悪くなかった。

案内状の発送は終わっていた。余った案内状を置いてくれる美術館やギャラリー、飲食店などを探して都内を歩き回った。個展が終わって暇にしていた浜地にも手伝ってもらったが、「俺のとき、こんだけ熱心にやってくれたっけ」と嫌味を言われた。新聞、ネットのサイト、フリーペーパーなど、美術展の紹介をしているメディアに告知の依頼もした。これまでも依頼していたが、取り上げてもらえなかった。今回はなんとしてでもという意気込みが通じたのか、一件、ネットのサイトで告知をしてもらえることになった。東京アートステーションという老舗のアート情報サイト。開廊のときに花を贈ってくれた、例の謎の会社だ。偶然なのかなんなのか、同社が発行するフリーペーパーにも載せてくれるようで、とにかくありがたかった。

値付けには今回も悩んだ。浜地と同じく初個展で、まず売れることが大切だとは思う。しかし、魁多には才能がある。そう信じる吾郎は、才能を安売りしてはいけないとも思えた。そもそも安くしなきゃ売れない絵であるなら、魁多に期待するような未来はなく、ギャラリータタミを続ける意味もなくなるのだ。強気でいくことにした。

今回魁多は四十号という大きめの作品を描いてはいないが、そのサイズを基準に値付けをすることにした。浜地の『ウォッチ・ミー』シリーズは四十号で十六万円だったが、魁多には五十万円の値をつけた。それを基準に、実際に描いた二十号を二十五万円、十号を十三万円とした。幸い魁多は六号という小さいサイズも二点描いていた。それらは基準より低めに七万円とした。これならふらっと入ってきても手がでないことはないだろう。

個展の前日、展示のレイアウトに悩んだ。大きさの違うキャンバスが三つあると、なかなかうまくバランスがとれない。最初は魁多本人にやらせてみた。たぶん魁多なりの規則性はあるのだろうが、なかなか常人には理解できず、ばらばらで、見ていると落ち着かない。こういうことが得意そうな美緒も呼んで、三人であああでもないこうでもないと悩んだ。

実際に絵を壁にかけてみて、検討しているときに吾郎の携帯電話が鳴った。着信表示を見ると、大樹からだった。吾郎は外にでて、通話ボタンを押した。

「どうした。お父さん、いま忙しいんだ」

「そんなのいいから、早くきて。友達がけがしちゃって、動けないんだ。どうしたらいいかわからなくて。骨が折れてるかもしれない」

「どこにいるんだ」

「旧中川の土手。商店街からまっすぐくればわかるところにいる」

「よし、わかった。すぐいくから待ってろ」

吾郎は電話を切ってから、溜めていた息を大きく吐きだした。そういう状況ならしかたがないだろう。他に選択の余地はない。

「すまない。ちょっとでかけてくる。子供の友達がけがをして動けないらしいんだ」

「あらまあ、それはたいへん」

最近髪を伸ばして、少し女らしくなった美緒が心配そうな顔で言った。

「あとは戻ってきてから、俺が考えてみる。助かったよ、ありがとう」

「うん。画伯はお絵かき始めちゃったから、もうやる気ないだろうし」

魁多はビールケースに座り、ノートに鉛筆で何か書いていた。昼頃アパートを訪ねたときも、恐竜だか怪獣の絵をボールペンで描いていた。いたずら書きみたいなもので、心配するようなことはないだろうと吾郎は思っていた。

ギャラリーをでて、土手に向かった。梅雨のまっただなかで、いまにも冷たいものが落ちてきそうな曇り空だった。吾郎は商店街を駆け抜けた。五分もかからず土手まできた。階段を上り、土手の上に立つと、下の段にふたりの少年が見えた。

「大樹」小走りで向かいながら、呼びかけた。

芝の上にしゃがみ込んでいるふたりが、こちらを向いた。傍らにはランドセルが置いてあった。大樹の友達は腕をけがしたようだ。左手で右の肘《ひじ》を押さえている。

斜面を下り、近づいていった。こちらを見ていた友人の顔が、痛みを堪える表情から驚きの表情に変化した。どうしたんだと思って見ているうち、吾郎も気づいた。驚いて足を滑らせそうになった。

大樹の横にいるのは木下こうじだった。こうじは顔を伏せ、暗い表情をした。

「こうじ、どうしたんだ」

吾郎はふたりの横で足を止めた。今度は大樹が驚いた顔をした。

「どうして、お父さん、こうじ君を知ってるの」

「お父さんのギャラリーに所属する画家が、こうじと同じアパートに住んでいるんだ。それより、大樹こそなんで。一緒の学校じゃないだろ」

「前に阪本さんの会社でバーベキューパーティーがあって、そんとき友達になった。――ねっ」

こうじが頷いた。

言われてみると、まったく不思議ではない。お父さん同士が同じ会社で働いている。大樹の場合は、未来の父親だけれど。

「どれ、見せてみろ」

吾郎はこうじの横にしゃがみ込み、長袖シャツの袖をまくり上げた。

肘の上あたりが、ぱんぱんに腫《は》れ上がっていた。皮膚も紫がかった色に変色している。たぶん、骨折しているだろう。

「転んで手をついたら、こんなんなっちゃったんだ」大樹が横から言った。

「電話をかけてくるちょっと前か」

「うん。すごく痛がってるから、どうしようって思って、すぐに電話した」

だとすると、骨折したのは十分から十五分くらい前。しかし、吾郎も腕を骨折したことがあるからわかるが、そんなにすぐには、これほど腫れ上がらないものだ。

「とにかく病院へいこう。大丈夫か、歩けるか」

こうじは暗い顔で頷いた。吾郎はこうじのランドセルをもって立ち上がった。

「大樹、この間、紹介するって言ってた友達は、こうじのことか」

「違うよ。あれは学校の友達」

いつもよりほんのちょっと甲高《かんだか》いぐらいで自然な言い方だった。それでも父親だからわかる。大樹は嘘をついている。

ここで遊んでいて骨折したというのも嘘だろう。嘘をつく大樹の気持ちを思い、抱きしめてやりたくなった。

こうじの前ではできないことだった。


「すまなかったな」

吾郎は病院のベンチに腰掛け、言った。

大樹は驚いた顔で吾郎を見上げた。

優しい声で謝っただけで、驚かれてしまう。自分はだめな父親なんだなと、あらためて思った。

「話をきいてやれなくて、悪かった。こうじのこと、相談したかったんだろ」

大樹は何も答えないことで肯定した。

「喧嘩の仕方を教えてと言ったのは、こうじのお父さんをやっつけようと思ったからか」

口をすぼめる大樹の頭を、吾郎は笑みを浮かべて軽く小突いた。

「こうじが父親から怒鳴られたり、叩かれたりしているのを父さんも知ってる。そのことについて、こうじのお父さんと話もしたんだ。こうじのお父さんは悪いことをしたと反省している。暴力を抑えるよう努力すると言ったし、父さんもそのために力を貸すことを約束したんだ。だから、父さんには本当のことを話してくれよ。こうじが父親と離ればなれになることを心配しているんだろ。父さんがそうならないよう、なんとかするから」

大樹がすがるような目を向け、頷いた。

「こうじ君、お母さんが死んじゃったから、お父さんとも一緒にいれなくなったらどうしようってすごく心配してた。ほんとそうだよね。お父さんもお母さんもいないでひとりで暮らすなんて、絶対無理。お父さん、怖いときもあるけど、大好きだって言ってた」

「腕のけがはどうしたんだ」

「転んだって——」大樹はうつむいて言った。

「河原で転んだわけじゃないだろ」

「朝、お父さんに怒られて転んだって」

こうじは朝からずっと痛みを堪えていたのかと思い、吾郎は気がふさいだ。

「怒られて転んだっていうのは、どういう状況だったんだ。——聞いたか？」

そう訊ねたとき、ドアが開く音がして吾郎は顔を向けた。

処置室のドアが開き、医者が廊下にでてきた。白髪の医者がこちらに目を向けた。

「木下こうじ君のお父さんではないんですよね」

短い丈の白衣を着た医者は、窺うような目をして言った。

「ええ。うちの息子がこうじ君と友達なんです」吾郎は立ち上がって言った。

「ちょっとこちらに」と医者は言い、大樹の耳に声が届かないところまで進んだ。

「骨折のほうはほぼ処置がすんでいます。綺麗に折れているので、ひと月半ほどで治ると思います」医者はそう言うと、ふっと息をついた。「治療中に、こうじ君の体に暴行を受けたと思われる痣があるのを見つけました。こうじ君に訊いても何も答えてはくれません。いじめなのか、親による虐待なのか、色々考えられるのですが、何かご存じないですか」

「わからないです」吾郎は答えた。

「骨折のほうも、ついさっき転んだような説明を最初に聞きましたが、腫れている様子を見ると、だいぶ時間がたっていますね。皮膚に外傷は見られないので、転んで折れたという状況は嘘ではないと思うんですが、突き飛ばされた可能性もある。念のため警察への通報も考えているんですよ。お子さんは何か知らないですかね」

「警察は待ってください」吾郎は慌てて言った。「こうじ君が父親から虐待を受けているのは知っています。父親本人もなんとか断ち切ろうと、カウンセリングを受け始めたところなんです。いまはまだ、けがが虐待によるものなのかはっきりしないわけですから、通報は待ってもらえませんか」

「児童相談所へは――?」医者は眉をひそめて訊いた。

「いえ、まだです」

「では、こちらから児童相談所にしらせなければならない。医者の義務ですので」

「わかりました」

それはしかたがないだろう。こうじがけがをしたときの状況によっては、吾郎も相談所へ連絡するつもりではいた。

医者が処置室に戻っていき、吾郎はベンチに向かう。大樹が心配そうな目で見ていた。

「大丈夫だ。父さんが離ればなれにならないようになんとかするから、心配するな」

吾郎は大樹の隣に腰を下ろして言った。「それで、こうじはどうして転んだんだ」

「朝、お父さんに怒られたんだって。肩をどんと押されて尻もちをついたとき、けがをしたみたい。自分がどんくさいからいけないんだって、こうじ君、言ってた」

子供同士がじゃれあっていても、押したり突いたりすることはあるだろう。それで運悪く骨折することもあるはずだ。こうじに起きたことも偶発的な事故であったと思いたい。

大樹とは病院で別れ、右腕をギプスで固定されたこうじと、魁多の部屋にいった。

夕飯を三人で食べた。こうじは左手でスプーンを使い、ぎこちなくチャーハンを口に運んだ。食後は魁多と一緒に、左手で絵を描く練習を始めた。そんなことをしているうちに仕事あがりの父親が迎えにやってきた。

吾郎は外廊下にでて話をした。こうじの腕の骨が折れたことを告げると、木下は本気で驚いた顔をした。

「朝、こうじ君を突き飛ばしたんだろ」

「はい、――いえ、突き飛ばすつもりは……。いや、突き飛ばしてしまったんですね。すみません」

「俺に謝ってもしょうがねえよ」

肩を落とし、うつむく木下に言った。

「朝、でがけに、こうじが漢字の練習帳がないと騒ぎだして、腹が立ってきたもので……。でも私も、怒鳴り散らしたり、手を上げたりするのは必死に抑えたんですよ。先日、NPOのひとから、怒りを感じたら子供が見えないところに移動しなさい、とアドバイスをいただいたんで、そのとおりにしたんです。ただ、目の前にいたこうじをどんと押してしまった。泣き声が聞こえましたが、とにかく見えないところにと思っていたので、そのまま振り返りもせず、仕事にでかけたんです」

ふーっと吾郎は溜息をついた。自分が感じている以上のもどかしさを、この父親は感じているのだろう。人生というのは、なんでこうもうまくいかないものなのか。

「治療してくれた医者が、体の痣に気づいて児童相談所に連絡すると言っていた。明日にもくるかもしれない。立ち直ろうと努力している最中だと、よく説明したほうがいい」

「そうですか、児童相談所に」木下は暗い顔で言った。「明日は休みなので、話ができるとは思いますが……」

木下は思いだしたようにドアに目を向けた。「おじゃまします」と断りを入れ、ドアを開けた。部屋に上がった木下は、足早に進みながら、大きな声で呼びかけた。

「こうじ」

魁多と絵を描いていたこうじが顔を上げた。木下は傍らにしゃがみこんだ。

「大丈夫か、痛かったろ」こうじの背中に手を当て、言った。「ごめんんな。お父さん、そんなに強く押したつもりはなかったんだ。ほんとにごめんな」

「大丈夫だよ」こうじは顎を上げ、ちょっとすまし顔で言った。「たいして痛くなかった。俺の転びかたがへただっただけだ。お父さんは悪くないよ」

こうじは、これまで見たことがないほど男っぽかった。

19

個展の準備は本当にぎりぎりまでかかってしまった。

朝から、魁多とふたりで展示のレイアウトに再び悩んだ。試行錯誤《しこうさくご》の末、もうこれしか考えられない、と納得して終えたのが、一時過ぎだった。

簡単に昼飯をすませ、レセプション会場の設営を始めた。三時過ぎに美緒と浜地が手伝いにきてくれて大幅に準備がはかどった。中央に用意したテーブルにグラスを並べ始めた四時ごろ、ギャラリーの前をうろうろする男に気づいた。Tシャツ姿の白髪頭。いきいき商店街にある中華料理店、大福飯店のおやじだった。目が合うと、「よう」と手を上げた。

「大福さん、なんか用かい」吾郎は引き戸を開け、外にでた。

「おう常陸屋の悪ガキ、今日はまたパーティーなんだろ」

「ここの前で餃子《ギョーザ》と唐揚げを売ろうと思うんだけどよ、軒《のき》を貸してくれるか」

「ああ、六時からだ」

書くものを貸してくれと頼むのとかわらない気安さだった。

「貸さねえよ。ここはアートを売るギャラリーだ。その前で食いもんを売っていいわけないだろ。雰囲気が台無しになる」

「おい常陸屋、食いものをばかにすんなよ。おやじさんが、あの世で泣いてるぞ」肩を怒らせ、大声で怒鳴った。

「ばかになんてしてないだろ。食いもんじゃなくても同じだ。なんだろうと、ギャラリーの前で売るのは禁止だ」

「けちくさいやつだな。自分のところだけ、もうかればいいのかよ。そういうケツの穴の小さい男が、商売やるな」

そういう自分はひとのふんどしで相撲をとろうとしているくせに。

「そんなことねえよ。俺はギャラリーの前でものを売るなと言ってるだけだ。ギャラリーの向かいで商売するのはかまわない。三田《みた》さんに頼んで、軒を貸してもらえばいいんだ」

大福のおやじは、向かいの豆腐屋にちらっと目をやり、顔をしかめた。

「なんで三田と一緒に売らなきゃならないんだよ」

「大福さんにもうかって欲しいから言ってるだけだ。なんなら一緒にいって、頭を下げてやろうか」吾郎は笑みを浮かべて言った。

「いらんお世話だ。そこまでして商売する気はねえよ。なんだよ、パーティーを盛り上げてやろうと思ったのによ」口を尖らせ、すごすごと引き揚げていく。

大福のおやじと豆腐屋の三田が、そりが合わないのは、ここらでは有名な話だ。商店街で商売するのはめんどくさいものだ。店は減っていっても、変なしがらみは残っている。会長をやるのは大変なんだろうなと、森若に同情した。

「吾郎さん、携帯、鳴ってるよ」

美緒が携帯電話をもってきた。吾郎は受け取り、ギャラリーのなかに入った。着信表示を見ると、見知らぬ携帯の番号だった。

「はい松橋です」

「吾郎さん大変だよ」

取り乱した声は、子供みたいに甲高く、一瞬誰だかわからなかった。

「魁多か。どうしたんだ」

「大変なんだよ。こうじ君のお父さんが、警察に捕まった。こうじ君は相談所のひとが連れていっちゃったんだ。どうしたらいいの」

錦糸町の駅から五分のところに墨田児童相談所はあった。

応対してくれた職員は吾郎と同い年くらいの女だった。

「息子さんを押し倒し、骨折させてしまったと本人も認めているので、こちらとしては、警察に連絡するしかなかったんです」と、父親と面接をした結果、警察に通報した経緯を職員は説明した。

「木下さんは、虐待を抑えるため、自分からカウンセリングを受けていたんだ。押し倒したのも、暴力を抑えた結果、たまたまそうなっただけだ。そのへんはよく考えたのか」吾郎は訊ねた。

「骨折という結果を重視しました。それと、虐待したと本人が認めていることも。それらを考え合わせると、たとえ現在カウンセリングを受けているとしても、将来、さらに重大な結果を招かないとは言いきれません。だから、警察に判断をまかせるしかないんです」

女性職員は、あくまで穏やかに説明した。

あとで何か問題が起きれば非難されるのは自分たちだから、警察に判断をまかせたと言っているように聞こえた。相談所を悪く言う気はないが、実際にそういう逃げの気持ちはあるだろう。あれこれ考えるより警察にまかせたほうが早い。考えたところで、確信をもって正解と言えることなどないのだし。

ただ、父親が警察に逮捕され、離ればなれになれば、苦しみ、傷つくのも子供なのだ。もう少し、真剣に考えてくれてもよかったのではないかと思う。少なくとも、こうじを保護預かりにしてしまえば、身の危険はなくなるのだから。

「警察が偶発的な事故だったと判断したら、子供はすぐに父親のもとに返すのか」

職員は「それは、そのとき判断します」と答えをはぐらかした。

吾郎はそこで何かを強く主張しようとは思わなかった。児童相談所は見かけによらず、強い権力をもった、堅固な組織であることを知っていた。強くでても跳ね返されるのがおちだった。

「子供の意思も、判断材料に加えてくれよ」とだけ言って、児童相談所をあとにした。

父親が連れていかれたのは、ギャラリーから歩いて数分の、向島《むこうじま》署だった。吾郎は一時間ほど粘って、現在の木下の状況を教えてもらった。最初は任意で事情を聞いていたが、現在は傷害の容疑で逮捕し、取り調べを行っているらしい。明日には送検されるようだが、その後の処遇は警察官にもわからない。

警察署をでたのは、六時半過ぎ。もうレセプションは始まっている。ギャラリーをでるとき、オープン時間までに戻れなかったらよろしく頼むと美緒と浜地に頼んでおいた。

吾郎は急ぎ足でギャラリーに向かいながら、阪本に電話をかけた。店長が逮捕されたことを伝えておいたほうがいいだろうと考えてのことだ。

木下と知り合いになった経緯や、木下が現在カウンセリングを受けていることなど、細々した話も聞かせたが、阪本は関心を向けなかった。「ふざけんな、あの野郎。明日から店はどうするつもりなんだ」と悪態をつき、店の運営のことをひたすら気にしていた。

「ありがとうございます、助かりました。おかげで、早めに対処することができます」

一時の興奮を収め、阪本は丁寧に言った。

「俺、大樹に会ったよ。木下さんの息子がけがをしたから、助けにきてほしいと、大樹が連絡してきたんだ。断ることはできなかった」

その話をするつもりはなかったが、阪本の悪態を聞いていたら伝えたくなった。

「金を返せというなら返す。ただ全額は――、少しだけ待ってもらいたい」

「全額返せないんだったらいいですよ。もう会わないと再度約束してください。約束してくれれば、今回のことは水に流します」

「また、同じように助けを求められたら、俺は断れない」

「じゃあ、大樹のほうによく言っておきます。あなたに連絡をとったりしないようにと」

阪本は当てつけるように言うと、「それじゃあ」と電話を切った。

吾郎はふんと鼻を鳴らし、携帯をしまった。言いたいことをすべて言えたわけではないが、気分は悪くない。

丸八通りから立花いきいき商店街に入ったところで、携帯電話が鳴りだした。着信表示を見ると大樹から。阪本は、すぐには手を打たなかったようだ。

吾郎は通話ボタンを押し、携帯を耳にもっていった。

「ばかあ、全然役に立たなかったじゃないか」

いきなり大樹の声が耳に飛び込んできた。

「こうじ君のお父さん、警察に捕まっちゃったじゃないか。嘘つき」

湿り気を帯びた、怒鳴り声だった。

吾郎が何か言う前に、電話は切れてしまった。


オープニングレセプションは相変わらずの大盛況。吾郎が留守の間、美緒と浜地がしっかり切り盛りしてくれていたようで、とくに混乱はなかった。

主役の魁多は、吾郎がギャラリーに戻ったときには、すっかりできあがっていた。

魁多の個展ということで、橘リバーサイドハウスの入所者が詰めかけ、酒を飲ませられたようだ。素面《しらふ》で立っていても、セールストークができるわけでもないから、かまわないが、とにかくレセプションが終わるまではギャラリーにいるよう厳命した。

吾郎は積極的にお客さんに話しかけた。いまは無名だが、将来有望な新人なのだと魁多の絵を売り込んで歩いた。意外なことに、というか、わかるひとにはわかるというべきか、お客さんの反応は浜地のときよりもよかった。私、あの絵が好きとか、僕はこの絵に興味があるんだよねとか、積極的に口にするひとが多かった。しかし、最後に決まって言うのは、また観にきます。そう簡単に売れるものではなかった。

七時半ごろ、ファタールのオーナー、高盛がやってきた。じっくり絵を鑑賞した高盛に「なかなかいい値付けだ」と褒められた。「もう少し安くなるかと、個人的には期待していたけどな」とも言った。それでも、高盛は二十号の絵を一枚買ってくれた。四角形が色のグラデーションをつけて折り重なる構図で、魁多にしては珍しく、奥行きのある作品だった。酔っぱらった魁多に作品の解説をさせると、「四角はドアで、そのドアを開いていけば、いつか探しものが見つかるはずで、どんどん開いていってるんだけど、見つからずに困っています」と、まるで子供の説明だった。

結局、レセプションで売れたのはその一枚だけ。会期は二週間あるから、とくにがっかりすることはない。魁多の絵ならきっと売れるさと、不安より期待が大きかったのは、シャンパンを飲んでいたからだろう。しかし、けっして気分よく酔っていたわけではない。

木下は四日後に処分保留で釈放された。こうじが、手のつきかたが悪かっただけで、それほど強く押されたわけではないと証言したため、起訴しても有罪にもちこむのは難しいと検察も判断したのだろう。

しかし児童相談所は、木下が戻ってきたからといって、簡単にこうじを返してはくれない。早く、こうじを父親のもとに——、と苛立ちを感じながらも、吾郎は相談所の事情も理解できた。職を失った父親のもとには子供を返せない。それは経済的な問題ばかりでなく、経済状況の悪化から虐待がエスカレートする可能性も憂慮《ゆうりょ》されるからだ。

阪本は警察に逮捕された木下をクビにした。店長の不在で店は混乱したし、何より子供を虐待するようなやつは会社に置いておけないというようなことを、木下は釈放されてから言われたそうだ。

阪本が与えるストレスが虐待の一因ではないかと考える吾郎にとって、なんとも腹立たしい言葉ではある。しかしだからといって、阪本に抗議して木下の解雇を撤回させようとは思わなかった。阪本の会社はそれなりに給料がよかったそうだが、これを機にもう少し気楽に働けるところを探したほうがいいように思えた。

とはいえ、いまのご時世、選《え》り好みできるほど働き口があるわけではない。しかも、こうじを取り戻すため、早急に仕事を見つける必要がある。木下は職探しを始めた。吾郎も地元の知り合いに、何かいい働き口があったら教えてくれるよう声をかけた。木下は長いこと飲食業界で働いてきたようなので、その線で探してもらった。

個展が始まって一週間がたったとき、高盛がふらっとギャラリーに現れた。やっぱり静かなギャラリーで観るのはいいものだと、三十分ほど魁多の絵を眺めていた。帰り際、吾郎は木下の事情を話したうえで、いい仕事があったら紹介してほしいとお願いした。

「喫茶店なんてどうだ。三軒先のじいさんが引退を考えていて、かわりに店をやってくれるひとを探してるんだ。あまり稼げる仕事じゃないが、常連客が生きているうちは、経営は安定してそうだが」

詳細はわからないものの、聞いた瞬間、これは木下にとっていい話である気がした。木下に伝えると、本人も乗り気だった。上司も部下もいないのが自分に向いている気がすると、その日のうちに話を聞きにいった。翌日、まずは試用期間ということで、ひと月ほど喫茶店の店主のもとで働くことになったと、木下は笑顔で報告した。こうじが戻ってくるまでにはもうしばらくかかりそうだが、大きく前進したことにいくらかほっとした。

ほっとできないのは、魁多の個展だった。そう簡単に売れるものではないとわかっていたが、会期が一週間も過ぎると、さすがに焦りがでてくる。売れたのは高盛が買ってくれた一枚だけ。訪れる客も本当にわずかしかいない。たまに、ネットの告知を見てわざわざ足を運んでくれるひともいた。魁多の絵に興味をもち、プライスリストも見てくれるが、買うまでにはいたらない。無名のアーティストにしては、高いと感じるのかもしれない。

会期が残り四日となったとき、吾郎はこのまま売れずに終わることを覚悟した。高盛があと一枚ぐらい買うかもしれないと言っていたので、それに期待するぐらいのものだった。

昼時、銀行から帰ってきた吾郎が、丸八通りからいきいき商店街に入ったとき、ギャラリーからひとがでてくるのが見えた。ブルーのジャケットが夏らしい、洒落た雰囲気の中年男で、近所のひとという感じではなかった。

男は傘をさして、こちらのほうに体を向けた。しかしすぐに踵を返し、商店街の奥のほうに進んでいく。おかしな動きだなと吾郎はちょっと気になった。

傘を閉じ、傘立てに入れた。ここのところ、雨の日が続いている。梅雨だからしかたがないが、あまりに客が少ないものだから、雨のせいだと八つ当たりしたくなる。雨がやんだら何に当たろうか。たぶん、そんなことを考えているうちに、個展の会期は終了するだろう。

「吾郎ちゃん、お帰り」

ギャラリーに入ると、神戸が明るい声で言った。たまたま立ち寄った神戸に店番を頼んで、吾郎は銀行にいってきた。

普段、外にでなければならないときは、鍵をしめ、外出中のプレートをかけていたが、ここのところ、店番をしてくれる者でもいないかぎり、外にでることはなかった。いないときに客がきたら、と考えるとギャラリーを空ける気にはならない。

「いまでていったのは、お客さんかい？」吾郎は訊ねた。

「そうだと思うよ、絵を観てたから。買わなかったけどね」

買わなくても魁多の絵を観にきてくれた客だ。不在にしなくてよかった。

「記帳もしてったよ」

吾郎は入り口に置かれたテーブルに向かい、記帳のノートに目をやった。いちばん最後の書き込み、――そこには名前も住所も記されていなかった。魁多の作品に対するコメントが簡潔に書かれている。

〈いい作品だと思いますが、ちょっと内に籠《こ》もっているかな。社会性がでたら作品の強度が増すように思います。がんばって。〉

素人のくせに偉そうだなと、吾郎はちょっとかちんときた。

いや、素人とは限らないか。洒落た感じの出で立ち。ああいうのを、業界人風というのではないだろうか。何業界だかはわからないけれど。

ガラス戸の向こうに、ひとが立ち止まった。また客か。

傘を閉じて、こちらを向いた。笑みを浮かべて手を振るのは、美緒だった。

「どうした。なんか用か」引き戸を開けた美緒に吾郎は言った。

「通りかかったら、暇そうにしてるから。──神戸さん、こんにちは」

「おお美緒ちゃん、ひさしぶり」

絵の前に立っていた神戸がこちらにやってきた。

「その後どう」美緒が訊ねた。

「相変わらずだよ」

美緒は三日前にも、ふらっとやってきた。夏休み前だが、もう暇なのだろうか。

「そうなんだ。この間、吾郎さん、引きつった顔してたからちょっと心配だったけど、今日は普通の顔してる」

「嘘だろ、引きつってたかなあ。まあとにかく、この状況には慣れたよ」

諦めた、といってもいいだろう。

「あたし、いま通りかかって思ったんだけど、絵の前で、外を向いて立たないほうがいいかも。お客さん、入りにくいから。サクラじゃないけど、絵を観ているふりとかしたほうが、お客さんを呼び込むには効果があるんじゃないかな」

「確かに、そうかもな」

昼間は通りかかるひともいないから、あまり意味はないかもしれないが、ひと通りが多くなる夕方あたりは、そうしてみよう。あと四日、できるだけのことはやったほうがいい。

「あれ、吾郎さん、あれから一枚、売れたの？」

「あれからって、レセプションのときに一枚売れただけだぞ」

「嘘。だってシール貼ってあるよ」

美緒が正面の壁を指さした。

「はあっ、なんだ」吾郎は振り返って見た。

壁の真ん中にかかった絵の横に、赤いドットのシールが貼ってある。高盛が買った絵だ。もうひとつ、いちばん左端の絵の横にも、赤いシールが貼ってある。

「なんでだ」

「ああ、それ、俺が貼ったんだ」神戸が大きな声で言った。

「あのなあ、あのシールは、絵が売れたとき貼るもんなんだよ。勝手なことするな」

「そんなこと知ってる。最初の個展のとき、何度も店番をやったんだから」

「じゃあ、どうして……。まさか——」

「なんでまさかなの。売れたから貼ったにきまってるでしょ」

神戸がこれでもかというくらいに、口を横に開き、笑みを浮かべた。

「いつの間に——。さっきのひとは買わなかったんだろ」

「吾郎ちゃんがでかけてすぐに、お客さんが入ってきたんだよ。観てたのは十分くらいかな。そしたら、いきなり買うって」

「なんですぐに言わなかったんだよ」

「なかなかタイミングが摑めなくて。せっかくだから驚かそうと、いいタイミングを狙ってたんだけど——。いまのはなかなかよかった。美緒ちゃんありがとう」

「お役にたてて何より。売れて何より。よかったね、吾郎さん」

「おお、ありがとうよ。神戸も、ありがとうな。しかし、よく売れたな」

吾郎は正面の壁の左端の作品を見た。いちばん大きい二十号サイズで、黄色と黒の歪んだ縞《しま》模様の上に、オリーブドラブの大きな葉っぱのようなものが覆い被さる構図の絵だ。

これを、いいと思って買ってくれたひとがいる。二十五万円の価値があると思って買ってくれたひとが——。なんだか信じられない気持ちだった。

「俺は何もしていないよ。作品について聞かれても答えられなかったし。おかしなひとでさ、離れたり、近づいたり、しゃがんだりして観てた。なんか落ち着かないひとだった」

「挙動不審？ まさか詐欺とか」

まだ売れたことが信じられず、そんなことが瞬間的に頭に浮かんだ。

「そんなことはないよ。スーツを着た普通のサラリーマンっぽいひと」

「いまは、普通の会社員でアートのコレクターをやっているひと、けっこういるから、そういうひとなのかも。きっと、たまたま通りかかったんじゃないと思う。何かで知って、わざわざきてくれたんじゃないかな」

美緒は神戸のほうを向いて訊ねた。「なんかそういうこと言ってませんでした？」

「いや、なんにも」神戸はそう言うと正面の壁の裏に入り、すぐに戻ってきた。

「これ、書いてもらった購入申込書。住所は目黒《めぐろ》区になってるから、近所のひとでないのは間違いないね」

差しだされた申込書を吾郎は受け取った。

平泉《ひらいずみ》治《おさむ》。住所は目黒区鷹番《たかばん》。吾郎にとって皇居より西はほとんど馴染みのない場所で、イメージは湧かないが、ここらあたりに比べたら格段に高級そうだった。

「あの絵は、きっといいおうちにもらわれていくんだな」横から見ていた美緒が言った。「幸せな絵ですよ」

こんな下町の小さなギャラリーに絵を買いにきてくれるのだから、間違いなく絵が好きなひとだ。そして、その価値がわかるひとに違いない。

これまで魁多の絵の価値を裏づけるものは、高盛の言葉しかなかった。もしかしたら、高盛以外の人間にとっては、価値のないものである可能性もありえた。しかし、もう一枚売れたことで、他のひとにとっても価値があるのだと証明され、吾郎はほっとしていた。

「まだ四日ありますからね。もっともっといける可能性はありますよ」

美緒は壁にかかった絵をぐるりと見回した。

「あったりまえだ。可能性なんてな、最初っから、いくらでもあるんだよ」

この間、顔を引きつらせていたひとの言葉？　と美緒にからかわれた。

「俺も吾郎ちゃんのためにがんばっちゃおうかな。今日からここに立ってようかな」

「なんでお前ががんばるんだよ。接客にふたりも必要ないぜ」

「俺がいたから売れた気がするんだよね。だって、吾郎ちゃんがいなくなって、すぐにお客さんがやってきたんだから。俺には客を呼ぶ、何かがあるのかも。俺が招き猫のかわりになるから、ちょっとバイト代、もらえたらうれしいな、――なんて」

「きたきゃ、きてもいいぜ。ただ、バイト代はまた絵が売れたら考える」

まだ売れる可能性はあると言ったが、現実は厳しいものだとわかっている。

魁多の絵を評価し価値を認めてくれるひとは、世の中に、まだまだたくさんいる。

しかし、そのひとたちが、東武亀戸線沿線のこの商店街にあるギャラリーにまでたどり着くのは、なかなか難しいことだ。魁多がここにいることを伝えるためにはどうしたらいいのか、今後真剣に考えようと思った。

20

「オーナー、おはようございます。今日もよろしくお願いします」

がらがらと引き戸が開き、元気のいい声が響いた。

暇つぶしに、古書店で買った美術雑誌を眺めていた吾郎は、顔を上げた。

「なんだよ、ほんとに今日もきやがった」

神戸康行がにこにこ顔で立っていた。

「招き猫の俺に、そんなことを言っていいのかな」

神戸は招き猫風に手首を曲げて、拳を顔の横にもってきた。

「ほら、今日は梅雨だっていうのに、日が差してるよ。これも、俺が店番をやる効果じゃないの。天気がいいと、ひとは外にでたくなるよね」

いったい、どこからそんな自信が湧いてくるのかわからない。

「午前中に客がやってくることなんて、まずない。ふたりもスタッフがいたら邪魔なだけだ」

「あと二十分もすればお昼だよ。昼休みに、どんどんお客さん、やってくるかもしれない。なんなら吾郎ちゃん、もう昼飯にいってもいいよ。ゆっくり、いってきなよ」

「昼飯の準備は、してあるからいい。裏でちょこっと食べれば充分だ」

なんだか、ノリノリの神戸が鬱陶《うっとう》しくなってきた。客がきてくれたらそれは嬉しいが、根拠もなく過度に前向きなことを言われると苛々するだけだ。

もともと神戸は思い込みがはげしい。それで女に騙されることもしばしばだった。これまで、駆け落ちしたことが三回ある。いずれも泣いて帰ってくるはめになった。

「そうだね、吾郎ちゃんにもいてもらったほうがいいね。どんどんお客さんがくるなら、ふたりで対応したほうがいいもんね」

もう、前向きというより、妄想《もうそう》の域に入っている。神戸は膝の屈伸をし、足首をぐるぐる回して準備運動をした。そこまでやる気があるならと、吾郎は昨日の美緒の言葉に従い、サクラとして神戸を壁に向かって立たせた。

「外が見えないのはきついな。いつお客さんが入ってくるか、どきどきするよ」

底なしの前向きさだった。

吾郎は外など気にすることなく、雑誌に視線を落としていた。退屈しのぎに話しかけてくる神戸の言葉は聞き流した。

がらがらと引き戸が開く音が聞こえたのは、十分ほどたったときだった。

驚いて顔を上げると、細身のジーンズに、モノクロ写真がプリントされたTシャツを合わせた、お洒落な感じの若者が入ってくる。

神戸が戸のほうを振り返り、そして吾郎に視線を向けた。口を曲げ、勝ち誇ったような笑み。腕を上げ、ガッツポーズならぬ、招き猫のポーズをきめた。

若者は十分ほどかけて、九枚の絵を観ていった。入り口に置いてあるプライスリストを手に取り、作品と値段を交互に見遣《みや》って、買う気を見せた。

しかしもう一度絵に近づき、ざっと眺めると、おもむろに引き戸に向かう。

「吾郎ちゃん、お客さんを見すぎだよ。あれじゃあ、買いたくても買えないよ」

客がいってしまうと神戸が言った。

「そんなに見てねえよ。ちょっとは目で追ったかもしんないけど……」

午前にやってくる客が珍しくて、つい見てしまった。この狭い空間で、スタッフにじろじろ見られたら、客はいたたまれない。

「でも、大丈夫。お客さんはまだまだやってくるから。ほら、空もますます晴れてきた」

神戸は突き抜けるような声で言うと、壁の前に戻った。

十二時を過ぎて、吾郎は壁の裏の居間に上がり、昼飯を食べた。鳥のそぼろごはんとほうれん草のおひたしと味噌汁。ゆっくり食べても、かかった時間は三十分ほど。ギャラリーに戻ったのは一時前だった。

「お前も食事にいってこいよ」と神戸に言うと、「吾郎ちゃんひとりで大丈夫かな」と真剣な顔で返された。

「いちいちむかつくやつだな。だいたい、あれから客なんてこないじゃないか。昼休みも終わるぞ」

「さっきから、こいこいと念じてるんだけど、おかしいな。なんでこないんだろ」

「さあ、いってこい。ゆっくりでいいぞ。なんなら帰ってこなくていいからな」

背中を乱暴に押すと、神戸はしぶしぶ足を進めた。

神戸が引き戸に手をかけたとき、外を歩いていた男が足を止めた。ガラス戸を一枚隔てて、神戸の正面に立った。

——まさか。吾郎は目を剝き、前に乗りだした。

神戸が引き戸を開けた。男は道を譲るように脇にのく。

「いらっしゃいませ。どうぞどうぞお入りください」

カジュアルな服装の中年男は、戸惑ったような顔をしながらもなかに入ってきた。

こちらを振り返った神戸は、横いっぱいに口を引き、どうだと言わんばかりの挑戦的な目を向けた。

その後も客はやってきた。

中年の男は何も買わずに帰り、神戸を昼食にいかせた。戻ってきた二時ごろ、また客がきたのだ。吾郎はなんだか怪しいぞと疑念が芽生えた。ひょっとして神戸が客を仕込んでいるのではないかと。

三時前に今日四人目の客が入ってきたときは、もう間違いないと思い、客が帰ってから神戸を問い詰めた。

「もう吾郎ちゃん、妄想もいいところだよ。なんのために、俺がそんなことするのさ。天気もいいし、たまたまお客さんが多いだけでしょ。もしかしたら、俺に何か力があるのかもしれないけどね。とにかく、絶対にお客さんを仕込んだりしてないよ」

神戸は真摯《しんし》な顔でそう言うと、不敵な笑みを浮かべた。

三時台は誰もこず、暇だった。これがギャラリータタミの本来の姿だと、自虐的なことを、そんな意識ももたずに考えた。やはり、客が多かったのは偶然なのか。

しかし、四時半を過ぎると、立て続けに三組の客がやってきた。本当に間をおかずにやってきたものだから、三組四名が同時にギャラリーに佇み、絵を鑑賞するという、魁多の個展が始まって以来の異常事態が発生した。

そして、二組が帰っていったとき、とうとう絵が売れた。残ったひとり、小太りのオタクっぽい若者が、あれくださいと壁の絵を指し示したのだ。いちばん安い、七万円の六号サイズだったが、また一枚売れた驚きと感激は大きかった。

もう、神戸が客を仕込んでいると疑ってはいなかった。仕込みの客が金を払って買うはずはない。それに、俺が客を呼び寄せると息巻いていた神戸自身が、この状況に本気で驚いていた。

絵が売れて満足している吾郎は、たとえ仕込みであったとしても、気にならない。それでも、なんでこの個展を知ったのか、買ってくれた若者に訊いてみた。

「いや、ネットを見ていてたまたま知っただけで……」と、いやに言い訳がましかったが、それも気にはしなかった。

ところが、異常事態が当たり前に起こるようになると、さすがに吾郎もおかしいぞと疑念を復活させた。

五時を過ぎると客足が途絶えず、常時、複数の客が壁の前に張りついていた。学生風、会社員風、業界人風。ＯＬ風の女性もきたが、中心となるのは、三十代、四十代の男だった。

いったい、何が起きているのだろう。客が押し寄せているのだから嬉しくないわけはない。しかし偶然ではありえず、誰かが裏で糸を引いているのでは、とでもいうような、疑念が拭えなかった。

「ねえいったい、どうしちゃったの。さっき通りかかったときもお客さんがいたし、急に人気ギャラリーになっちゃったの」

六時前、買い物帰りらしい美緒が、スーパーのレジ袋を提げてやってきた。

「おかしいんだよ。午前中から客がやってくるし、夕方からはずっとこんな調子なんだ」吾郎は訴えかけるように言った。

ふたりの客が廊内で絵を鑑賞していた。いや、そういっている間にもうひとりスーツの男が入ってきた。

「有名ギャラリーだって、休日でもなければこんなにひとはこないもんね。絶対に何か理由があるはず。お客さんに訊いてみました？」

「買ってくれたひとに訊いたらよ、たまたまネットで知ったんだって。なんか、言い訳がましいっていうか、怪しくはあったんだ」

腕組みをして、「うーん」と唸った美緒が、急に顔を綻ばせ、手を振った。美緒の視線を追って吾郎は振り返る。壁の裏から神戸が顔をだしていた。

これだけ客がくると、ふたりもスタッフがいるのは邪魔になると、神戸を裏に下がらせていた。本当は帰ってくれと頼んだのだが、神戸はこのおかしな状況を最後まで見届けると言って聞かなかった。

「あの、すいません」先ほど入ってきた、スーツの男が、こちらへやってきて言った。

　黒縁の洒落た眼鏡をかけた男は、長めの髪を綺麗に整え、エリート臭がした。

「あそこの、『地より月』という作品はまだ購入申し込みはないんですよね」

「ええ、まだです」と普通に答えた吾郎は、ふいに気づいてうろたえた。「もしかして、購入を希望されるのですか」

「ええ、気に入りました。あれをいただきます」

　男はにこりともせず、エリートっぽい冷ややかな顔で言った。

『地より月』は二十号サイズでは最後の作品だった。値段は二十五万円。入ってきてから数分で購入を決めたこの男は何者なのだ。やはり、喜びより疑念が上回る。

　美緒も同様のようで、怪訝な顔をしていた。

「ありがとうございます。なんでこの個展をお知りになったんですか」吾郎は訊ねてみた。

「たまたまネットで知って、なんかぴんときたんですよ」

　六号サイズを買ってくれた若者と同じような答えだ。

　美緒がそっと離れ、神戸のいる壁の裏に入っていく。

　購入申し込みの手続きはスムーズにいった。ギャラリーの口座に代金が振り込まれた時点で契約は成立。作品の引き渡しは個展が終わってから。額装のアレンジも対応可能。男はすべて心得ていた。アートの購入に慣れている。そんな人物だからこそ、魁多の実力を見極められたのだろうし、短時間で二十五万もする絵の購入を決断できたのだろう。

それにしても、どうしてここに辿《たど》り着けたのか。本当に、たまたまぴんときただけなのだろうか。そんな疑問に答えを見つけたのは美緒だった。

男が帰り、しばらく客足が途絶えたとき、壁の裏側で美緒が叫んだ。

「わかった。なんで、今日お客さんがぞろぞろやってくるのか。これよ、これ」

吾郎は壁の裏側を覗き込んだ。狭い空間で、美緒がパソコンに向かっていた。居間に上がった神戸も、後ろからパソコンの画面を覗いている。

「なんなんだよ。ネットに何か書いてあんのかよ」美緒の横にいき、パソコンを覗き込んだ。

「これは、『半次郎の部屋』っていうブログなんだけど、普通のサラリーマンで、アートコレクターでもある半次郎さんが、主に自分が買ったアートや観にいった個展を紹介していて、アート好きのひとの間ではけっこう有名なんです。この半次郎さんて、割と無名のアーティストの作品を購入することが多いんだけど、そのアーティストがのちのち賞をとったり有名になったりすることが度々あって、注目を集めるようになったんですよね。だから、いまでは半次郎さんがコレクションに加えると、そのアーティストの作品がたちまち人気になったりするんですって。それで、半次郎さん、昨日アップしたブログで、この個展のことを紹介してくれてるの。しかも魁多君の絵を買ったって」

美緒は興奮した声を上げ、笑顔を向けた。

「ええっ、半次郎さんなんてきてないだろ。絵なんて買ってないぞ。嘘を書いたのか」

「何言ってんですか。昨日買ってくれたひとがいるじゃないですか。あれが半次郎さんですよ。有名人でもなければ、本名でブログをやるひとはいないですから」

「じゃあ目黒に住んでる平泉さんが、半次郎さんなのか。神戸が接客した」

神戸は「えへへへ」と声を漏らし、得意げに顎を上げた。

「調べてみたら、他のひとのブログでも半次郎さんが絵を買ったことを取り上げている書き込みがあったし、ツイッターでつぶやいているひともいた。それらを見たひとたちが、今日ここにつめかけているんですよ」

「だけど、さっきのお客さんにもなんでこの個展を知ったのか訊いたけど、そんなことは言ってなかったぞ」

「それは、コレクターのプライドというか、見栄でしょう。ひとがいいって言ったものに飛びつくのは、かっこ悪いから、ごまかしたんだと思う」

確かに、今日最初に買ってくれた若者は、言い訳するような感じだった。

「おめでとう、吾郎さん。これは、もっともっとすごいことになりますよ」

そう言って美緒は手を差しだしてきた。

ただのサラリーマンがブログに書いただけで、なんでこんなにひとがくるのだ。いまだに実感が湧かない吾郎だったが、美緒の手をしっかりと握った。

美緒の言葉通り、六時半ごろからすごいことになってきた。会社帰りのひとが続々と押し寄せる。パーティーをやっているのかと勘違いした近所のひとが、なかに入ってくるほどだった。

「どうだ、すごいだろ」

吾郎はアパートまでいき、魁多を呼んできた。

こうじが帰ってこないことで、いまだに魁多は落ち込んでいた。自分の個展なのに、売れ行きになど関心も見せず、ここのところ部屋に引きこもりがちだった。

「これ、みんな、お前の絵を観たい、欲しいと思ってるひとたちなんだぞ」

ギャラリーの外から、ふたり並んで、絵を鑑賞する客を眺めていた。

「どうだ、嬉しいか」

そう訊いてみたが返事はない。しかし目を向けると、魁多はだらしなく口を開き、にたにたと笑っていた。

これを見て嬉しくないわけがない。疑念がすっかり消えた吾郎も、どこかおかしくなったのではないかと思えるほど、顔の筋肉が緩《ゆる》みっぱなしだった。

21

ギャラリーのなかに乾杯の声が響き渡った。間を置かず、グラスのぶつかる音も。ひときわ大きな声を上げたのは、もちろん吾郎だった。勝利の美酒、とも呼べる酒を飲むことなどめったにない。以前に事業をしていたとき、支店の開店祝いで飲んだ酒がそう呼べるものだったかもしれない。

もっと喜べよと、隣に座る魁多の首に腕をからませ、空いたグラスにビールを注ぎ足す。ほとんど、たちの悪い酔っぱらいだが、さほど酔っているわけではなかった。

魁多の初個展『僕に届く声』は大成功だった。最後の三日間は連日満員御礼で、作品は最終日を待たずに昨日完売した。

土曜日の今日は、朝から問い合わせの電話が多かった。まだ売れ残っている作品はあるかという内容が大半を占めた。完売と聞いてくるのをやめたひともいただろうが、それでもギャラリーには多くのひとが詰めかけた。買えるものがなくても、多くはじっくりと絵を鑑賞し、それなりに満足して帰っていくように見えた。

自分のギャラリーにきて、人々が満足して帰っていく様子が、吾郎にとっては意外なほど嬉しかった。どかんともうけることはともかく、金銭的な成功が第一の目標であることにかわりはないが、この空間でひとの心に感動を与えていければな、とにわかに思えた最終日だった。

個展のクローズは、普段より早く七時までの予定だったが、終わり間際に入ってきたひとも多く、結局八時近くまで開けていた。だから打ち上げパーティーを始めたのは八時半ごろになってしまい、腹を空かせた魁多は、出前してもらった寿司をひたすらぱくついていた。明らかに、主役である自覚はなかった。他に参加者は、美緒、浜地、神戸の三人だけ。途中から、商店会会長の森若が、酒とつまみを持参し加わった。森若は上機嫌だった。飲め飲めとみんなに酒を注いで回り、頼めば、いくらでも酒をもってきそうな勢いだった。

「実はな、今日、煎餅《せんべい》屋の玉代《たまよ》さんが、久しぶりに若い客がきたと喜んでたんだ。お前のところから流れてきた客だ。会長、いい店を呼んでくれてありがとうと感謝されたよ」

森若は上機嫌の理由をそう説明した。

「最初は、お前に貸す物件はないと渋ってたけどな」と皮肉を交えつつ、自分にとっても嬉しい話だと、吾郎は一緒になって喜んだ。

今後も商店街に流れる客が増えてくれればいいが、そうはいかないだろう。今回はたまたま会期の終わりに話題となり、集中して客が押し寄せただけだ。そもそも、怒ることなしに魁多に絵を描かせる方法はまだ見つかっておらず、次の個展はまったくの未定だ。

先日カウンセリングを受けてみないかと、魁多にもちかけた。しかし、頭のなかを見られるのは絶対にいやだと拒《こば》まれた。受けたからといって描けるようになる保証もなく、無理強いはしなかった。

「魁多君って才能もあるけど、運も強いよな。たまたま半次郎が観にくるなんて」

寿司桶も空になり、そろそろ会も終わりかというとき、浜地がそう言った。

「しかもできたばかりのギャラリーに足を運ぶなんて珍しいと思うよ」

浜地は以前からブログ「半次郎の部屋」をよく見ていたそうだ。

吾郎は今日、半次郎こと平泉治に電話をかけた。作品の納入日を打ち合わせるためだったが、その際、今回の個展をどうして知ったのか訊ねてみた。

意外なことに、半次郎の答えは、一昨日購入したひとと同じだった。たまたまネットで見てぴんときたと言った。平泉は東京アートステーションの告知を見て、観にいく気になったそうだが、その告知は文面だけで、案内状に使った魁多の絵の写真すら載せていない。それだけでどうして観にいこうという気になったのか不思議だった。

「次の企画は決まってるんですか」

会が終わり、みんな帰ったあと、食器洗いを手伝ってくれている美緒が訊ねた。

「九月に、浜地の大学時代の友人の個展をやろうと思ってる。面白い彫刻を作るやつでさ、ひとが飯を食ってる姿ばかり彫ってるんだ。売れるかどうかわからないが、観て間違いなく楽しい個展になると思うんだ」

ギャラリーに所属させるわけではないが、魁多や浜地のときと同じくらい力を入れて行うつもりだった。

「今回でギャラリーも注目されただろうから、どんどん個展をやったほうがいいですよ。ギャラリータタミを紹介しているブログを、いくつか見つけたんです。外観の写真とか載せてて、素敵とかかわいいとか、みんなギャラリーの器もほめてた。それを見て、あたしもすっごく嬉しかった。ほんと、このギャラリーに関わらせてもらって感謝してます」

美緒はグラスを洗う手を休めて言った。

「何言ってんだ。こっちこそ、お前さんがいなかったら、ギャラリーを立ち上げることもできなかった。魁多も運がいいが、俺もなかなかだと思う。まあ他には何ももちあわせてないからな。運ぐらいないと、やっていけないとは言えるな」

吾郎は洗った皿をふきんで拭きながら言った。

「わー、吾郎さんが謙遜するなんて珍しい」

「謙遜じゃねえよ。本気でそう思ってる」

美術のこともわかっていないし、才能を見抜く力があるわけでもない。

「でも、吾郎さんってすごいひとだなって、あたしは思いますよ。最初、モネとマネがごっちゃになっているようなひとにギャラリーができるのかしらと実は疑ってたんですけど、ちゃんと個展を開催して、結果もだしてるんですから」

「結果なんてだしちゃいないよ。今回はほんとにたまたまだし、俺は何もしてない」

浜地も魁多も初個展が終わっただけ。そこからどれだけ発展させられるかだが、魁多にいたっては次の個展が開けるかどうかもわからない。

「吾郎さんってこの仕事に向いている気がする。ギャラリストって、仕事だけではできないものだと思う。アーティストとの関わり、アートとの関わり、どれも仕事を超えたつき合いかたをしていかないと成り立たないものなんじゃないかなって。吾郎さんは、ギャラリーに住み込んでるし、魁多君との関わりを見てるとまるで兄弟や親子みたいだし、ギャラリー自体も、ものを売る場所というより、地域のコミュニティーの共有空間みたいなところがあるし、全体にお仕事感が薄い。意識してやってるわけじゃないでしょうけど、それだけに、合ってる気がする」

「まるで、ビジネスに向かないって言われているみたいだな」

美緒は笑い声を上げただけで否定はしない。吾郎も無駄に抵抗はしなかった。

美緒はまたグラスを洗いだした。手を動かしながら口を開いた。

「あたし高校のとき、将来はアートをやりたいと思ってた。自分のなかにあるもので、ひとの心に振動をあたえたいって」

「へー、絵描き志望だったのか。どうりで外観図の絵がうまいと思ったよ」

「絵は描いていたけど、画家になりたかったわけじゃないんですよ。絵とか彫刻とか、あるいは文章にしても、直接的でイメージが強すぎる。あたしはもっと穏やかにひとに何かを伝えるアートをやりたいと思ったんだけど、具体的にはどんなものか自分でもわからなかった。それで、美術の先生に相談したんですよ。美大にはいくつもりだけど、そんなあたしは、どこの学科にいけばいいのか。そうしたら、建築学科にいってみたらって勧められたんです。建築は潰しがきいていいぞって。デザインもできるし、ものも作れるし、空間的概念も創造できる。それぞれ芸術的アプローチができるから、まずはそこで勉強しながら、何をやりたいか探したらどうかって。それで建築学科に進んだんです」

「ふーん、そうなのか」

もう終わって満足しているからいいが、そんな話を設計を依頼する前に聞かされていたら、頼むのを躊躇したかもしれない。

「そんなことだから、あたし、まともに建築を学ぼうって気がなかったんです。授業でも建物なんて作らないで、へんなものばっかり作ってた。犬のお散歩休憩所とか。だけど、そろそろ大学四年になるというとき、また迷ったんです。進路をどうするか。アートなのか建築なのか。そんなときに、吾郎さんと知り合ったんですよ。あのころ自分で何か実物の建築物を建てたり、いじったりしたいと思ってた。授業では設計したり模型を作るだけでしょ。アートか建築かを選ぶにしても、実際に本物を作ってみて決めたいなあと。だから、吾郎さんの話を聞いたとき、あたしにやらせてって、いきなり手を挙げたんです」

「まともに建築を学んでもいないのにか」

吾郎はますます聞いていなくてよかったと思った。

「まあ、基本くらいは――」美緒はえへへとごまかすように笑った。「完成して、アートが飾られ、町のひとが集まってくるのを見て、これは楽しいぞって思えた。建物って、作って終わりじゃなくて、ひとがそこに介在することで空間が変化していくんだなって実感できたんです。建物自体は建築物だけど、そこから広がる空間はあたしが考えるアートに近い気がした。それで、決めました。大学院にいこうって。もっとしっかり建築を学ぼうって。これも、吾郎さんのおかげです。もう一度感謝です」

美緒はぺこりと頭を下げた。

「なんだ、俺は踏み台にされたのかよ。でも、よかったな。進路が決まって」

自分の進みたい道があって、それに向かって真っ直ぐ進めるのは羨ましいことだ。

「実はな、俺はあまりひとに話したことはないが、絵描きになりたかったんだ」

「えー、嘘。そんなイメージないですけど」

「プロの画家になると決めてたわけじゃない。ただ、美大に進んで絵を勉強したいと本気で思ってた。高校のときはいちおう美術部でさ、その顧問が若くていいやつで、熱心に油絵を教えて――」

「ねえ吾郎さん、ギャラリーのほうで何か物音がする」美緒が遮って言った。耳を澄ますと、がしゃがしゃと音が聞こえる。引き戸を叩く音だろうか。

「なんだ?」

ギャラリーのほうに向かった。

居間の引き戸を開いて、壁の裏に下りた。サンダルをつっかけ、ギャラリーにでた。

誰かが外から引き戸を叩いている。「すみません」と男の声もした。

吾郎はカーテンを引き開けた。スーツ姿の長身が立っていた。解錠《かいじょう》して引き戸を開いた。

「すみません、夜分に」

十一時前。ひとの家を訪ねるにも、ギャラリーを訪ねるにも、遅い時間だ。

「尾花魁多の絵をどうしても観たかったものですから」

「こんな時間にこられてもな」

長身の男は五十がらみと思しき年齢で、白髪交じりの頭はウェーブのかかった長髪だった。普通の勤め人という感じではない。吾郎に向ける視線が、やけに鋭かった。

「私はこういうものです」

男が名刺を差しだした。吾郎は受け取り、あらためた。

西木《にしき》宏明《ひろあき》。ヒロニシキギャラリー代表とあった。

「げっ、すごい」

吾郎は声に振り返った。いつの間にか、美緒が後ろに立っていた。

「かなり有名なギャラリーですよ」美緒が耳元で囁いた。

男はガラス戸越しに、まだ飾ってある魁多の絵を見つめている。相変わらず鋭い視線。硬い表情をしていた。

「まあ、わざわざきたんだから、見るくらいなら」吾郎はそう言って脇にのいた。

「失礼する」と言って男は入ってきた。

西木はギャラリーの中央に立ち、左から右へ、魁多の絵をざっと眺め回す。

いったいなんなんだろう。ネットで評判になっているから観てみたくなったのだろうか。吾郎は西木の硬い表情が気になっていた。

西木が吾郎のほうを振り返る。よく響く声で言った。

「平板で、実につまらない絵だな」

「なんだと。因縁《いんねん》でもつけにきたのか」吾郎はドスをきかせて言った。

「魁多にこんなつまらない絵を描かせるんじゃない!」西木は全身を震わせ、大声で叫んだ。

吾郎は思わず身をすくませた。

「尾花魁多はうちのギャラリーに所属するアーティストなんだぞ。それを勝手に描かせて、個展なんて開いて、いったいどういうつもりだ」

「あんたのところの所属アーティスト? あいつがか?」

俺が才能を発掘したんじゃないのか。あいつは最初からアーティスト——。吾郎は鉄球が後頭部に直撃したような衝撃を感じた。

「魁多はどこにいる。連れて帰る」

22

「袋はいらない。このままでいい」

「ありがと、ございます」

中国人の店員はそう言うと、つりと缶ビールを吾郎に手渡した。

小銭をポケットにしまうと、タブを開けた。ぐいっと大きく呷《あお》りながら、コンビニをでた。

煙草をくわえて火をつけた。煙草と缶に交互に口をつけながら、丸八通りを進んだ。

煙草と酒でむしゃくしゃした気持ちを紛《まぎ》らわそうとするのは、まるで高校生のガキと一緒だった。夜の街を無性《むしょう》に歩きたくなるのもやはりそうだ。

あの男の胸を強く突き、ギャラリーから追い出したときの気持ちも、ガキっぽいものだったろうか。女に二股かけられていたのを知ったときのショックと怒り。自分より長くつきあっていたもうひとりの彼への嫉妬。それに似たような感情かと思い返してみたが、全然違った。あのとき感じていたのは、もっとシンプルなもの。魁多が自分の前からいなくなってしまうかもしれないという恐怖だけだった。

魁多はヒロニシキギャラリーに所属する画家だった。三年前、公募展で佳作に選ばれた魁多の作品を見て、西木は魁多の才能を見出したそうだ。ギャラリーに所属してはいたが、まだ個展を開いたことはなかった。魁多は当時母親とふたり暮らしだったが、その母親が病気がちなため、あまり創作に身が入らなかったからららしい。

昨年の二月に母親が病気で亡くなった。それからしばらくして、魁多は住んでいたアパートから消えた。アパートの家賃を数ヵ月滞納していて、大家からでていってくれと言われていたようだ。

西木はずっと魁多のことを捜していた。まったく行方はつかめなかったが、今晩になって、ギャラリーのスタッフが魁多の個展がネットで評判になっているのを見つけ、かけつけたのだそうだ。そして、魁多をだせと息巻いた。紳士風の外見には似合わず、興奮しやすい質《たち》のようだ。他のギャラリーに所属するアーティストの絵を勝手に売っていいと思っているのか、訴えてやると喚《わめ》いた。こんなギャラリー、潰してやるとも言った。

吾郎は西木の胸を突き、「二度とくるな」と追いだした。

丸八通りをそれ、吾郎は住宅街に入っていった。煙草を投げ捨て、空の缶を塀の上に置いた。

西木は吾郎を訴えると息巻いた。黙って勝手に売るのは業界のしきたりに反するのかもしれないが、他のギャラリーの所属アーティストの作品を売ってはいけないわけではなかった。一般的にギャラリーはアーティストと専属契約するわけではなく、複数のギャラリーに所属するアーティストもいる。業界内では当たり前のことで、吾郎も美術雑誌を読んで知っていた。西木が訴えると見え透いたはったりを言ったのは、吾郎がそんな知識もなさそうな素人だと、みくびっていたからかもしれない。あるいは、吾郎が知らないだけで、西木のところのような有名ギャラリーは、芸能事務所のように専属契約をするのだろうか。その可能性も十分にありえた。

錦荘にやってきた吾郎は、階段を上がり、魁多の部屋のチャイムを押した。二回押してでてこなかったので、吾郎は合い鍵を使ってドアを開けた。部屋の明かりをつけると、魁多は布団の上に座っていた。

「何時?」普段とさほどかわらない、寝ぼけ目の魁多が訊いてきた。

「まだ十二時前だ。悪いな、ちょっと話がしたくて。終わったらすぐ帰るから」

吾郎は布団の傍らに腰を下ろした。欠伸をした魁多がこちらに目を向けた。

「お前、すごいやつなんだってな。ヒロニシキギャラリーに所属しているんだろ」

魁多はとくに驚いた顔もせず、首を横に振った。「それってずいぶん前の話だよ。もう関係ないよ」

「関係ないのか。ずいぶん前って、去年の春ごろまでは所属してたんだろ」

「そうか、そんなもんか。でも、もう連絡ないから」

「連絡とれるわけないだろ。お前が急にいなくなったんだから」

はははと魁多は笑う。笑い声も眠そうだった。

「さっき、ギャラリーの西木さんが俺のところにきたんだ」

「へー、懐かしいな。元気にしてた」魁多は屈託のない顔で言った。

突然姿を消したくらいだから、魁多は西木に会いたくないのではと想像したが、そんな感じではなかった。

「西木さんは、またお前に、自分のギャラリーに所属して絵を描いて欲しがっている」

「そうなんだ。俺ってけっこう、もてもて」

「どうするつもりなんだよ。お前、西木のところで描くのか」

吾郎の大声に、魁多は驚きの顔を向けた。

「そう決めたわけじゃないけど」

「決めたわけじゃないけど、描く気はあるのか。なあ、ここではっきりさせてくれ。俺をとるのか、西木をとるのか、どっちなんだ」

吾郎は魁多の目を見つめた。二股という言葉が頭の片隅に浮かんだ。

「どっちもとらない」魁多は面倒くさそうに顔を歪めて宣言した。「俺はギャラリータタミをとる。あれは俺のギャラリーだから。前に吾郎さん、俺のために作ったって言ったもんね。悪いけど、覚えてるよ。俺はもうあそこでしか個展をやらないから。いまそう決めた」

魁多は突然後ろに倒れこんだ。

「もう、くだらないな。おやすみ。寝ます」魁多はタオルケットを頭まで被った。いったい魁多がどういう理解のしかたをしているのかわからない。だけど、そんなことはいい。吾郎は床に手をつき、頭を下げた。

「ありがとう」

睡眠の邪魔をしないように小声で言った。

吾郎はなかなか寝つけなかった。

魁多はギャラリータタミに留まってくれると言った。しかし、もし西木が本当に裁判に訴えたらどうなるのだろうと考えだしたら、不安になった。魁多のことだから、どんなに自分に不利な契約書をだされても、気安くハンコをついてしまうだろう。

ようやく寝ついた吾郎は夢を見た。大樹と魁多が手を繋いでいた。べつに何をしているわけでもなく、暗がりにふたりの姿がぽっかり浮かんでいた。それを見つめる吾郎は、胸が張り裂けそうだった。ふたりとも自分のもとから去っていく。それが吾郎にはわかっていた。二度と会えなくなると思いながら、手を繋いだふたりを目が覚めるまで見ていた。

昨晩、二度とくるなと西木をギャラリーから追いだした。吾郎のほうからももちろん会いにいく気などなかった。しかし目覚めたとき、少し大人になろうと思った。このまま、魁多は渡さないと、心のなかでもんもんと考えていても何も進まない。

ヒロニシキギャラリーに電話をかけてみたが、吾郎のところと同じで日曜は定休のようだった。翌日、アポイントをとって、六本木にある西木のギャラリーにいった。

早めに着いた吾郎は、ギャラリーで作品を鑑賞した。映像作品で、ねずみのマスクを被った男が、アイ・アム・ヒーローと書かれたプラカードを持って、どこか外国の街をひたすら歩く。吾郎にとっていちばん理解するのが難しいたぐいの作品だった。鑑賞に飽きたころ、お待たせしたと、背後から声がかかった。西木は今日もスーツ姿だった。硬い表情をしている。

「オフィスは手狭なもんで、外でコーヒーでも飲みましょう」

案外紳士的な口調で言った。自分のギャラリーにいるからかもしれない。

ギャラリーはビルの二階にあった。同じビルの一階にあるイタリアンレストランに入り、コーヒーだけ頼んだ。

「先日は失礼した。大声をだしたりしてすまなかった」西木は静かに言った。

「こちらこそ、乱暴な振る舞いをしてすまなかった。だけど、気持ちはかわらないよ。二度ときて欲しくないし、魁多は渡さない」

「いくらでも言えばいい。あなたのところのような小さなギャラリーなんて、簡単に潰すことができるんだぞ」

「また、はったりかい」

どれほど業界で力があるかしらないが、ギャラリーにやってくる客に圧力をかけることはできない。

「この間のもはったりだろ。専属契約でも結んでいないかぎり、訴えてもどうにもなりはしない。そんな契約してるのかい」

西木は引きつったように口の片端を曲げ、笑みを見せた。

「確かにそんな契約はない。しかし、それにしてもだ――」

そう言って言葉を切った。コーヒーに砂糖を三杯入れ、ぐるぐるとスプーンでかき回す。コーヒーに口をつけてから言った。「それで、今日はなんの用だ」

吾郎はつっかえ棒を外されたように、がくっと体を前に倒した。話の続きを待っていたのに、終わりのようだ。さらなるはったりが思い浮かばなかったのだろう。

なんだかへんなおっさんだ。

「魁多を渡さないと言いたかっただけだ。魁多も俺のところで絵を発表するとはっきり言った。あなたのところに所属していたことなんて忘れていたくらいだ」

「ほんとにあんたは、極悪人だな。見ていて虫酸《むしず》が走る」西木は顔を歪め、かぶりを振った。

「俺のどこが極悪人なんだ。小さなギャラリーを真っ当に経営している俺が」

「大声をだすな。一流じゃないが、いちおうレストランだ」

吾郎は興奮を収めようと、鼻から大きく息を吸った。

「小さなギャラリーだから悪なんだよ。魁多はまだ荒削りだ。これから、才能を伸ばしていかなきゃならない。経験豊富な私のようなところで、アドバイスを与えながら育てていくのがいちばんいいんだ。それをあなたは、自分の欲のために、潰そうとしてるんだぞ」

「小さいギャラリーだと育てられないって誰が決めたんだ。俺が立派なアーティストに育ててやる」

「育てることはできるかもしれない。だが、売り込むことなんてできないだろ。美術館に売り込んで収蔵してもらうことができるか、海外のフェアにもっていって外国のギャラリーやコレクターに繋げることができるか。才能だけではアーティストは花開かない。そういうギャラリストの手腕があって、一流になれるんだ。素人同然のあなたには無理だ」

「なんで俺が素人だと思うんだ」

「有名なギャラリーで働いたこともないでしょ。東京アートステーションのスタッフに聞いた。告知の申し込みが素人っぽかったって。他のギャラリーからの紹介もない。魁多の才能がわかるぐらいだから、絵はわかるんだろうが、そんな素人には育てきれないね」

「素人だってやる気があればできるさ。これからおいおい勉強していく」

自信のなさが声に表れた。外国に絵を売りにいくのは、何度考えても、気乗りがしない。

「だいたい、一流のギャラリーだかなんだか知らないが、描けないアーティストをどうやって育てるんだ。怒って無理矢理描かせるのか。俺はもうそういうのはやめた」

「もしもし、なんの話をしてるんです」西木は耳に手を当てて言った。

ダンディーな風貌に似合わない、わざとらしい仕草が気持ち悪い。

「魁多はほっとけば描けないだろ。怒られると憑かれたように描き始める。まさか、知らなかったのか」

「知らないも何も、そんなばかな話はないだろ。怒られなきゃ描かないなんて、子供じゃないんだから――」

「そうか、お母さんが怒っていたのか」

「ばかなことを言うな」西木は声を大きくした。「最後の数ヵ月は入院してたんだ。その間も、魁多はひとりで絵を描いていた。誰も怒ったりしてないぞ」

「じゃあ、前は普通に描けたのか」

そんなに昔の話ではない。一年ちょっと前までは、怒られなくても描けたのだ。

「本当に描けないのか。なんなんだ怒られなきゃ描けないっていうのは。どうして……」

「たぶん、お母さんが亡くなったことと関係があるんだろう。よくはわからないが、ショックで普通には描けなくなったとか――」

「確かに魁多は、お母さんに頼り切っていたからな。亡くなったショックは大きかった」

西木はしんみりした声で言った。甘いコーヒーに手を伸ばした。

それにしても、なんで怒られなければ描けなくなったのだ。

「やっぱりだめだ。そんな状態なら、ますます私が預かったほうがいい」

西木は急に声を荒らげ、身を乗りだした。

「逆だろ。そういうときは、落ちつけるところにいたほうがいい。黙って失踪したぐらいだから、あんたには馴染めなかったんじゃないか」

「そんなことはない。私はお母さんの入院先まで面倒みていたんだ。葬式だって取り仕切った。ただ、その後、しばらくはそっとしておいて欲しいという、魁多の言葉を聞き入れ、少し距離を置いたのがまずかった。もう少し、気にかけてやればよかったと反省しているよ。そうすれば、あなたのところになんていかなかったのにな」

「だけど、俺のところにきちまったんだ」吾郎はそう言って席を立った。

「いいか、本当に潰すぞ。私がひとこと言えば、あなたのギャラリーは美術界から相手にされなくなる。アート情報サイトに告知はだせなくなるし、アートフェアにも参加できない。美術館も当然ながら相手にしない。ほそぼそとギャラリーを営むことはできても、魁多が世にでることはないからな」

「自分の手元に置いておけないなら、魁多がどうなってもいいというのか」

西木は顔を醜く歪ませ、笑った。

「アートのことがまるでわかっていないな。アートというのは、情熱と狂気で成り立っている。だから美しい。アートにまつわるものすべてがそうだ。私が魁多にこだわるのは、魁多に才能があるからだけではない。私自身が魁多の絵に魅了されているからなんだ。先日、個展の絵をつまらないと言ったが、必ずしも本音ではない。あれは間違いなく魁多の絵で、抽象画として評価できる作品だ。ただ、以前に描いていたもののほうが、色彩に富んでいるし、画面にも奥行きがあって完成度は高い。観てると魁多の心のなかにはまっていくような、深みのある作品だ。私は、魁多と一緒にそういう作品を生みだしたいと願っていたが、それがかなわないなら、いっそ潰してしまいたいと思うんだ。これを愛情だとは思わないかね」

またはったりかと、吾郎は西木を見つめた。しかし、目には、たしかに狂気とも呼べるような妖《あや》しい光が輝いていた。

23

「よう、仕事の調子はどうだい」

錦荘の前で木下とばったり出会った。

「ええ、おかげさまで、なんとか。ただ思いの外、こき使われています。オーナーが、今日はお店の常連さんと鍋パーティーをやると突然言いだして、カセットコンロを取りに帰ったところでした」

木下は紙袋に入れたコンロを掲げて見せた。

「鍋って季節じゃないだろう。まあ、だけど、見習い期間が終わればひとりで気ままに仕事ができていいじゃないか」

「さあ、どうでしょう。オーナーはとにかく元気なひとでして、本当に引退する気があるのか、ちょっと疑ってます。ただ、そうなっても、前の仕事よりはずっと気楽ですが」

細長い顔に笑みが浮かんだ。顔つきがかわったな、と吾郎は思った。

「こうじなんですが、今度の日曜に一時帰宅できることになりました。定休日なので、私も一日一緒にいられます。完全に一緒に暮らせるようになるのは、正式に雇用が決まってからになりそうです。もちろん、それまでに何もなければですが」

「よかったじゃないか。先が見えて。こうじ君も喜んでるだろ」

「ええ。あの子、気をつかって、面会にいっても寂しがっている素振りをみせないんです。仕事がんばってねって、いつも励《はげ》ましてくれて。今度こそ本当にがんばります」

きっとがんばるだろう。父親なんだから。

仕事に戻る木下を見送り、吾郎は二階に上がった。

いきなりドアを開けても、驚いた風もなく、魁多はテレビを観ていた。

「いい若いもんが、他にやることないのか」

「あるよ、寝る」魁多は床に大の字になった。

「もう夕方だぞ。いまから昼寝するやつがあるか。だいたい、『寝る』は『やる』うちに入らない」

「そんなこと、誰が決めたの」

「辞書にそう書いてある」

魁多は疑わしそうな目をしながらも、体を起こした。

「どうだ、絵が描けそうな感じはないのか」

魁多はうーんと唸《うな》っただけだった。

「お前、昼間は何やってんだよ。寝そべって、テレビを観てるだけか」

吾郎は魁多の隣に腰を下ろした。

「違うよ、散歩してる。このへんを、けっこういっぱい歩いてる」

そういえば、個展に向けて絵の制作に入る前も、よく散歩にでかけていた。

「今度、ギャラリー巡りをしようぜ。ひとの作品を観るのもいい勉強になるはずだ」

「変な花の絵が観たいな。観てると、きもち悪くなるようなやつ」

そんな具体的なリクエストをされても困るが、探してみるよと答えた。

「あと今度、吾郎さんの通ってた学校連れてってよ。美術部にいたんでしょ」

「ああ、高校な。いってもいいけど、おもしろいもんなんてないぜ」

「美術部、見てみたいな」

「卒業生だと言えば、なかにいれてくれんのかな。どっちにしても、お前が考えてるような美術部じゃないよ」

そうは言ったが、いまはもう不良の溜まり場なんてことはないのだろう。工業高校に不良が集まってきていたのは昔の話で、いまはオタクっぽい生徒が多いようだ。そもそも美術部はまだあるのだろうか。顧問だった栗木は、吾郎が卒業した翌年に学校を辞めている。

なんでもいいから連れてってと、意外にしつこい魁多に、今度なと約束した。

「なあ魁多、お前の家族のことについて訊いてもいいか」

「なんだよ」魁多は眉をひそめ、かまえた表情を向けた。

「お母さんが亡くなったのは、西木さんから聞いた。残念だったな」

魁多はああと口にし、顔をうつむけた。

「前に長野から東京にでてきたと話してただろ。お母さんと一緒にでてきたのか」

リバーサイドハウスでも、入所のときにある程度のことは訊く。しかし、過去を語りたがらない者も多く、あまり根掘り葉掘り訊ねることはなかった。

「そうだよ、当たり前でしょ」

「お父さんはどうしたんだ」

「さあ、どうしてるのかな」

「生きてはいるんだな。長野にいるのか」

「いるのかな。もう死んでるかもしれないけど」魁多は素っ気なく言った。

「どうしたんだ、お父さんとお母さんは離婚したのか」

「うん。そう。もうずいぶん前。俺が中学のとき」

「東京には親戚とかいないのか」

「いないよ。――ねえ、なんなの。質問ばっかり。警察みたい」

「警察の世話になったことがあるのか」

また質問。魁多は嫌味な溜息をついた。

「ないよ。もう、おしまい」

「じゃあ、最後に、長野に住んでたときの住所を教えてくれないか」

「やだよ。まさか俺を追い返す気？」

「そんなわけないだろ。ただ訊いておこうと思っただけさ」

怯えたような目で見る魁多に、優しく言った。

「住所なんて覚えてないよ。松本《まつもと》にある松本設備工業に住んでた。それだけじゃ、手紙とかは届かないと思うけどね」魁多はしてやったりというように、ばかにした笑みを浮かべた。

「そこは会社の寮とかか。それとも、お前のお父さんの会社か」

「もう教えないよ」魁多はテレビのほうを見て、腕組みをした。

「おーい」と耳元で呼びかけてみても、完全に無視をする。

しかたがない。そこにいって話を聞くしかないか。

次の日曜日、吾郎は特急あずさに乗って、長野県松本市に向かった。

松本駅に到着したのは午後一時。アルピコ交通上高地《かみこうち》線という、かわいらしい名の電車に乗り換えた。今回は日帰りで、観光などする余裕はなかったが、車窓から遠くに見える山の連なりが、旅気分を盛り上げた。

松本から二駅目の渚駅《なぎさ》で降りた。単線の無人駅らしく、駅前に商店街もなく、いきなり住宅街になっていた。工場や建築会社などが点在する住宅街のなかを五分ほど進むと、幹線道路にでる。そのまま道にそってしばらく進むと松本設備工業の看板があった。比較的新しい五階建てのビルで、階上が住居になっているようだ。

ネットで松本設備工業を探しだし、あらかじめ連絡をとっていた。そこは魁多の生家、実の父親が経営する会社だった。社名は地名に由来するものだと思ったが、違った。魁多の父親の名は、松本幸造《こうぞう》だった。

会社は休みだったが、オフィスの奥にある応接室で幸造は応対した。きじの剝製や、ゴルフコンペのトロフィーが飾られており、建物は新しくても、古くささを感じた。

幸造は恰幅《かっぷく》がよく、銀髪を後ろになでつけていた。吾郎が渡した名刺を、老眼鏡をかけてしげしげと見た。魁多の父親にしては老《ふ》けている。七十に手が届く年齢に見えた。

渡された名刺には会長の肩書きがあった。現在は社長を務める長男に、経営を任せているのだそうだ。

「魁多君のお兄さんですね」吾郎は革張りのソファーに腰を下ろして言った。

「まあそうなんだが、魁多とは母親が違う。年も一回り以上離れている」

兄弟らしい関係はなかったと言いたいのだろうか。向かいに座る幸造は、特別な感情を面《おもて》にださず、さらりと言った。

「それで魁多はどうしてる。まだ絵を描いていたんだな」

「ええ描いてます。先日個展を開きましたが、作品は完売です。がんばってますよ。元気ですし。ただ、ちょっと問題があって、昔の話をお聞きしたいと、お訪ねしたわけです」

「ああ、電話でそう言っていたな。まあ元気でいるなら何よりだ」

いかにも現場仕事に長年携《たずさ》わってきたという感じのごつい手で、顎をさすった。

「魁多君のお母さんが亡くなったことはご存じでしたか」

幸造はぎゅっと口を結び、間を置いて頷いた。

「亡くなってしばらくして、綾子《あやこ》の親戚から連絡があった。親戚も知らなかったようだ。俺と結婚するときに親から勘当《かんどう》されて、離婚してからも連絡をとらなかったようだ」

「それを知って、魁多君に連絡をとろうとは思わなかったんですか」吾郎は批判ぽく響かないよう気をつけて言った。

「どこに連絡すればいいかわからなかったからな。親戚も聞いていなかったようだ」

教えられるような住所がなかったのかもしれない。骨壺をもってきて、墓に入れてくれと置いていったんだ」

「お母さんの骨を？」

幸造は厳《いか》めしい顔で頷いた。目がかすかに充血して見えた。

魁多はアパートを追いだされたとき、骨壺をもって家をでたのだろう。遺骨の安置場所を求めて親戚を訪ね、そのあと東京に戻りホームレスになった。どんな気持ちで親戚に骨壺を託したのだろう。それを想像し、吾郎は切なくなった。

「失礼ですけど、奥さんと離婚したのは、どういう理由でですか」

幸造は太い眉をひそめ、口をへの字に曲げた。頑固そうな素顔がいっきに表れた。

「綾子が浮気をした。それで縁を切った」

吾郎はふーっと、鼻から溜息をついた。「それが、何年前になるんですかね」

「何年たつんだ……」幸造は考えるように、視線を上に向けた。「十年以上前か。確か魁多が中学二年のときだったと思う」

だとすると、十四年ほど前ということになる。

「それまではずっと一緒に暮らしていたんですね」

「ああ」と幸造は短く答えた。

「私は魁多君の過去を知りたいんです。現在、彼は画家として致命的な問題を抱えていまして、その原因は、過去の体験などからくるもののような気がするんです。本人が話さないもので、お父さんから、一緒に暮らしていたときのことを聞かせていただきたいと思うんですが」

「その問題っていうのは、どんなことなんだ」

「魁多君は怒られないと絵が描けないんです。怒られていやいやというんじゃなく、何かに取り憑かれたように描くんです。食事もとらずに、疲れて眠くなるまで筆を走らせ続けてしまう。お母さんが亡くなるまでは、普通に描いていたようなんですが」

頬杖をついて聞いていた幸造は、途中で目をつむった。吾郎が話し終えると、痛みでも堪えるように、ぎゅっと顔に力を入れてから目を開いた。

「そういう心の問題っていうのは、複雑過ぎて俺にはよくわからない。だが、もしかしたら、その原因は俺にあるのかもしれない」

「何か心当たりがあるんですね」吾郎は身を乗りだして訊ねた。

幸造はぐたっと力を抜き、ソファーの背にもたれかかった。

「俺は学がなくてね、社会にでてから色々苦労した。だからこう見えても、子供の教育には熱心だったんだ。その甲斐あってか、長男も次男もなかなか勉強ができた。長男はどちらかといえば、運動のほうが好きだったが、次男は本当に勉強熱心で、いまは市内で開業医をしてるよ。ふたりが小学生だったころには、保護者会の会長をやったりもした。そんなことで、魁多の母親とも知り合ったんだが。綾子は次男の担任の教師だった」

幸造は自嘲するように、ふっと笑みを浮かべた。

「魁多はまるで勉強ができなかった。運動だってだめだ。幼稚園ぐらいから、とにかく絵ばっかり描いていた。絵なんて描いてても、将来なんの役にもたたない。勉強しろと、よくあの子を叱り飛ばしたよ。母親の綾子にも怒ったな。お前は元教師なんだから、しっかり魁多に勉強を教えろと。綾子は、魁多はこういう子なんです、勉強ができなくても絵の才能があるからいいんですと、無理に勉強をさせることはなかった。小学校の三年生からは、俺の反対に耳も貸さず、市内にある絵画教室に通わせるようになって、ますます俺は腹がたった。綾子にも魁多にも毎日のように怒鳴り散らしていた。正直に言えば、あのころバブルが弾けて、会社の業績がかなり落ち込んでいた。その苛立ちをぶつけている面もあったんだ。そんな感じで、夫婦の関係は冷え込んでいった。そしてな、魁多が中学に上がったころ、魁多と同じ絵画教室に通う子供の母親から、電話がかかってきたんだ。お宅の奥さん、教室の先生と不倫《ふりん》してますよって。告げ口を楽しんでるような、いやな感じではあったが、もちろんそんなのは取るに足らないことで、綾子への怒りが沸き返った」

幸造は感情的になることもなく、静かに言った。もう十数年も前のことだから、当然なのかもしれない。吾郎は、きじの剝製に目を向ける幸造の横顔を見ていた。

「問い詰めたら、綾子は男との関係をあっさり認めた。俺はすぐにあいつを叩きだした。魁多は一緒じゃない。勉強ができなかろうが、なんだろうが俺の子だから、手元に置いておいた。もちろん、絵画教室はやめさせた。しかし、勉強もせず家で絵ばかり描いているのは相変わらずで、俺は毎日のように怒鳴り散らした。そのうち、俺がいないとき、隠れて描くようになって、それを見つけると、俺はあいつに手を上げた。綾子の浮気相手に教わった絵を描くのが許せなかった。俺をばかにしているような気すらしたんだ。そんな状況を見かねた長男が綾子に連絡をとったようで、綾子が魁多を引き取りにやってきた。無理矢理にでも連れて帰るとえらい剣幕でね、さすがの俺もその迫力に押された。二度とうちの敷居をまたぐなと言って、かっこうつけたが、奪い取られたようなもんだ」

吾郎は幸造になんの同情心も湧かなかったが、魁多に体罰を与えた心情は理解した。

「それじゃあ、魁多君が絵を描いているのを見つけたとき、お父さんが叱ったり、暴力を振るったことが、いまの魁多君の問題の原因じゃないかということなんですね」

吾郎が言うと、幸造はアームレストを軽く叩いた。

「よくはわからないが、動物が毎回餌《えさ》をやると芸を覚えるように、叱られると条件反射のように絵を描いてしまうっていうこともあるんじゃないかと思ったんだ」

魁多は動物ではない。もっと複雑な気持ちが絡んでいる気はしたが、魁多が絵に向かうときの基本的な心模様は、幸造の言うとおりなのではないかと思った。

幸造が怒って手を上げるようになったのは、母親が離婚して、魁多の前から消えたあと。魁多が怒られなければ絵を描けなくなったのは、母親が亡くなってからだ。母親が自分の前から姿を消し、離婚した直後の辛い気持ちを無意識になぞっているのかもしれない。

「魁多にはすまないことをしたと、いまでは後悔している。長男の子供が、いまちょうどあのころの魁多と同じ年齢だ。母親がいなくなって、好きな絵で心を慰めようとしたら、父親から描くなと怒られる。辛かったろうなと、ようやく想像できるようになった。この年になってでは遅すぎるが、本当にすまなかったと思っているんだ」

幸造は、分厚い自分の胸に顎をうずめるように、うつむいていた。

「もし魁多君と会うことがあったら、本人の前でそう言って謝る気はありますか」

「ああ、できればそうしたい」幸造は顔を上げて言った。「絵描きなんて生活がたいへんだろうから、せめてもの罪滅ぼしで、経済的な援助をしてもいいと思ってる」

幸造が過去を反省して謝れば、魁多の辛い記憶もいくらか和らぐのではないだろうか。それで、怒られなくても絵に向かうことができるようになればいいのだが。

「綾子にもすまないことをしたと思ってる。浮気をしたことは許せないが、あの当時、俺は仕事がうまくいかない苛立ちをあいつにぶつけていた。そんなことが、あいつを追い詰め、若い男に向かわせたのかもしれない。優しい言葉なんて俺はかけてやったことはないからな。東京からきた、物静かな絵の先生になびくのもわからないではないよ」

「相手は若かったんですか」

母親の浮気相手がどんな男だろうとかまいはしないが、魁多の絵の先生に興味はあった。

「あの当時は……、三十半ばぐらいだから、若いともいえないのか。ただ綾子より年下だったし、俺から見たらかなり若いよ」幸造はひきつったように口の端を歪めた。

「その先生は本格的に絵を教えられるひとだったんですかね」

「美術大学の受験指導なんかもやっていたみたいだから、教えられるんだろう。こっちへくる前は東京の学校で美術の教師をやっていたとかって話だ」

吾郎は田門の顔を思い浮かべ、笑みを漏らした。

「綾子にはすまないと思う気持ちもあるが、相手の男に関してはいまだに腹が立つ。綾子が浮気していると知ったとき、俺は絵画教室に乗り込んでいった。子供たちを教えている最中に、俺はあの男を殴りつけた。子供たちの親もそこにいて、俺はいい笑い物さ。妻を寝取られて半狂乱になった間抜けな男だとね。まあ、そんなことも影響したんだろう。半年もしないうちに教室は閉鎖になって、俺も少しはすっとした」

「魁多君のお母さんを追いかけて東京にいったということはないんですかね」

「えっ」と幸造は驚いた顔で声を発した。すぐに首を振る。「それはないはずだ。あの男、栗木というんだが、俺が乗り込んでいったとき、綾子にも魁多にももう会わないと約束したんだ。腹がたつ男だが、俺はなぜかその言葉を信じられる気がしたし、今でも信じている」

　吾郎は納得して頷いてから、はっと気がついた。

　幸造はいま、栗木と言った。

「栗木って、まさか栗木明矢じゃないですよね」

「なんであなたが知ってるんだ」幸造は訝しげな顔をして言った。

「魁多の絵の先生は、栗木明矢なんですね」

　同じ名前の絵の先生がいるなんて偶然があるのか。墨田東工業高校、美術部顧問の栗木明矢。吾郎の恩師、クリちゃん。

「その栗木は東京の学校で美術を教えていたと言いましたよね。それって高校ですか。どこの学校だか、知っていますか」

吾郎は舌がもつれるくらい早口に訊ねた。

24

ギャラリーの前に置いたベンチに、リバーサイドハウスの政田と安藤が座っていた。

「お帰り、吾郎さん。どこか旅行にでもいってたのかい」

ベンチは一昨日の土曜日に設置したものだ。しばらくレセプションもないから、近隣のひとと接点を保つのにいいかもしれないと考え、吾郎自らが金槌を振るって作ったものだ。

「松本にいってきたんだ。これ食うか」

吾郎は、誰にあげるあてもなく買った、土産物の袋を差しだした。政田と安藤は袋のなかを覗き、うまそうだと言ってお焼きに手を伸ばす。さっそく食いついた。

「なんか、俺に用があったのか」

「散歩の途中に休憩していただけだよ」

そう言った政田は食べるのに夢中で、こちらに目も向けなかった。

「歩くのは、足腰を衰えさせないためにはいいんだろうが、熱中症には気をつけろよ」

七月も下旬に入り、いっきに夏の盛りを迎えた。時刻は四時を過ぎているが、日差しはまだまだ強烈だった。

「俺たちが何年外の生活をしてきたと思ってるんだい。太陽の怖さは充分知ってるよ」

確かにこのじいさんたちは、そのへんの年寄りとはわけが違う。ただ、それでも、ベンチに腰掛ける姿は、疲れて見える。

「ちゃんと飯は食っているのか」

「夏バテなんてしないよ。だされたもんは全部食べてる。たいしたもんはでないけどね」

政田は口を開けて、からからと笑った。達観したその笑顔を見て吾郎は安心した。

次のパーティーはいつだと安藤が訊ねるので、当分ないよと答えて裏口に回った。

吾郎は鍵を開けてなかに入った。上がってすぐの流しは散らかり放題。日帰りのつもりだったから、洗いものをそのままにしてでかけていた。

吾郎は昨晩、松本幸造、松本のビジネスホテルに一泊した。今日は朝から栗木明矢の消息を訊ね歩いた。松本幸造によれば、栗木は絵画教室に雇われていただけのようで、教室の主宰者に訊ねれば何かわかるはずだった。しかし、教室が閉鎖になってから十四年もたつため、主宰者を見つける手がかりすら得ることはできなかった。

吾郎の記憶では、栗木は山形の出身だった。長野の松本にいたのは主宰者との関係によるものだったのだろうか。結局何もわからないまま、東京に戻ってきた。

魁多の絵の先生が栗木であったことは、偶然ではないはずだ。魁多はきっと栗木から、東京にいたとき、墨田東工業高校に勤務し、この近辺で暮らしていたと聞いていたに違いない。もしかしたら会えるかもと考え、このあたりでホームレスをしていたのだろう。

橘リバーサイドハウスをやめた吾郎に魁多はついてきた。あのとき吾郎はちょっとした権威付けのため、墨工の美術部出身であることを話した。結局はそれが決め手になったのだ。魁多は栗木のことが何かわかるかもしれないと思い、吾郎についていくことにした。

先日、魁多は、墨工の美術部を見てみたいと言った。見たからといって、栗木の行方がわかるものではない。それでも見たいと言うのは、栗木に対して敬愛の情をもっているからだろう。それは絵の先生としてなのか。それとも、母親の恋人としてなのだろうか。

吾郎はひと休みしてから、魁多のアパートに向かった。

夕飯は外で食べた。ファミリーレストランへいき、パンケーキ、フライドポテト、カレーライス、魁多の好きなものをテーブルに並べて、栗木や父親の話をした。

想像したとおり、やはり魁多は、栗木を捜すために、この界隈をうろうろしていたようだ。母親と東京で暮らすようになってから、栗木から一度だけ手紙がきたそうだ。そのなかに栗木も東京にきて仕事を始めたことが書かれていたため、いまも暮らしているかもしれないと考え、以前に住んでいたことがあると聞いた、墨田区界隈を重点的に捜した。母親が亡くなったことを伝えなければならないし、もう一度会いたいんだ、と魁多は言った。

母親の不倫相手である栗木は、魁多の話す様子からすると、絵の先生という以上の存在、父親に近いもののように感じられた。母親が亡くなったいま、魁多の心の支えになるのは、栗木しかいないのかもしれない。

「お父さんが昔のことを謝りたいと言っていたが、お前、会う気はあるか」

食事を平らげ、デザートのマンゴーゼリーにとりかかった魁多に訊ねた。

「会わない。もう関係ないから」

「無理強いする気はないけど、会ったら、気持ちがすっきりするかもしれないぞ」

「別に、もやもやした気持ちなんてないけど」

魁多は吾郎には目を向けず、マンゴーゼリーに集中していた。

「クリちゃんには、会いたいんだろ。これからも捜すつもりなんだよな」

「おお」魁多はちらっとこちらに目を向けた。

捜すといっても、どこを捜したらいいかもわからない。これまで魁多は、栗木がいるかどうかも不確かなこの界隈をぶらぶら歩くだけだったようだ。吾郎に栗木のことを訊ねなかったのは、過去の話を説明するのが面倒くさかったからだと魁多は言った。きっと自分は、それほど信頼されていなかったのだろう。

「俺も手伝うよ。闇雲に歩き回ったたって出会えるもんじゃない。当時、クリちゃんと一緒に勤務していた先生に訊いてみる。何かわかるかもしれない」

「わかるかもしれないね」魁多は口に運ぼうとしたスプーンを止めて、目を輝かせた。「ねえ、栗木先生は、学校ではどんな先生だったの。吾郎さんにも優しかった？」

吾郎は、「優しかった？」と訊く魁多の子供っぽさに笑みを浮かべた。しかし、その言葉の背景にある、魁多の境遇や心に潜む鬱屈を想像し、気が塞いだ。

「優しかったよ。あまり表にはださないけどな。授業中は案外適当だったけど、課外では熱心に教えてくれた。クリちゃんから、マンツーマンで指導を受けたのは、学校で俺だけだろう。そういう意味では、俺とお前は兄弟弟子みたいなものなんだな」

魁多にはぴんとこなかったようで、眉をひそめ、首を捻った。

吾郎が栗木から絵を教わるようになったのは、高校二年の初めだった。

ある日、授業をサボって美術室で煙草をふかしていた。暇つぶしに、教室にあった画集を開いてみた。名前だけは聞いたことがある、有名な画家たちの作品が並《なら》んでいた。風景画や静物画などには興味をもてなかったが、吾郎は人物画に目が惹《ひ》きつけられた。

中学のころ、女性の裸の絵を描いて、仲間うちで好評を博したように、もともとひとの姿を描くのが好きだった。バットを振る野球選手の姿や、筋肉隆々のプロレスラーなどを、授業中、ノートの端によく描いていた。当たり前のことだが、画集にのっていた人物画は吾郎が描くものとはまるで違った。とくに吾郎の目を引いたのはモネでもマネでもなく、レンブラントの作品だった。油彩のそれは、写実的でいまにも動きだしそうな臨場感があった。映画のなかの一場面のようで、かっこよかった。こんな絵を自分の手で生みだすことができたらなと思いながら、絵を眺めていた。

ふと気配を感じて振り向くと、後ろに栗木が立っていた。指に挟んだ吾郎の煙草に咎めるような目を向けたが、それには触れず、「絵が好きなのかい」と訊ねてきた。

吾郎は「べつに」と答えた。すぐに「こういう絵が自分の手で描けたら気持ちいいんだろうな」と言い直した。それを聞いて栗木は笑った。「ものすごくハードルの設定が高いね」とからかうように言った。しかし続けてこうも言った。

「この絵をまねるだけなら、描けるようになる。一生懸命基礎から学べばね。美術部員なんだから、やってみたらいい。本気で描く気なら教えるよ。僕は顧問だから」

それから吾郎は美術室に通い、基礎から絵を学んだ。不良を気取る高校生としては仲間に絵を描いているとは知られたくないもので、早朝や日曜日など、美術部の〝活動〟がないときだけだった。栗木も毎回ではなかったけれど、わざわざ休みの日に学校に顔をだし、アドバイスをくれたりもした。

最初はみっちりとデッサンを仕込まれた。モデルがいないため、吾郎が描きたい人物画ではなく、静物画ばかり描かされた。ようやくキャンバスに向かって油絵を描くようになったのは、高二の三学期になってからだ。やはり静物画が中心だったが、栗木自らがモデルになり、人物画を描いたこともあった。夏休みも美術室に通った。絵を描きながら吾郎は、栗木に騙されたと思った。絵の腕は急速に進歩したけれど、とても卒業までに、レンブラントの絵のような、リアルな人間を描けるようにはならないと自覚したのだ。

栗木にそう文句を言うと、「高校在学中に描けるようになるとは言ってないよ。絵は一生をかけて上達するものだ」と笑って答えた。「じゃあ、一生ただで教えてくれよ」と吾郎がからむと、「ここにいる限りはいいよ。卒業しても、美術室を訪ねてきたら教えてやるぞ」と栗木は言った。本気で言ってくれていると吾郎には思えた。

とはいえ、もっと本格的に絵を学んでみたくなった吾郎は、卒業後、美大に進むことを考えていた。しかし父親に反対され、あえなく美大進学を断念したあとは、すっかり絵を描く情熱をなくした。卒業する前に、美術室に通うのをやめた。

美大に進学したいことも、親に反対されて諦めたことも知っている栗木は、通わなくなっても何も言わなかった。ただ卒業を間近に控えたある日、廊下でばったり会った栗木から、「絵はいつでも、どこでも描くことはできる」とひとこと言葉をもらった。それが栗木と言葉を交わした最後になった。


翌日吾郎は、曳舟で東武伊勢崎線に乗り換え、鐘《かね》ヶ淵《ふち》までいった。駅から歩いて二分という好立地に、増岡《ますおか》電器の看板は掲げられていた。残念なのは、もう何年も前に店は潰れていることだった。

表の引き戸を開けてなかに首をつっこんだ。かつて店舗だったところは、駐輪場代わりになっていて、原付バイクが一台に自転車が一台停められていた。

「増ケンさん、いますか。松橋吾郎です」大きな声で呼びかけた。

なかの障子戸が開き、増岡憲太郎《けんたろう》が顔を見せた。厳つい顔を皺だらけにして笑っていた。

「おお、松橋か。久しぶりだな。社長のくせに、相変わらずしけた面してんじゃねえか」

「相変わらずって、なんだよ。俺、しけた面なんてしてたことないだろ。まあ、でも当たってないこともないか。いま、俺は社長じゃないから。前の会社、潰しちまったんだ」

増岡は気まずそうに笑みを縮小させ、目をそらした。

「いまは、立花の商店街でアートギャラリーのオーナーをやってるんだ」

「なんだよ、脅かすなよ。相変わらず、社長みたいなもんじゃないか。お前は、なんだかんだいっても、根性すわってるから、転んでもただじゃ起きないとは思ったよ」

よし、ビールで乾杯だ、と増岡は家のなかに向かって叫んだ。べつに教え子の成功を祝いたいわけではなく、ただ昼間から酒を飲みたいだけだろう。

増岡は高校二年、三年のときの担任教師だった。十年前に教師を辞め、実家の電器店を継いだが、四、五年で潰してしまった。そんな増岡を元気づけるため、その当時は頻繁に同窓会を開いていた。吾郎が増岡と会うのは四年前の同窓会以来だった。

ここへは一度しかきたことがないが、増岡が教師をしていたころ、住んでいたマンションは何度か訪ねたことがあった。「俺は落ちこぼれ教師だから、お前らの気持ちがわかる」が増岡の口癖で、生徒がする、たいがいのワルさは大目に見ていた。教育的信条とは関係なく、ただ自分がギャンブル好きだったからだろう、生徒たちを家に招いて麻雀をよくやった。たいした額ではないが、負けた生徒からきっちり金を取り立て、人生の厳しさを教えていた。こんな大人がいてもいいのかと、将来の不安を和らげる効果もあった。

ビールを飲みながら、吾郎は会社を潰して借金を返し、離婚をした話を聞かせた。店を潰して借金を抱えたことがある増岡は、これでお前も一人前の男だと肩を叩いた。

「俺は最近、地区会館で年寄りにパソコンを教えてる。報酬は小遣いていどだけどな」

増岡は六十歳を超えているが、最近はそのていどでは年寄りの範疇《はんちゅう》に入らないようだ。

「パソコン嫌いの増ケンが、ひとに教えるなんてな──」

「べつに嫌いなわけじゃない。苦手なだけだよ」

ますますひとに教えるのはどうかと思う。

「増ケンさん、いまでもあの当時の墨工の先生と連絡を取ったりしてるのかい」

「何人かは年賀状のやりとりぐらいはしているけど、それがどうした」

増岡は梅キューをぽりぽりかじりながら言った。

「美術の栗木先生って覚えてないかな。その先生と連絡を取りたいんだよ」

「栗木ねえ。いたような気もするなあ」顎の無精髭をさすりながら、考えていた。

「若い先生だよ。当時、まだ二十代でおとなしいひと」

「ああ、いたな、若いのが。栗木か。そんな名前だったかもしれない」

「栗木明矢。誰か現在の連絡先を知らないかな。訊いてみて欲しいんだよ」

「そいつは無理だ」増岡はゆっくりと首を振った。

「なんでだめなんだ。訊くぐらいできるだろ」

「そうじゃない。連絡のとりようがないってことだ。あの先生、亡くなったんだよ」

「嘘だ。だってまだ四十代でしょ」

そうとしか言いようがなかった。栗木が死んだなんて信じられない。

「四十代だって死ぬときは死ぬだろ。たしか、脳腫瘍《のうしゅよう》だとか言ってたな。とくに親しくはなかったが、年賀状のやりとりはしてたから、実家から連絡があったんだ」

「それ、いつごろの話なんですか」

「お前は卒業して何年になるんだっけ」うーん、と考えてから増岡は訊いた。

「二十年だけど」

「それよりあとだから十五年くらい前かね」

「十四年前までは生きてましたよ」

「じゃあ、十二、三年前かね。俺が学校を辞める前だったはずだから」

ずいぶんあやふやな記憶だが、とにかく亡くなったときは三十代だったのだろう。

魁多たちが東京に来てから何年もたっていない。

「実家の連絡先ってわかりますか」

「はがきでしらせがあったから、探せばわかるはずだ」

「山形でしたよね」

「いや、神奈川とか埼玉とか、東京近郊だった記憶があるぞ」

吾郎は、大学進学で山形からでてきたと栗木から聞いていただけだから、その後に転勤などで家族も引っ越してきた可能性はあった。

「探しておいてやるよ。どこかにしまってあるはずだから」

吾郎はお願いしますと頭を下げた。

栗木が死んだなんていまだに信じられないが、増岡がそこまで言うのだから本当なのだろう。もう何年も会っていない、めったに思いだすこともないひとの死だから、吾郎自身はひどく悲しいわけでもない。ただ魁多の気持ちを考えると、気が塞いだ。心の支えになる人間が誰もいない。あいつは本当にひとりぼっちだ。

25

「吾郎、いるかい」

表のほうから声が聞こえた。引き戸を打ち鳴らす音も。

でかける準備をしていた吾郎は、ギャラリーに下りて、サンダルをつっかけた。カーテンを開けると、森若千太郎が立っていた。

「なんだい。商店会会費なら、この間、払ったぜ」引き戸を開けて吾郎は言った。

「いや、そういう用事じゃない。ちょっと相談があってな。なか入っていいかい」

「いいけど、冷房つけてないから蒸し暑いぜ」

まだ十一時前だが、強い陽差しが照りつけ、気温は三十度近くまで上がっている。

吾郎は引き戸を大きく開き、森若を招き入れた。

「開店休業状態かい」森若は何もかかっていない壁を見て言った。

「夏は展示会とか、やらないものなのかね。貸しギャラリーの予約がさっぱりでさ」

そのかわり、秋の予約はすでに埋まり始めていて、経営的に心配はなかった。

昨日、神戸に、また近所のひとに写真を撮ってもらうよう指示をだした。先日安藤のじいさんにも訊かれたが、商店街のひとたちから、パーティーはやらないのかと訊かれることが多かった。九月まで個展の予定はなかったが、あまり商売は考えず、近隣の住民と楽しむ夏のイベントと割り切って、八月の後半に急遽、個展を開催することにした。

今回は老人だけではなく、夏休みの子供たちにも撮ってもらうことにした。若さと老いを対比してみるのも面白いし、何より、幅広く客を呼べる。商売は考えず、といっても、まるきり商売っけがないわけではない。

「でかけるところだったのか」森若は吾郎の服装を見ながら言った。

吾郎はスラックスを穿き、アイロンのかかったシャツを着ていた。

「そうだけど、約束があるわけじゃないから、時間は大丈夫だ」

昨日、栗木の実家の住所がわかったと増ケンから連絡があった。電話番号はわからなかったので、これから直接訪ねて、栗木の最期の様子を聞いてみるつもりだった。それを魁多に話すかどうかは決めていない。栗木の死について、まだ魁多には何も伝えていなかった。

「で、相談ってなんなんだい」吾郎は訊ねた。

「最近、リバーサイドハウスの住民がこのへんをうろうろしているのを、よく見かけるんだよな。昨日、ここの前に置いてあるベンチにもずっと腰掛けていたよ」

「そうかい。そう言われれば、確かによく見るな」

政田と安藤の老人コンビ以外にも、近所で何人かとすれ違っている。

「それがどうかしたかい」

「このへんの住民がみんな迷惑がっている」森若は眉をひそめて口にした。

「迷惑って、あいつらがこのへんをうろうろしちゃいけないのか」

「うろうろしてるだけじゃない。道端に座り込んだり、煙草やごみをポイ捨てしたり、唾を吐いたり、このギャラリーの前にだって吸《す》い殻《がら》がけっこう落ちてるぞ」

「えっ」吾郎は首を伸ばしてみたが、吸い殻は見えなかった。

「商店会としても、店の前に座り込まれるのは迷惑だが、それよりも住民のひとたちが困っているのだから、どうにかしたいと思うんだよ。商店会のほうで解決すれば、このへんの住民も、うちの商店街を見直すんじゃないか。地域にとって必要なものだと気づいて、これまで以上に利用してくれるかもしれんだろう」

「なるほど。そううまくいくかはわからないけど、地道な努力は必要なんだろうな」

「ひとごとみたいな言い方するなよ。お前も商店街の人間なんだからよ」

「ひとごとだとは思っちゃいないよ。商店街にひとを呼び込む努力の大切さはわかってるし、できることがあれば手伝いたいと、いつも思ってるんだぜ、こう見えても」

森若は顔を綻ばせ、大きく頷いた。

「さすが常陸屋のせがれだ。商店街のことをちゃんと思ってくれてるんだな。この件はお前に一任する。うまく解決してくれ。よろしく頼んだぞ」

ぽんと軽く肩を叩かれ、吾郎は啞然《あぜん》とする。

「一任って、なんだよ。俺はひらの会員だし、まだなったばかりだぜ。手伝いとかなら喜んでやるけど、一任って言われてもな——」

「ひらが問題なら、このトラブルの対策担当役員に任命してやる。お前はあそこの施設長だったんだから、誰よりも適任だ。当時の人脈をフルに使って、解決にあたってくれ」

　ワンや政田のじいさんが、果たして人脈と呼べるのだろうか。

「まあ、やれっていうならやるよ。だけど、道端に座り込んだり、ポイ捨てするのをやめさせることはできるかもしれないけど、うろうろするのは本人たちの勝手で、止められないぜ。それで近隣のひとたちは満足するかね」

「満足しないだろうな。うろうろすること自体、控えるようにさせないとだめだな」

　森若は腕組みをしてしかつめらしく言った。

「あいつらだって、ここの住民なんだぜ。うろうろするのは自由だろ」

「なんだよ吾郎。お前は、あっちの味方なのか」

「べつに味方なんてしてないぜ。止めるのは難しいって言ってるんだ」

　自分がハウスの連中の味方なわけがない。えらそうにしているしか能がなかった施設長のころと何もかわってはいない。ただ、施設を離れるとなぜか、庇《かば》うようなことを言ってみたくなる。

「だけど、ちょっと前までは、うろうろすることなんてなかっただろ。以前の生活リズムに戻ってもらうってだけだから、べつに、難しいことでもないんじゃねえのか」

「確かに、それはそうだな」

森若の言うとおりだ。なんであいつらは、急にうろうろしだしたのだろう。

「とにかく、何かしら向こうに働きかけてみるよ」吾郎は気を取り直して言った。

「俺に一任すると言ったんだから、好きなようにやらせてもらう。それでいいんだろ」

「ああ、いい。とにかくなあ、近隣の住人が、助かりましたと感謝してくれるような解決を頼むよ。こう言っちゃなんだけど、これはチャンスなんだ。期待してるぞ」

森若は吾郎の肩を叩き、でていった。かつては近所のおやじ連中のなかで、いちばん強面だった男の背中が、年齢なりに老け、弱々しく見えた。

吾郎はふーっと溜息をついた。

裏口に回ってビールケースをひとつとってきた。開きっぱなしの引き戸の近くに置き、吾郎は座った。新聞を読みながらしばらく待つ。十分もしないうちにいい獲物《えもの》がかかった。

「吾郎さん」と向こうから声をかけてきた。大きく膨らんだスーパーのレジ袋を両手に提げ、ワンが道の真ん中に立っていた。吾郎は手招きしてワンを呼び寄せた。

「お疲れさん。ちょっと休憩していけよ」吾郎は立ち上がり、入ってきたワンにビールケースの椅子を譲った。「冷たいものでも飲むか」

「それより、なんでこんなに暑いの。ここも省エネですか。そんな休憩所、ありますワンが遠慮なくぼやいた。

 相変わらず面倒臭いやつだ。吾郎は戸を閉め、壁の裏に回り、冷房のスイッチを入れた。

「そんな、急に涼しくならないですから。いまさらつけても遅いです」

ワンはふーっと息をつき、Tシャツの襟元をぱたぱたと扇《あお》ぐ。

「何、かりかりしてんだ。まだ、食事をひとりで用意しなければならなくなったのを恨《うら》んでるのか」

「もう恨んでませんよ。私は日本にきて忘れることを学びました。戦争でもなんでも忘れてしまう日本人を見て、幸せになる秘訣はこれなのかと思うようになりました」

「そうか、幸せならよかったぜ」

「幸せなんて、どこにも見つかりません」ワンは食ってかかるように大声で言った。「ほんと、どうしてみんな私を苦しめるの。もう省エネなんて言葉、聞きたくないよ」

「俺は言ってないぞ」
二、三歩横に移動してみた。恨みがましい視線が追ってくる。
「同じようなもの。吾郎さんが辞めたから、新しい施設長が私を苦しめます。経費削減、省エネ、そんなことばかり言ってる。この間、日中の暑い時間に冷房をつけると、電気代かかるから、夕方涼しくなるまではつけないって言いだした。信じられますか。暑い時間に使わないで、なんのための冷房ですか。そんなの、冷房に対しても失礼おもいます」

ワンは唾を飛ばしながら、いっきに話した。

「なるほど。そいつはきついな。――えっ、もしかして、施設の連中が、日中、このへんをうろうろしてるのは、それが理由か」気づいた吾郎は、大きな声で訊ねた。

「そうよ。みんなかわいそうね。朝食の時間にはもう汗でびしょびしょ。昼食も、熱いカップ麺の日なんて、地獄ですよ。外だって暑いけど、施設のなかにいるよりましですから。最初はみんな、遠くの図書館やショッピングセンターまでいってたけど、最近はそんな気力もなくて、近所の日陰で、なんとか涼んでいるみたい」

橘リバーサイドハウスは、かつては会社の寮だった古い建物を利用しており、空気の循環が悪いのか、湿度が高かった。夏場、冷房をつけないとかなりきつい。

「夏の間はずっとやるって言ってるわけか」

「そうよ。少し涼しくなってきたら、つけてもいいってことで、とくにいつまでとは決めなかった。もう、頭おかしくなるでしょ。涼しくなったら冷房をつけるなんて」

少なくとも、八月の半ばを過ぎるまでは、日中に冷房を入れることはないだろう。面倒なことになったと吾郎は思った。これは施設の入所者を説得するような話ではない。久し振りに木暮に会いにいかなければならない。

　東急田園都市線つきみ野駅に到着したのは、午後二時過ぎだった。終点のひとつ手前の駅で、駅舎をでると商店街のようなものもなく、すぐに住宅街が広がっていた。神奈川県大和《やまと》市には、たぶんくるのは初めてだ。吾郎は駅前の交番でだいたいの道順を教えてもらい、栗木の実家を目指して住宅街を進んだ。

　建て売りの、似たような家がずらりと並んでいた。交番で教えられた通り、二回角を曲がり、新聞販売店を見つけて、そこから三つめの家の前で足を止めた。やはり建て売り住宅っぽい、とりたてて特徴のない家だ。

　栗木と書かれた表札《ひょうさつ》を確認し、一度深呼吸をしてから、インターホンを押した。

「はい、どちらさま」と女性の応答があるまでの十秒ほどが、やたらに長く感じられた。吾郎はほっとして、インターホンに口を近づけた。表札が自然と目に入る。

　えっと驚き、目を瞬かせてから、再びしっかりと表札に視線をすえた。狸《たぬき》にでもばかされているような、当惑した気持ちだった。こんなことがあり得るのか。

　さっき表札を目にしたときは、確かに栗木と読めたのに、あらためて見ると栗本《あわもと》と書かれているのだ。

「どなたさま」とまたインターホンから聞こえた。

家を間違えたのか、とも考えたが、名前が似すぎている。

自分はずっと勘違いしていたのだろうか。先生の名を栗木だと思い込んでいたが、実は栗本だったのか。いや、そんなはずはない。学校ではみんな、クリキ先生と呼んでいた。

「あのー、私は、実は……」

いったいなんと説明すればいいんだ。栗木の実家を訪ねたつもりが、栗本だった――。

ちきしょう。増ケンのやつが間違ったのだ。バカすぎる。昔から、ギャンブル好きのアホ教師だとは思っていたが、ここまでだとは思わなかった。

吾郎は鈴《りん》を鳴らして、手を合わせた。心のなかで初めましてと挨拶し、拝礼をした。

「ありがとうございます」

栗本初枝《はつえ》がそう言って頭を下げた。吾郎も仏壇から下がり、初枝にお辞儀をした。

「栗本先生はきっとびっくりしてるでしょうね。いったいこいつは誰なんだと」

「面白がっていると思いますよ。千春《ちはる》は子供のころから愉快な子でしたから。それに、喜んでいるとも思います。増岡先生の教え子さんなんですから」

初枝は快活そうな顔に笑みを浮かべて言った。

栗本千春は、やはり美術の教師だった。増岡が墨田東工業高校の次に赴任《ふにん》した、深川工業高校で同僚だったようだ。もう十四、五年前の話で、老化の始まっている増岡は、記憶がごちゃごちゃになっていたのだろう。年齢は栗木より七歳ほど若く、吾郎とあまり違いはなかった。とにかく、栗木の話を聞きたくてきたわけだから、なんの用もなかったのだが、インターホンを押してしまったあとだったから、事情を説明し、誘われるまま仏壇にお参りしていくことにした。

「息子も長く教師をしていたら、こんな感じで時々教え子が仏壇を拝みに訪ねてくることもあったんでしょうね。実際は三年ほど勤めて病気が発症したものですから、訪ねてくることはないんですよ」

初枝は寂しそうな表情を見せた。吾郎に強く上がっていくよう勧めたのは、誰かと息子の話をしたかったからなのだろう。

「栗木先生というかたは、いい先生だったんでしょうね。こうやって、松橋さんが訪ねてみようと思ったぐらいですから」

「ええ、いい先生でしたよ。休日でも学校にやってきて、絵を教えてくれたんです」

初枝は目を細めて二度、三度頷いた。

「あの、勘違いかもしれないですけど、栗木先生は、学校を辞めて美術関係のお仕事をされてるんですかね」

「いや、どうなんでしょう。なにしろ、消息がわからないもんで」

「ごめんなさい。そうでしたわよね。だから、うちに間違ってきたんですものね」

初枝はからかうような笑みを浮かべた。

「十四年くらい前までは、長野の絵画教室で教えていたことはわかっているんですけど、その後はわかんないんですよ。何か思い当たることがあるんですか」

吾郎はとくに期待するでもなく訊ねた。

「千春が亡くなってしばらくしてから、美術関係者のかたが、お線香をあげに訪ねていらしたんです。千春は学校で教えながら、自分の創作活動も続けていて、大学の同級生と個展を開いたりしていたんです。その方は個展で千春と知り合ったらしくて、千春の作品をとても評価してくださっているようでした」

「そのひとが、栗木先生ではないかと?」

「ええ、確かそんなお名前だったと記憶してるんです。大学が千春と同窓で、自分も一時期、高校の教師をしていたことがあるし、名前もちょっと似ているので、すごく親近感が湧いたとおっしゃっていたのを覚えてます」

「すみません、千春さんの大学はどちらだったんですか」吾郎は勢い込んで訊ねた。

「八王子美術大学です」

吾郎は目を見開き、強く息を吸った。

「――栗木先生と一緒だ」

「じゃあ、やっぱりそうだったのね。私は美術界に詳しくないので、栗木さんのお仕事がどんなものなのか、よくわからなかったんですけど、松橋さんのようにギャラリーをやられているのか、美術の評論家をやられているのか、日常的に美術作品を観て評価しているような感じでした」

26

また店が替わっている。木暮ビルの一階にあるインド料理店を見て吾郎は思った。きっと、ビルのオーナーに問題があるのだろう。スパイシーな香りに、空腹感を募らせながら、店の脇にある階段を上っていった。

「木暮はいるかい」

二階にあるアスカエステートのオフィスに入ると、吾郎は大声で訊ねた。

社長室にいますと、若い女の従業員が答えた。吾郎を見る目が、偉そうにと語っている。

もう木暮の会社とは関係がないのだから、好きなだけ偉そうにふるまえる。もっとも、施設長をしていたときも、控えめにしようと思ったことなどなかったが。

奥に進み、いきなり社長室のドアを開けた。机に向かっていた木暮は、顔をしかめた。

「勝手に入ってくんな」

「お前の愛人の許可はもらったぞ。多美子《たみこ》ちゃんだっけ」吾郎は響く声で言った。

木暮は目を剝き、何かを喉に詰まらせたような顔をした。

振り返ってみると、さきほどの若い女が睨んでいた。他の従業員は、下を向いて聞かなかったふりをしている。吾郎は社長室に入り、ドアを閉めた。

「なんの用だ」

顔をしかめてはいるが、どこか気弱な感じがする。薬が効きすぎたかもしれない。

「リバーサイドハウスの件だよ。昼間に冷房を消すのはやりすぎじゃねえか。入所者がハウスにいられず、日中、近所をうろうろしていて、住民から苦情がでてるぞ」

「冷房を消してるだと？　そいつは素晴らしい。あそこの電気代は半端じゃないからな」

「なんだお前、聞いてなかったのか」

「今度の施設長はやる気があっていい。指示がなくても、俺の意を酌《く》み、節約を心がけている。どこかの誰かみたいに、いばりちらすしか能のないやつとはできが違う」

「近隣住民とトラブルを起こすことはなかったけどな」

そのために、木暮は地元出身の同級生を雇ったはずだ。

「トラブルはまずいだろ。町からでていけと、住民運動でも起きたらどうすんだよ」

木暮はふんと鼻で笑った。

「そんなこと知るか。経費削減のほうが、よっぽど大切だ。このあいだ、うちの会社に税務署の調査がはいってよ、申告漏れをあれこれ指摘されて、追徴金《ついちょうきん》をたんまり請求された。そんなに稼いでもいないのに、ひどいぜ、まったく」

木暮はしょぼくれた顔をして、かぶりを振った。

「申告漏れって、要は脱税だろ。同情はできねえな。とにかくそういうことなら、なおさらトラブルは避けたほうがいい。お役所に目をつけられたら、こういう商売はまずいだろ。ハウスはお前の副業にしちゃ、珍しくもうかってんだから、大事にしたほうがいいぜ」

「黙れ。なんの関係もないお前に、なんで説教されなきゃなんないんだ」

「友人として忠告してやってんだよ。仲違いしようが、ダチにかわりはないだろ」

木暮は驚いたように眉をつっと上げ、吾郎に視線を向けた。

「潰れちまったらなんにもなんないんだよ。だから、いまいちばん大事にしなきゃなんないのは金だ。他の施設でも、日中は冷房をつけないように指示をだすぜ」

「潰れそうなほど、まずい状態なのか」

木暮はじっと視線を向けるだけで何も口にしなかった。

「もしものときは、相談にのるぜ。潰れたあとの処理は経験者に聞くのがいちばんだ」

「うるせえ、縁起でもないこと言うな。帰れ」

「怒るなよ。冗談につきあうぐらいの余裕は残しておいたほうがいいぜ。経験者からのアドバイスだ」

なんの反応も見せない木暮に、「じゃあな」と手を振った。

ビルをでて曳舟の駅へ向かって歩いた。

午後五時前。粟本の家を訪ねたあと、帰る途中に木暮のところに寄った。まだ日は残っており、汗ばむくらいに暑かった。

あの調子では、木暮は何も動かないだろう。新しい施設長に直接働きかけてみるしかなさそうだが、それも効果は期待できない気がした。今度の施設長はやる気があると木暮は言った。しかし、本当にやる気だけで経費削減策に勤しんでいるのだろうか。普通、やる気のある勤め人は、それを上司にアピールせずにはいられないはずだ。

もしかしたら施設長は、自分の気分だけで冷房を止めたのかもしれない。入所者にいやがらせをしてやろうと、意地の悪い気持ちで始めた可能性もある。弱者を収容する施設の職員をやっていると、そんな気持ちが湧いてくることもある。吾郎は経験から知っていた。

東武亀戸線で東あずま駅に戻り、橘リバーサイドハウスに向かった。すっかり日は陰り、街全体が青っぽく染まっていた。その風景をぼんやり見ていた吾郎は、ハウスの手前まできて、ようやく異変に気がついた。

目を丸くして、向かいの家の二階を見上げた。ベランダの手すりに、横に長い布がかかっていた。一見するとシーツを干しているようだったが、違った。

〈街を汚す橘リバーサイドハウスは、即刻この町からでていってください〉

ある程度抑制のきいた言葉だったが、力強い手書きの文字は、書き手の怒りが目から飛び込んでくるようだった。

あたりを見回すと、ハウスの隣の家にも同じような横断幕が掲げられている。遅かった。住民の怒りは早くも沸点に達してしまったようだ。

翌日、横断幕は個人的なもので、まだ住民運動といった組織的な動きには発展していないようだとわかった。

吾郎は森若を連れてリバーサイドハウスの前にいった。横断幕を見て、森若は興奮した。

「これはいい機会だ。俺たちが間に入って調停すれば、確実に住民たちは商店街を見直すぜ」と鼻息荒く言った。

いい機会、というより、最後の機会だろう。これを逃せば住民運動などに発展し、へたに仲裁などすれば、こちらが火だるまになりかねない。

じゃあ早速いってこい、と森若に背中を押され、吾郎はハウスの門を潜った。

初めて会った後任の施設長、下川田毅《しもかわだつよし》は、思っていた感じとは違った。強引な施設運営のやりかたからして、いかつい感じの男を想像していたが、眠っているのかと思うくらいに目は細く、肉づきのいいぽってりした体型で、強引なイメージはなかった。愛想はなく、感じがいいとはいえないものの、会社を離れた前任の男に口だしされても、案外冷静に対応し、口論になるだろうとかまえていた吾郎は肩すかしを食わされた感じがした。

とはいえ、日中に冷房を切るのはやめろと言っても素直に聞き入れはしない。上から経費削減を求められているから、自分の判断でやめることはできない、社長と直接話せと下川田は余裕の表情で言った。どうも吾郎が木暮とすでに話をしたのを知っているようだ。ただ、煙草を捨てたり、路上に座り込むのは注意しておくと約束した。

それを報告すると、森若はひとまず満足した。吾郎もうまく収まればと期待した。

すぐに効果が表れないのは仕方がないにしても、ハウスを糾弾《きゅうだん》する横断幕が増えていくのを見るとやきもきした。施設を取り囲むように、四ヵ所めの横断幕が設置された日、増ケンから吾郎の携帯に電話がかかってきた。

栗本の家を訪ねた日に、栗木ではなかったとアホ教師に報告はしておいた。そうか、死んでなくてよかったなと増岡はからから笑っていたが、それなりに責任は感じていたようだ。今日電話してきたのは、連絡が取れる元同僚に片っ端から訊いてみたが、残念ながら栗木の消息はまるでわからなかったと伝えるためだった。

吾郎は増岡との電話を終え、すぐに魁多のところへ向かった。ちょうど六時を過ぎたところで、一緒に食事でもしながら話をするつもりだった。

蕎麦《そば》をゆで、レバニラ炒めと枝豆をつまみながらふたりですすった。コンビニで揃えたものだから、まとまりがない取り合わせなのは仕方がない。どうせまとまりがないなら、アイスとホットケーキとチャーハンがよかったと魁多は相変わらず無茶苦茶なことを言った。

「昔の同僚にあたってもらったけど、クリちゃんの行方はまったく摑めないんだ」

魁多の、箸を口に運ぶペースが鈍ってきたところで、吾郎は話を切りだした。

「この間、話した通り、何か美術業界に関わっているらしいということしかわからない。たぶん、このあたりを捜してみても見つからないと思う」

魁多はぼーっとした顔で、箸の先を嚙みながら聞いていた。

「そういうことなんだ。手伝うとは言ったが、クリちゃん捜しはもう手詰まりになっている。どこを捜したらいいか、ちょっと思いつかない」

吾郎は魁多の顔を窺った。とくに表情に変化はない。それでもがっかりしているのはわかる。箸の先が折れ曲がっている。吾郎は箸をテーブルに置かせた。

「お前、どうするんだ。俺についてくればクリちゃんに会えるかもしれないと思ったから、誘いに乗って施設をでたんだろ。クリちゃんが住んでいるかもしれないと思って、このへんをうろうろしていたんだろ。もう俺のところにいる意味も、このへんにいる意味もないんだ。——どうする。他へいくか」吾郎は魁多の目を覗き込みながら訊いた。

魁多は手を伸ばし、枝豆をつまんだ。

「うーん、どこにいけばいいんだろ。どこかいいところある?」

「そんなの、俺にもわかんないよ。べつにいきたくなきゃ、いかなくていいんだ」

「じゃあ、いかない。吾郎さんと一緒にいる」

「そうか、ここにいるか。まあな、いまんところ何も思いつかないけど、何か捜す方法があるかもしれないからな。——うん、捜すよ。なんとかがんばってみるからさ」

吾郎はほっとして、いやに舌が滑らかになった。

自分といてもメリットがないと知り、魁多が離れていくのではないかと心配していた。ある日、ふっと魁多が消えてしまうのではないかと――。

「昔だったら、新聞の尋ね人の欄に、連絡くださいとか掲載してもらうこともできたんだよな。あれっていまもあるのかね。まあ、あったとしても、誰も見ないよな」

魁多はよくわからないという表情で、首を傾《かし》げた。

吾郎はふいに浮かんだ自分の考えにはっとした。才能のある魁多ならできるかもしれない。尋ね人の欄がなくても、栗木だけに向けた尋ね人ができるかもしれない。

「魁多、前に美術の賞に応募して佳作に入選したことがあるんだよな。そのとき、美術雑誌とかに載ったのか」

「そんなの載らないよ。大きくでるのは金賞をとったひとだけだから」

「そうか、お前はでなかったんだな」だったらいい。うまくいく可能性はある。「なあ魁多、また何かの美術の賞に応募してみないか。今度は佳作とかじゃなくて、いちばんの賞をとるんだ。そうすれば、美術雑誌や何かにお前のことが載るよ。クリちゃんが美術関係者ならそれを目にするはずだ。お前の絵の先生なんだから、きっと喜んで連絡をしてくると思うんだ。どうだ、やらないか」

魁多はぼーっとした顔をして枝豆の皮をしゃぶっていた。やがて、ぷっと皮を吐きだし、にやーっと顔いっぱいに笑みを浮かべた。

「栗木先生に会えるんだね。だったら応募するする」

「絵を描かなきゃなんないんだぞ。これまで以上に魂を込めて描かなきゃ賞はとれないんだぞ。俺にまた毎日怒られることになるが、本当にいいのか」

魁多は大丈夫かと思うくらい、勢いよく首を振った。

「いいよ、怒ってよ。俺、描くから。びっくりするぐらいすごい絵を描くから」

「——そうか。よし、やろう」

賞よりも何よりも、魁多のびっくりするぐらいすごい絵を観てみたいと思った。

27

まだ初日だというのに息切れがした。ひさしぶりだし、魁多が錯乱状態で暴れて以来、怒るのは初めてだったから、吾郎にとっても精神的負担は大きかった。

朝九時に寝ていた魁多を叩き起こし、朝食を食べさせてから、闇雲に怒鳴り散らした。魁多をその気にさせるのには時間がかかった。ひさしぶりにキャンバスに向かう魁多の姿を見て、やましさも湧いたけれど、どんな絵を描くのか期待も大きかった。

魁多が応募する公募展は決まっていた。ネットで調べたり、そういうことに詳しい美緒にアドバイスをもらったりしながら、注目を集めそうな公募展をいくつかピックアップし、そのなかから選んだのが「ジェムペイント・アートアワード」だった。アメリカの絵の具メーカー、ジェムペイント社が主催するこの賞は、イラストの応募も受けつけているためカジュアルな現代アートの出品が多く、魁多の作風に合っていた。大賞の発表が十月で、いまから応募できる公募展ではいちばん早いというのも魅力だ。その分、締め切りも早く、八月の終わりまでに作品を完成させなければならない。時間の余裕はなかった。

部屋をあとにし、ギャラリーに向かった。まだ午前十時で、これから仕事を始めても、出遅れた感じはしない。神戸と吾郎のアートユニット、墨COの第二回個展に向けて急ピッチで作業を進めていて、やらなければならないことが山積みだった。

丸八通りを進み、立花いきいき商店街の入り口まできたとき、角に立つのっぽビルからぞろぞろとスーツ姿の男たちがでてきた。

五階建てのくすんだ灰色のビル。いまではさして高くもないが、吾郎が子供のころは、このあたりでひとつだけ頭がとびだした、のっぽなビルだった。いまでも、スカイツリーの姿を隠すくらいに高くはあった。老朽化《ろうきゅうか》が進み、オーナー家族が暮らす以外は、昔からある歯科医院や雀荘など、わずかなテナントしか入っていない。ひとの出入りを目にするのは珍しかった。でてきた男たちは、ビルの前で立ち話をしていた。吾郎はそのすぐわきを通って、商店街に入った。

ギャラリーの前まできたとき、向こうからやってくる森若に気がついた。早足で近づいてくる森若が、手を上げ、おーいと声をかけてきた。

「大変だよ。とうとう本格的な戦争が勃発《ぼっぱつ》した」

「戦争？　リバーサイドハウスの件か」

「そうだ。住民たちが門のところで、でていけって騒いでるんだ」

吾郎は額に手を当て、天を仰いだ。

「横断幕を掲げている向かいの家に、生ゴミが投げ込まれたそうだ。それはひどいと、住民たちがまとまって、直接声を上げることになったようだ。なんだか悪化してるが、けっして悪いことじゃない。これはチャンスだ。吾郎、お前の出番だぞ」

森若はそう言うと、腰に手を当て、のっぽビルのほうを見上げた。

「ゴミを投げ入れたのがハウスの誰かだと、確実な証拠なんてないんだろ」

「やっぱり、連中の肩をもつのか」森若は上目遣いで吾郎を見た。「いいか、投げ捨てられた生ゴミに混ざっていた食材と、施設で前日の夕飯に使われた食材が一致してるんだ」

吾郎は肩をもとうとしたわけではなく、うやむやにしてしまったほうがいいと思っただけだが、そうもいかないようだ。しかたなく、森若とリバーサイドハウスに向かった。

商店街をほんの少し奥に進み、角を曲がると、すぐにいやな光景が目に入る。ハウスの前あたりに、ひとだかりができている。近づいていくと、剣呑《けんのん》な声も聞こえた。

門の前には住民代表と思しき六人の男女が険しい顔つきで立っていた。高齢者が主だが、中心にいるのは四十代とみられる生真面目そうな女だ。剣呑な声は門の内側から聞こえた。門の前に立って見ると、サングラスをかけた木田が喚いていた。

「さっさと帰れ。お前らにあれこれ言われる筋合いはねえんだ。このアホんだら」

「中村さんのうちにゴミを投げ入れたのはあなたたちでしょ。だから言います。何度でも言いますよ。私たちには言う権利があるんです。でてってちょうだい。私たちの静かな町を返してちょうだい」眼鏡をかけた生真面目そうな女が、声を裏返しにして叫んだ。

「だったら、やったやつに言えばいいだろ。なんなんだよ、偉そうによ。ここはお前らの町なのか。うるさいのはお前らのほうだろ」

木田は口を半開きにし、小柄な体を揺すりながら女に近づいていく。

森若に背中を押され、吾郎は足を踏みだした。木田と住民たちの間に割って入った。

「まあまあ、ここは商店街に任せてください。リバーサイドハウスのほうときっちり話をつけますから、今日のところはひとまず気持ちを収めてくれませんかね」

吾郎は住民たちに向かって言った。

「この間、会長さんもそんなことを言いましたよね」眼鏡の女が森若に顔を向けた。「なのに全然収まらないじゃないですか。任せてくれって言ったのに、こんなことになって」

背後に立つ老人たちが、そうだそうだと声を上げた。

「いや、それは確かに言ったんだが……」森若は助けを求めるような目を吾郎に向けた。「なんとか、もう一度チャンスをくれんかな」

吾郎も「お願いします」と頭を下げた。「こういうのは、直接相手を非難してばかりじゃ平行線を辿るだけだ。第三者が間に入ったほうが、解決は早いと思うんだ」

「第三者ですって。商店街には当事者意識はないんですか」

眼鏡の女は、呆れ、驚いた顔をして嫌味な溜息をついた。

「もちろん、商店街はみなさんと同じ立場にたって、この問題に頭を悩ませてる。だからこそ、代表してもう一度、向こうと話をしたいんだよ」森若が慌てて言った。

「なんだよ、あんたたちは、向こうの味方かよ」と、今度は木田が文句を言う。

眼鏡の女が「今回だけですよ」と譲歩《じょうほ》した。吾郎は木田をなだめながら、施設長と話をするためハウスに入っていった。

施設長は雲隠れしたわけではないだろうが、どこかにでかけて、姿はなかった。

ワンや政田に訊いたところ、施設長から外出を控えるようにというお達しはでていない。それどころか、住民たちの主張は横暴で、自分も腹が立つから、気にせずこれまでどおり、好きに振る舞えばいいと、けしかけるようなことまで口にしたそうだ。

下川田はいったい何を考えているのか。吾郎は腹が立った。入所者には悪いが、ハウスを庇う気もなくした。どうにでもなれと思いながら、早々にハウスをあとにした。

外で待っていた住民たちに、話はついたと嘘を言った。森若には、商店街に戻りながら、この件から手を引いたほうがいいと忠告した。施設長は和解する気などまるでないと正直に伝えた。森若はもう夢を見るのは諦めたようだ。これからは住民たちとともに施設の排斥《はいせき》運動に力を入れることにすると、力なく言った。

「これは商店街全体の立場だから、お前もあっちに肩入れしたりするなよな」

吾郎は何も行動する気はなかったが、住民側につくのはしかたがないと思った。住民との対立が続けばどういうことになるか、下川田もきっと思い知るだろう。

翌日の午前中、そろそろ怒りにいこうかと思っていたところに、魁多から電話があった。興奮したような声で、「こうじが帰ってきた」といきなり言った。

吾郎は錦荘に駆けつけた。部屋にはこうじがきていた。ふたりで画用紙に向かい、恐竜の絵を描いていた。吾郎が入っていくと、こうじは目を向け、ちょこんと頭を下げた。腕のギプスもとれているし、拍子抜けするほど以前と変わりがなかった。

しばらくすると、これから仕事にでかけるという木下が魁多の部屋にやってきた。こうじは一時帰宅で戻ってきたのだそうだ。夏休みの間にもう一度一時帰宅をさせ、とくに問題がなければ施設から自宅に戻ることができるのだという。

「今晩、息子さんも呼んで、一緒にご飯を食べませんか。もちろん、魁多君も」

木下にそう誘われ、吾郎は返答に困った。

「今晩は都合が悪いですか」

「そういうわけじゃないんだ。ちょっと色々とあって、息子と会うことができないんだ。大樹に連絡をとって、都合がよければ、あいつだけいかせるよ」

「それは困ったな。私は帰るのが遅くなるので、松橋さんに食事のしたくとかお願いして、先に始めていてもらおうかと思ったんです。じゃあ、またの機会にしましょうかね」

「いや、そういうことなら、俺が面倒みるよ。大丈夫、別にたいしたことじゃないんだ」

「本当にいいんですか」

また、阪本との男の約束を破ることになるが、しかたない。

今日は魁多を怒るのをやめにした。こうじと存分に遊ばせようと思った。しかし、魁多にとっては、必ずしも満足のいく一日ではなかっただろう。午後になって、吾郎から連絡を受けた大樹がきて、こうじとふたりで遊びにでかけてしまった。魁多はどうみても不満げな顔をしていたが、いちおうは大人だから、何も口にはしなかった。

夕飯は魁多の部屋で六時から食べた。

大樹は友達の家で夕飯をご馳走になるとしか、ひとみには話していなかった。表情に後ろめたさが表われるようなことはなかったが、子供にそんな嘘を言わせなければならない自分の境遇に吾郎は腹が立った。

「ふたりで何して遊んでたの」

天ぷらを頬張りながら、魁多が訊ねた。不満げな表情は相変わらずだ。

「河原にいって、話をしたぐらいだよ」

こうじは魁多の表情など気にする様子もなく、素っ気なく答えた。

「またホーミーの練習でもしてたんだろう」

吾郎がそう訊ねると、こうじと大樹は顔を見合わせた。

「やらなかったよ」大樹が答えた。「もうホーミーはやめたんだ」

「ふたりともか」

大樹とこうじは揃って頷いた。

「もう必要ないから」とこうじが言った。

「必要に迫られてあんなものを練習する理由なんてあるのか」

またふたりは顔を見合わせた。こうじがこちらを向いた。

「超人になりたかったから」

「声が同時にふたつもでるなんて、人間ばなれしてるでしょ。だから超人になれるかもしれないって考えたんだ」大樹が補足した。

なんで超人になりたかったんだ、とは訊ねなかった。吾郎は自然と顔が綻んだ。きっと大樹が喧嘩の仕方を教えてくれと言ってくることも、もうないだろう。

木下は仕事で遅くなり、八時半に魁多の部屋にやってきた。入れ替わりで、吾郎は大樹を駅まで送るため、部屋をでた。

小村井の駅まで五分の道程。吾郎は、自分と会ったことをひとみには黙っているよう、念押しした。大樹は素直に言わないよと応じた。そして、父親の気持ちを確かめるつもりか、夏休みに、また会えるかと訊いてきた。

吾郎は、そうだなと考える素振りだけ見せて答えをはぐらかした。大樹はその先を待っているようだったが、答えを促すこともなく、気まずい沈黙をぶら下げたまま駅まできた。

吾郎はきっぷを買って大樹に渡した。大樹はそそくさと改札を潜る。

「じゃあな」と吾郎が声をかけると、大樹は振り向いて頷いた。そのままこちらに顔を残す。まだ答えを待っているのだと察し、吾郎は胸に痛みを感じた。

「お父さん、ありがとう」

大樹がふいに口にした。

「こうじ君のこと、色々ありがとう。——それだけ」

照れ隠しの無表情な顔を正面に戻すと、大樹はホームに向かった。

「大樹、また会おうな」遠ざかる背中に大声で言った。

大樹はちらっとこちらを向いて、顔いっぱいに笑みを咲かせた。

28

結局、こうじが一時帰宅している三日間は、魁多を怒らなかった。こうじと心おきなく遊ばせてやろうと思ったからだが、それだけではなかった。

公募展に向けて描き始めた魁多の絵は、黒と黄色の二色の絵の具を使った抽象画で、個展に出品した作品と代わり映えしないものだった。個展の作品はコレクターの半次郎さんから評価を得てはいた。しかし、ギャラリストの西木に言わせれば、悪くはないが以前に描いていた絵に比べてレベルは劣る。つまり最高の作品ではないということだ。

吾郎の目から見ても、魁多の作品にはインパクトが足りない。「ジェムペイント・アートアワード」の過去の大賞作品を見ると、どれもはっとするようなインパクトがあった。個展に出品した作品からレベルを一段上げないと、大賞受賞は覚束ないように思えた。

こうじが施設に戻った翌日、吾郎は魁多の部屋にいき、このまま描き進めても大賞をとるのは難しい気がすると伝えた。

「個展のときに描いた絵よりも、技術的なものにしても、テーマにしても、さらにレベルを上げなければ難しいと思うんだよ。だからさ、描く前に、もうちょっと何を描くかじっくり考えてみたほうがいいんじゃないか」

魁多はわかったのか、わからないのか、ぽかんと口を開けて笑っていた。

怒られれば憑かれたように筆を走らせてしまう魁多にとって、考えながら描くというのは難しいことなのだとは思う。

「何かさ、社会性のあるテーマを取り入れてみたらどうだ。高齢化社会とか、グローバル化社会とかの問題点を絵のなかに潜ませたら、より深みのある作品になるかもしれない。アーティストっていうのは、そういう世の中の流れに敏感なものだろ」

魁多の個展会期中に、記帳ノートにそんなアドバイスを書き込んだひとがいた。それが正しいのかどうかわからないが、何か考えるきっかけになりはしないかと吾郎は口にした。

「高齢化とかグローバル化とか、なんかありきたり。そんなんで面白いの描けるのかねえ」

魁多は意地の悪そうな目で吾郎を睨む。

「例えばで言っただけだ。お前が面白いと思うテーマを見つけて描けばいいんだ。なんかあるだろ、そういうの」

魁多は腕組みをして、うーんと唸った。

「じっくりと考えるんだ。クリちゃんに会いたいんだろ。だったら、考えて、これまで以上の作品を描くしかないんだ」吾郎は厳しい声で言った。

魁多は顔を引き締め、大きく頷いた。吾郎はまた怒らないまま、アパートをあとにした。

ギャラリーに戻り、墨COの個展の準備を神戸と進めた。現像のラボから上がってきた写真に撮影者のラベルを貼りながら、出来映《できば》えをチェックしていった。

また、いい具合にボケた写真が撮れている。今回は子供にも撮影をお願いしているが、同じくボケていても、老人の写真と子供の写真は案外区別がついた。老人が撮ったものは、ほとんどが風景写真だが、子供たちは、一緒にいた母親や友達、自転車や道端の雑草など、気の向くままに、あれこれレンズを向けていた。

写真のチェックを終え、ふたりで案内状の宛名書きをしていたとき、ギャラリーのガラス戸をノックする音が聞こえた。

吾郎は顔を上げた。ガラスの向こうに意外な顔を見つけて、目を丸くした。

紺のサマーニットを着たひとみが立っていた。目が合うと、軽く頭を下げた。

吾郎は立ち上がり、引き戸に向かった。

「どうしたんだよ、めずらしいな」戸を開けて吾郎は言った。「仕事は休みか」

まだ五時前だった。

「今日は、早く上がったの。ちょっと話があるんだけど、いい?」

「ひとみちゃん、こんちは」神戸が案内状を書きながら言った。

ひとみは「こんにちは」と硬い声で返した。

「話があるなら、なかに入れよ」

「ううん、ここでいい」

ひとに聞かれたくない話ということか。吾郎は外にでて、戸を閉めた。

「なんだよ。俺と話をするため、わざわざ早く上がったのか」

だとしても、自分にとっていい話ではないだろうとわかっていた。

「違う。今日は大樹と阪本君と、三人で外で食事をする予定だから。日中、阪本君が大樹を映画に連れていってくれてるの」

ひとみはギャラリーと隣家の境目あたりまで移動し、足を止めた。後ろからついてきた吾郎を振り返る。真っ直ぐ視線を向けるひとみの顔は、厳しい表情に変わっていた。

「ねえ吾郎ちゃん、大樹にまた何かへんなことを吹き込んだでしょ」

「はあ。なんだ、またって。そんなことした覚えはないぞ」

「前に、父親はお父さんだけだって、大樹に言わせたでしょ」

「ああ、あれか」吾郎はひとみから目をそらした。「そんなことは、もうしねえよ」

「嘘。昨日大樹が言ったのよ。父親はひとりだけでいいって。阪本君をお父さんとは呼べないって。急にそんなことを言いだしたのは、あなたが何か吹き込んだからに違いないわ」

「そうか、あいつ、そんなこと言ってたのか」

「ほら、やっぱり。顔がにやけてる」

「言ってないよ。あいつが勝手にそう思っただけだろう」

「だけど、大樹と会ったでしょ。それは大樹も認めたわ。阪本君との約束を破って、大樹と会ってるんでしょ」

「それは、色々と……」言い訳はやめた。約束を破ったことは間違いないのだ。

「だから大樹には会わないでって言ったのよ。いい、たとえ大樹が反対しようと、あたしは阪本君と結婚する。苦しむのは大樹なのよ。あたしだって、阪本君だって辛いわよ。にやけて喜んでいるのは、あなただけ」

「喜んじゃいない。でもよ、大樹の気持ちを無視するのは、母親としてどうなんだ」

「よけいな口だし、しないで」ひとみは声を張り上げた。「大樹が反対しても結婚はする。だけど、大樹に父親と認めてもらえるよう、阪本君もあたしも努力は惜《お》しまないつもり。だから、あなたに会わないでってお願いもしたんでしょ。いい、あなたがあたしにどれだけ未練があるか知らないけど、よりを戻すことはもうないのよ。だから、変な小細工をして、あたしたちを振り回すのはやめてちょうだい」

「なんにもしてねえだろ。未練なんて……、ない」

また目をそらしてしまった。吾郎は慌ててひとみの顔に視線を向ける。

「あたし、吾郎ちゃんのこと、ひととしてべつに嫌いじゃない。だけど男としては、もうちゃんと見られない。離婚したのは、リフォームの仕事をしていたことだけが原因じゃないからね。前に強い男のひとが好き、仕事のできるひとが好きって言ったけど、そういう意味で、あたし吾郎ちゃんのこと、もう尊敬できないから」

「いいぜ、尊敬なんてしてくれなくて。未練なんてないって、言ってんだろ」

ひとみに背を向けた。ギャラリーに逃げ込むタイミングをはかっていた。

「ねえ吾郎ちゃん、神戸さんにまた仕事を手伝ってもらってるの？」

「はあ、神戸のことなんて関係ないだろ。あいつには、今度の個展の作業を手伝ってもらってるだけだ。ギャラリーの運営とかには関わらせていない」

「関係ないことないって、自分だってわかってるでしょ。あたし、あなたが神戸さんとつき合ってるだけで、がっかりする」

「俺が誰とつき合おうと勝手だろ」吾郎はひとみを振り返り、声を低くして言った。

「もちろん勝手にしていいわよ、もう離婚してるんだから。でも、あたしががっかりするのも当然でしょ。会社のお金を持ち逃げして、倒産に追い込んだ男と、その後も仲良くつき合うなんて、どうかしてる。お人好しにもほどがある。結局は、仕事に対して、その程度の真剣さしかないってことよ。仕事より、お友達が大事ってことなんでしょ」

「うるさい、それ以上言うんじゃねえ」吐きだすように言った。

「言うわよ。今日は大樹の話をしにきたけど、さっき、神戸さんと仲良く仕事をしているのを見て、ほんとにがっくりきた。あたし、大樹にはそんなお人好しになって欲しくない」

「仕事に厳しければいいのか。部下を奴隷《どれい》のように、怒鳴りつけて蹴飛ばす、阪本のようなやつに大樹をしたいのか」

「阪本君の仕事のやりかたはわからない。だけど、真剣に仕事に向き合う姿勢は見習わせたい。それに、仕事のことだけじゃない。会社が倒産して、あたしたち家族も苦労した。その原因を作ったひとをあっさり赦《ゆる》すってことは、家族も大事にしないってことでしょ」

「……俺が、家族を大切にしなかったと言うのか」

問題のある、あのリフォーム会社の仕事に耐え、二年で借金を返したのは家族のことを思っていたからだ。それなのに家族を大切にしていないと言うのか。

「少なくとも、あたしにはそう見えたし、いまもそう見える」

ひとみは憐れむような目で見ていた。

「わかったよ。会わなきゃいいんだろ。情けない父親の姿を見せなけりゃいいんだろ」吾郎は荒い息をつき、手を差しだした。「携帯を貸せ。大樹に電話をかける」

しばらく能面のような顔で見つめていたひとみは、肩にかけたトートバッグから携帯電話を取りだした。ボタン操作をしてから、吾郎に差しだす。吾郎は受け取り、大樹の携帯番号が画面に表示されているのを確認して、発信ボタンを押した。

コール音がしばらく続いて、ようやく大樹の声が聞こえた。

「お母さん？」

「いや、お父さんだ」

「ええっ」と驚きの声が耳に届く。外にいるようなまわりの喧噪《けんそう》も聞き取れた。

「もう俺のところに訪ねてくるな。俺がこいと言っても、くるんじゃない。俺はもうお前の父親じゃない。いま隣にいるひとが、お前の父親だ」

「なんで、そんな……。どうして――」

「つべこべ言うな。お前に訪ねてこられると迷惑なんだよ。俺は忙しい。電話もかけてくるな。いいな」大樹の返事を待たずに、吾郎は電話を切った。

「あなた、そんな言い方しなくても――」

「どんな言い方しようと勝手だ。これで、お前たちは家族三人で幸せに暮らせるんだろ。だったらいいじゃないか。感謝しろ」

吾郎は携帯を突き返し、ひとみに背を向けて歩きだした。

「お前も俺を訪ねてくるなよ」

返事はなかった。吾郎はギャラリーの引き戸を開けてなかに入った。

神戸が顔を上げて、お帰りと迎えた。機嫌をうかがうような、安っぽい笑みを浮かべていた。

四年前、神戸はやくざに借金のあるフィリピン人ホステスと駆け落ちをするため、会社の金をもち逃げした。その四ヵ月後、神戸はひとりで東京に戻ってきて、吾郎の前に現れた。やはり機嫌をうかがうような笑みを見せ、「ただいま」と言った。女に金をもって逃げられちゃったと、肩を落とした。吾郎はばかやろうと一発殴りつけた。それから、二日間何も食べていないという神戸を連れて居酒屋にいった。吾郎は神戸を赦したわけではなかった。最初から、惚れた女には際限なく尽くしてしまう男だとわかった上でつき合っていたのだから、赦すも赦さないもない。そういうやつだとあらためて確認しただけだった。神戸が謝るたびに頭を小突いた。ばかだなと繰り返し言った。ひとみに言われるまでもなく、自分がばかなのだと気づいていたが、それを気に病むことはなかった。今日までは。

「神戸、今日はもういい。帰ってくれるか」

声に苛立ちが紛れ込んでいた。

「ああ、そうする。俺もちょうど飽きてきたところだった」

神戸は立ち上がると、何も訊かず、目も合わさず、そそくさと帰っていった。

29

昼前に魁多の部屋にいった。まだ寝ているだろうと思ったら、しっかり起きていた。なんのことはない、暑くて寝ていられなかったらしい。

「暑いよ。もう動く気にもなんない」

アトリエの窓を開け放ち、魁多はぐったりと壁にもたれかかって座っていた。

「動く気にならなくても、考えることはできる。描きたいテーマは見つかったのか」

「全然。何も浮かばない」

昨日の今日ではそれもしかたがないとは思う。しかし吾郎は、昨日以来の苛立ちが収まっていなかった。「何も浮かばないんじゃなくて、浮かぶまで考えなかっただけだろ。お前、クリちゃんに会えなくてもいいのか」

「吾郎さん、まだ怒らないで。お腹空いてるから、怒るのは何か食べてからにしてよ」

「今日は怒りにきたわけじゃない。なんだよ、お前、動く気にもならないくせに、いっちょまえに食欲だけはあるのか」

魁多は吾郎の顔の前で手を振った。「ああ、もう、だから怒らないでって」

今日なら無理をしなくても、本気で怒れそうな気がする。けれど、怒ったところで、魁多はまた気の向くままに筆を走らせるだけだろう。

「そーめんでいいか」吾郎は訊ねた。

「チャーハンがいい」

「材料がない。わざわざ買いにいくのは、俺が面倒臭い。そーめんにしろ」

「やだ。チャーハンがいいよ」

「チャーハンが食べたいなら、ちゃんと考えろ。食べたら、テーマを考えるんだぞ」

いつもながら、魁多は簡単に食べものにつられる。頷いた魁多は、早くも何か考え始めているように見えた。


材料を買ってくるのはやはり面倒だったので、外へ食べにでることにした。動く気にもならないと言っていたくせに、店に向かう魁多の足取りは軽かった。

丸八通りから立花いきいき商店街に入った。ギャラリーの並びにある大福飯店を目指した。ラーメンはたいしたことないが、チャーハンと餃子はまずまずだった。いちばんうまいのはカレーライスだが、大福のおやじはそれを認めたがらない。

店の前までできて魁多は腰を屈めて何かを拾った。腰を伸ばした魁多の手のなかのものを見ると、煙草の吸い殻だった。

「まだ続いているんでしょ」魁多は吸い殻をポケットにしまうと言った。

「ああ、変わらずな」

近隣住民によるリバーサイドハウス排斥運動は続いている。ハウスの連中も、変わらず、ここらをうろうろしている。激化はしていないが、解決の見通しは立っていなかった。旗色はハウスのほうがやや悪い。嫌気の差した入所者何人かが、路上に戻っていったそうだ。

商店会では森若が中心となって、ハウスの前で行われる抗議活動に参加していた。吾郎は、もし調停が必要になった場合の切り札になるから、自分は目立った動きはしないほうがいいと言いくるめて、抗議活動には参加していなかった。

店に入ると、先客はひとりだけ。サングラスを曇らせてラーメンを食べているのは、リバーサイドハウスの木田だった。

「よう、木さん。外で昼飯とは優雅だな」

吾郎は木田の背後のテーブルに向かいながら声をかけた。

「たまにはまともなものを食わなけりゃ、やってられないよ」

「それにしても、中華はまずくないか。ワンが知ったら、ショックを受けるぜ」

木田は何も答えず、ラーメンをすすった。

席に座り、吾郎は五目焼きそばを注文した。魁多は虚《きょ》を衝いて、麻婆ラーメン、と声を張り上げた。冷房の効いた店に入って、気を変えたようだ。

注文を受けた大福のおやじは、あいよとやる気のない返事をよこした。たぶんハウスの木田がきているから、機嫌が悪いのだろう。しかし、追い返したりしなかったのは、それだけやってくる客が少ないからに違いない。

大福のおやじは手際よく、ふたりの注文を同時に仕上げてもってきた。さっそく割り箸を割った魁多が丼に箸を伸ばしたとき、吾郎はふと気づいて魁多の箸を止めた。

「おい魁多、チャーハンじゃなくても、ちゃんと絵のテーマを考えるんだぞ」

魁多は一瞬、困惑の表情を見せて笑った。「もちろんだよ。わかってる」

そんな姑息《こそく》な手を考えられるやつではないと思ったが、念のためだった。

正面に見える木田は、背を丸めてまだラーメンを食べていた。ずいぶんのんびり食べているな、と考えていたら、「ほいぇ」と変な声が聞こえた。

木田が発したようだ。背筋を伸ばして固まったように動かない。

突然、バンと大きな音が響いた。木田が立ち上がった。

「おい、おやじ。これはどういうことだ」木田がカウンターのほうを向いて叫んだ。

「なんだ、うるせーな。大声だすなよ」

客あしらいは慣れたもの。大福のおやじはのんびりと言った。

「蠅《はえ》が丼のなかに入ってたぞ。この店じゃ、こんなものを食わせるのか、あーっ」

木田は、痙攣したように体を揺らした。

「なんだと」大福のおやじが血相を変えてカウンターからでてきた。「嘘だろ。うちの店には蠅なんか飛んでねえぞ」

「だったらこれはなんなんだよ。見てみろ」

木田が丼を指さす。おやじは腰を屈めて覗き込んだ。

「蠅だろ。それとも、ゴキブリか」サングラスをかけている木田は、強気だ。

顔を上げた大福のおやじは、顔を歪めて木田を睨む。

「どうしてくれんだよ。俺は蠅の入った汚いラーメンを食っちまったんだぞ。どう落とし前つけんだ」

腕組みをして聞いていたおやじが、口を開いた。「おかしいぜ、店のなかに蠅なんて飛んでなかった。丼のなかに入るわけないんだ。お客さん、自分で入れたんじゃないの」

「なんだと、蠅入りのラーメンを食わせた上に、ひとをゆすり呼ばわりするのか。ただじゃすまさねえぞ」

「こっちだって、信用傷つけられて、黙っちゃいないぞ。ねえ、あんた、施設の入所者だろ。ちゃんと金もってきてるのか」

「ばかに、すんな。こんな安いラーメン、何杯だって頼めるぐらいもってるぜ」

木田はポケットをさぐり、一万円札を取りだして見せた。大福のおやじは顔をしかめた。

まずいな。ほうっておけば、また新たな火種となりそうだ。しかし、収めようにも、どちらにつけばいいのか、吾郎には判断できなかった。中立の立場をとるなら、大福のおやじに、ひとまず謝るように言うべきだろう。しかし、実は吾郎も、木田が自分で蠅を入れたのではないかと疑っていた。とはいえ、証拠もなく、お前が入れたんだろと言うことはできない。まあまあ、ここは仲良く、となだめたところで、収まりそうもなかった。

どうしようかと考えながら、立ち上がった。そのとき、ばんと激しい音が耳に響いた。魁多がテーブルに手を打ちつけた。

木田も大福のおやじも、驚いてこちらのテーブルに顔を向けた。

「どうした、魁多」

魁多はなおもテーブルを叩く。二度、三度、テーブルのコップが移動するくらいに強く手を打ちつけた。

「ふざけんな、このくそおやじ！」テーブルを叩きながら、大声を発した。

「くそおやじって、俺のことか」

大福のおやじは戸惑いの表情で魁多を見、吾郎に視線を移した。

「そうだよ。なんで謝んないんだよ。自分が悪いのに、ひとを疑ったりして、最低だ」

「悪いと思ってないんだからしょうがないだろ。本当に蝿が飛び込んだのか疑ってんだ」

「蝿は入ってたんだ。間違いない」

「そんなのな――」

おやじは言いかけたが、魁多がテーブルを叩き、遮った。

「俺のにも入ってたんだ。麻婆ラーメンのなかにも蠅がいたんだよ」

えーっと驚きの声が重なった。

大福のおやじが近づいてきた。吾郎も丼のなかを覗き込んだ。ぴくりとも動かない蠅が、横向きで汁に浮いていた。大福のおやじも確認したようだ。熱い湯にでも浸かったような顔をして、吾郎に目を向けた。

「俺たちまで、疑ったりしないでくれよ。そんなことしたら、商売人としておしまいだよ、大福さん」吾郎は静かな声で言った。

「謝れよ、ちゃんと謝れ」魁多が甲高い声で叫んだ。

「ああ、なんか、誤解があったな。もちろん、お代はいらないよ」

おやじは木田のほうを振り返ると、気まずげにそう言った。

「あったり前だ。ふざけんじゃねえ。こんな店、二度とくるか」木田はテーブルの脚を蹴飛ばすと、歩きだした。引き戸を叩きつけるように開け、憤然とでていった。

「ああ、いますぐ作り直しますから」

木田の姿も足音も消えると、大福のおやじは、思いだしたように魁多に言った。

「もういい。吾郎さん、俺たちも帰ろう」泣きそうな顔をして魁多は言った。

「ああ、そうしよう」

財布をだしたが、お代はいらないと大福のおやじに言われた。

「本当にすみませんでしたね」

おやじに頭を下げられた魁多は、嫌々するように頭を振った。

「俺に謝ったってしょうがないだろ」

魁多の叫びは、吾郎の胸にも重く響いた。

「ねー、なんで、みんな、ハウスのひとを嫌うの。ホームレスだったから。仕事してないから。服がだらしないから？」

店の外にでてきても魁多の気持ちは収まらなかった。すぐに足を止め、体を震わせて言葉を吐きだした。

「べつに嫌っているわけではないんだろうけどな」

誰かを庇う気などなかったが、吾郎は言い訳するように小声で言った。

「町をうろうろしたり、煙草を捨てたりするのがハウスのひとじゃなかったら、こんな大きなことになんて絶対にならなかったよ。どうしてみんな、悪く思うんだよ。ハウスのひとたちのこと、なんにも知らないくせに」

魁多はギャラリーのほうに向かって歩きだした。吾郎もあとについて歩いた。

「俺、アパートにいられなくなって外で生活を始めたけど、お金がなくなってご飯が食べられなくなって、夏で暑くて、頭がぐらぐらして、ほんとに死ぬかと思ったとき、川べりにいた政田さんたちが助けてくれた。自分が食べる分を削って、俺に食べ物をもってきてくれた。あのころ木さんもまだ外で暮らしていて、飴玉《あめだま》とか手に入れると、くれたんだ。俺のこと、子供だと思ってたみたい」

魁多は口を横に引き、表情を緩《ゆる》めた。が、すぐに顔を曇らせ、立ち止まった。

「みんな、俺には優しくて親切だったよ。俺だってみんながどんなひとなのか、本当はよくわかってるわけじゃない。でも、ひとついいところがあれば充分だよ。ホームレスだって、なんだって、みんないいひとたちだよ」

「そうだよな。ひとつあれば充分だよな」

顔を歪めた魁多の肩に、吾郎は手をのせた。

ひとついいところがあれば充分。心のなかで繰り返した。そのとおりだよと、自分に何かを刻みつけるように呟いた。

吾郎は神戸のことを頭に浮かべていた。高校時代の、髪の毛がまだふさふさしていたころの神戸の顔が浮かんだ。

高校三年のとき、吾郎はつき合っていた彼女に振られた。ちょっとしたことから大喧嘩になって、大嫌い、顔も見たくないと引導を渡された。

しばらくして、その元彼女に彼ができたことがわかった。よく聞いてみれば、自分と別れる前からつき合い始めていたらしい。こけにされたと吾郎は怒った。怒りは新しい彼に向いた。美大進学を父親に反対されてむしゃくしゃしていた吾郎は、ナイフをポケットに忍ばせ、ぶっ殺してやると、その男を捜しにでかけた。名前と自宅からの最寄り駅しかわからず、その駅の周辺を闇雲に捜し回った。横には神戸がいた。普段は吾郎の言葉に素直に従う神戸だったが、ついてくるなと言っても、離れなかった。もとより怒りに沸き返っていたから、頭をはたいたり、胸をどついたりもしたが、それでもついてきた。

結局、深夜になっても男は見つからず、むしゃくしゃが収まらない吾郎は、街で不良に喧嘩をふっかけた。いつもなら暴力沙汰になりそうになると、すっと姿を消してしまう神戸が、その日は最後まで吾郎のそばを離れず、喧嘩にも巻き込まれた。ぼこぼこにやられて、終わったときには前歯が欠けていた。その間抜けな顔を見て、吾郎は笑った。

社会人になって四年目、吾郎の父親が亡くなったときも、神戸は鬱陶しいくらいそばを離れなかった。ひとみと離婚したときもそうだ。あいつはいつもそばにいてくれた。べつに慰めの言葉をかけるわけでもなく、ただ、そばを離れず、自分を見ていてくれた。

ひとついいところがあれば充分。ひとみにどう思われようと関係ない。あいつは俺にとって、充分友達であり続けたのだ。

　歩き始めた魁多のあとを追って吾郎は足を進めた。魁多の横に並んで、言った。

「ハウスのみんなに、何かしてやらないと。お前に親切にしてくれたお礼をしよう」

30

　ギャラリーの戸ががらがらと音を立てて開いた。引いたカーテンをかきわけて、顔がひとつ覗き込んだ。

「席、空いてるかにー」

　日に焼けた顔と白い無精髭のコントラストが鮮やかだった。

「おー、テルちゃん。空いてる、空いてる。こっち、おいでよ」

　テレビを観ていた鮫《さめ》さんが手招きした。

「席なんていくらでもあるからさ、いつでもきてよ」

　隅っこのほうにいた吾郎は、立ち上がって紙コップをとりにいった。

　壁の裏に回ると、奥の部屋の戸が開いた。

「テルちゃんがきたんでしょ」

　魁多が顔を覗かせた。はいこれ、と言って吾郎に紙コップを差しだした。サインペンで「テルちゃん」とちゃんと書かれてあった。吾郎が紙コップを受け取ると、退屈だよ、と訴えかけるような目をして魁多は奥に引っ込んだ。

「冷たいものを飲むなら、これ使ってくれ」

表に戻って、吾郎はテルちゃんに紙コップを渡した。テルちゃんはビールケースの椅子を確保し、テレビを観る集団に混ざって座っていた。

「初めてだから、ここのルールを説明しておく。飲み物は現在キャンペーン中でただだ。食べ物は乾き物ならもってきて摘《つま》んでもいいけど、いかとか臭いの強いものはやめてくれ。酒、煙草は禁止。出入りは自由だが、まあなるべくここで涼んで欲しいね。紙コップの使用は一日一個だけ。出入りするときは捨てないで、戻ってきたら、また同じのを使ってくれ。あとは、仲良く過ごして欲しいね。以上だけど、何か質問はあるかい」

「ないよ」テルちゃんは艶《つや》やかな禿頭をなでながら言った。

「ようこそ、お休み処《どころ》ギャラリータタミへ。——ああ、忘れてた。営業は九時から五時まで。十二時から一時間は休憩が入る。その間は、ハウスに戻ってくれ」

「昼飯もここでだしてくれると嬉しいんだけどな」

壁際で安藤と将棋をさしていた政田のじいさんが言った。

「吾郎さんの飯は、ほんとにうまかったからな」鮫さんが懐かしそうに言った。

その当時は量が少ないとか、ぶーぶー文句を言っていたのを知っている。新施設長とワンのおかげで、吾郎はすっかり伝説の名シェフになっていた。

ギャラリーのなかには十人ほどのリバーサイドハウスの入所者が集まっている。五日前から、日中、ここを入所者に開放していた。商店会と住民との関係もあるから、大々的に告知するわけにもいかず、そのへんにたむろしている入所者に声をかけて、冷房を効かせたギャラリーのなかに呼び入れた。あとはハウス内の口コミで増えていった。しかしこの三日間は十人前後で、ほぼ面子《メンツ》は同じ。新顔の登場はテルちゃんが久しぶりだった。

近所を徘徊《はいかい》しているのは二十人ほどと思われ、まだ半数が外をうろうろしている。きている者の話によれば、口コミで全員に伝わっているだろうとのことで、なんでお休み処を利用しないのかはわからなかった。

魁多は自分も手伝いたいと言って毎日ギャラリーにきているが、これといってやることはなく、吾郎は用事ができたら呼ぶからと、奥で、アートアワードに出品する作品のテーマを考えさせていた。

吾郎は表の戸に向かった。カーテンが少し開いていた。

本来、住民にとっても悪い話ではなく、お休み処を隠れてやる必要はないが、商店街でかくまっているととられ、ややこしいことになる可能性もあった。

カーテンをきっちり閉めようと端に手をかけたところで動きが止まった。ギャラリーの前にひとだかりができているのが隙間から見えた。なんだろうと思い、カーテンの端をめくって隙間を広げた。もしやこれはと思ったとき、大きな声が上がった。

「橘リバーサイドハウスのみなさん。ここに隠れているのはわかっています。こそこそと隠れるぐらいだったら、早くこの町からでていってください。——でていけー」

吾郎は大きくカーテンを開いた。

「でていけー」と唱和しながら、拳を高く突き上げる集団の姿が目に映った。

なんだ、どうした、と動揺した声が、ギャラリーのなかで上がった。

「いまの、何？」

振り返ると、魁多が壁の内側から顔をだしていた。

先日の、眼鏡をかけた女がまた先頭に立っていた。女のかけ声に続いて、老人たちの唱和が響く。さすがに商店街の人間は混ざっていなかった。

「いいから、なかにいろ。でてくるなよ」

「これ、住民運動でしょ。なんでここでやるの。何もしてないのに」

魁多が茫然とした顔ででてきた。

「とにかく、俺が話をつけてくるから、ここにいろ。みんなもな」

不安げな顔をしている者も何人かいた。政田のじいさんに目配せしながら、魁多のほうに顎をしゃくると、じいさんは立ち上がってやってきた。

「魁多、一緒に待ってような」政田がなだめるように魁多の肩をもんだ。

吾郎は戸を開け、外にでていった。近づいていくと、女は声を上げるのをやめた。五十センチほどの距離まで女に接近すると、あとずさりした。

「いったい、なんのつもりだ。俺は住民のみんなに迷惑がかからないように、施設の入所者をここに呼び入れた。なんにもしてないのに、でていけというのは、理不尽過ぎだろ」

「私たちは、もう、うろうろしているとか、煙草をポイ捨てしたとかはどうでもよくて、先日の生ゴミを庭に投げ捨てたことを重く見てるんです。もう、この町をでていってもらうしかないと思ってます。だから、施設のひとたちがいる、ここで抗議しているんです」

「ここは、商店街だ。こんな抗議活動を行ったら、迷惑になるということに考えがおよばないのか。非常識だと思いませんか」

「常識的なことをやっていても解決しないとわかったんですよ。だから――」

「だからって非常識なやり方をすれば、煙草をポイ捨てした人間とおなじになる。いいんですか、それでも」

強く迫ると、女は怯《ひる》んだ。吾郎から視線を外し、逃げ場を探すように通りの先に目を向けた。

「わかりました。今日は帰ります」

女が見たほう、丸八通りのほうに吾郎も目をやった。商店街の入り口に男が立っていた。のっぽビルの陰から、こちらのほうを見ている。——おや、あれは。

「ですけど、ここの存在を認めたわけではありませんから。住民のためとはいっても、私たちの活動にとっては、マイナスになる面のほうが多いですから」

「あなたたちは、本当に住民を代表してるのか」吾郎は女に目を戻して言った。「自分たちの感情だけで動いているんじゃないのか」

「なんですって」女は目を剝き、甲高い声を上げた。「近隣住民の大半を連れてきてもいいんですよ。そうしてここで、声を上げましょうか」

「そんなことをしたら、俺はギャラリーを守るため、話し合い以外の手段に訴える。それでもいいか」吾郎はどうにか感情を抑えて言った。

女はふんっと鼻を鳴らした。「みなさん、帰りましょう。ハウスの人たちは昼時には施設に戻るはずですから、そのときにまた集合いたしましょう」

女の言葉に従い、年配者が目立つ集団は商店街の奥のほうへ進みだした。

吾郎は睨みつけるようにその姿を見送っていたが、ふいに思いだして、丸八通りのほうに首を振った。先ほど立っていた男はいなくなっていた。

見間違いでなければ、知っている男だった。なんでこんなところにいたのだろう。いまさら、自分が出資したギャラリーを見にきたわけではあるまい。

こちらを窺っていたようにも見えた男は、阪本だった。

31

毎日何かがおきる楽しい町、ならいいが、毎日トラブルがおきる騒がしい町、というのが、いまのこの町の姿だろう。

なんか外が騒がしいな、と思ってカーテンをめくってみると、立花いきいき商店会の若手幹事、牛乳販売店の植木《うえき》三郎《さぶろう》、五十四歳が商店街を駆け抜ける。「お手隙のかたは、リバーサイドハウスの前にお集まりください」と声を張り上げた。

また始まったか。吾郎は溜息をついて、背後を振り返った。みんながこちらを見ていた。

みんなといっても、今日、お休み処を利用しているのは四人だけ。政田に安藤に、鮫さん、テルちゃんの、高齢者トップフォーが綺麗に並んでいた。あとは、先ほどやってきた魁多もいる。なんでこれしかこないのか不思議だった。

「吾郎さんもいくのかい」安藤が訊ねた。

「ああ、いくよ。だけど、俺は見るだけ。抗議運動には参加しないから」

外へでて、ハウスへ向かった。八百屋のばあさんもせっかちな足取りで向かってい
た。角を曲がると、ハウスの前にひとだかりが見えた。整然と並んでシュプレヒコー
ルを繰り返す、いつもの風景とは違った。住民たちは雑然とたたずみ、口々に何かを
叫んでいた。

吾郎はみんなが集まる門の前にいった。そこから見える風景もまた、いつもと違っ
ていた。最初に横断幕を見つけたときと同じくらいの衝撃を受け、がっくりときた。
門の内側にはリバーサイドハウスの入所者がずらりと並んでいた。門を挟んで住民
たちと罵声《ばせい》のかけあいをしていた。木田が応戦したことはあったが、これまで入所者
たちは、住民たちの抗議に黙って耐えてきた。しかし、もう、我慢の限界がきたのか
もしれない。

「この町からでていきなさい」

「お前らのほうこそでていけ」

「ほんと、許せないわ」

ぶつかりあってかき消される声の合間に、はっきりした声が聞き取れた。茫然とた
たずむ吾郎の肩を、誰かが叩いた。顔を向けると、森若だった。

「またゴミが住民の庭に投げ捨てられた」そう言うと、眉間に皺を寄せて脅かすよう

な目で吾郎を見た。「しかも、いつも先頭に立っている、あの女のところらしい」

門のどまんなかに女の後ろ姿がある。眼鏡をかけたあの女だろう。野太い男たちの声に負けじと、体を揺らして声を張り上げている。

「彼女、朝からハウスにひとりで乗り込んでいって、ぎゃんぎゃん騒いだらしい。ハウスの入所者はそれに腹を立てて、応戦する気になったようだ」

ほとんどの入所者は、ゴミの投げ捨てに関わっていない。腹が立つのも当然だろう。

豆腐店の三田が商店街のほうからやってきた。意味もなく、「おーっ」と拳を突き上げると、向かいの家のあたりにたたずむ。抗議活動に消極的な者は、そこらへんでひとかたまりになっていた。

男たちの怒号が響き、リバーサイドハウスのほうに目を向けた。

門の前に立つ女が、白いレジ袋をぐるんぐるんと振り回していた。

「あなたたちのゴミなんですから、お返しするわよ」

女の手から離れた袋が、門を越え、入所者たちに向かって飛んでいく。口を閉じていなかったようで、中身が飛びだし、男たちに降りかかった。

「きたねえ」

「なんてことしやがる」

悪態が飛び交った。

「元のもちぬしにお返ししただけでしょ。騒がないでください」

眼鏡の女の声が、男たちの声の切れ間に、きれいに響き渡った。

「ふざけるな」

「俺たちはなんにもやってない」

「きゃー」と女の悲鳴が上がった。誰かがゴミを投げ返したようだ。

住民たちの悲鳴が上がる。次々にゴミが飛んでくる。

「何するの、ひどいわ」

「そっちが投げてよこしたんだろ」

「あなたたちのゴミでしょ」

またゴミが門を越えて、ハウスの敷地へ。そのゴミが、再び住民のほうへ。

拾っては投げ。投げては拾う。門の上をゴミが飛び交った。その様子は運動会の玉入れ競争を思わせたが、そんなのどかなものではなかった。

「やめろ、やめろ」

吾郎は止めようと門のほうへ向かう。

飛んできた何かが額に張りついた。剝がして見ると、しなびたレタスだった。

「じいさんたち、当分帰らないほうがいいぞ。何がおこるかわからないからな」

ギャラリーに戻った吾郎は、四人に忠告をした。

ゴミ投げはなんとか収まったが、睨み合いはまだ続いていた。昼食の時間になれば、どうせ、みんな、引き揚げるだろうと思い、吾郎は戻ってきた。

「なんでこんなことになっちまったんだろうな。まあ、堪忍袋の緒が切れた、というとこなんだろうけど」

吾郎はビールケースの椅子に腰を下ろし、ふーっと溜息をついた。

「堪忍袋の緒が切れた、というのは確かにそうなんだろうけどね――。みんなの気持ちは、吾郎さんが考えているのとはちょっと違うと思うよ」

安藤が、霜柱《しもばしら》みたいな無精髭をさすりながら、とつとつと語った。

「本当は住民のことなんてどうでもいいんだ。もちろん、腹が立ったり、悲しかったりはするだろうが、そんなことはいくらでも耐えられる。みんな、ホームレスだったときに、もっとひどいことを言われたり、されたりしているはずだから。それよりハウスの待遇《たいぐう》のほうが、みんなこたえてるよ。食事はうまくないし、量も少ない。同じ金を払っているのに、以前より質が悪くなっているんだから、腹もたつ。昼間、冷房を使えないのもそうさ。なんで、毎日毎日、外にでなければならないんだ。たまには部屋でのんびりしたいさ。心に溜まっていった、そんな不満を、住民運動の連中にぶつけているだけのような気がするんだ」

「なるほどね」

新施設長は、住民運動の火消しに協力的ではなかった。入所者の不満を、外部にそらすことができると考え、そうしていたのかもしれない。

「施設長に不満をぶつけてやればいいんだ」

「住むところを失いたくないと思ってるんだよ。いったん屋根のある暮らしに慣れると、外の暮らしには戻れなくなるもんだね。住民運動が始まってから路上に戻っていったのは、新しく入ってきたひとたちばかりだ」

他の三人に顔を向けると、そのとおりと同意するように頷いた。

「俺たち四人は、食欲も何欲も、枯れてるからまだ我慢できるけど、うまいもん、というか、もう少しましなものが食べたいなあ」テルちゃんが首を伸ばし、夢を見るように言った。

「俺は枯れてないよ。やっぱり腹いっぱい食べられるのが幸せだよな。棺桶《かんおけ》入るまでに、あと何回食べられるんだろうな、腹いっぱいさ」

鮫さんは腹が減ってきたのか、おなかを押さえた。

「おい、どうしたんだ」突然立ち上がった魁多に吾郎は言った。

魁多は珍しく引き締まった表情をしていた。何か考えているのか、顔を上に向け、唇をかすかに動かしている。

「お前、ハウスの施設長のところに、殴り込みにいくつもりだな」

吾郎も立ち上がり、魁多の肩を摑んだ。

「違うよ、なんで俺が殴り込みにいくの。そうじゃなくて、見つけたんだ」

「何を？　この紛争の解決方法を見つけたのか」

「それも違う。絵だよ絵。描きたい絵のテーマが見つかったんだ」

魁多は口を大きく横に広げて言った。

「ほんとかよ、なんでこんなときに見つかるんだ」

みんなの話を聞かずに、ずっと考えていたのだろうか。

「ねえ吾郎さん、デジタルカメラと栄養士さんを用意して」

「デジカメならすぐに用意できるけど、栄養士ってなんだ。絵と関係があるのか」

「もちろんさ。栄養士さんがいないと描けない。どんな絵になるか自分でもわからないけど、なんか面白い作品になりそう。吾郎さんが言ったように、社会的なテーマもあるし」

「どんなテーマだよ、教えろよ」吾郎は期待と不安を拮抗《きっこう》させながら訊ねた。

「いま、みんなが話していたこと、そのままだよ」

「それじゃあ、こいつでよろしく頼むな」

吾郎は政田のじいさんにデジタルカメラを渡した。

じいさんは電源を入れると、吾郎にレンズを向け、早速シャッターを切った。

今日、亀戸の家電量販店へいき、デジタルカメラを買ってきた。二万円でおつりがきたが、充分見られる写真が撮れそうなスペックの、メーカー品だ。

政田は液晶画面で撮った写真を確認し、満足げな笑みを浮かべた。

「ストロボをたかなくても、ほんとにちゃんと写るんだな」と横から覗き込んだ安藤が感心した。

「明日の朝食から三食八日分、しっかりカメラに収めてくれよ。もし途中で撮り忘れたら、次の朝食からまた八日分撮り直さなければならないんで、絶対にミスしないでくれな」

「最初からやり直さなければならないのか」

「連続していないとだめだって魁多が言うんだ。時間もないから、よろしく頼む」

「任せておいてくれ。俺がしっかりこの老いぼれを監督するから」

32

そう言った安藤も七十近い年配だ。心許ないが、現在リバーサイドハウスで、心穏やかに食事の写真を撮る余裕があるのは、このふたりぐらいしかいなかった。

昨日、ハウスの入所者は住民との対決姿勢を打ちだした。その影響で、今日は鮫さんもテルちゃんもきていなかった。

「それじゃあ帰りますか。今日は、どんな夕飯かね。魁多が期待しているような、しょぼい夕飯だといいがな」政田のじいさんが、しっしっしと欠けた前歯から空気を漏らして笑った。

「しょぼい夕飯に決まってんだろ。だいたい、今日はまだ撮らなくていいんだよ」

安藤にそう言われても、政田は「しょぼい夕飯、しょぼい夕飯」と念じるように呟きながら、ギャラリーをでていった。

べつに魁多はしょぼい食事を望んでいるわけではない。しかし、デジカメに記録される食事はしょぼいものになるだろうと予測している。それを絵にして、低額宿泊所の劣悪な環境を告発しようとしていた。それが、魁多が選んだ作品のテーマだった。

食事を絵にするといっても、魁多は料理そのものの絵を描くつもりはない。料理をカロリーなどに数値化し、それを色で表し、カラフルなグラフのようなものに仕上げるのだそうだ。どんな画面構成になるか、魁多から説明を受けたが、吾郎にはうまく想像することができなかった。数値化したものをどう色で表すかは、魁多本人にもまだわからないらしい。でもきっといい絵になるよ、と言った魁多の顔は、怒られて絵に向かうときの、何かに憑かれたような表情に似ていた。

アートアワードでは、絵に添える補助資料も認められていた。政田に撮ってもらった食事の写真に数値を記したものを、作品の一部として見せる予定だった。

魁多がデジカメとともに吾郎に手配を頼んだ栄養士は、食事を数値化するために必要だった。母親や友人関係などに、栄養士の知り合いがいたら紹介してくれと声をかけているが、いまのところいい返事はなかった。写真が撮れても、栄養士がみつからなければ、魁多は絵を描き始められない。早急に手配しなければならなかった。

翌日、お休み処にやってきた政田が、「いい写真が撮れた」と言って、デジカメの液晶画面を見せてくれた。トースト一枚に水の入ったコップ。画面の端っこに、銀紙に包まれたプロセスチーズが写っている。

「ほんとにこれだけか。驚かせようと思って、一、二品、隠しただろ」

吾郎は信じられずにそう訊いた。

「何、言ってんだよ。隠せるものがあったら、こんなに腹は減ってないよ」

政田が腹を押さえてしっしっしと笑った。横で安藤は憂鬱な顔をしていた。

「腹が減って、ハウスのみんなはいきりたってる。どうも今日、何かやらかすようだ」

安藤の言葉を聞いて、吾郎も憂鬱になった。

「止めることはできないのかい」

「そうだな、うまいものを腹いっぱい食わしてくれたら、やめるかもしれんな」

安藤は諦めたように、乾いた笑いを響かせた。

その何かが起きたのは、しょぼい昼飯のあとだった。

午後の抗議活動をしようと、住民たちはハウスの前に集まっていたそうだ。ふいに目の前に現れたものに驚き、悲鳴をあげた。その場にいた森若に、吾郎はあとからそう聞いた。

ハウスの三階の窓から二本の垂れ幕が下ろされた。

一本は、「この町の住人は冷酷非道、最低最悪です」と書かれてあった。もう一本には、「この町の住人は温かみのない、悲しい人達、最低の町」とあった。

どこが冷酷非道なんだ、どこが最低なんだと、住民たちは口々に声を上げた。しかし、今日は入所者たちは誰もでてこず、住民の声は虚《むな》しく響いた。叫べば叫ぶほど、垂れ幕の言葉が重みを増す。抗議活動は盛り上がらず、住民たちは三十分ほどで散会したそうだ。

ギャラリーに報告にやってきた森若は、あんな垂れ幕をずっと掲げられたら、このへんの地価が下がってしまうと嘆《なげ》いた。あとで気づいたようだが、裏側の窓からも垂れ幕が下がっていたそうだ。「ここは最悪の町、最悪の住人」と書かれた垂れ幕は、表の丸八通りからまる見えで、このあたりで住民間の紛争が起きていることが広く知られてしまう。地価まで下がるかどうかは怪しいが、アパートなどの借り手が減って、家賃が下がることはありえるかもしれなかった。

森若に聞いて、吾郎も見にいってみた。

垂れ幕は白い布に黒字で書かれていた。字は目を見張るほどの達筆だった。ハウスのなかでも一、二の達筆といわれるテルちゃんが書いたものだろう。力強い筆運びが、垂れ幕の言葉に説得力をもたせていた。これでハウスの入所者たちは、初めて優位に立った。

しかし、この紛争の解決に、一歩でも近づいたようには思えなかった。

管理栄養士が見つかった。森若康恵の友人の妹が幼稚園の管理栄養士をしていて、紹介してもらった。魁多の作品の話をすると、立場の弱いひとの現状をアートで伝えるのはすばらしいと賛同してくれた。メールで料理の写真を送ればカロリーなどを計算して回答してくれることになった。

すでに四日分の写真があったので、すぐにメールを送った。翌日に回答があり、吾郎はそれを伝えに、魁多のアパートにいった。

魁多は数値を色で表す方法をすでに考えてあった。ベースになる色は黒。何も問題のない食事だったらマス目を黒で塗りつぶす。

問題になるのはカロリーだけではなく、炭水化物の量も魁多は要素に加えていた。

カロリーは、入所者の多くを占める五十代から六十代の一日の摂取基準、二千百キロカロリーを下限とし、それを下回ると、その度合いに応じて黄色をベースの黒に足していく。炭水化物の摂取基準値は、食事の総カロリーに対して七〇パーセントが上限で、それを超えた場合もその度合いに応じて黄色を足していく。そうすれば、炭水化物によってかさ上げされ、カロリーばかりが高いバランスの悪い食事にも網をかけることができる。

正方形の五十号キャンバスを縦八面、横四面に分割し、三十二マスで八日間の食事の質を表示する。一日は三食それぞれのカロリーと一日の総カロリーを表示するため四マス使い、縦一列が二日分だった。ちなみに一食あたりの基準となるカロリーは魁多が任意に決めたもので、朝食が五百キロカロリー、昼食が七百キロカロリー、夕食が九百キロカロリーだった。

今回も黒と黄色の二色しか使わない。黒ではなく明るい黄色に負の意味をもたせたのは、そのほうが完成したとき綺麗に見える、という理由からのようだが、質が悪くなればなるほど明るくなっていくのは、皮肉めいていてアートっぽいと吾郎には思えた。

栄養士から届いた回答を写しとったメモを渡すと、魁多はペンを手にして、計算を始めた。メモに書き込む数字が何を意味するのか吾郎にはわからなかった。ペンをテーブルに置いたとき、魁多は満足げな表情を見せた。

「大丈夫。思っていたとおりの絵が描けそうだよ」そう言って、魁多は顔を曇らせた。「ひどいね。ハウスのみんな、ろくなものを食べさせてもらってないよ」

「だからこそ、お前はその絵を描くんだろ」

メモに視線を落としていた魁多が、吾郎のほうに顔を向けた。意志の感じられる強い目をして頷いた。そのまま立ち上がり、アトリエに入っていきそうな気がしたが、魁多は動かない。当たり前だ。怒られなければ魁多は絵に向かうことができない。

久しぶりだったから、吾郎のエンジンがかかるまでに時間がかかった。相変わらず、なかなか本気で怒れない自分に苛立ち、ようやく素の怒りが湧きだす。魁多がアトリエに向かったときには、ぐったりと疲れていた。

墨COの個展が迫っていた。いつもながらぎりぎりまで準備に追われる。他のことまでなかなか手が回らないが、これから毎日魁多を怒りにこなければならない。締め切りまであと半月あまり。賞を目指した作品創りをするには、決して余裕のある期間ではなかった。

アトリエに入った魁多は、黒と黄色の絵の具の分量を変えては何度も混ぜ合わせ、できあがった色の確認をしていた。キャンバスに向かう気配はない。吾郎はギャラリーに戻ると声をかけたが、魁多は顔も向けず、絵の具の調合に集中していた。

錦荘をでると頭を切り換え、吾郎は自分の個展のことを考えた。

作品を創ってはいるが、アーティスト気取りで無用な情熱を傾けたりはしていなかった。かといって商売っけだけで動いているわけでもなく、今回は商店街を盛り上げる夏休みのイベントと考えているため、奉仕の気持ちが強かった。しかしそんな思いとは裏腹に、周囲は盛り上がりに欠けていた。

魁多の個展が終わったころは、次の個展はいつなのかと訊いてくる商店会会員も多かったのに、個展のオープニングが間近に迫ったいま、その話題をもちだすひとはほとんどいなかった。

町の空気は悪い。リバーサイドハウスに垂れ幕が下りたあとの二日ばかりは、住民もおとなしくなった。垂れ幕の言葉が心に突き刺さるから、ハウスの前で抗議の声をあげる気にならなかったのだろう。しかし、昨日、その二日間に溜め込んだものが爆発したのか、住民の何人かがハウスのなかまで入り、垂れ幕をおろしなさいと抗議して、入所者と押し問答になった。警察を呼ぶぞと言われて住民側は引き下がったが、その後また、門の前での抗議活動を再開した。見たところ、中断前より人数が増えているようだった。

吾郎もハウスを訪ねた。施設長の下川田に垂れ幕をおろすように要求したが、まるで取り合わない。「向こうも横断幕を掲げてるんだから、こっちもやったっていいだろ」と、ろくな食事もださないくせに、そこだけはなぜか入所者寄りだった。政田たちに聞いたところ、そもそも垂れ幕で対抗したらと入所者たちに助言したのは下川田だったらしい。

丸八通りを歩いていた吾郎は、いやでも目につくスカイツリーに視線を向けた。見ているうち、いまだに昇ったことがない展望台に、昇ってみたくなった。

あの上から見たら、横断幕や垂れ幕なんて、まったく認識できないはずだ。それどころか、この町も、どこがどこだかわからないくらいちっぽけなものにしか見えないだろう。そんなところで争っているのはばからしいことだと、高みに立って切り捨ててしまいたかった。しかし、この地上で暮らしている限り、現実から目をそらすことはできない。

魁多がキャンバスに向かい始めたのは、二日後のことだった。色を調合する割合さえ決まってしまえば、あとは栄養士に計算してもらった数値に従い、マス目に色を塗っていくだけだと思ったが、そう簡単なものでもないようだ。マス目は下書きもせず、魁多はフリーハンドでいきなり筆を使って描き始めた。そのほうが味わいのある絵になるだろうという計算なのだろうし、魁多の作風には合っている気がする。ただ、ゆっくりと丁寧に線を引いていき、時間はかなりかかりそうだ。

キャンバスに向かい始めてから二日後、残り四日分の数値の回答が栄養士から届いたその日、木下こうじが夏休み二回目の一時帰宅で、錦荘に戻ってきた。

翌日は魁多を怒らず、休みにした。根を詰めてしまう魁多を、半月あまりも休ませないわけにはいかないし、こうじと遊ぶのはいい気分転換になるはずだ。こうじと父親は、その翌日から一泊で、千葉へ海水浴にいく予定になっていた。

その日吾郎は、魁多のアパートには近づかなかった。大樹もこうじのところに遊びにやってくると聞いていた。木下からまた食事の誘いを受けたが断った。

次の日、リフレッシュした魁多を怒りにいった。軽く心が荒《すさ》んだ吾郎は、いい具合にヒートアップして、あまり時間をかけずに魁多をキャンバスに向かわせることができた。締め切りまで、あと十日。絵はようやく三日目のマス目に色が入った。

こうじが海水浴から帰ってきた翌朝、錦荘の大家さんから携帯に電話がかかってきた。錦荘の足立だけど、と名乗った時点で、吾郎は不安な気持ちになった。

「大変だよ。逮捕されちゃったよ」

おばちゃんの叫び声が耳に飛び込んだ。吾郎は瞬時に木下のことだと悟った。またやってしまった。虐待を断ち切れていなかったのだと考え、心がすくんだ。

「なんか騒がしいから見にいってみたら、尾花さん、警察に連れていかれたんだよ」

「魁多なのか。魁多が逮捕されたのか。……いったいどうして」

すくんだ心に往復びんたをくらったような衝撃で、ほとんど吾郎の思考は停止していた。

「詐欺だとかなんとか言ってたよ。あの子がそんなことするかねえ」

33

まだ絵の具が乾ききっていないキャンバスの前で、吾郎は茫然と立ち尽くした。

五日目の昼食分のマス目が、明るいオリーブ色で枠だけ描かれていた。パレット代わりのステンレスバットに筆が突っ込んである。トイレにでもいっていた魁多が、すぐに戻ってきそうな気配がそこかしこに感じられた。

「あいつ、寝ないで描いてたんだな」吾郎は独り言のようにぽつりと言った。

「絵を描かなきゃいけないんだって言ってね、足を踏ん張ってた。両脇から刑事に抱えられるようにして連れていかれちゃったんだよ」

吾郎は声に振り返った。大家のおばちゃんがすぐ後ろまできていた。

「まるで誘拐《ゆうかい》だよ」

おばちゃんの言葉に吾郎は小さく頷いた。本当にそうだ。これは誘拐と一緒だと、波のように襲ってくる不安に耐えながら思った。

錦荘にやってくる前、吾郎はすぐ近くの向島署に寄ってきた。魁多を奪い返すような意気込みで訪ねたのだが、そこに魁多はいないし、応対した署員には何もわからないと冷たくあしらわれた。すぐ近くに警察署があるものだから、そこにいるだろうと思い込んでいたが、魁多を逮捕したのは、事件が起きた場所の所轄署や被害届がだされた警察署の刑事のはずで、魁多はその署に連行されたのだ。東京以外に連れだされた可能性もあった。助けの手を差し伸べてやりたいのに、どこにいるのかすらもわからない状況で、吾郎はただ立ちすくみ、途方に暮れた。

魁多が詐欺などはたらくはずがないと信じていた。騙されることはあっても、ひとを騙せるはずはない。きっと警察にちゃんと釈明すれば、すぐに釈放されるようなことなのだろうが、魁多にそれができるとは思えなかった。

取調室で刑事に問い詰められ、無性に絵が描きたくなっているのだろうなと、魁多のおかれた状況を想像し、吾郎はいてもたってもいられなくなってきた。

「おばちゃん、警察に誰か知り合いはいないか」

「あたしは警察に厄介になることはなかったからね……、いないね」

大家のおばちゃんはすまなそうに言った。

吾郎はギャラリーに戻る道すがら、誰彼なく電話をかけまくった。警察に知り合いはいないか、逮捕された人間がどこの署に連行されたか知る方法はないかと訊ねたが、役に立つ話を聞くことはできなかった。

ギャラリーに戻ると、個展の準備をしに、神戸がきていた。魁多の話をすると、神戸は知り合いの警察官に連絡を取ってくれた。結果はこれまでとかわりはない。誰がどこの署に連行されたかなどわからないし、わかったとしても教えられないと言われたそうだ。

取調室にぽつんと座る魁多の姿が頭にちらつき、個展の準備に身が入らなかった。神戸はほとんどひとりで額装していた。時折心配げな顔で吾郎を見た。

夕方になり、吾郎は六本木へでかけた。麻布警察署の裏手にあるイタリアンレストランで、ヒロニシキギャラリーの西木と会った。

「まだ魁多がどこの署に連行されたかわからないのか」

遅れてやってきた西木は、ウェイトレスにコーヒーを注文するとそう訊ねた。会う約束をしたとき、魁多のことは話してあった。

「ええ、どうやって探したらいいかわからない。だから、弁護士を紹介して欲しいんです。きっと、弁護士ならすぐに見つけることができると思うんですよ」

「虫がいいな」西木は口の端を歪めて言った。「魁多を奪っておいて、俺に助けを求めるのか」

「虫がいいとか、そんなことはどうでもいいでしょ。あんた、魁多の絵にほれこんでるんだろ。だったら、どうにかしてやろうとは思わないのか」

「この間、言っただろ。自分のものにならないのなら、どうなってもいいと」

ふふっと漏らした笑い声に、狂気のようなものが感じられた。

「あんたね、ギャラリストだったら――」

「おいおい、よしてくれ。私に説教なんていらんよ」西木は遮って言った。「まあ、絵のことは置いておいても、魁多の知人としては、なんとかしてやりたいと思う。あいつが詐欺なんてやるとは思えないからね」

西木は麻のジャケットの内ポケットから携帯電話を取りだした。

「つき合いがあるのは知財関係が専門の弁護士ばかりだが、刑事事件に強い弁護士を紹介してもらうことはできる。紹介するのではなく、私のほうで依頼しよう」

「本当ですか」テーブルにのりだして吾郎は言った。

西木は頷き、顔を綻ばせた。狂気の余韻がまだ見られた。

「ただし、魁多の疑いが晴れて釈放されたら、私のところに戻してくれ。それが条件だ」

「そんな――、呑めるわけないだろ」

「魁多の絵にほれこんでいるんだろ。どうにかしてやろうとは思わんのか」

言い終わるや西木は口に手を当てた。咳《せ》き込むように肩を揺らして笑った。

「それとこれとは……」

「違わんだろ。あなたもギャラリストの端くれだ。アーティストのことを考えたらなんだってできるはずだ」

吾郎は西木を睨みすえた。なかばやけになって、わかったと言おうと思ったが、口を開いたときには、別の言葉になっていた。

「いやだね。そんな条件は呑まない。俺も望まないし、魁多も望んでいないはずだ」

コーヒーを運んできたウエイトレスが、吾郎の声に驚き、足を止めた。

西木が大声をだすなとたしなめた。

「一流じゃないが、いちおうはレストランなんだからな」

ウエイトレスが立ち去ると、わざわざそうつけ足した。

「一流じゃないが、あなたもいちおうギャラリストだな。一度手に入れたものは絶対に手放さない」

西木は目を細めて笑った。

「魁多はいま何か描いているのか」

「いま描いてる」話の流れについていけず、吾郎はオウム返しに答えた。「賞に向けて、ひとつの作品に力を入れているところだ」

「なんの賞だ？」コーヒーカップに伸ばした手を止め、西木は訊ねた。

「ジェムペイント・アートアワードだ」

「なんだ、大したことない賞だな。それでも大賞に選ばれるのは簡単ではないが」

それがアートアワードに対する業界内での評価なのかもしれない。

「では、その絵だけでいいから、うちのギャラリーに扱わせてくれ。賞をとるとらないは関係なく、プライマリーの販売はうちで行う、という条件で弁護士をつけよう」

「賞に向けて描いた作品だ。魁多は売りたくないと言うかもしれない」

「そのときはかまわないよ。売るときはうちで、という条件でいい」

西木は余裕のある表情で言った。

西木が何か企《たくら》んでいるのではないかと疑った。しかし、今回の作品で自分に金が入ってこないという以上のデメリットが、吾郎には思い浮かばなかった。

「わかった。その条件を呑む。お願いする。魁多に弁護士をつけてやってください」

吾郎は西木に頭を下げた。

「よしいいだろう。早速、腕のいい刑事事件専門の弁護士を紹介してもらおう」

西木は画面を操作し、携帯電話を耳に当てた。

「ジェムペイント・アートアワードの締め切りは近いよな。早いところ、魁多を連れ戻さなければ、間に合わなくなるんだろ。なにかね、無事戻って作品を完成させれば、賞がとれるんじゃないかって気がしてきたよ」

明日、西木が、依頼をしに弁護士事務所を訪ねることになった。

明日までは何も動かない。弁護士が依頼を受けて動きだしても、すぐに魁多が連行された署が特定できるとは限らなかった。

その夜吾郎はなかなか寝つけなかった。魁多は眠れているか気になった。もし寝ていないのならば、怒られっぱなしの作画モードのままで、絵が描けずにひどいストレスにさらされているはずだ。

翌朝、神戸に起こされて目が醒《さ》めた。時計を見ると十時近くになっていた。簡単に朝食をすませて、個展の準備に入ったが、仕事は手につかなかった。「個展は中止にしたほうがよくないかな」と神戸に真剣な顔で提案された。

個展の初日は二日後だ。確かに、やめられるならやめたい気分だった。しかし、やめたらあとで後悔するのは目に見えていた。吾郎はどうにか気分に流されず、首を横に振った。

お休み処の利用者は誰もやってこなかった。昨日も政田たちはきていない。住民との間の紛争は、さらに悪い状況になっているのかもしれないが、それを確認しようという気力はわかなかった。ただ、個展を開かなければ、という思いは強くなった。

午後三時、神戸にしつこく誘われ、遅い昼食をとりにでかけた。弁護士に相談したら、西木は連絡をくれると言っていたが、午後に入っても音沙汰がなかった。何度かこちらから携帯にかけてみても繋がらない。昼食を終えての帰り道も、連絡をとろうと試みた。

丸八通りから商店街に入り、ギャラリーに向かった。「誰かいるよ」と神戸に言われて目を向けた。ギャラリーの前にスーツ姿の男がふたり立っていた。

近づいていくと、男たちもこちらに視線を向けた。どちらも知らない顔だった。

「ギャラリーにご用ですか」吾郎はふたりの前で立ち止まって訊ねた。

「警察の者ですが、松橋吾郎さんにお話を伺いたくて訪ねたのですが」

ふたりのうち、若いほうが言った。

「私が松橋ですが……、警察ですか」

吾郎を見つめるふたりの目つきが鋭いものに変わった。厳めしい顔つきといってもいい表情だったが、吾郎はほっと安堵《あんど》し、全身の力が抜けていくような気がした。

「魁多のことできたんですよね」

「そうです」吾郎よりいくらか若そうな男は、警察手帳を提示した。「尾花魁多の詐欺幇助《ほうじょ》の件で、橘リバーサイドハウスの元施設長のあなたからも話を聞きたい。振り込め詐欺の一味が施設に出入りしていたのをあなたは知っていましたね。そのへんをしっかり答えてもらいたい」

「松橋さん、知ってたんじゃないですか。その男が犯罪に関わっていたことを」

若い刑事は十メートル先でも聞こえそうな声で言った。

二メートルも離れていないところで胡座《あぐら》をかいている吾郎は、顔をそむけ、耳の穴をほじった。

「何度も同じこと言わせんなよ。あの男が何者かなんて、本当に知らなかった。だいたい、俺にそんなことを打ち明けると思うか。私は犯罪者ですと名乗るほうがおかしいだろ」

若い刑事は口をへの字に曲げて、あからさまな疑いの目を向けた。四十代半ばと思しき年嵩《としかさ》のほうは、部屋のなかをのんびりと見回していた。

「昭和の香りが漂う、なかなかいい建物ですな」

年嵩の刑事が場の空気を和ませるように、間延びした口調で言った。

「アートとかは難しくてわからないですが、このギャラリーのよさはわかります。古い建物を生かして、実にセンスよく改装されている。絵が飾られたら、さぞ素敵でしょうな」

「ありがとう。俺も気に入ってるんだ」

「きっと、改装費とか、ずいぶん、かかってるんだろうな」若いほうが割り込んできた。「施設をクビになったたって聞きましたけど、辞めてすぐこんなギャラリーをもてるなんて、ずいぶん金を貯めてたんだな。そんなに給料がいいんですか、あの施設」

当てこするような言い方に腹が立つが、きっと役割分担が決まっているのだろう。たとえ感じがよくても、目的は同じ。年嵩のほうにも、気を許してはいけないのだ。

「施設に出入りしていた男から金をもらっていたんじゃないかと言いたいんだろうが、見当違いも甚《はなは》だしいぜ。建築を学ぶ学生に改装を頼んだから、改装費なんていくらもかかっていない。家賃は大家が知り合いだから、これも格安だし、開業資金は高校の後輩に頭を下げて借りたもんだ。調べればすぐにわかることだ」

子供に会わない条件で金を借りたことを知れば、さらに疑いは薄まるだろう。

「金ももらっていないのに、なぜ知らない男を施設に上げたんですかね」

「あなた、どこの出身？」

吾郎がそう切り返すと、若い刑事は驚いたように眉をぴくりと上げた。

「東京ですけど」

「東京のどこ」

「八王子ですよ」

「そんな郊外に住んでたら、わからないんだろうな。俺はずっとここらへん、下町に住んでる。昔、このへんの繁華街では、仕事を紹介するよと声をかけてくる人間は珍しくなかった。浅草《あさくさ》にいけば、いまでもいるんじゃないのか。そういうのを子供のころから見てるから、仕事を紹介すると言われたら、何も疑わずに、上がってもらうよ。わざわざきて紹介するぐらいだから、綺麗な仕事ではないと思ったが、犯罪とまでは想像がつかなかった」

苦しい言い訳だ。べつに刑事たちが信じなくてもよかった。吾郎自身に何かの嫌疑《けんぎ》がかかっているわけではないようだし、言い通せば、そのうち諦めるはずだ。

本当のことを話すわけにはいかない。それは自分自身のためでも、魁多をかばってのことでもない。吾郎がかばっているのは、リバーサイドハウスの経営者、木暮だった。

魁多が警察に逮捕されたのは、ハウスに入所していたころ、〝出入り業者〟に自分名義の銀行口座を売り渡し、それが振り込め詐欺に使われたためだった。

警察は最初、リバーサイドハウスに話を訊きにいったが、応対した下川田に着任したばかりで何もわからないと言われ、前施設長の吾郎のところにやってきた。捜査に当たっているのは、品川《しながわ》区にある荏原《えばら》署。現在魁多はそこで取り調べを受けている。

魁多が銀行口座を売っていたことなど知らなかった。きっと、それが悪いことであるとも知らず、業者に言われるまま売ったのだろう。アパートの家賃の払い方もわからず部屋を追いだされてホームレスになったぐらいだから、まず間違いなく罪の意識はなかったのだと、魁多にかわって吾郎は刑事に強く弁明しておいた。

警察はもちろん、魁多が詐欺グループの仲間だなどとは疑っていない。口座を買い取ったのもそれ専門の業者で、一味ではないはずだ。魁多をいくら尋問しても、詐欺グループには繋がらないとわかれば、釈放してくれるのではないかと、淡い期待を抱いていた。

悪質性でいえば、魁多より木暮のほうが罪が重いだろう。

木暮は業者から金を受け取っていた。それが警察に知られれば、なんらかの罪に問われる可能性がある。自業自得だが、現在あの男は脱税の追徴金の手当てで、てんてこまいのはずだ。さらに警察の追及を受けることにでもなれば、がっくりと心が折れてしまうだろう。吾郎が言わなくても、ばれる可能性はあるが、とにかく、自分の口からあの男を売るようなまねはしたくなかった。喧嘩別れしていても、友達には違いない。あいつにだって、ひとつくらい、いいところはある。

刑事たちは、納得した様子はなかったものの、何も知らなかったという吾郎の言葉を突き崩すことはできずに帰っていった。

西木には六時過ぎになって連絡が取れた。魁多が荏原署に勾留《こうりゅう》されていることを教えると、すぐに弁護士に伝えてくれるとのことだった。

翌日の午前中、リバーサイドハウスの入所者たちが、ギャラリーにやってきた。十人ほどのまとまった人数がやってくるのは久しぶりだ。明日からの個展の準備を進めていた吾郎は、今日から当分お休み処の営業は中止になるとみんなに告げた。

「いや違うんだ。俺たちがきたのは魁多のことなんだ」安藤がみんなを代表するように、前に進みでてきて言った。「吾郎さんのところに、警察がやってきただろ。俺たちのところにもきた。銀行口座を買い取りにきた男を知らないかと訊ねられたが、みんなそんなやつは知らないって答えたよ。もちろん、それは嘘だ。俺たちは、ハウスに出入りする業者に、いろんなものを売ってる。吾郎さんに注意されたりもしたが、ちょっとした小遣い稼ぎのつもりで、気軽にやっていた。だから魁多にも、お金がもらえるよって勧めてしまったんだ。あいつは、悪いことをしているなんて意識はなかった。売った口座が犯罪に使われるなんて、まったく考えていなかったはずだよ」

「吾郎さん、あいつが、どこの警察署にいるか知ってたら、教えてくれんかね」政田のじいさんが、見たこともない厳めしい表情で言った。「俺、警察に出頭しようと思うんだ。俺に勧められて、悪いことだとは知らずに口座を売ったとわかれば、警察は魁多を釈放してくれるかもしれない。魁多には未来がある。まだ若いし、才能だってあるだろ。だから、そのまま逮捕されるかもしれないが、正直に話そうと思う。どうせ俺なんて、あとがないから前科がつこうと関係ないし、リバーサイドハウスで暮らすのも刑務所で暮らすのも、あまり違いはない気もするしね」

政田は抜けた歯を見せ、うっしっしと笑った。

「あとがないっていうほどの年でもないだろ」

　外の生活が長いせいか、見た目は老けているが、まだ七十歳にもなっていない。

「みんなで、いこうと言ったが、まずは自分がいくと、政田がかってでてくれたんだ。もし、政田が話してもだめだったら、みんなで警察署を取り囲んでやろうと思ってる。魁多が釈放されるまで、動かないつもりだ」

安藤が言うと、男たちはそろって頷いた。

「むちゃなことはするなよ。魁多には優秀な弁護士がついてる」

「だけど、自分の身を切る覚悟で話したほうが警察も信じると思うんだよ」

政田は力のこもった声で主張した。

「早まる必要はない。まずは、弁護士が対処してくれるから、その結果を待とうぜ。それでどうにもならないようだったら、また考えればいいことだ。――違うか」

「俺たちみんな、魁多が好きなんだ。あいつがいい絵を描けるように応援したいんだ。コンテストの絵、まだ完成してないんだろ。だから、早くしないとと思って」

「大丈夫だよ。コンテストなんていっぱいあるから。――みんな、ほんとにありがとう。魁多のことをこんなに気にかけてくれて、うれしいよ」

吾郎は路上に並んだ男たちの顔を見ていった。そのなかにサングラスをかけた木田の姿もあった。

「ありがとう」

小声でそう言うと、木田が頷いた。

「この間、俺のことをかばってくれたからな。それに、このサングラスが似合うって、あいつ、言ってくれたからよ」

「そうか。そう聞いたら、俺もなんか似合う気がしてきたよ」

本当にそんな気がした。口の端を曲げて作った木田の笑みが、なかなか決まっていたからかもしれない。

34

シャクッシャクッと氷が削られる小気味のいい音につられ、子供たちが集まってきた。

やはり、夏はかき氷がいい。八月も下旬に入り、強烈だった夏の陽差しにもやや翳《かげ》りが見え始めたものの、まだまだ暑い。ギャラリーの前で、神戸は手動のかき氷機をフル稼働させ、早くとせがむ子供たちをさばいていた。

午後三時に墨ＣＯの第二回個展が始まった。いつもの酒を振る舞うレセプションは六時から。それまでは子供も楽しめるミニ夏祭りだった。かき氷を食べながら、団扇《うちわ》に絵付けをして、作品を鑑賞する。気に入ったものがあればもちろん購入も可能だ。

買い物途中のファミリーが、ギャラリーに続々と入っていく。ギャラリーの前でおどけたポーズをとる吾郎の周りにも、子供たちが集まっていた。甲高いはしゃぎ声が聞こえるが、姿はよく見えない。暗闇にぽっかり開いた、ふたつの覗き穴からは、自分の体に近いところにいる子供の姿は、死角に入って見ることができなかった。お腹をばんばんと叩かれても、非力な幼児の力だから、たいして痛くはなかった。

吾郎はガオーと叫びながら、首を激しく振り、片腕をぐるぐると回した。大樹がまだ幼かったころ、このポーズをすると、きまってケタケタ笑ったものだったなと思いだした。やりすぎてめまいがしたことが何度もある。

「シロクマだぞ、ガオー」籠もった声が、子供たちにはっきり伝わったかどうかはわからない。

吾郎はシロクマの着ぐるみをまとい、ギャラリーの前で客を出迎えていた。かき氷をサービスする神戸とともに、墨ＣＯの心ばかりのおもてなしだ。

ギャラリー内では、美緒が客の対応をしてくれている。団扇への絵付けのワークショップは、浜地が担当だった。

みんなの助けもあり、準備がばたばたしたわりには、墨COの個展はスムーズに幕を開けた。気分的にも、気がかりは残るものの、案外すっきりしていた。

午前中に、西木から連絡があり、昨日、弁護士が魁多と接見したときの様子を教えてくれた。魁多は留置場の退屈な生活に不満を訴えてはいるものの、精神状態は落ちついていて、夜もよく眠れているようだ。弁護士が話を聞いた感触では、魁多に犯罪行為の自覚がなかったのは明白で、釈放するよう検察に働きかけてくれている。釈放されるにしても、振り込め詐欺の実行グループが捕まっていないため、留置が長引く可能性もあるそうだから、アートアワードの締め切りまでに作品が完成するかは微妙なところだった。

どすっと腿《もも》のあたりに重たい衝撃を受けた。蹴られたのだと、すぐに理解した。ガオーっと両腕を上げて怒りを表現したが、腕を下ろす前に再度蹴りを入れられた。小刻みに足を動かし、横向きになって悪ガキを探した。しかし、姿は目に入らない。

転ばないよう気をつけながら後退してみた。手で頭のかぶりものを押さえつけ、視線を下に向ける。

いた。小学生の悪ガキ。はしゃいだ顔つきじゃないのが意外だ。――いや、大樹の顔なのが驚きだった。

「大樹」くぐもった自分の声が、かぶりもののなかに響いた。

大樹の姿が視界から消えた。どすっと腹に衝撃。今度は拳で叩いたのだろう。いったい大樹は何をやってるんだ。こんな攻撃的な大樹を見たことがない。そんなにシロクマが嫌いだったろうか。それとも、着ぐるみの中身が、父親だと知っているのか。

吾郎は手探りで大樹を捕まえた。「離せ、バカ野郎」という幼い怒りを耳にした。フワフワのクマの手袋をはめた手は、簡単に振り解《ほど》かれてしまった。

しゃがみ込もうとしたら、後ろに倒れそうになって、地面に膝をついた。目の高さが大樹と同じになった。正面から顔を見た。

「どうしたんだよ、大樹」

大樹は、バカとひと声発して顔を殴ってきた。かぶりものに当たっただけで痛くはない。

確かに、こんな姿の父親は、バカとしか言いようがないだろう。父親だと思うな、シロクマだと思え。吾郎は腕を大きく開いた。大樹を包み込むように抱き寄せた。

「何すんだよ」と大樹は体をよじった。吾郎はかぶりものを大樹の頭に押し当てた。

「ごめんな」

何を怒っているのかわからなかったが、大樹が怒る理由はいくつも思いつく。電話で、もう会わないと宣言したし、大樹がこうじのところに遊びにきたとき、訪ねていかなかったし、自分の子供とは遊ばないくせに、よその子供に着ぐるみを着てあいそを振りまいている。それに、小さいころ、大樹を喜ばせたとっておきのポーズをよその子に披露《ひろう》したのも、面白くないことだろう。もしかしたら、あれで、着ぐるみの中身が父親だと気づいたのかもしれない。

謝ってはみたものの、態度を変える気はなかった。とっておきのポーズぐらいは封印するかもしれないが、会わないと言った言葉を撤回する気はない。ただ、いまは、シロクマなのだから、抱きしめても差し支えないと思った。

どんと背中に衝撃がきた。吾郎はとっさに大樹から腕を離し、ひとりで倒れ込んだ。

「子供を襲ったクマをやっつけてやったぜ」

悪ガキの声。いや、正義の味方と勘違いした、誇らしげな声を耳にした。

顔を上げたが、覗き穴は下を向いたままで、何も目にすることはできない。「バカ野郎」と怒れる息子の声を浴びた。走り去る足音が聞こえた。立ち上がろうとしたら、どしんと何かが背中に落ちてきた。

「人食いクマめ、やっつけてやる」

わーっと歓声があがった。背中の重しが、どんどん増えていく。手足をばたつかせるシロクマの姿は、端から見たら、きっと楽しげに映っただろう。

六時から始まったレセプションは相変らず盛況だった。シャンパン目当ての大人たちだけでなく、そのまま子供連れのファミリーも残った。孫を連れたおじいちゃん、おばあちゃんも多い。ただ、商店街のひとたちの姿がないのが寂しかった。

前回同様、写真撮影に協力してくれたひとたちが作品を買ってくれた。ただし、子供が撮影した作品はまったく売れない。親たちにとっては、額に収まっていても、図工の授業で我が子が制作した作品と違いはないのかもしれない。誤算だった。

七時を過ぎた。そろそろ夕飯を終えたリバーサイドハウスの連中がやってくる時間だが、誰も姿を見せない。どうしたのだろうと気になっていた七時半ごろ、ようやく現れたのはワンだった。これまでレセプションになどきたことのないワンが、開きっぱなしの戸口から顔を覗かせ、きょろきょろしている。

「珍しいな。ひとりできたのか」吾郎は戸口のところまでいき、ワンに声をかけた。

「吾郎さん大変よ。うちの施設が封鎖されちゃったよ。このパーティーにいかせないように、住民と商店街のひとがきてね、それもひどいやりかたで、通せんぼしてる」

「いまも続いているのか」

「そうだよ。私は、吾郎さんに伝えるようにみんなから頼まれて、裏の塀を乗り越えてきた。必ずいくから酒を残しておいてくれって、伝言を頼まれたよ」

そこまでしてタダ酒が飲みたいのかと呆れ、ことの重大さを一瞬忘れた。

「なんの権利があって、そんなことを。ひどいやりかたって、どんなことだ」

「そんなの、きてみればわかる」

ハウスのみんなは助けを呼ぶためにワンを寄越したわけではなさそうだが、いってみようと思った。

あとのことを美緒に頼み、レセプションを抜けだした。吾郎は足を速めて近づいていく。

暗い路地にひとだかりが見えた。吾郎は足を速めて近づいていく。商店街を進み、角を曲がると、男たちの険のある声が響いていた。リバーサイドハウスの前までくると、門の内側に、住民と対峙《たいじ》する五、六人の入所者たちが見えた。住民たちのなかに商店会の会員の姿も混ざっている。会長の森若も、豆腐屋の三田も、牛乳販売店も。今日は手の空いている会員は総出といった感じだ。八百屋のばあさんは、門のすぐ前の最前線に立っていた。商店会の人間が多いぐらいで、いつもの抗議活動とかわりなく見えた。

「おい、何やってんだよ」吾郎は大声で言いながら、人垣のなかに入っていった。

「あっ、吾郎さん」

門の内側から声が上がった。

住民たちは振り返って吾郎に視線を注ぐ。門を塞ぐように並んでいた、最前線の六人もこちらを向く。その顔を見て吾郎はぎょっとした。ワンが言っていたひどいやりかたとは、このことなのか。

「おい、何しにきたんだ」森若が咎めるように言った。

「うちのパーティーにこさせないように、ここを封鎖してるって聞いたんだよ」

「吾郎さん、ひどいんだよ。年寄りばかり集めて、バリケードにしてるんだ。これじゃあ、俺たちも、手だしはできない」政田がいっそう顔をしわくちゃにして訴えた。

政田も年寄りだが、門の前に並んでいるのは、みな八十歳を越えていそうな高齢者ばかりだった。小柄で痩せ形が多く、無理矢理そこを突破するのはためらわれる。

高齢者を盾に使った、ひどいやりかた。目を向けると、ワンはこくりと頷いた。

「俺も商店会の会員だろ。なんで仲間の店のイベントを、邪魔したりするんだ」

「しかたないんだよ」近づいてきた森若が、吾郎の耳元で囁いた。「最近、抗議活動をする住民たちは、けっこう商店街で買い物をしてくれる。その住民たちに、商店街で行われるイベントに入所者たちを参加させたりしないですよねと言われたら、逆らえんだろ」

「なんで逆らえないんだよ。商店街は町のみんなのものなんじゃないのか」

吾郎は怒りで声が震えた。

「あなたたち、あの垂れ幕を早く外しなさい。その上でここからでていくと約束したら、ここを通してあげるわよ」いつもの、眼鏡をかけた女が甲高い声で叫んだ。

「垂れ幕はみんなのものだ。俺たちの判断で外せるわけないだろ。できないことばかり要求して、まるでいじめと同じだ。あんたたち、最低だよ」

安藤がそう言い返すと、住民たちは色めき立った。口々に怒りの言葉を発した。

「長坂さん、そこをどいてくれ。リバーサイドハウスのみんなを、通してやるんだ」

吾郎は八百屋のばあさんの肩に手をのせた。

「だめだね。あたしは商店街のために体を張ってるんだ。常陸屋の悪ガキの指図なんて受けないよ」

「商店街のためなら、何をしてもいいのかい。ここの入所者がいったい、どんな悪いことをしたんだ。これじゃあ、ただの嫌がらせと同じだろ。違うかい」

八百屋のばあさんは押し黙った。吾郎が首を巡らすと、森若や牛乳販売店の奥さんと目が合った。怒ったような顔でこちらを見ていた。

「みんなどうしちゃったんだよ。いつから、そんな風になったんだ。昔はみんな、もっと助け合ってたじゃないか。困ってるひとや、立場の弱いひとに助けの手を差し伸べてただろ。うちのおやじだって、もともとはこの町の人間じゃなかった。最初はよそものを警戒するような感じがあったけど、町のひとにはよく助けられたっておやじは言ってたよ。それこそ、行き倒れになったホームレスを、うちに連れてって看病したひとを、俺、子供のころに見たことあるぜ。町の人間じゃなくたってなんだって、もっと受け容れてただろ」

みんなこちらを見ていた。商店会の人間も、それ以外も、みんな話を聞いていた。

「どうしてこんなになったんだ。商店街が寂れて、他人のことなんてかまう余裕がなくなったのか。なあ、もしかしたら、そんなだから、商店街は寂れていったんじゃないのか」

「違う！」森若が頬を震わせ、叫んだ。「そういう時代じゃないんだ。小さな商店街で、世間話をしながら買い物するような時代でもないし、他人の世話をやいて喜ばれる時代でもないんだ」

「時代で片付けんなよ。自分はどう思ってんだよ。商店街に客がこないのはしかたがないと諦めるのか。喜ばれないから他人のことなんてかまわなくていいと本気で思うのか」

吾郎は深く息をつきながら、商店会の会員たちに目をやった。誰も口を開かない。

「わかったよ。みんなそんな考えなんだな。昔はよかったと思い出に浸るのがお似合いだ。年寄りばかりなんだから。だけど、俺は違う。――ばあさん、どいてくれ」

八百屋のばあさんは、年齢には不似合いな強い視線で睨みつけた。動かない。

「どかないなら、今度ばあさんの店の前で、客に通せんぼするよ。ばあさんのやってることは、そういうことだ」

吾郎はばあさんの肩を軽く押した。ばあさんは横へどいた。

「さあ、いこう」政田たちに声をかけた。

「ちょっと待ちなさい。勝手なことしないでちょうだい」

眼鏡をかけた女が、血相を変えて向かってきた。

「俺の客を、自分のギャラリーに案内して何か問題があるのか。邪魔するなら、今度こそ営業妨害で訴えるぞ」

吾郎が言うと、女はそれ以上動かなかった。政田たち入所者は、人垣を抜けでて、吾郎のあとについて歩いた。

垂れ幕を外しなさい、この町からでていけ、と住民たちは口々に叫んだ。そのなかに、商店会のひとたちの声は混ざっていなかったように思う。

35

オープニングレセプションは成功だった。ひともたくさんきたし、シャンパンのボトルもずいぶん空いた。作品もまずまず売れたし、何より夏の終わりの宵《よい》は、適度な風があって気持ちがよかった。また来年もこの時期に開こうかと思えるほどだ。

それでも、魁多や大樹のこと、住民の抗議活動など、心にひっかかることがあったから、すっきり晴れやかな気分とまではいかない。リバーサイドハウスの面々も、ようやくタダ酒にありつけたのに、とくに楽しそうには見えなかった。

翌朝、早くに目覚めたときも、吾郎の心はもやもやとしたままだった。ギャラリーに下りてきて、床の汚れ具合を見てさらに気分が落ち込む。朝食もとらずに、掃除を始めた。汚れが消えていくと、気分も少し上向く。ギャラリーのなかだけでは気がすまず、外にでて、前の通りを掃《は》いていった。

向かいの豆腐屋は、営業を始めていた。おやじさんに「おはよう」と声をかけると、わずかに口は動いたものの、声は聞こえなかった。

昨日の今日では、まともに口をきいてくれないのもしかたがない。いや、これからずっとそうなるのか。ことによったら、商店会を除名されるかもしれない。

吾郎はふーっと溜息をついた。上向いていた気分が、また下がり始めた。

ギャラリーの前を掃き終え、いくらか気分が持ち直す。このまま商店街全体を掃除してやろうかと考え、隣の美容院のほうまで掃き始めたとき、こちらにやってくる森若の姿が見えた。除名を伝えにきたのだろうか。そんな厳めしい表情をしていた。

「おはよう」と声をかけると、おはようとちゃんと返ってきた。しかし表情は変わらない。

「おい吾郎、昨日の話だが、何か考えはあるのか」

「考えって、なんのことだい」

昨日の話というのが、リバーサイドハウスの前で言ったことだとはわかるが。

「昔はよその人間にだって手を差し伸べたって、お前、言ってただろ。あの施設の連中に手を差し伸べるとしたら、どんな方法があるか、あれだけ言うんだから、何か考えがあるんだろうと思ってな」

「それを訊いてどうするんだい」

「できることなら、やるさ」

森若の顔は相変わらず厳めしい。声もぶっきらぼうだった。それがかわいらしく思えて、吾郎はにやけた。

「そうかい、やるかい。さすが会長は器がでかいな」

「おだてられたって、うれしくねえや。それより、どうなんだ。考えはあるのか」

「そりゃあね、ないこともないけどな」

いまさら、何も考えていないとは言えない。吾郎はめまぐるしく頭を回転させた。

「――うん、いいのがあるよ」

いいアイデアが急に浮かぶわけもなく、吾郎は安直な思いつきを提案することにした。

「ひとつ訊くけど、商店会費から、いくらか金をだすことはできるのかい」

「金がかかるのか。——まあ、数万円ていどならだせないこともないが」

「そのくらいでもなんとかなるかな。ハウスの連中がいちばん困っているのは金銭的なことだから、手を差し伸べるなら、小遣いていどでも渡さないとな」

「お前の考えというのは、施設の連中に、小遣いをやることなのか」

「違うよ。働いてもらうんだ。その上で、この地域に融け込んでもらうんだ」

吾郎は思いつきを森若に説明した。森若はなんだそんなことかと、期待が外れたような顔を見せたが、最後はよしやろうと、力のこもった声で言った。


「気持ちいいよな、朝早くから体を動かすのは。煙草だってうまいだろ」

吾郎は腰に手を当て、額の汗を拭った。

「ああ、うまいよ」

道端にしゃがみ込んでいる木田は、煙草の煙を吐きだしながら言った。

「あと十分で終わりの時間だ。向こうの端まで、掃いてしまおうぜ」

「まだ、もうちょっと吸える。すぐ終わるから待っててくれよ」

木田は唇を尖らせ、短くなった煙草に吸いついた。

吾郎は後ろに反って腰をのばし、住宅街の道をほうきで掃き始めた。

朝の清掃キャンペーンは今日で三日目だ。橘リバーサイドハウスの入所者と立花いきいき商店会の会員とで、商店街と近隣の住宅街の掃除を行う。それが、森若に提案した考えだった。掃除をしているときに訊かれて、それをそのまま提案しただけの安直さだが、もともと、入所者がゴミを道に捨てたことからトラブルが起きたわけで、その意味合いからも悪くないアイデアだと自負していた。

掃除を行うのは七時から七時半までの三十分で、参加してくれた入所者には五百円の小遣いが渡される。予算の都合もあるから、最大で二週間、続ける予定だ。そのくらいで、住民たちの気持ちが氷解するかどうかはわからない。少なくとも、翌朝には入所者たちが片付けるから、町をうろうろしてゴミを捨てたというクレームは減るはずだった。

朝の七時台、新聞をとりにでてきたひとや、仕事に向かうひとに挨拶をする。抗議活動をしている住民からは返事がなかったのだが、三日目の今日は「おはようございます」と簡単ながらも返ってくるようになった。早くもいい兆候が見えてきた。

昨日の朝、またもや反対派の家の庭にゴミが投げ込まれているのが見つかった。それを聞いた掃除隊は、すぐに駆けつけ、散らかったゴミを片付けた。その夕方、ハウスの前で抗議活動が行われたが、集まった住民の数はいつもより少なかった。

「昨日、安藤のじいさんが喜んでたよ。豆腐屋のひとと一緒に掃除をして話をしたら、同じ富山の出身だとわかって意気投合したんだとさ。今度酒を飲みにいこうと誘われたって、嬉しそうだった」

木田が短くなった煙草の先端を見つめながら言った。

「そうか、喜んでたならよかったよ。最初はやりたくないって言ってたから」

最初に入所者たちに掃除の話をもっていったとき、さすがに五百円では誰ものってこなかった。住民たちとのこじれた仲が修復できるかもしれないんだぞと説得して、なんとか腰を上げさせた。商店会のほうは、森若が提案すると、あっさりみんなのってきた。先日、リバーサイドハウスの前で言った吾郎の言葉が効いていたようだ。

「前に、俺たちと吾郎さんは違いがないって言ったけど、あれは間違ってた気がするよ」

「あれは俺自身思ってたことだ。ちょっと道をそれていたら、本当にどうなっていたかわからない。だから気にするなよ」

「別に、気になんてしてねえよ。ただ、施設長をやっていたときはわからなかったけど、あんたは意外にまともなひとだなと思っただけだ」

「そんなことなら、ますます違いはないだろ。ハウスのみんなだって、まともだよ」

魁多のことを本気で心配してくれるくらい、まともな心をもっている。

「まともな部分も残ってる、ってだけかもしれないぜ」

木田は立ち上がり、煙草を地面に落として足で踏み消した。塀に立てかけたほうきを手にすると、煙草を掃きだめのほうに掃いて寄せた。

「俺はろくなもんじゃないよ」

掃きだめに視線を落としていた木田が、吾郎のほうを向いた。

「住民の家の庭にゴミが投げ捨てられただろ。あれ、全部俺がやったんだ」

「なんだって」吾郎は驚いてほうきを道路に落とした。

「前に魁多がラーメン屋で俺をかばってくれたよな。あれは、店のおやじが正しいんだ。俺はあらかじめポケットに入れていた蝿の死骸を、ラーメンに入れたんだ」

「なんでそんなことをしたんだよ」

吾郎は怒りを感じた。これを知ったときの魁多の気持ちを考え、悲しくもなった。

「ハウスのみんなと住民たちの仲を、ますます悪くさせようと思ったのさ。そうしむけろって、金を渡されて頼まれたから」

「いったい誰なんだ、そんなことを頼むやつは」

木田は口の端を上げて笑った。サングラスを外せば、泣き顔に近い表情になっている気がした。

指先に熱を感じて、短くなった煙草を捨てた。吾郎は舌打ちをし、足で踏み消した。

足下に散らばる煙草の吸い殻はこれで五本目。他にやることがないから、しかたがなかった。あとでまた掃除をすればいいだけのことだ。

すぐにまた吸いたくなったが、我慢した。腕組みをして道路の先に目をやった。

八時過ぎ。リバーサイドハウスの前に立ち始めてから三十分ほどがたつ。施設長の下川田が出勤してくるのを待っていた。

木田に金を与え、ゴミを投げ捨てさせていたのは下川田だった。住民の庭に生ゴミを投げ入れたばかりでなく、当初から問題になっていた路上のゴミも、その多くは下川田に頼まれた木田が捨てたもののようだ。そうなると日中、施設の冷房を止めたのも、施設と住民との間に軋轢《あつれき》を生じさせるのが目的だったと考えられる。

木田からこの話を聞いても、吾郎はそれほど驚きは感じなかった。垂れ幕を下げて対抗したらいいと入所者に入れ知恵したり、下川田の行動はもともと怪しかった。

しかし、目的がわからない。混乱を起こし、それを眺めて喜ぶ者もいるが、普通、金をかけてまではやらないはずだ。木田は下川田から五万円を受け取っている。下川田の目的は聞いていないという。

木田が下川田の依頼を受けたのは、金のためばかりではなかった。この町の住民を困らせてやりたいという気持ちもあったと、吾郎に語った。

生活保護を受け、リバーサイドハウスで暮らし始めた木田は、これでホームレス生活から抜けだし、社会のなかでしっかりと生きていけると思ったそうだ。しかし、仕事は見つからないし、世間の目は――この町のひとが自分たちに向ける目は、ホームレスであったときとさほど変わらず、受け容れられているとはとても思えなかった。そして、吾郎が施設長を辞めてすぐにギャラリーを始めたことに、木田はショックを受けた。自分たちと何もかわりのない者でも、地元の出身であるだけで、この町のひとは少なからぬ援助の手を差し伸べるのだと知り、無性に腹が立ったそうだ。

「そんなの当たり前のことで、俺のひがみだと、わかってるんだよ」と木田は薄い笑みを浮かべて言った。

確かにひがみだと思うが、ひがみたくなる気持ちも理解できる。なにもかもうまくいかないときは、誰かを恨んだりひがんだりするものだ。自分自身がついこの間までそうだったのだから、よくわかる。けれど、そんなすねた人間にも手を差し伸べてくれる人間が少なからずいるのだから、この町もまだまだ捨てたものではない、と木田には言っておいた。木田は頷いてくれたが、それを実感できたはずはない。

八時十五分、駅のほうから腹が立つくらいゆっくりと歩いてくる下川田の姿が見えた。近づいてくると、門の前に立つ吾郎に気づき、目を見開いた。

「そんなに驚くことないだろ」吾郎はくわえていた煙草を落として言った。

「驚いてませんよ。ただ、朝からいやなものを見たなと、がっくりしただけです」

「いやなものを見ただけじゃないぜ。いやな時間も過ごさなきゃなんないんだよ」

吾郎はそう言うやいなや、下川田のＴシャツを摑んだ。

「何すんだよ」

下川田が手を振り解こうとしたが、吾郎はしっかり摑んで離さない。

「あんた、入所者に金を渡してゴミを捨てさせたりしてたんだろ。いったいなんでそんなことしたんだ。この町に何か恨みでもあんのか」

吾郎は下川田の体を揺すり、顔を近づけた。

「話したのは木田のやつだな。あいつ、金をもらってるくせに」

「そんなのは誰だっていい。なんでやったか話せ」

吾郎は摑んでいた胸ぐらをねじり上げるように引っ張った。

「恨みなんかあるかよ」下川田は顔をそむけて言った。「俺だってひとに頼まれただけだよ。三十万円やるからって言われたら、普通やるだろ、これくらい」

「三十万?」

その額に驚いて手の力が緩んだ。下川田はそれを逃さず、手を振り解いた。

「おい、待て」歩き始めた下川田の肩を摑んだ。

「もう何も話さない。言ったら金をもらえなくなる。まだ、半分しかもらってないんだ」

「何、のんきなこといってるんだ。言わないなら木暮に話す。心の狭い男だから、施設を絡めて金を稼いだなんて聞いたらクビだぞ。俺なんて十万で、クビになったんだからな」

「よせよ」下川田は急に弱気な表情になって言った。「俺、一年も職がなくて、ようやくここの仕事にありつけたんだ。クビなんて勘弁してくれよ」

「だったら話せ。誰がなんのために住民ともめごとをおこさせるようにしむけたんだ」

「本当に、社長には言わないか」

「ああ、ちゃんと話したらな」

下川田はいったんそむけた顔を吾郎に向けると口を開いた。

「よくわかんないけど、店を開くために、この近辺のビルを買うんだと言ってたよ。町で紛争が起きていたら、交渉を有利に進められるだろ。だから――」

「知り合いとかじゃないんだな」

「全然知らない。帰り道で声かけてきて、金になるって言うから、話を聞いただけだ」

「ひでえこと考えるな。交渉を有利に進めるために、町の空気をめちゃめちゃにするなんて。いったいどこのどいつなんだ」

「知らない。ほんとだ。こういう後ろ暗いことを頼むとき、言わないもんだろ」

言い訳するように、早口で言った。

吾郎は口を開かず、じっと睨みつけた。

「……ただ、たまたまうちの社長から聞いたんだけど、商店街の入り口に古いビルがあるだろ。いま、あそこが売りにだされているらしい。男が売買交渉をしていると言ったのは、あれのことじゃないかと思うんだ」

「あそこか」

丸八通り沿いに立つ、のっぽビル。先日、ひとの出入りが珍しいあのビルから、スーツ姿の男たちがぞろぞろでてくるのを見ていた。

「あのビルを買うってことは、新しいビルを建て直すっていうことか」

「そんなこと、俺が知るわけないだろ」

確かにそうだろう。どうでもいいことでもあった。

「なあ、ほんとに社長には言わないでくれよ」

「垂れ幕を外すんだ。あと、日中、冷房もつけてやれ」

「冷房は社長の許可をもらわないと」

「あいつは忙しい。見にくることもないだろうから、言わなきゃわからない」

下川田はふて腐れた顔で「わかったよ」と言った。

「あと、木田にいやがらせとかするなよな」

下川田が頷くのを見て、肩から手を離した。

のっぽビルのオーナーと話をしてみようと考えていた。オーナーとはまったく面識がないが、売買交渉に関わることだから、向こうも関心をもつはずだ。吾郎としては、そんな汚い手を使う人間が、この町で商売するのは許せなかった。

歩き始めた吾郎は、ふと疑問に思った。下川田は男から、店を開くためにビルを買うと聞いていた。しかし、普通、店を開くときは、店舗を借りるものだろう。ビルを一棟買ったりはしない。足を止め、下川田を振り返った。

「なあ、依頼したやつはなんの店を開くって言ってたんだ」

「さあね。このへんで店をやるっていったら、飲食店とかじゃないのか」

「声をかけてきたのは、どんな男だったんだ」

「若い男だったよ」

「若いっていうのは、二十代っていうことか」

下川田は吾郎と同じくらいの年齢だった。

「二十代の後半かね。眼鏡をかけた、真面目そうな男だった」

そう聞いても頭に浮かぶ顔はなかった。のっぽビルに向かった。

年寄りだから早起きだろうと考え、リバーサイドハウスからそのままのっぽビルに足を伸ばした。

正式名称はあけぼのビル。オーナーは最上階に住んでおり、藤島《ふじしま》と表札がでていた。

インターホンに応答があるまでしばらく時間がかかった。用件を言う前に、「午前中は誰とも会わん」と怒鳴られた。会ったことはないが、偏屈《へんくつ》な男だという噂《うわさ》は聞いたことがあった。吾郎は午後にでも出直すことにした。

十一時にギャラリーを開いた。やはり年寄りは早起きで、開店と同時に三人も墨COの作品を見にやってきた。二時ごろ、作品の売れ行きを毎日確認しにくる神戸が姿を見せたので、店番を頼み、吾郎は再びのっぽビルを訪ねてみることにした。

ギャラリーをでたところでこうじの父親に出くわした。

「珍しいな、こんなところで」

「松橋さんにお伝えしたいことがあったもので」木下にしては珍しく明るい表情をしていた。「実はさっき児童相談所にいってきまして、夏休み明けからこうじが戻ってくることに決まったんです」

「ほんとかよ、よかったな」

吾郎は思わず、大声をだした。何があったのかと、神戸がギャラリーから顔を覗かせたほどだ。それでも足りずに、よかったよかったと木下の肩を叩いた。

「喫茶店のほうも、店長として任せてもらえることになりました。それも考慮に入れた、相談所の判断だったようです。ありがとうございます。松橋さんのおかげです」

「俺はなんにもしてないよ。とにかく、よかったな。もう……、大丈夫なんだろ」

木下は吾郎に視線を合わせて、しっかりと頷いた。

「少し前までは自分でも不安だったんです。こうじに帰ってきてほしいと思ってはいても、また同じことを繰り返すんじゃないかと。でもいまは、心に余裕があって、はっきり大丈夫だと言い切れます。こうじが戻ってくるのが、ひたすら楽しみで待ち遠しいんですよ」

木下の言葉に、無理をしているようなところは感じられなかった。

「戻ってきたら、盛大にお祝いしようぜ」

何も考えずに言った吾郎は、すぐに後悔した。大樹を呼ぶ気はないし、魁多がそのころまでに釈放されている保証もない。

「魁多君のほうは、どんな感じなんですか」

吾郎の表情から察したのか、木下はそう訊ねた。

「裁判になっても執行猶予《しっこうゆうよ》がつくだろうと弁護士は言ってる。魁多に犯罪だという意識がなかったことを信じてもらえれば、不起訴もありえるそうだけど……」

起訴はされずに取り調べが続いているから、突然釈放という可能性もまだ残っている。弁護士のほうから検察に働きかけてくれているそうだが、あまり感触はよくないらしい。

「早く釈放になるといいですね。そのときこそ、ほんとにお祝いしましょう」

「そうだな、そのときお祝いしよう」と吾郎は素直に同意した。

木下が立ち去ろうとしたとき、向かいの豆腐屋の前をひとが通りかかった。こちらをちらちらと窺いながら進んでいくのは、リバーサイドハウスへの抗議活動で、いつも先頭に立っている眼鏡の女だった。吾郎は軽く頭を下げたが、女は無視して通り過ぎる。

「柏木《かしわぎ》さん」突然、木下が声を発した。

女がこちらを向いて、足を止めた。

「どうも、ご無沙汰しています」

木下が言うと、女は「どうも」とちょこっと頭を下げただけで、また歩き始める。

「知り合いかい」吾郎が訊ねると、木下は「ええ」と頷いた。

「前の会社の、同僚の奥さんです。あの会社、家族参加のパーティーがけっこうあるものだから、だいたい顔見知りなんですよ」

「じゃあ、あのひとの旦那は、阪本の部下なのか」吾郎は目を丸くし、訊ねた。

「押上にあるダイニングバーの店長をしています。確か、すまいは、このへんでしたね」

吾郎は歩み去る女に目を向けた。彼女もこちらを振り返り、目が合った。

女の歩調が速まった。つられるように吾郎は歩きだす。女のあとを追った。

いったいどういうことだ。抗議活動の先頭に立っていたのは、阪本の部下の奥さんだった。先日、阪本はのっぽビルの陰から抗議活動を窺っているように見えたが、あれは偶然ではなかったのか。下川田に金を渡した男はこの町で店を開くと言っていたらしいが――。

「ちょっと待って。聞きたいことがあるんだ」

声をかけると女は立ち止まった。抗議活動のときと変わらぬ、険のある顔を向けた。

「あなた、阪本に言われて、リバーサイドハウスの抗議活動に参加してるんじゃないか」

「なんの話ですか」

口調はきついが、目に怯えの色が見えた。

「あなたに対して恨みはない。旦那さんが阪本の部下だから、いやいややってるだけなんだろ。もうこんなことは続けたくないはずだ。俺が終わりにさせるから、話してくれよ」

「あなたに話してなんになるんですか」

話すべき何かがあるということだろうか。

「話せば楽になる。こんなことを続けていたら、たぶん、自分自身もだんなさんも許せなくなる気がするんだ。だから教えてくれ。阪本は商店街の入り口に立っているビルを買い取ろうとしてるんだろ。街で紛争がおこれば、その交渉を有利に進められると考えたんじゃないのか。そうだろ」

「それは……、会社の経営計画に関わることです。言えるわけないじゃないですか」

強気を取り戻し、きつい視線を向けて言った。

吾郎は目を剝き、口をぽかんと開けた。それを見た女も大きく口を開き、はっと息を吸った。

女の言葉は完全に吾郎の問いかけを肯定してしまっていた。

「おい神戸、すまないが、今回の個展のお前の取り分——いったいいくらになるかわからないが、しばらく待ってくれないか。これまでに売れた分の金をちょっと使いたいんだ」

すでに、その金を含め、有り金すべてをかき集めてバッグに入れていた。吾郎はのっぽビルのオーナーに会い、銀行に寄り、ギャラリーに戻ってきたところだった。

「なんなんだよ、吾郎ちゃん」ひとりで暇そうにしていた神戸は、眉をひそめて言った。

「頼む」と吾郎が頭を下げると、神戸は怒った顔で近づいてきた。

「なんで頼むんだよ。俺は吾郎ちゃんに借金があるんだよ。全然返してないけど、借りがあることは忘れてない。何に使うか知らないけど、俺に断ることないよ」

そう言った神戸は口を横に引き、かっこつけた笑みを見せた。

この男がもてるわけがわかった気がした。吾郎自身、ちょっと惚れてしまいそうだった。

「ありがとうよ」神戸の広い額をぺしっと叩き、再びギャラリーをあとにした。

電車を乗り継ぎ、北千住までいった。

午後五時、アポイントメントの時間ちょうどに、モト・クリエイティブフード・インクの社長室を訪ねた。阪本はソファーに腰を下ろして待っていた。

「どうしたんですか、今日は。仕事のことですか」

阪本は窺うような目をしていたが、かまえたところはない。柏木から連絡はいってないのかもしれない。

吾郎はソファーを勧められたのを無視して、立ったまま首を横に振った。

「今日は金を返しにきた。ありがとう、世話になったよ」

吾郎は百五十万円が入った封筒を取りだし、センターテーブルに投げだした。

「大丈夫なんですか。それほどもうかってるとは思えないんですが」

「心配はいらない。なんとかやっていける」

これで運営資金はほとんど底をつく。幸い、来月は貸しギャラリーの予約がけっこうはいっているので、当面はしのげるはずだ。

「言っとくが、大樹に会いたくて金を返すんじゃない。お前みたいな汚いやつから金を借りているのが我慢ならなくなっただけだ。これでほっとした」

神戸ほどではないが、口の端を上げて、かっこよく笑った。

「なんです。もったいぶらないで言ってくださいよ。言いたいことがあるんでしょ」

「リバーサイドハウスと住民の対立をしかけたのはお前だろ。施設長に金を渡して、トラブルがおこるようにしむけたんだ。あけぼののビルを買収する上で有利に話を進めるために仕組んだ。違うか」

「なんのことだか、わかりませんね」阪本は余裕の表情で言った。

「あのビルを買おうとしていることはわかっている」

交渉中であることは、ビルのオーナーに確認がとれた。

「抗議運動の先頭に立っているのは、お前のところの社員の奥さんだよな」

「ああ、柏木さんですね。彼女はあの町に住んでいて、ゴミとかを散らかす施設の住人が許せなかったらしい。そのことが、何か問題になるんですか」

「施設長に金を渡した人間が、ビルを買う交渉をしていると言ったそうだ」

「ビルを買う人間は僕以外にもいるでしょう。あるいは、うちの会社を陥《おとし》れようとして、そんなことを言ったのかな。それで、その金を渡した人間というのは、誰なんです」

「さあ、知らねえよ」

吾郎の返答に、阪本は満足したように大きく頷いた。

「ここだけの話、松橋さんの話を聞いても、そのものめごとをおこさせた人物が、それほど悪いことをしたとは思えないんですがね。何か罪になるんですか」

「ひとの家の庭にゴミを捨てさせたんだから、何かの罪には問われるだろ」

「なるほど、ちょっとした犯罪ですね。それじゃあ、証拠もないのにひとを犯罪者呼ばわりするのは、やめたほうがいい」

「証拠なんて関係ない。お前がやったことは明白だ。住民たちにこの話を聞かせる。地元にそっぽを向かれたら、店の経営はなりたたないぞ」

「証拠もなしにへたなことを言ったら、ただじゃすまさない。訴えますよ。今回のプロジェクトは、これまでになく大きなものなんですよ。ビルを一棟買い取って、まるまるうちの飲食店を入れる。スカイツリーが望める上、老朽化したあのビルをリノベーションしたら、雰囲気のあるかっこいいビルになるのは間違いないんだ。邪魔をしたら、許しませんよ」

「俺もお前の店があの町にやってくるのを許さない」

何ができるかはわからなかった。ただ、金を返しただけでは気がすまない。

「好きにしてください。住民にそっぽを向かれても、よそから客を呼び込みますから。あのビルさえ手に入れれば、問題はない。最高の店にする自信があるんだ」

余裕の顔に拳を叩き込みたくなったが、吾郎は奥歯を嚙みしめ、こらえた。

「正義の味方のつもりですか。そんなことをしても、なんにもなりませんよ。町のためにもならない。流行《はや》りの店ができて、訪れるひとが増えたほうが、ずっといいはずでしょ」

「そういうことを外から言うやつが、町を寂れさせたんだよ。俺はあの町に住んでいる」

それは正義の味方よりも、ずっと責任が重いことだと思えた。

「この話はひとみにはしないから安心しろ」

ひとみは外野からとやかく言われると意地になるタイプだ。ひどい男だなどと耳打ちしたら、なんとしてでも結婚しようとするだろう。だからといって、この男が大樹の父親になるのもしかたがない、とは思えなかった。

「別に何を話してもかまいませんよ」

部屋をでるとき、阪本は勝ち誇ったような笑みを浮かべていた。

ビルをでて駅へ向かった。とくに落ち込んではいなかった。ただ、どうにかしなければと、町に対する、大樹に対する責任感が、嫌な焦りを生んだ。

早足で駅の近くまできたとき、携帯電話が鳴った。見知らぬ着信番号に首を捻りながら、電話にでた。聞こえてきた声に、焦りも何もかもが吹き飛んだ。

「吾郎さん、でてきたよ。早く怒りにきて。絵を描かなければなんないから」

36

階段を上がってくる足音が聞こえた。吾郎は立ち上がり、玄関に向かった。

ドアを開けると、外廊下をやってくる魁多が見えた。西木も一緒だ。

吾郎は「おい」と声をかけたが、あとの言葉が続かなかった。

口をもぐもぐさせていた魁多が、にっと口を横に引いた。

「ただいま。帰ってきたよ」

「ものを食べながら、口を開くなよ」

魁多の手には半分欠けたドーナツがあった。たぶんひと口で半分を食べたのだろう。しかもこれは二個目だ。吾郎はどうでもいいことを勝手に想像した。

「お帰り。遅かったじゃないかよ」

「途中で軽く夕飯を食べてきたんだ」と西木が答えた。

留置場をでるまでずいぶんかかったなと言ったつもりだったが、訂正するほどのことでもない。いまは何がどうであってもかまわなかった。とにかく魁多が戻ってきた。

「タフなやつだよ。精神的にこたえた様子はない。早く帰って絵を描かなきゃって言ってね。腹ごしらえだけはさせたから、あとはそっちで頼む。応募作品、間に合えばいいな」

いずれそれは自分の商品になるわけだが、西木は損得で言っている感じではなかった。

「魁多の処分はどうなったんだ」

「いちおう処分保留で釈放ということだが、弁護士によれば、事実上、不起訴処分だろうとのことだ。このあと起訴されるようなことはない」

「そうか、それなら安心だ。よかったな」

魁多に目を向けると、まるで手品のように、さっきまでもっていたドーナツが消えていた。食べたものを喉に詰まらせたのか、魁多は目を白黒させて胸を叩いた。

「慌てて食うなよ。誰も取り上げたりしないぜ」

「そんなんじゃ足りないよ。もっとしっかり怒ってよ」

魁多はそう言うと、背を丸めて咳き込んだ。

「なんだ、もう描く気なのか。だいたい、間に合うのか。あと四日しかないんだぞ」

「間に合わせるよ。とにかく応募しなきゃ、なんにも始まんないから」

「ごちゃごちゃ言ってないで描き始めたほうがいいぞ」西木が魁多の背中をさすりながら言った。「私はもういくよ。じゃあな、魁多、絵の完成、楽しみにしてるよ」

「ありがとうございました」と吾郎は礼を言った。西木は軽く頷くと歩きだした。

「おい、久しぶりに戻ってきたんだから、靴ぐらいちゃんとそろえろ」

部屋に上がると吾郎は怒鳴った。魁多はのろのろと玄関に戻り、靴をそろえた。

明かりの下で見ると、逮捕前よりやせていることがはっきりとわかる。それでも、やつれた感じはない。魁多は畳に座り、初めてきたみたいに部屋を見回した。

「起訴されずにすんだからよかったけど、もともとお前の軽率な行動が招いたことなんだからな。銀行口座を売ったら罪になるのは当たり前のことだろうが」

魁多は頬を膨らませ、ふて腐れたような顔で吾郎に目を向けた。

「なんでそんなことも知らないんだ。お前はばかか。二度と同じ間違いをするんじゃねえぞ。今度は、こんなに簡単には帰ってこられないからな。そうしたらよ――、大変だろ。いやだよな。俺もいやだし」

じっと睨んでいた魁多が溜め息をついた。「全然迫力がたりない。しかも、最後は腰砕けだし」

「なあ、今日は無理っぽいぜ。お前を怒る気にはなれないよ」

「吾郎さんがそんな弱気なこと言ってどうすんだよ。絵を描かなきゃなんないんだ。完成させないと栗木先生に会えないんだ」

魁多のほうがよっぽど迫力があった。

「一回怒ってくれればいいんだ。あとは完成まで寝ないでずっと描くから。四日くらいなら、寝なくても死なないよ」

「無茶なことを言うな。四日なら死ぬかもしれないぞ。命を粗末にしたらだめだ。自分を粗末にするようなやつに、美しい絵なんて描けるわけねえんだよ」

吾郎は魁多のTシャツを摑み、体を揺すった。「だからお前はばかなんだ」

「吾郎さん、ボキャブラリーが少なすぎ」

いまさら言うなって――。

「もっと。もっと吾郎さん、本気だして」

毎度のことながら、なかなかエンジンはかからない。深夜に近づき、ようやく本気の怒りが湧いた。魁多が筆をとったのは、一時近くになってからだった。

翌日は怒る必要はなかった。魁多は眠ることなく描き続けた。夕刻、吾郎は森若のところへいき、町に騒動をもたらした阪本の陰謀《いんぼう》について話をした。

森若は怒った。それ以上にほっとしていた。これを住民に話せば騒動が収まるだろうと。証拠はなく、結論は推測に過ぎないことを吾郎は念押ししたが、仄《ほの》めかすだけで充分効果はあると森若は楽観的だった。明日、住民を集めて話をするとはりきっていた。

魁多は二十四時間以上筆をとり続けた。ブランクがあったから、もとの感覚を取り戻すのに苦労したようだ。とくに絵の具の調合に悩み、何度もやり直しているのを見かけた。逮捕されたときは五日目の朝食分まで描き終えていたが、一日とちょっとで進んだのはわずか二マス。五日目の夕食分を着色し終えて魁多は力尽きた。

夜中の三時に寝た魁多を、吾郎は九時に起こした。魁多を起こすのは怒るのと同じくらい難しい。いらいらしてきてそのまま怒りたくなるが、それは朝食のあとだ。魁多が描き始めたのは正午から。吾郎はギャラリーへ戻り、最終日を迎えた個展の接客をした。

ギャラリーを閉め、八時ごろ魁多の部屋へいった。夕飯の握り飯を魁多は立ちながら食べた。会話などもちろんない。話しかけるのさえためらわれるほど、今日の魁多は集中していた。それでも、日付が変わるまでに描き終えたのは、三マスだけだった。

魁多はそのまま描き続けた。魁多が眠りにつく時間を確認しようと思った吾郎も、寝ずにダイニングから窺っていた。結局、どちらも眠ることなく朝を迎え、正午になって魁多にストップをかけた。

少しでも寝たほうがいいと言っても、魁多は聞き入れなかった。寝て起きて、また描けるようになるまで怒られ続けるのは時間の無駄だと、激しい口調で言った。

「もう明日の午後には発送しなければならないんだよ。寝たら絶対に間に合わない。二日ぐらい寝なくても大丈夫だよ」

明日の三時に、アートアワード指定の運送業者がとりにくる。いまのペースだと、寝ないで描いてもぎりぎりだった。乾かす時間もとれない。吾郎は深く息をついた。

「わかった。とにかく、体力が続く限り描いてみろ。少しペースをあげろよな」

魁多は「おー」と叫び、拳を突き上げた。珍しいと吾郎は思った。絵を描いているとき、魁多が陽気な振る舞いをするのは、これが初めてだった。

また夜がきた。魁多は、食べると眠くなるから食事はいらないと言った。吾郎はバナナを買ってきて、せめて一本食べるまでは、そばから離れなかった。

午前零時、七日目を描き終わり、残りが一日分、四マスになった。きっちりはかったように、ペースは変わらない。十二時間で三マスというのがこれまでのペースだった。残り時間を考えると、完成しても、やはり乾かす時間がたりない。

壁掛け時計を目につくところに置き、三時間に一マス描き上げるペースを意識するよう、魁多に言った。まるでスポーツだ。ファインアートの制作方法としてはかなり乱暴だが、ここまできたら、どんなものでもいいから完成させて欲しかった。

夜中の三時ごろ、盛んに頭を振る姿が見られた。眠気がさしてきたのだろう。砂糖をたっぷり入れたコーヒーを置いておいたが、口をつけた気配はなかった。

窓から日が差し込み、すっかり夜が明けたころ、アトリエを覗いてみた。完全に動きを止め、描きかけのキャンバスの前に立ち尽くす魁多の姿があった。

とうとう力尽きたかと、吾郎は観念してそばにいった。

「大丈夫か」魁多の肩に手を置き、声をかけた。

魁多は顔を向けた。恍惚《こうこつ》とした笑みが浮かんでいた。やはり、力尽きておかしくなったのか。

「吾郎さん、あと二マスで終わる。なんとか間に合いそうだよ。できも悪くない」

六時半。午前零時から二マス描き上げたということは、かなりペースアップしている。

「気を抜いている暇はないぞ」

「うん、でももうすぐ完成すると思ったら嬉しくなって、自分の絵なのに見とれちゃったよ」

「おかしなやつだな。見とれるのは完成してからにしろ」

きっと、魁多には完成した絵が見えているのだろう。それは完成したときに吾郎が見るのとはまた別のものである気がする。作者の想いが反映されたイメージのようなもの。吾郎も一度だけ、絵を描いていて、そういう幻影を見たことがある。筆を止めて眺めていたら、栗木がお前にしか描けない絵だなと言ってくれた。

「吾郎さん、俺、楽しいよ。絵を描くのが楽しいんだ」

魁多は楽しげというより、当惑したような顔で言った。

そうかそうかと聞き流し、魁多に筆をもたせた。とにかくいまは描かせることが何より重要だった。

魁多がキャンバスに筆を運ぶのを見て、アトリエをでた。ドアをぴたりと閉め、床に座り込んだ。魁多が楽しいと言った。絵を描くのが楽しいと。吾郎は気抜けしていた。

もしかしたら、絵を完成させる必要はないのかもしれない。もうこれからは、絵を描く前に怒る必要はない気もする。

「楽しい」と吾郎も声にだした。瞼が勝手に閉じそうだった。

魁多がアトリエからでてきたのは一時過ぎだった。勢いよくドアを開けて、吾郎のところにやってきた。

「吾郎さん、できたよ。早く観にきて。絵がさ、何だか笑ってるよ」

37

ギャラリーの戸を開き、朝の空気を入れた。吾郎は外にでて大きく伸びをした。

まだ七時にもならないのに、通りに佇む人影があった。政田のじいさんが、早くも仕事に精をだす豆腐屋の三田に話しかけていた。

「政田さん、朝からまたホラ話かい」吾郎はお向かいに足を向け、言った。

「ホラ話とはなんだ。俺は本当のことしか話しとらんよ」

「政田さんのお話はおかしいねえ」三田が店のなかから言った。

ほらね、という目を政田は向けた。三田の言葉のニュアンスを理解していない。

政田は近ごろ、このへんを歩き回り、暇そうなひとに自分の話を聞かせるのが日課になっていた。まだ七十代手前なのに、戦争で活躍した話などは論外として、宝くじの一等に三回当たった話や、雷に打たれてもぴんぴんしていた話など、奇跡的な体験をさらりと語る、ホラ話の常道だった。

そんなことは、現実にはまずあり得ない。小さなサプライズがいくつか集まり、奇跡に繋がるようなことがせいぜいだろう。だから現実の話は退屈だったりする。暇潰しにはホラ話ぐらいがちょうどよくもあり、吾郎は政田の話が嫌いではなかった。

今朝は、吾郎が生まれるずっと前に活躍した映画女優との恋愛話を聞かされた。

「さあ、もういいかい。そろそろいくよ」政田の話が終わると、吾郎はそう言った。

政田とふたりでリバーサイドハウスに向かった。門の前にはひとが集まっていた。近づいていくと、「おはようございます」と声がかかる。吾郎も朝の挨拶を返した。

朝の掃除は続いていた。予算がなくなり小遣いを渡すのをやめたため、ハウスからの参加者は減ったが、一般の住民が参加するようになったので、人数は増えていた。まだ先の話だが、落ち葉の季節になったら、みんなで焚き火をやろうと吾郎は勝手に計画していた。

リバーサイドハウスに対する抗議運動は消滅した。阪本の陰謀の状況証拠を森若から聞き、住民たちはハウスの入所者たちに罪はないと判断したようだ。横断幕を下ろし、活動を停止した。そればかりでなく、眼鏡の女を除いた全員が集まり、のっぽビルのオーナーのところに直談判《じかだんぱん》にいった。阪本の行動と町に起きたことを話し、疑惑の男にビルを売らないよう申し入れたそうだ。

偏屈なオーナーが、はいそうですかと素直に応じることはなかったが、町の噂では、阪本の会社との交渉でオーナーは売却額をつり上げ、交渉は暗礁《あんしょう》に乗り上げたとのことだ。

住民たちが自らの意思で集まり力を合わせ、阪本の進出に待ったをかけたのは、小さなサプライズといえるかもしれない。

「今日はあたしが松橋さんとコンビよ、よろしく」

チューリップハットを被り、ウエストポーチをつけ、ハイキングにでもいくみたいなかっこうをした坂野さんが、ほうきを二本もってやってきた。

「よろしくお願いします。さあ、いきましょっか」

ほうきを一本受け取り、吾郎は歩きだした。商店街を奥に進み、さらに旧中川の近くまでいったところが、今日の受け持ち区域だった。参加者が増えるにつれ、掃除をする範囲も拡大した。すると、また新たな参加者が増えるという循環を生んでいた。

もともとリバーサイドハウスの入所者と住民たちとの融和をはかるために始めた朝の掃除だったが、商店街の人間も、当然、住民たちと顔見知りになる。通りかかれば挨拶をするし、ついでにと、買い物をすることもある。最近、少しずつではあるが、立花いきいき商店街で買い物をするひとが増えていた。それも小さなサプライズと言っていいだろう。

吾郎自身にはとくにサプライズはない。阪本に百五十万円を返してしまったから、生活は苦しい。貸しギャラリーで稼いだ金を貯めて、来月の浜地の個展の制作費にしなければならない。幸い、現在開催中の浜地の友人の個展が好評で、作品もそこそこ売れていた。それがサプライズと言えないこともないが、ギャラリー所属のアーティストではないから、そこまでの興奮はなかった。

阪本の縛《しば》りがなくなり、大樹とは自由に会えることになった。とはいえ、阪本が父親になる流れは変わっていないし、ひとみが会って欲しくないと思っている以上、無理に押し通す気はなかった。一度だけ、学校の帰りに待ち伏せして声をかけたが、大樹は無視していってしまった。その前週、こうじと魁多が戻ってきたお祝いの食事会が行われた。吾郎はタイミング悪く、熱をだしていけなかった。きっと大樹はそれを怒っていたのだと思う。会うチャンスはこれからいくらでもあるさと、心配はしていなかった。なんであれ、いまの吾郎は胸いっぱいに期待が膨らみ、心配などする余地は残っていない。

早く十月になればいい。ゴミを掃く手を休めて考えた。

十月の半ばに、「ジェム・ペイント・アートアワード」の発表がある。魁多の作品が大賞に選ばれるのを待ち望んでいた。

魁多の受賞。それは小さなサプライズとはいえない。大きなサプライズでもない。吾郎にとっては、もはや当然の結果だった。それほどいい絵が完成した。テーマは暗く、重いものがあるのに、見ていると心が明るくなるあの絵を、みんな気にいるはずなのだ。

期待が大きければ、それが実現しなかったときの落胆も大きくなるが、それを心配する余地もないくらい、吾郎は信じていた。その日がくるのが待ち遠しくて、そわそわ落ち着かない日々が続いていた。

早く十月よこい。

吾郎は空を見上げた。低いところを、小さいちぎれ雲が漂っていた。

38

「吾郎さん、名刺もったの」

ギャラリーに下りていくと、美緒が訊いてきた。

「おっ、おう。確かな、入れたはずだ」吾郎はスーツの上から手を当て、名刺入れを探した。「あった、あった。内ポケットに入れてたよ」

ついこの間できあがったばかりの名刺だ。

「うん、ネクタイも曲がってない。いい感じですよ」

美緒が手を伸ばしてきて、肩についていた糸クズを取ってくれた。

「別に俺は主役じゃないから、かっこなんてどうだっていいんだよ」

「上から下までおニューで揃えておいて、まったく説得力なしです」

照れ隠しで言ったのに、まったくひとの心のひだが読めないやつだ。

「留守番よろしく。ほんとは美緒ちゃんにもきてもらいたかったけどな」

浜地の個展が開催中で、吾郎のかわりの店番が必要だった。

「いいんです。華やかなところは苦手ですから。さあ、急がないと。あまり時間に余裕ないですよ」

「そうだな。じゃあ、いってくるぜ」

吾郎は片手を上げ、ギャラリーをでた。

「よう常陸屋、ずいぶんおめかししてんじゃないかよ」自転車で通りかかった森若が言った。

「今日、パーティーなんだよ」

「おう、あれか。魁多君によろしくな」

吾郎は礼を言い、駅へと急いだ。

亀戸でJRに乗り換え、新宿へ向かった。

皇居より西は馴染みがなく、しかも同じようなビルばかりで、新宿駅西口をでてから、吾郎は道に迷ってしまった。お上りさんと間違えられるのはしゃくだったが、何度か道を訊ねて、どうにか会場のホテルに辿り着いた。

すでにパーティーは始まっていた。壇上では、初老の外国人が流暢《りゅうちょう》な日本語でスピーチをしている。吾郎はシャンパングラスを手にして、宴会場の奥へと進んだ。

なかなか華やかなパーティーではある。ただ、美術業界のパーティーだから、アーティスト風の突飛なかっこうが多いかと想像していたが、そうでもなかった。男でいちばん多いのはやはりスーツ姿で、吾郎も違和感はなかった。

「松橋さん」

きょろきょろしているうちに声をかけられた。バーのオーナー、高盛だった。

「いまきたのかい」

「ええ、迷っちゃいましてね」

「大丈夫、まだ贈呈式は終わってないから」高盛は労うように、吾郎の肩を叩いた。「大盛況だな。ここからじゃよく見えんだろ。前のほうにいこう」

高盛に誘われ、前のほうに向かった。スピーチをするステージが低く、いま話している外国人も胸から上くらいしか見えなかった。

ひとをかきわけて進むうち、スピーチは終わっていた。かわって、司会者らしき女性の、柔らかい声が聞こえてきた。

「ありがとうございました。――続きまして、贈呈式に移ります。ジェムペイント日本法人代表取締役社長、日高修《ひだかおさむ》よりトロフィーの贈呈です」

吾郎は高盛と目を見交わし、先へ急いだ。

「それでは、本年度ジェムペイント・アートアワード大賞受賞者を紹介いたします」

前が開けた。ステージのすぐ近くまでやってきた。隣に立った高盛が吾郎の肩に手をかけた。

「神奈川県出身の岡本真由子《おかもとまゆこ》さん、どうぞステージへお上がりください」

会場内に拍手が沸いた。吾郎はシャンパンをくいっと呷ってから、小さく拍手をした。

ステージに現れたのは普通の女の子だった。ブルーのワンピースを着て、頭にリボンのヘア飾りをつけている。美緒と同年代、学生だろう。魁多のほうがずっとアーティストっぽい。きっと才能だって上に違いない。悔しいなあ、と思いながらグラスに口をつけた。

また肩を叩かれた。吾郎はさらに前に進んだ。ステージ上にレンズを向けるカメラマンたちの後ろまでくると、ステージ下の様子が見えた。

いた。並んだ椅子のひとつに、魁多が座っていた。ぼんやりステージ上に目をやり、つまらなそうに足をぶらぶらさせていた。

あそこに立っていないのが悔しいのだろう。魁多は次点である金賞受賞者のひとりだった。前に受賞した佳作とかわりがない。栗木の目に留まることは、きっとないだろう。

色の濃淡で数値を表わしたグラフ。三十二マスがオリーブドラブから黄色に至るまでの不規則なグラデーションで色づけされている。この絵のルールがわかっていれば、ひと目見て、施設の食事は不健康、と思うだろう。全体的に明るい色調の絵になっていた。

魁多が決めたルールでは、正常な食事であれば真っ黒になるが、黒のマス目はひとつもなく、いちばん濃い色で、黒と黄色が一対一の正調オリーブドラブ程度だった。

「食事の質が悪くなればなるほど、色調が明るくなっていくのがアイロニカルで面白い」

先ほどステージの上で、丸眼鏡をかけた白髪の審査員が、魁多の絵をそう評した。贈呈式が終わっても、入れ替わり立ち替わり、スピーチが続いていた。退屈した吾郎は、ステージの横に飾られた、受賞作品を鑑賞していた。

質が悪くなるほど明るくなるのは皮肉がきいていていい、というのは、以前に吾郎も考えたことだ。しかし、描いている本人はそんなことを意図してはいない。魁多が色にこめた思いは別のところにあると思っていた。魁多は一日目の朝食から、八日目の三食総合評価まで、きっちり時系列に沿って描いていった。それを順番に見ていくと、画質の変化がわかる。最初のほうは滑らかで色むらもないが、じょじょに筆のタッチが画面に現れ、色むらも見られるようになる。決して画面が荒れているわけではなく、リズミカルな筆運びで、なんとなく楽しげだ。それは黄色味が濃いほど強く感じられた。

絵が完成したとき、魁多は絵が笑っていると言った。吾郎が観てもそうは感じられなかったが、その言葉から魁多の思いを想像することはできた。

魁多にとってこの絵は、重いものでも暗いものでもない。いまが悪くてもきっといつかは――、と希望をもつことができれば心は明るく照らされる。悪ければ悪いほど、希望を求める力は強くなる。この絵の黄色はそういう思いを表わしている。たぶん描いていくうちに湧いてきた思いだろう。絵の質感が変わっていったのはそういうことだ。

世話になったリバーサイドハウスのみんなへのエールであり、自分自身の願いでもあったのかもしれない。きっといつかは、と明日に希望があることを信じたかった。完成した絵が笑って見えた魁多は、信じることができたに違いない。

「どうも、松橋さん」

吾郎は声に振り返った。西木がステージのほうからやってきた。

「魁多のやつ、全然緊張してなかったな」

先ほど、大賞に続いて金賞の贈呈式も行われた。ふたりまとめてトロフィーを渡され、司会者にマイクを突きつけられて、短いコメントをしただけだったから、緊張もしないだろう。大賞受賞者はスタンドマイクに向かってしっかりとスピーチをした。金賞受賞者は添えもの扱い。これから、雑誌やネットで取り上げられるときの扱いも、大賞受賞者の陰に隠れて目立たないに違いない。

「いい絵だな。迷彩柄みたいな色遣いがポップでありながら、なかなか骨太だ。一枚の絵がひとつのドキュメンタリーになっているのは斬新《ざんしん》だし、作者の心が変化していく様が読み取れるのもいい」

さすが一流ギャラリストだ。質感の変化を見逃さない。

「いい絵なのに、なんで大賞をとれなかったのかな」吾郎は呟くように言った。

「なんだ、金賞で不満なのか」

それでは栗木の目に留まる可能性が低いというのもあるが、吾郎としては、単純に最高の作品だと認めてもらえなかったのが残念だった。

「大賞なんていうのは、運や審査員との相性みたいなものにも左右される。それより、賞に二回応募して二回とも入選したことを喜ぶべきだ。しっかりとした実力をもっている証だ。あとちょっと伸びれば、大賞なんていつでもとれるよ」

「確かにそうなんだろうけど」

まだ吾郎の心はすっきりしない。それは大賞を逃したこととは関係なく、また別の理由でだった。

「まあ、賞なんて必ずしもとる必要はないんだ。賞をとらなきゃ売れないような実力なら、私は相手にしない」

魁多にはそれ以上のものがあると西木は信じている。吾郎もそれを疑う気はなかった。ただ、心のもやもやはさらに濃くなった。

「松橋さん、おめでとうございます」

西木と別れ、サンドイッチなどの軽食を物色していたとき、声をかけられた。

この声は——、と思って振り返ると、当たりだった。木下が立っていた。

「すみません、遅くなって。なんとか店を終えてきたものですから——」

吾郎は最後まで聞いていなかった。軽食のテーブルを囲む大人たちの間から、こうじが姿を見せた。さらにその後ろから現れたのは、大樹だった。

「大樹君にも、お父さんの晴れ舞台を見せたいと思い、誘ったんです。お母さんには、うちで食事をさせると言ってあります」

「別に俺の晴れ舞台なんかじゃないよ」

吾郎と目が合ったが、大樹はすぐに、あたりをきょろきょろした。

「松橋さんが育てた魁多君が賞をとったのだから、立派な晴れ舞台ですよ」

「賞っていっても、大賞じゃないし」

育てたわけでもない。怒っただけだ。

「お父さんすごいよ。ひともいっぱいきてる」大樹は物珍しそうに、あたりを窺い続ける。

「ほんとだ。なんだか、すごいな」いちいち否定するのも面倒になり、そう言った。

「大樹君、お父さんはギャラリーを始めてから、ずっとがんばっていたんだ。だからすごく忙しかったんだよ」

木下の言葉に、大樹は二回頷いた。他人の言葉は案外素直に聞けるものだ。

吾郎は木下にありがとうと言った。

「こうじ君も大樹も、よくきたな。とにかく、魁多はものすごくがんばったんだ。もう少ししたら、自由になるから、お祝いを言ってやってくれ」

まだスピーチが続いていた。

「さあ、食べよう。おなか空いてるだろ。いくらでも食べていいぞ、タダだから」

吾郎のかけ声で子供たちはテーブルに張りついた。軽食だったけれど、ホテルの料理はそれなりにおいしそうだ。

「大樹、ありがとう」吾郎は背後から大樹の頭に手をのせた。「きてくれて、お父さん、うれしいよ。だけどこれは本当にお父さんのパーティーじゃない。いつかこんなパーティーが開けるよう、もっともっとがんばるよ。見ててくれよな」

　別にパーティーを開く必要などないが、大樹に誇ることのできる仕事をしようと思った。そう考えることで、心のなかでもやもやするものに立ち向かおうとした。

　大樹が頷いた。吾郎は小振りの気取ったサンドイッチを取り、自分の口を塞いだ。

「ギャラリータタミの松橋さんですね」

　皿にとったパスタサラダを食べていたとき、声をかけられた。

　蝶ネクタイが似合う、白髪の男だった。どこかで見たことがあると思った。

「審査員の細貝《ほそがい》です」男はそう言って名刺を差しだした。

　なんだそうかと吾郎は思いだした。さきほどスピーチをしていたのを見たのだ。吾郎も名刺を取りだし、交換した。男の名刺をあらためて見て、吾郎は軽い驚きを感じた。「東京アートステーション代表　細貝久直《ひさなお》」と書かれていた。

「東京アートステーションというと――」

「ネットでアートの情報サイトをやっています」

「もちろん知っています。お世話になっています」

　個展の告知をしてもらったし、開廊のときはなぜか花を贈ってくれた。

「さきほど西木さんと話していたら、あれがギャラリータタミの松橋さんだと教えてもらったので、声をかけさせてもらいました。金賞おめでとうございます。尾花さんの絵はいいですよ。個人的にはいちばん気に入っていました」

「そうですか。ありがとうございます」

「松橋さんのところとは、縁があるようですね。うちの副代表と知り合いだと聞いていましたよ。もちろん、それで審査に手心を加えたりはしませんでしたけど」

細貝はにっこりと微笑んだ。

「それは人違いじゃないですかね。知り合いはいませんけど」

いったいどんな勘違いだ。そう思ったとき、吾郎ははたと気づいた。誰かがそう勘違いしていたから、開廊のときに花が贈られてきたのかもしれない。

「そんなはずないんだけどな。——ああ、そう言っていたら本人が……」

細貝は急に体の向きをかえ、手を振った。「おい、こっち、こっち」

吾郎は細貝が手を振ったほうに目を向けた。ひとがたくさんいた。そこから抜けでるように、こちらに向かってくる男の姿が目に留まった。

細貝と同年輩くらいの男で、髪に白いものが目立つ。ベージュの地に赤い格子縞《こうしじま》の入った、洒落たジャケットを着ていた。吾郎の知った顔ではない。

「すごいひとですね」

やってきた男が言った。吾郎のほうにちらっと目を向け、すぐに細貝に戻した。

「おい栗木、わからないのか。こちらが、ギャラリータタミの松橋さんだよ」

細貝が言うと、男は初めて気づいたように、しっかりこちらに顔を向けた。

白髪の中年男。その顔が、見ている目の前で、がらりと変化していくような錯覚《さっかく》をおぼえた。

栗木、と細貝は言った。

男は照れたように笑った。その控えめな笑みに吾郎ははっきりと覚えがあった。なんで最初に見たとき気づかなかったのか――。髪に白いものが増えた以外、容姿にほとんど変化はなかったのだ。

「クリちゃんだよね、栗木先生」吾郎は思わず栗木の腕を掴み、勢いこんで訊ねた。

栗木の笑みが大きくなった。

「まさか君がギャラリーを開くとはね。しかも、魁多君と一緒にいるんで驚いたよ」

「不思議じゃない。魁多は先生を捜して、墨田区にやってきたんだ。俺が先生の教え子だと知り、ついてきたんだ。――なあ、もう魁多とは話したのかい」

「いや、まだだ。いまきたばかりなんだ」

「なんだよ、じゃあ早く会ってやってくれよ」

「おい、ちょっと……」

吾郎は栗木の腕を引き、ステージに向かって突き進む。たいした距離でもないのに、息があがった。照明が直接目に入ったみたいに、やけにまぶしかった。

魁多、やったぞ。大賞はとれなかったけど、ちゃんと栗木先生には届いたぞ。これはきっと、辛くても絵を描き続けた、お前へのご褒美なんだ。

吾郎は人混みをかきわけ、ステージの前にでた。

「おい、魁多、クリちゃんだ。栗木先生が見つかったぞ」

椅子に腰かけていた魁多が何かに引かれるように立ち上がった。目を見開き、一歩こちらに向かって足を踏みだした。

39

栗木は松本の絵画教室をやめて東京に戻ってきた。仕事を探していたとき、美大の先輩である細貝に誘われて、東京アートステーションの立ち上げに参画したそうだ。

東京アートステーションではギャラリーの開廊情報を摑むと、それを全社員で共有している。元教え子がギャラリーを開くと知った栗木は、祝いの花を贈り、その後も気にかけてくれていた。そして個展の告知依頼を見て、魁多がギャラリータタミに所属していることを知った。栗木は魁多の個展を二度観にきてくれたそうだ。一度きたあと、栗木はアートコレクターの半次郎さんに、魁多の個展を勧めた。半次郎さんが観にきた日、栗木もきていた。社会性がでたら作品の強度が増す、と記帳ノートに書き込んだのは、栗木だった。

魁多は栗木を見て立ち上がり、一歩踏みだしただけで足を止めた。なんとそのまま気絶してしまった。喜びのあまり気を失うことがあるなんて、吾郎は初めて知った。

意識を取り戻した魁多は、子供に戻っていた。先生やったよ、金賞とったよと栗木の腕を摑んで振り回した。栗木は、おめでとうと案外普通に——吾郎がかつて接していた教師の顔のままで言った。

お母さんが死んだんだ、と魁多が伝えたとき、栗木の横顔は凍りついた。放心したような顔で立ちつくす姿は、見ていられなかった。

それでも気を取り直して、栗木は言った。お母さんはいつも君を見守っている、僕も一緒に君を見ているよと。魁多は、じゃあ、また絵を教えてよと張り切った声で言った。けれども栗木は首を横に振った。僕に教えられることはもうないと断言した。

「絵を描いたら観にいく。いい絵が描けたなら、いつでも会いにいくよ」

まるで、ものを餌にして子供に勉強させる親みたいで、いやな感じではあった。けれど栗木は、本当に魁多の絵が観たかったのだろう。いい絵を描かせたかったのだと思う。ある意味、アートに対する愛が言わせた言葉。絵を描き続ける厳しさを知った者の言葉だ。

西木はアートは情熱と狂気でできていると言った。だから美しいとも。そのくらいでなければ乗り越えられない、厳しい世界でもあるのだと吾郎は悟った。自分には情熱も狂気もないが、少しだけ厳しくなろうと思った。自分に対しても魁多に対しても。魁多にいい絵を描いて欲しいと思う気持ちは誰にも負けていない。吾郎は魁多の絵が本当に好きになっていた。


「おい早くしろよ。いつまで待たせるんだ」

吾郎は声を張り上げて言った。

「もう、いまいくよ」

二階の部屋から、魁多の声が聞こえた。

十一月の半ば。今日は本格的な冬を思わせるくらい、朝から冷え込む。スウェットシャツ一枚の吾郎は、震えながら待っていた。

がたがたと二階のほうで音がした。外廊下を歩く魁多が見えた。いや、やってくるのは、長辺一メートルの四十号キャンバス。シーツにくるまれたキャンバスに隠れて、魁多の姿はほとんど見えない。階段を下りてくるとき、突風に煽られて魁多はよろけた。

「大丈夫か。——絵のことだけど」下りてきた魁多に言った。

「大丈夫、俺も絵も」

しっかり両手でキャンバスを摑んでいた。

アトリエには他にもキャンバスがあった。まとめてもっていこうとしたら、魁多はこれだけは自分で運ぶと言って譲らなかった。

ここのところずっとアトリエにこもって描いていた絵だ。いったいどんな絵なのか、吾郎は知らない。魁多は見せようとしないし、吾郎もあまり部屋を訪れることがなかったから、盗み見るチャンスがなかった。

魁多は怒られなくても、絵が描けるようになっていた。やったー絵が描ける、というような驚きも喜びもなく、気づいたら、当たり前のようにキャンバスに向かっていた。

「ねえ、吾郎さん。俺、本当に引っ越ししなきゃ、なんないのかな」魁多は唇を尖らせて言った。

「いまさら、何言ってんだよ。このアパートじゃ、二百号キャンバスに描こうと思っても、ドアも通らないんだぞ」

「そんな大作、描く予定ないですけど。引っ越すにしても、近所でもいいでしょ」

「ここらは家賃が高いんだ。飯能《はんのう》はいいところだぞ。家賃は安いし、空気はきれいだし、静かだ。絵を描くには最高の環境だよ」

魁多は埼玉の飯能に住居兼アトリエを移す。閉鎖していた工場跡を、安く借りられることになった。近所に西木の妹夫婦が住んでいて、生活の面倒をみてくれる。

魁多が移るのはアトリエばかりではない。所属ギャラリーも、ヒロニシキギャラリーに移ることになった。西木の策略にまんまとはまった——からではない。吾郎が言いだしたことだ。西木の言葉がきっかけではあったが。

受賞パーティーで、西木は、賞に二回応募して二回とも入選するのはすごいことだと言った。大賞なんていつでもとれるとも。そのとおりだと吾郎も思う。周囲のアドバイスで、あとちょっと実力を伸ばしてやることができていれば、今回だってとれたはずだ。

自分には何も助言してやることができない。魁多は自力で実力を伸ばすしかない。助言だけでなく、美術館や海外での個展など、色々な経験を積ませることで、才能は磨かれる。そういう機会を与えてやれるのは、しっかりとしたギャラリーだけだ。

以前、西木に言われた。お前は極悪人だ、魁多の才能を潰していると。アートアワードの大賞を逃したことで、吾郎はそれを実感してしまったのだ。

けれど、ギャラリーをやめるわけではない。経験を積んで、いっぱしのギャラリストになったら、また一緒に個展をやろうと、移籍をいやがる魁多を説得した。

「慣れたら、引っ越してよかったと思えるよ。さあ、引っ越しのお兄さんが待ってる。そいつも運ぶんだろ。入れちゃおう」

伸ばした吾郎の手を、魁多は体ごと捻ってかわした。

「違う。これはもってかないよ」

はい、と言って、魁多は大きなキャンバスを吾郎のほうに差しだした。

「吾郎さんにプレゼント」

「俺に？　いいのか？」

「そのために描いたんだから。――ああ、開けないで。ギャラリーで開けて。いま何も展示してないから、しばらく壁に飾ってよ」

「わかった、そうする。ありがとう」

吾郎は両手でしっかりと摑み、シーツにくるまれたキャンバスを見つめた。俺のために描いた絵。どんなものか早く観たかった。

「すみません。もう荷物は終わりです」

引っ越しのスタッフに声をかけ、魁多と一緒に歩きだした。トラックの前にベンツが止まっている。西木がアトリエまで送ってくれることになっていた。

「それじゃあ、よろしくお願いします」吾郎は運転席の西木に言った。

「運転には自信があるからまかせとけ」

そういう意味ではないが、訂正はしない。西木もわかっているはずだ。

魁多が後部座席に乗り込んだ。

「じゃあな、元気でな」

魁多は、おう、と返事をした。

「これ、ありがとな。どんどんいい絵を描いて、これがオークションで一千万円の値がつくぐらいに、早くなってくれ」

「うわっ、最後もお金の話かよ」魁多は顔をしかめた。

リバーサイドハウスで、壁に絵を描いたら十万円がもらえるんだ、と誘った日のことを思いだして、懐かしくなった。あれからまだ十ヵ月もたっていないのに、ずいぶん前の記憶のような気がする。

「最後なんて言うな。また、会える」

「おう、また会おう」

「しゅっぱーつ」

西木の声が響き、いきなりベンツが動き始めた。

すっと目の前から魁多が消えた。ただ車が走り去っただけだが、本当に消えてしまったような錯覚をおぼえた。車のテールを見送った。魁多も子供じゃないから、窓から身を乗りだすようなことはない。本当にあの車に乗っていたのだろうか。そんな感覚が残った。

吾郎は魁多の残したものをしっかり脇に抱えてギャラリーに向かった。

少し息が切れるくらいの早足で戻ってきた。吾郎はさっそく、キャンバスを床に置き、はらりはらりとシーツを開く。画面が目に飛び込んできた。

「ほえー」言葉にならない声を思わず発した。その絵は、これまで魁多が描いてきたものとはまるで違ったのだ。

真ん中に道がある。両脇に建物がある。それは風景画だった。しかも見慣れたもの。八百屋に、豆腐屋に、ギャラリータタミもある。奥の方から表通りに向かって、立花いきいき商店街を描いたものだった。夕暮れの風景で、街灯が灯り、店からも明かりが漏れでていた。

「おーっ」吾郎は画面の左上にあるものに気づいて、さらに驚いた。あるはずのものがない。ないはずのものがある。

のっぽビルが消え、商店街の上に、そびえ立つ東京スカイツリーが見えていた。なぜか黄色にライトアップされたツリーが、青みを増した夕空に映えていた。

いまさらツリーが見えたところで、商店街が活性化するわけもないが、魁多は商店街のみんなを元気づけるようなつもりで、この絵を描いたのだろう。

路上には買い物客が溢れていた。これも現実にはあり得ない風景だ。

描かれている人物は、体全体の比率からいって頭がやや大きく、顔もしっかりと書き込まれていた。絵画というよりイラストっぽかった。そぞろ歩くひとたちを見ていた吾郎は、ひと組の家族連れに目を留めた。

「えっ、これって……」

吾郎は目を剝き、家族のそれぞれの顔を見つめた。周辺にいる歩行者の顔も見ていく。またもやあり得ない風景を見つけてしまった。

「なんだよ、いったい」

驚きはしだいに収まり、吾郎は表情を崩した。手を伸ばし、そっと指で画面に触れた。

「……なんなんだよ」

漏れでた言葉は我ながら照れくさそうだった。

「融資してくれるところも決まっていないのに、ビルを買うなんてばかよ。結局、話が流れたばかりか、違約金まで払うことになって、会社全体が傾いちゃったのよ」

ギャラリーに飛び込んでくるなり、ひとみは話し続けた。引き戸も開きっぱなし。風は入ってくるし、工事の音もうるさい。

「まあ、相変わらずの景気だしな。小さいところはどこも大変なんだよ」

吾郎はなだめるように言った。

「何、わかったようなことを言ってるのよ。大変なのはわかってる。経営危機はしかたがないわよ。だけど、そういうときに歯をくいしばってがんばるのが男でしょ。おろおろ嘆くばかりか、ひとに当たり散らすなんて最低。あんな女々《めめ》しいひとだとは思わなかった」

「男はもともと女々しいんだよ。それを隠すために、女々しいって言葉を作ったんだ」

「へー、吾郎ちゃんにしては含蓄《がんちく》がある言葉。でも、適当に作った話でしょ」

「あたりだよ」

ひとみはふーっと溜息をついた。

「もういいわ、終わったことだから」

「終わったのか？」吾郎は首を突きだし、訊ねた。

「すっかり終わりました。あたしや大樹に当たるのも許せないけど、社員を叩いているのを見て、完全にひいちゃった」

それは経営危機とは関係ないはずだ。

「むしゃくしゃするから、今年はクリスマスを盛大にやるの。吾郎ちゃんもくるでしょ」

「なんで俺が？」

「予定もなくて、寂しいだろうから」

「俺は仕事だよ。この絵を囲んで、商店街のクリスマスパーティーをやるんだ」

「あら、素敵な絵ね」

ひとみは壁にかかった魁多の絵をちらっと見た。

素敵ではない、奇跡だ、と言ったら大げさだろうか。明るい未来を描いた予言の絵だ。

「もう、うるさいわね」ひとみは開いた引き戸のほうを振り返った。

「しかたがないだろ、お前の元フィアンセがまねいたことだ」

吾郎は引き戸に近寄った。取っ手に指を差し込み、戸を引く。ふと途中で手を止め、頭を外に突きだした。空を見上げて思わずにんまりとした。

丸八通りの向こうのビルの上に、天まで届きそうなスカイツリーが見えていた。ツリー自体は見慣れていたが、ギャラリーから見上げるツリーは新鮮で格別いい眺めだ。

のっぽビルは現在解体工事中で、もう上部はなかった。阪本との契約が流れて、結局、買ったのはパチンコ店だった。跡地にできる店舗は三階建てで、完成してもスカイツリーはこのまま商店街を見下ろし続ける。

商店街のひとたちもさすがに学習していて、いまさらスカイツリーが望めるようになったぐらいで、はしゃいだりはしない。ただ、魁多の絵を見て、何かが起こるかも、と小さな期待は抱いているようだ。

スカイツリーが描かれた魁多の絵は、現実を先取りはしているが、のっぽビルの解体が決まった当初はそれほど話題にはならなかった。

今月の初め、商店街の近くに住む、片岡さんの家に空き巣が入った。外から帰ってきて家に誰かいるのに気づいた片岡さんは、商店街に助けを求めた。最初に聞いた森若は警察に通報し、周辺の店に声をかけて片岡さんの家に向かった。途中、リバーサイドハウスの入所者にも声をかけ、みんなで片岡さんの家を取り囲んだ。逃げだせなくなった空き巣は、駆けつけた警官に御用となった。

四日後、テレビ局が取材にやってきた。当事者にインタビューをしながら、住民と商店街の見事な連係プレイを再現し、両者を緊密に結びつけたであろう、朝の掃除の風景も収録した。それが夕方のニュース番組で流れ、全国的な評判を呼んだ、はずはないが、墨田区の端っこではちょっと話題になったらしく、商店街にやってくるひとがいっとき増えた。

魁多の絵に、テレビカメラをもった人物が描かれている、と最初に言いだしたのが誰なのかはわからない。商店会のなかでいつの間にか話が広まり、みんながギャラリーに確認しにやってきた。スカイツリーに続いてふたつ目の予言が現実になったと、にわかに色めきたった。そのうち、この絵に描かれているように、商店街の通りはひとで溢れるのではないかと、小さな希望がみんなのなかに膨らんだようだ。

確かに、魁多の絵のなかには、カメラのような箱形のものを肩に担いだひとが描かれている。しかしそれは、ビールケースを担いだ森若だろうと吾郎はみていた。頭が大きく描かれているから、ケースが小さく見えるだけだ。後ろ姿で顔はわからないが、白髪の短髪は森若を思わせる。そもそも、道に溢れているひとたちのほとんどは、買い物客ではなく、商店会の会員やリバーサイドハウスの入所者たちだ。そっくりとまでは言わないが、誰をモデルにしているかはだいたいわかる。豆腐屋の三田もいるし、政田のじいさんもいる。吾郎の姿もはっきりと確認できた。

「ねえ、あたしたちが吾郎ちゃんのところのクリスマスパーティーにいってもいい？」

「ああ、もちろん誰でも大歓迎だ」

その日は特別ゲストとして魁多もくる予定だ。奇跡の予言者がくると、商店街のみんなは楽しみにしている。

「なあ、正月はどうしてるんだ」

「とくには何も。実家に帰って、おせちを食べるくらいよ」

そう言ったひとみは、問いかけるような目を吾郎に向けた。

吾郎はひとみから目をそらし、壁の絵に視線を向けた。

黄色くライトアップされたスカイツリー。これまでそんな色のツリーを見た記憶はなかったが、これも第三の予言として的中している。

先頃、スカイツリーの年末年始のライトアップスケジュールが発表になった。五色に変化するようだが、そのうちの一色が黄色だったのだ。商店街のみんなは、来年は何かが起きるぞと、半ば本気で考えているようだ。

それに負けないくらい、吾郎もいい年になると信じていた。

絵には吾郎の姿も描かれていた。大樹と手を繋ぎ、横にはひとみもいた。魁多にひとみを紹介したことなど一度もないのに、描かれたひとみは、かなり特徴を捉えていた。それこそが奇跡だ、といっていいくらい、最初に見たときは驚いた。

「えっ」と、隣で絵に視線を向けていたひとみが、声を上げた。自分が描かれているのに気づいたのかもしれない。吾郎のほうに顔を向け、眉間に皺を寄せる。

「いい絵だろ？」

ひとみの眉間の皺が深くなった。けれど、すぼめた唇は、笑いを堪えているようにも見えた。

これが未来を予言した絵ではないとわかっている。ただ、この絵を観ていると希望が湧く。いや、希望が現実になると信じることができるのだ。

「希望っていうのはな、信じた者だけが実現できるんだ」

「なんなの、藪から棒に」

ひとみは般若を思わせるような顔で睨んだ。しかし、やはりその下には笑みが隠れている。それは、そうあって欲しいという、たんなる自分の希望なのかもしれない。

「いい言葉だろ」

「どうせ、また自分で適当に作ったんでしょ」

「あたりだ。いま思いついた」

ひとみは大きくかぶりを振ると、魁多の絵に目を向けた。

「なんだか幸せそう」

「誰が？」

「この絵のなかのみんなよ。とくに、このひとだけど」

そう言って指さしたのは、ひとみと大樹に挟まれた吾郎の顔だった。

「――ちがいない。幸せを感じる者だけが、ひとを幸せにできんだよな」吾郎はひとみのほうを向き、真剣な顔をして言った。

「またっ」と言ってひとみは顔をしかめる。ふいに吾郎と視線を合わせて、噴きだすように笑った。

笑いごとじゃないんだけどなと吾郎は思う。けれど、もちろん希望が萎むことはなかった。

前向きさとは違う。宗教的妄信に近いな、と自覚しながらも吾郎は思う。

来年はきっといい年になる。

いきいき商店街の町案内

泉　麻人（コラムニスト）

東京スカイツリーから程近い商店街が舞台になったこの小説、奥付の連載期日（2012年7月〜）を見ると、ほぼスカイツリーの開業（2012年5月）に合わせて執筆が始まったものなのだ。僕は散歩エッセーの取材で、よくあちらの方面には行くけれど、誕生して5年の歳月が流れて、すっかり濹東《ぼくとう》の風景のなかに定着した感がある。

さて、この文庫の解説、舞台の町案内に力を入れてくれ……との依頼を受けたので東京都墨田区の地図を広げつつ、小説を読んだ。

松橋吾郎がギャラリーを開く〈立花いきいき商店街〉というのは、その名からしても、京島の〈キラキラ橘商店街〉がモデルと思われる。明治通りの都バス停留所・橘通りから押上の十間橋通りにかけて続くこの筋には、店先でオカズを立ち売りする惣《そう》菜《ざい》屋や肉屋、古びたトタン看板のパン屋、あるいは履物屋や雑貨屋……昭和中期の佇《たたず》まいを留《とど》めた店がいまもよく残っている。

そして近頃は、昔の店屋の建物をうまく再利用したカフェなんかも、ぽつぽつ見受けられるようになった。近所のガラス工場や金属工場と共同製作した小物を並べたり、介護相談のコーナーを設けたり、なかなかシャレた試みをしている店もある。畳屋の跡をリニューアルした吾郎のギャラリーに、そんな〈キラキラ橋〉で入ったいまどきのカフェの光景をぼんやり重ね合わせながら読んだ。

しかし、これはあくまで小説であるから、地理描写をよく読むと、位置関係は微妙にアレンジされている。

東あずま駅で降りた。

丸八通りを北へ進み、立花いきいき商店街に入った。ギャラリーを通りすぎて、奥へと進む。商店街を抜け、住宅街に入って五分ほど進むと、旧中川の土手にぶつかる。吾郎は土手に続く階段を上っていった。

吾郎が息子の大樹と会う旧中川土手へ向かう描写を、地図と照らし合わせながら読んでみると、そのズレがわかるだろう。どうやら小説の〈立花いきいき〉は、町名の立花側にある〈立花通り〉や〈平井街道（宮田通り）〉の商店街の要素も加味されているような感じなのだ。そう、この一画に吾郎の母校をイメージさせる都立向島工業高校というのがひと頃まであったが、数年前に都立橘高校の名に変わってしまった。「橘」とか「立花」とか、字面《じづら》が異なって紛らわしいが、この地名はそもそも日本《やまと》武尊《たけるのみこと》の妃・弟橘媛《おとたちばなひめ》に由来するという。日本武尊が東征の軍を率いて房総方面へ向かう途中、荒れた海を鎮めるべく弟橘媛が海中に身を投じた。それがいまの横須賀の走水《はしりみず》のあたりであり、妃の遺品が流れついた所に吾嬬《あづま》神社が置かれた（武尊が「あづまはや……」と嘆いた、という説もある）。

この吾嬬神社は北十間川の福神橋の際に存在しているが、「東あずま」という、一瞬「あずまあずま」と読みたくなる駅名も、吾嬬の東、という意味合いなのである。東あずま駅のある東武亀戸線も、小説に何度か登場する。

東武亀戸線は、亀戸から曳舟《ひきふね》まで全五駅しかない小規模なローカル線だった。東京に住んでいても、この周辺の住民を除けば、ほとんど知る者はないはずだ。東京周辺のこういうローカル線風味の路線も、近頃は大きな駅ビルのなかに取りこまれたり、地下に潜《もぐ》ってしまったり、どうも風情が失われつつあるけれど、JRの亀戸駅ホーム端の低い所に小さなホームがぽつんと見える、この東武亀戸駅の佇まいはいまだ田舎じみていて旅情を誘う。そして、弓形に湾曲した進路とともに、素朴な駅名が続く。

亀戸水神、東あずま、小村井、曳舟。

小村井をオムライ、と読めるようになるまでけっこう時間が要《い》ったが、戦前の地図にはコムライと表示されている（実際、東武もコムライと記していたらしい）から、地名というのはけっこういいかげんなものなのだ。

終点の曳舟周辺はスカイツリーの開業に合わせるように再開発が進んで、高いビルが随分増えた。

ところで、このあたりを舞台にした作品というと、小説ではないけれど、山田洋次監督の松竹映画「下町の太陽」が思い浮かぶ。倍賞千恵子のヒット曲をもとにした1963年の映画で、彼女が勤める石鹸《せっけん》工場は当時京成曳舟の駅横にあった資生堂石鹸がモデルになっている。高度経済成長を支えたブルーカラーの若者たちの日常を描いた内容なのだが、郊外の新しい団地生活に憧れるホワイトカラー志向の青年（早川保）が、都心で倍賞とデートした帰り、浅草から乗った東武線（いまのスカイツリーライン）の車内でいうセリフが印象に残る。

「隅田川越えると空まで暗くなってくる。あー、郊外の団地に住みてえな」

空まで暗くなってくる、というのは工場の煙突が吐き出す煤煙で……という意味。それほど、隅田川から荒川にかけての一帯には工場が多かったのだ。

映画には、いまのスカイツリーのたもとにあった東武の貨物線操車場や鐘ヶ淵《かねがふち》のあたり、「橘銀座」の表示が映りこんだ商店街も登場する。ちょっとグレた工員連中が、東武線らしき電車に乗って、浅草六区の繁華街へ遊びに繰り出すシーンもあの時代らしい。

この物語の吾郎は、皇居より西はほとんど馴染みがなく、新宿西口のビル街で道に迷ってしまう……というディープなジモティー体質の設定だが、もはや、遊びに行こうと思えば曳舟や押上から半蔵門線ドア・トゥ・ドアで渋谷へ出られるのだ。話の終盤で、商店街の重鎮・森若が吾郎にボヤくセリフはいまどきの下町商店街を象徴している。

「そういう時代じゃないんだ。小さな商店街で、世間話をしながら買い物するような時代でもないし、他人の世話をやいて喜ばれる時代でもないんだ」

この商店会長の森若千太郎という男、息子がアラフォー世代の吾郎と同級生、というあたりから察して、「下町の太陽」の時代に浅草で遊んでいたクチだろう。

さて最後に、この小説のロケ地っぽい場所を巡るのに最適なバスを紹介しておこう。スカイツリーのソラマチタウンの玄関先・押上駅前から出発する墨田区内循環バス。とりわけ北東部ルートは、キラキラ橘商店街や東あずま駅、旧中川近く……と、物語のテリトリーを走る。狭い横道をクネクネ曲折しながら進んでいく。車窓越しに吾郎や魁太、神戸、ワンさん……それっぽい人を探してみるのもおもしろい。

■本作品は学芸通信社の配信により、「下野新聞」「岩手日報」「いわき民報」「北羽新報」「桐生タイムス」「北國新聞」「北海民友新聞」「日刊留萌新聞」など十二紙に二〇一二年七月〜二〇一四年五月の期間、順次掲載されたものです。出版に際し加筆しております。

■本書は、二〇一五年四月に小社より刊行されたものです。

|著者|新野剛志　作家。1965年東京都生まれ。立教大学社会学部卒。1999年『八月のマルクス』で第45回江戸川乱歩賞を受賞。2008年『あぽやん』で第139回直木賞候補となる。ほかの著書に『カクメイ』『美しい家』『キングダム』『溺れる月』『戦うハニー』『優しい街』など多数。

明日《あした》の色《いろ》

新野剛志《しんのたけし》

講談社文庫
定価はカバーに
表示してあります

2017年9月14日第1刷発行

発行者──鈴木　哲
発行所──株式会社　講談社
東京都文京区音羽2-12-21　〒112-8001
電話　出版　(03) 5395-3510
　　　販売　(03) 5395-5817
　　　業務　(03) 5395-3615
Printed in Japan

デザイン─菊地信義
本文データ制作─講談社デジタル製作
印刷───豊国印刷株式会社
製本───株式会社国宝社

ISBN978-4-06-293665-1

講談社文庫刊行の辞

二十一世紀の到来を目睫に望みながら、われわれはいま、人類史上かつて例を見ない巨大な転換期をむかえようとしている。

世界も、日本も、激動の予兆に対する期待とおののきを内に蔵して、未知の時代に歩み入ろうとしている。このときにあたり、創業の人野間清治の「ナショナル・エデュケイター」への志を現代に甦らせようと意図して、われわれはここに古今の文芸作品はいうまでもなく、ひろく人文・社会・自然の諸科学から東西の名著を網羅する、新しい綜合文庫の発刊を決意した。

激動の転換期はまた断絶の時代である。われわれは戦後二十五年間の出版文化のありかたへの深い反省をこめて、この断絶の時代にあえて人間的な持続を求めようとする。いたずらに浮薄な商業主義のあだ花を追い求めることなく、長期にわたって良書に生命をあたえようとつとめるところにしか、今後の出版文化の真の繁栄はあり得ないと信じるからである。

同時にわれわれはこの綜合文庫の刊行を通じて、人文・社会・自然の諸科学が、結局人間の学にほかならないことを立証しようと願っている。かつて知識とは、「汝自身を知る」ことにつきていた。現代社会の瑣末な情報の氾濫のなかから、力強い知識の源泉を掘り起し、技術文明のただなかに、生きた人間の姿を復活させること。それこそわれわれの切なる希求である。

われわれは権威に盲従せず、俗流に媚びることなく、渾然一体となって日本の「草の根」をかたちづくる若く新しい世代の人々に、心をこめてこの新しい綜合文庫をおくり届けたい。それは知識の泉であるとともに感受性のふるさとであり、もっとも有機的に組織され、社会に開かれた万人のための大学をめざしている。大方の支援と協力を衷心より切望してやまない。

一九七一年七月

野間省一

講談社文庫 最新刊

森村誠一
悪道 五右衛門の復讐
徳川泰平の世に、なぜ石川五右衛門の幻影が江戸を脅かすのか？　英次郎、必殺剣と対決！

周木律
伽藍堂の殺人 〜Banach-Tarski Paradox〜
異形建築は奇跡と不吉の島にあった。〝瞬間移動〟〝殺人〟とBT教団の謎。〝堂〟シリーズ第四弾。

小前亮
賢帝と逆臣と 〈康熙帝《こうきてい》と三藩の乱〉
清のみならず中国史上最高の名君と言われる皇帝の聡明と英断を描いた長編中国歴史小説。

連城三紀彦
綾辻行人、伊坂幸太郎、小野不由美、米澤穂信 編
連城三紀彦 レジェンド2 傑作ミステリー集
ミステリーの巨匠を敬愛する超人気作家4人が厳選した究極の傑作集。特別鼎談も収録。

足立紳
弱虫日記
弱虫な俺が、死に物狂いで自分を変えようとした理由は。少年の葛藤と前進を描いた感動作！

奥野修司
徳山大樹
怖い中国食品、不気味なアメリカ食品
第20回「編集者が選ぶ雑誌ジャーナリズム賞」企画賞受賞記事に大幅加筆。〈文庫オリジナル〉

倉知淳
シュークリーム・パニック
肩肘張らない、でも甘すぎない、絶妙な新感覚の謎解き。大傑作本格ミステリ全6編収録。

新野剛志
明日の色
バツイチ職なしの吾郎が目指す仕事はギャラリスト!?　めげない男の下町痛快奮闘記。

法月綸太郎
怪盗グリフィン対ラトウィッジ機関
SFとミステリの美しき融合。傑作『ノックス・マシン』を発展させた、新たな代表作！

森川智喜
一つ屋根の下の探偵たち
奇妙奇天烈摩訶不思議な〈アリとキリギリス〉事件に挑む！　シェアハウス探偵ストーリー！

北原みのり
木嶋佳苗100日裁判傍聴記 〈佐藤優対談収録完全版〉
死刑判決が下った平成の毒婦、木嶋佳苗《きじまかなえ》とは何者だったのか？　佐藤優との対談を収録。

芥川龍之介　谷崎潤一郎

文芸的な、余りに文芸的な／饒舌録ほか　芥川vs.谷崎論争

千葉俊二編

解説＝千葉俊二

昭和二年、芥川自害の数ヵ月前に始まった〝筋のない小説〟を巡る論争。二人の応酬を発表順に配列し、発端となった合評会と小説、谷崎の芥川への追悼文を収める。

978-4-06-290358-5
あH3

日野啓三

天窓のあるガレージ

解説＝鈴村和成　年譜＝著者

日常から遠く隔たった土地の歴史、自然に身を置く「私」が再発見する場所——都市幻想小説群の嚆矢となった表題作を始め、転形期のスリルに満ちた傑作短篇集。

978-4-06-290360-8
ひA7

三木　清

三木清文芸批評集

大澤　聡編

解説＝大澤　聡　年譜＝柿谷浩一

昭和初期の哲学者にしてジャーナリストの三木清はまた、稀代の文芸批評家でもあった。批評論・文学論・状況論の三部構成で、その豊かな批評眼を読み解く。

978-4-06-290359-2
みL4

講談社文庫　目録

講談社文庫　目録

講談社文庫　目録

講談社文庫　目録

瀬戸内晴美　彼女の夫たち (上)(下)
瀬戸内寂聴　新寂庵説法 愛なくば
瀬戸内晴美　蜜と毒
瀬戸内晴美　家族物語 (上)(下)
瀬戸内寂聴　生きるよろこび〈寂聴随想〉
瀬戸内寂聴　寂聴天台寺好日
瀬戸内寂聴　人が好き［私の履歴書］
瀬戸内寂聴　渇く
瀬戸内寂聴　白道
瀬戸内寂聴　いのち発見
瀬戸内寂聴　無常を生きる〈寂聴随想〉
瀬戸内寂聴　わかれば『源氏』はおもしろい〈寂聴対談集〉
瀬戸内寂聴　寂聴相談室人生道しるべ
瀬戸内寂聴　花芯
瀬戸内寂聴　瀬戸内寂聴の源氏物語
瀬戸内寂聴　愛する能力
瀬戸内寂聴　藤壺
瀬戸内寂聴　生きることは愛すること
瀬戸内寂聴　寂聴と読む源氏物語

瀬戸内寂聴　月の輪草子
瀬戸内寂聴　新装版 寂庵説法
瀬戸内晴美編　人類愛に捧げた生涯〈人物近代女性史〉
瀬戸内寂聴・訳　源氏物語　巻一《まきいち》
瀬戸内寂聴・訳　源氏物語　巻二《まきに》
瀬戸内寂聴・訳　源氏物語　巻三《まきさん》
瀬戸内寂聴・訳　源氏物語　巻四《まきし》
瀬戸内寂聴・訳　源氏物語　巻五《まきご》
瀬戸内寂聴・訳　源氏物語　巻六《まきろく》
瀬戸内寂聴・訳　源氏物語　巻七《まきしち》
瀬戸内寂聴・訳　源氏物語　巻八《まきはち》
瀬戸内寂聴・訳　源氏物語　巻九《まきく》
瀬戸内寂聴・訳　源氏物語　巻十《まきじゅう》
梅原猛・瀬戸内寂聴　寂聴・猛の強く生きる心
関川夏央　よい病院とはなにか〈病むことと老いること〉
関川夏央　水の中の八月
関川夏央　やむにやまれず
関川夏央　子規、最後の八年
先崎学　フフフの歩

先崎学　先崎学の実況！盤外戦
妹尾河童　少年H (上)(下)
妹尾河童　河童が覗いたインド
妹尾河童　河童が覗いたヨーロッパ
妹尾河童　河童が覗いたニッポン
妹尾河童　河童の手のうち幕の内
妹尾河童・野坂昭如　少年Hと少年A
清涼院流水　コズミック流
清涼院流水　ジョーカー清
清涼院流水　ジョーカー涼
清涼院流水　コズミック水
清涼院流水　カーニバル一輪の花
清涼院流水　カーニバル二輪の草
清涼院流水　カーニバル三輪の層
清涼院流水　カーニバル四輪の牛
清涼院流水　カーニバル五輪の書
清涼院流水　秘密屋文庫 知ってる怪
清涼院流水　秘密室ボン〈QUIZ SHOW〉
清涼院流水　彩紋家事件 (I)(II)(III)